墙上的脸

少鸿◎著

中国文史出版社

CHINA CULTURAL AND HISTORICAL PRESS

图书在版编目（ＣＩＰ）数据

墙上的脸 / 少鸿著. -- 北京 : 中国文史出版社，
2020.11

（"锐势力"中国当代作家小说集）

ISBN 978-7-5205-2403-2

Ⅰ. ①墙… Ⅱ. ①少… Ⅲ. ①短篇小说－小说集－中
国－当代 Ⅳ. ①I247.7

中国版本图书馆 CIP 数据核字(2020)第 203221 号

责任编辑：全秋生

出版发行：中国文史出版社

地　　址：北京市海淀区西八里庄路 69 号　　　　邮编：100142

电　　话：010－81136602　　81136603　　81136606　（发行部）

传　　真：010－81136655

印　　装：廊坊市海涛印刷有限公司

经　　销：全国新华书店

开　　本：787×1092　　1/16

印　　张：21　　　字数：330 千字

版　　次：2021 年 3 月北京第 1 版

印　　次：2021 年 3 月第 1 次印刷

定　　价：58.00 元

目录

CONTENTS

温暖的小身子

我在客厅沙发上假寐，发现自己的手长毛了，是那种黄褐色的细毛，密密匝匝的。在我的注视下，它们沿着手臂蔓延，直到覆盖我的全身。而我的手指渐渐缩短，变成了短促的爪子，有着弯且尖的趾甲。我从一堆松松垮垮的衣服里钻出来，跑到穿衣镜前，冲着镜子扇了扇耳朵，又摇了摇那根突如其来的尾巴，终于确定，我变成了一条狗，而且是一条本地土狗。

镜子里的我伸出舌头舔舔嘴唇，眼神有点茫然。

为何不变成贵宾、泰迪或者比熊什么的，而变成一条土狗？我不晓得。我只晓得，我还保留着人的记忆。我跑到卫生间，找到了那个一端装狗粮一端装水的绿色塑料盒子。我很饱，没吃狗粮，只喝了点水解渴。然后，我戴项圈一样将钥匙绳套在脖子上，来到门前，听了听外面的动静。不是上下班时间，外面静悄悄的。我抓住把手打开了门，手或者说爪子不如往日好使，但我还是打开了。楼道里没人，我竖起身子，顺利地摁亮了下行的电梯按钮——此时若有人发现我，一定会赞叹我是一条极其聪明又训练有素的狗。

我到了楼下甬道上。因为不太适应突然变低的视角，有点犯晕。整个世界都放大了，路边的冬青篱笆以往只到我腰部，现在高过了我的头。我遇到了那条叫大旺的金毛。大旺见我总会摇尾致意，今天却没有。它奔过来，蹭了蹭我，呜呜两声，充满了疑虑。就在那一瞬间，我懂得并且学会了狗狗之间的交流方式。严格地来说，狗的语言不仅仅是声音，它是包括声音在内的一连串姿态、表情甚至气息的综合表达。即使不发声，它们也能"说话"。而我，也眨眼就理解了它们传递的信息，简而言之，我能与狗狗无声地对话。大旺说的是，你是谁？我好熟悉你，却又没见过。我嗅了嗅大旺的气味，狗一样打了个喷嚏说，我倒认得你呢，跟我出去玩不？大旺摇摇尾巴说，我可不敢自己出小区，主人要骂我的。说着它还回头望了望。我这才发现,它的主人,那个喜欢戴花格鸭舌帽的男人,躲在一棵樱花树后窥探着它的。

我颤颤地小跑着出了小区,来到河边。风像河水一般流过我的身体。我喘着气,涎水从舌头上滴下来。我用舌头散热。鼻子变得十分灵敏,我嗅出空气中有多种味道,只是没有记忆中那一缕甜丝丝的气息。我抬起右后腿,往一块石头上撒了点尿,做了个标记。狗性如此,也是无师自通的吧。我沿着河岸往下游去,不知道自己要去向哪里,只晓得我要去。隐约的有一丝狗类的气味吸引着我。堤上的迎春花早已谢了,只剩下几丛乱糟糟的枝条。一条黄色的拉布拉多蜷伏在灌木丛后,疲沓地看了我一眼。

我摇摇尾,你好,你是谁?

我不好,没看我饿得骨头都突出来了吗?拉布拉多说,我叫毛坨,你是谁呢?

我瞟了毛坨腹下一眼,它跟我一样,也是条公狗。我说,我是新来的狗,你就叫我来者好了。

毛坨站起身来,凑近我嗅了嗅,打个响鼻,你像狗,但有人味,你是条人狗吧?毛坨的眼神精明而睿智。我肃然起敬,马上从心里接受了它的命名,嗅嗅它说,算是吧。

人说来者不善,善者不来,你来干吗呢?毛坨抬起爪子挠挠自己的右耳根。我猜,你是来找谁的吧?

我眨眨眼,没发出任何信息,我不喜欢被人看透,也不喜欢被狗识破。我反问,你是在等谁找吧?

毛坨垂头不语,像被戳中了疼处。

我索性说穿,你在等主人?

毛坨抬头看我,眼里竟有泪光。我等不来了,主人出了车祸,我送他去了火葬场,后来就被人从车上扔下来了。我回不去主人家了,那儿换了人,再也没有人喂我了。我都皮包骨了,你能给我带点吃的吗,人狗来者?

我瞟瞟毛坨,它脏兮兮的,瘦削的肩胛骨似乎将从皮毛里戳出来。我说,我带你去餐馆吧,剩饭剩菜总有的。毛坨露出惧怕的神情,不去,我不想变成人们餐桌上的一盆菜。毛坨哀求道,你能帮我找点儿狗粮来吗?我能帮你找那条叫球球的比熊,我见过你们呢,你总是牵着它,生怕丢了它。毛坨讨好地说,我认识好多流浪狗,我可以帮你去打听。

我颇感意外，翻了翻记忆，里面确实有条拉布拉多，只不过比毛坨干净漂亮多了。这样的互助协议似乎还不错，于是我说，那狗粮送到哪里呢？毛坨示意我跟它去一个地方。我一路小跑地跟在它屁股后，四肢的迈动比刚来时灵巧多了。绕过一个小花园，跃下一条路磡，毛坨将我带进一根粗大的水泥涵管。或许因为久旱无雨的缘故，涵管里很干燥，毛坨用烂布条和稻草在里面盘了一个窝。我调转身子往外瞧，涵管口看上去像一轮圆月，外面的世界好像就装在那轮圆月里。涵管冬暖夏凉，可挡风避雨，还真不错。我离开时，毛坨坐在涵管口，前肢撑地，充满希望地望着我，猩红的舌头反复地舔着嘴唇，仿佛狗粮快到嘴边了。

我匆忙回到小区，避开保安的视线，趁四周无人进了电梯。回到家中，我就自然而然地直立行走了，狗的毛发亦倏忽褪去。我发现自己全身赤裸，赶紧捡起沙发上的衣服穿上，于是又人模人样的了。家里还有小半袋狗粮，我提上它，又带了个旧塑料盆，匆忙出门，送往河边。这次我是以人的模样出现，但相信毛坨认得出我。只是，当我到达涵管口时，并没看到毛坨的踪影。也许它躲在涵管深处，看我会不会兑现允诺吧？作为人的我躯体大了至少两倍，进不了涵管，我只好将狗粮倒进塑料盆，再将塑料盆深深地塞了进去。

我已经不喜欢睡在床上了。手往身旁一摸，空空荡荡的什么也没有。清早再也没有一条温软的舌头轻轻地舔我的上眼皮，唤我起床。那种无边的空旷与虚无让人难以忍受。我躺在客厅沙发上，经常开着电视，不是在搞笑的综艺节目中睡去，就是在早间健身舞的旋律中醒来。我越来越喜欢这张陈旧的布沙发，我猜，我之所以能变成一条狗，并且能与狗狗暗通心曲，可能是沙发施了魔法的缘故。能够成精的，往往是那些苍老的事物。

该去看望毛坨了。于是我躺到沙发上，看着密实的毛发慢慢覆盖我的身体。如我所愿，我又变成了一条土狗。我从衣服里钻出来，打开门蹿了出去。在小区花园边，我又遇到了金毛大旺，它正跟一条母金毛亲热，你舔我我舔你，我就没有打扰它。谁都有不想被打扰的时候，再说我也没心思。蹿上河堤，我抽抽鼻子，嗅到了狗狗的气息，比前次要强烈得多。我以矫健的姿态奔向涵管，并且一头钻了进去。

那只塑料盆已空空如也，一粒狗粮都没有了。毛坨坐在塑料盆后，两眼直直地盯着我。我说不对啊，才两天不见，就把半袋粮食吃完了，真的是寅吃卯粮，毛坨你肚子没这么大吧？毛坨不说话，身体往旁边一挪，身后竟闪现出许

3

多狗眼睛，幽幽地盯着我。我吃了一惊，涵管里面至少挤着十几条狗，有的坐着，有的趴着。有哈士奇、萨摩耶、柴犬，还有松狮，都脏兮兮的，毛发很长。

毛坨，你把我当慈善家了吧？我说。

毛坨说，当慈善家不好吗？大家都饿，我不好吃独食呢。再说，狗多力量大，我帮你找球球，只有百分之一找到的可能，现在就有百分之十几的可能了。

我反驳道，照你这么说，要想找到球球，得养一百条流浪狗了？

毛坨说，你想想，是不是这么个理？尾巴直摇。

我懒得认这个理。我说，甭管理不理，你们找过球球没有？

几乎所有狗脑袋都昂了起来，齐刷刷看着我。毛坨告诉我，这两天它们将周围两公里内的地方都搜寻过了，包括垃圾箱、下水道、公园、废旧房屋、河边苇丛以及各种墙角旮旯，都没见到球球的踪影。倒是听某条泰迪说，它几天前见过球球，好像是往城西方向去了。下一步，它们打算往城西方向搜索。为证实毛坨所说不虚，狗狗们一齐摇晃着尾巴。既然如此，还有啥好说的，我应当感谢它们。

我说，好吧，是不是要我再带点儿狗粮来？

毛坨有点儿不好意思，低了低头说，你看着办吧。

我掉头出了涵管。狗狗们也跟着走出来，接着就三三两两散开去，去落实它们的诺言了。我忽然动了一念，跑到毛坨身边，冲它说，你带我去找吧，多一双眼睛总要好些。

毛坨说，你跑得动不？我跑起来很快的。

我说，试试看吧。

毛坨身子一弓，纵上了路磡。我亦学着它的样子纵了上去。我们沿着河堤一阵狂奔，遇见人后才稍微放慢步伐。我们迈着碎步，尽量避开人，从隐蔽的地方一掠而过。只有这样，才不引人注目。我们的爪子软软地踏在地上，几乎不发出声音。只不过，我们的喘息声很大。到了街上，我们夹着尾巴，擦着墙脚走，尽量利用篱笆和树丛的遮掩。川流不息的人群让我们感到紧张。我的耳朵不由自主地竖了起来，耳根发硬。我生怕有人会认出我是条人狗。

到了城西，我们拐入一条僻静的老街。之所以僻静，是这条街要拆迁了，大部分居民都已搬走。我们看到一条念旧的狗在游荡，但不是比熊，是条秋田犬。它很高傲的样子，戴着牛皮项圈，招呼都不跟我们打。转过街角，毛坨突然挡住我。前面街边出现了一个戴着袖标、提着铁棍的人，白白胖胖一脸微笑，手臂上却纹着一条青蛇。他边走边四下观察，脑袋一转，朝我们跑来。毛坨惊恐地叫道，快跑！立即转身狂奔。我急忙跟在它身后，撒开四腿紧紧跟上。风掠过耳朵，拉成了一根根的丝。毛坨边跑边告诉我，那个人是打狗队的成员，专门追踪流浪狗。打狗的理由是怕传染狂犬病，其实主人都给我们打过疫苗了的。那人不分青红皂白，见流浪狗就打，然后就卖给餐馆，以此赚钱。我都被他追过几次了呢，毛坨气喘吁吁地说。

我们跑进一个废弃的小院，躲到一堆腐朽发臭的烂木头后，伏下身子。那人的脚步由远及近，荒草蹚得沙沙作响。这时我发现，狗的毛病之一是不能屏住呼吸。无论我有多恐惧，闭嘴的意愿有多强烈，还是控制不住地张大其嘴直喘粗气。我们便暴露了，那人进了小院，那根铁棍横扫了过来。砰一声闷响，还好，扫在那堆朽木上。我们急忙逃窜。身后砖墙上有个脸盆大小的洞，毛坨率先钻了过去，接着我也钻了过去。我们到了另一个院子里，而那个人只能将脑袋钻进墙洞里干瞪眼，他过不来。毛坨回头冲卡在墙洞里的那张人脸汪汪吠叫。那张脸若不缩回，我想毛坨可能会撒泡尿上去。这时，我遇上尴尬事了：也许是因为受了惊吓，我身上的毛发开始褪去。眨眼功夫，我在不恰当的地点、不恰当的时候变回了人的模样，全身赤裸，一丝不挂。我傻呆呆地直立着，一低头，瞟见了我那个不可见人的器官。我只好蹲下身来并拢两腿，抱紧双臂。怎么办？我心急如焚。毛坨舔舔我的腿杆，安慰道，没关系，我来想办法吧。它一掉头，穿过走廊跑到隔壁去了。这个时候我深切地理解了"龟缩"这个词，我真希望自己变成一只龟，缩进龟壳里躲起来。我是无法和人解释我的裸体的，头皮不由得阵阵发麻。幸亏，毛坨一会儿就回来了，将嘴里叼的一团衣物放在我面前。那是一件白 T 恤，还有一条黑色沙滩裤。它们大概来自别人家的晾衣竿，可以想见，毛坨要跳跃老高才能扯得到。我穿好衣服，感激地摸摸毛坨毛茸茸的脑袋。毛坨摇摇尾巴说，找球球的事还是让我们狗狗去做吧，你跑得没我们快，嗅觉也不如我们灵敏，找到球球了我就带它来找你，我晓得你住哪里，我们各负其责吧。

我信然，跟着毛坨七弯八拐地踅回街上，目送它箭也似的射向街巷深处。我回到家，拿上钱包，到超市买了两袋三公斤重的狗粮，送去河边涵管里。涵管黑古隆咚，一条狗都不在。我将两袋狗粮的封口剪开，先将那只塑料盆倒满，然后将两只袋子倚靠涵管壁放着。这应当是那十几条流浪狗四五天的口粮吧，它们如果继续找球球，我是应当继续供应的。

如今，金毛大旺遇到作为人的我，显得格外骄傲，尾巴都不怎么摇，偶尔摇一下也显得很矜持很勉强。它还不时将脑袋举高四望，装出没看见我的样子。以前我牵着球球散步时，它总是讨好地凑过来，围着球球的屁股嗅来嗅去。大概，它也晓得我没有宠爱的对象了。

大旺是有理由骄傲的。清明节的时候，鸭舌帽带它去青山陵园扫墓，回程途中在餐馆喝了点儿酒，忘了带它上车，将它弄丢了。那天我在业主微信群看到了鸭舌帽寻找大旺的公告。谁能将大旺找到送回，鸭舌帽愿意付出六万元的酬谢。结果当天大旺就被人送了回来。球球丢失的时候，我也依葫芦画瓢发过朋友圈，还在小区以及丢失地点贴过小广告，只言明将重谢，但不敢说出具体数额。我哪能跟鸭舌帽比，他是上市公司的 CEO，我只是个烧电焊的退休职工。我所有存款也才六万多块，如今到青山陵园买块普通的墓地都要四五万元，再加上火化、布置灵堂让人吊唁等丧葬费用，起码要七八万块才能搞掂。我都暂时还死不起呢。

现在鸭舌帽吸取了教训，一般都牵着大旺遛它，要不就拴在樱花树下，即使放手，也跟在后边，形影不离。我是个沉默寡言的人，从不和鸭舌帽交流的。现在我更是与小区的人保持着适当的距离。我就怕别人问我球球怎么丢的。我羞于跟人说这件事：我不该结识那个不喜欢狗狗的单身妇人，不该带着球球上她家里去，不该上她的床。上床还好说，更不该上床之后睡着——唉，谁让我老了呢，人一老就经不起激情的冲击了——醒来之后球球就不见了。她家的后门敞开着。我怀疑是她故意将球球弄走了，否则球球是不会自己跑掉的。但我没有证据。我跟她大吵一通，跟她分了手。她怨我把狗狗看得比她还重，这话不虚，球球陪伴我七年了，她认得我才几天？我疯了似的，在她家周围寻找了不知多少圈。

暴雨下了一整夜，撩开窗帘一看，街上都积水了。我心里一惊，那个涵管走水了吧？狗狗是天生会游泳的，不用担心，它们不会蠢到坐以待毙，可那两袋狗狗的口粮，就有可能被冲走了。对于那些流浪狗来说，粮食就是命啊。我急忙在沙发上躺下来，等着毛发长满身体，变成一条狗。但可能由于太性急了，我左等右等都没有动静。索性就不等了，急匆匆地出了门。

雨过天晴，阳光在水灵灵的树叶上闪烁。远远地就看见，毛坨木桩似的蹲在涵管口。涵管已被泥沙和树枝堵塞，一些黄水从涵管的泥沙里汩汩流出。毛坨吐着舌头，瞭了瞭我，显得很伤心。我摸摸它的脑袋，搔搔它的耳根——我时常这样给球球搔痒痒，球球总是很享受很陶醉的样子——我问，是不是狗粮没了？

毛坨垂下脑袋，不光是狗粮。

我说，还有啥？

毛坨说，还有皮皮也没了。

皮皮是啥？我问。

皮皮是一条柴犬，昨天跟着我们去找球球，被那个手臂上纹蛇的人追到死胡同里，一棒打在头上，拖到餐馆去了。毛坨说着伸出舌头舔舔唇，流出了眼泪。我没照顾好皮皮。

我默然，过一阵才安慰毛坨，不怪你，只怪那人太恶了。我又问它那些伙伴如何，毛坨说别的狗狗都还好，在泥沙堵塞涵管之前，都跑出来了。而且它们又找到了新的栖身之地。那是一条新近修建尚未启用的下水道，很宽敞也很干燥，只是仍然没有吃的。很遗憾，不光球球还没找到，还把你送的狗粮也弄没了。毛坨蹭蹭我的腿，显得很惭愧。我忙说，惭愧的应当是我，让你们失去了一名成员，我没有理由再让你们四处找球球，太危险了。

毛坨说，其实相比之下，没吃的问题更大，所以，它也想请我帮个忙。不是要我继续提供狗粮，那不是长久之计，流浪狗越聚越多，会把你钱包吃空呢。毛坨听到一个辗转传来的消息，据说城郊的山上，有爱心人士建立了一个宠爱园，专门收养流浪的猫猫狗狗。它希望我查找到这个地方，再带狗狗们过去。

我们跟人打不了交道，只有靠来者你了。毛坨说。

好主意，这样你们的有生之年就有保障了！我欢欣鼓舞。

而且，那里找到球球的可能性更大。毛坨强调道，说不定球球已经在那里了。

毛坨的聪明令我刮目相看。我亲昵地搂了搂它的脖子，嗅嗅它，它的体息里有焦虑的味道。我再次搔搔毛坨的耳根，借以安慰它，然后告别了它。

事不宜迟，回到家，我赶紧上网搜索。这一搜，宠爱园的信息扑面而来。原来，这事早已不是新闻，几年以前，媒体就有了广泛的报道。园主是个叫刘大妮的中年妇女，她也曾四处寻找丢失的爱犬，看到不少流浪狗，便心生怜悯而收养了它们。没想到一发不可收拾，流浪狗越收越多，于是尽其所能在城郊建了这所宠爱园。为此丈夫与她离了婚，而她呢，卖掉了房产，与狗狗们住在了一起。她每天除喂养狗狗、打扫狗舍之外，还要四处募捐。她的收入有限，宠爱园的运营越来越艰难了。但尽管如此，她对所有流浪狗还是来者不拒。网上还有她的采访视频，她冲着记者说，我没啥高尚的想法，就是见不得这些可爱的生灵又饿又脏，天天在生死线上挣扎，都是一条命啊。上百条狗狗簇拥在她四周，争先恐后地与她亲昵，舔她的手。我瞪大眼睛在狗狗里面寻找球球的影子，后来才想起，这是以前的采访，那时球球还在我身边呢。打开手机导航一搜索，发现宠爱园位于城北的森林公园，距我住处只有十五公里。而且那个地方我曾经和一个爱过的女人去过，我记得那条杉树掩映、茅草茂盛的路径。

我立即躺到沙发上，让自己变成一条狗。我变成狗后，嗅觉的灵敏度会提高到猎犬的层级。这嗅觉能让我顺利地找到毛坨和它的伙伴。我吸取了教训，将一只装了 T 恤和短裤的小双肩背包捆在背上。样子可能有点儿滑稽，但是很有必要，假如我在不可预料的时刻变回人，就可用来遮体挡羞了。别人怎么看一条奇怪的背着袋子的狗，并不重要。我奔出门外，急切地去找毛坨，急切地想带毛坨和它的伙伴去宠爱园，也急切地想找到可能在那里等待我的球球。由于我的急切和不谨慎，我差点儿犯下致命的错误。

我飞快地跑到涵管口，没有看到毛坨。有人在清理涵管里的泥沙，空气里弥漫着新鲜的泥腥味。我从泥腥里嗅到了一丝毛坨的气息。我追寻着那丝气息而去。小跑了大概不到一里地，毛坨迎面跑了过来。毛坨气喘吁吁告诉我，刚才有人钻进下水道，看到狗狗们了，还跟它们打了招呼，可那人笑容诡异，情况不妙。我把宠爱园的情况通报给了毛坨，建议毛坨和它的伙伴们立即跟我去宠爱园，以免夜长梦多。可是十几条狗狗，成群结队地从街上过，太引人注目了，极不安全，怎么办？毛坨动了动耳朵，眨眨眼说，我有办法，我们从下水道里走，到郊区了再回到地面来。

我赞同毛坨的意见，跟着它钻进了一个残破的铁栅门。下水道的腐臭空气熏得我鼻子发痒，我只能竭力忍着。我们趟着水，踉踉跄跄地跑着。我的嘴巴不时撞到毛坨黑糊糊的屁股上。好在，我们很快就拐入新下水道里了。实际上这是一条新建的地下长廊，它不光是下水道，水泥墙上还架设着电缆和各种管线，每隔一段有天窗将光线照进来，而且还宽敞得能跑三轮车。毛坨边跑边汪汪吠叫，不断有它的伙伴加入进来，没多久，十几条狗狗就连成了一串。我们越跑越快，在毛坨的带领下，犹如一股地下水流直向郊外泻去。

我们是在城市边缘钻出地面的，眼前是田地与丘陵。我站到水泥墩上四下观察，认出了那条通往森林公园的简易公路。我领头走过田埂，上了公路。狗狗们大声不出，只是喘气，脚步杂沓。好在公路僻静，无人来往，天色也已经暗了下来，没人注意到我们。跟着公路盘旋上山，进入杉林之后，我又认出了那条荒草幽径。路口的树杆上钉着一块纸牌，上面画着一个红箭头，潦草地写着"宠爱园"三个字。我又兴奋又急躁，不管不顾地一头闯了进去。我们的队伍像一支箭，而我就是那个锐利的箭头，黑黢黢的树林被我们钻了一个洞。拐过一个弯后，我们嗅到了熟悉的气味，看到了土筑的围墙、院门和一幢破旧小屋。宠爱园的招牌挂在院门上，有点儿歪。我走进院门，但我停住了脚。身上莫名地发冷，网上查到的宠爱园，似乎不是这等模样。毛坨抽抽鼻子说，我怎么闻到了血腥味？我睁大眼睛，只见檐下走廊上摆着几只铁丝笼，里面装着几条狗狗，其中一条冲我呜呜两声。这时屋里有人高喊，呵呵狗狗自己来了啊，快进来吧，进来就喂你们东西吃。门吱呀一声开了，出来一个人，竟是那个手臂上纹着一条蛇的家伙！我全身一凛，冲毛坨喊，来错地方了，赶快跟我跑！掉头就往院门外冲。可是那个手臂纹蛇的家伙比我快，蹿过去抓住院门就要关。好在，他手里没有了那根要命的铁棍，即使我变成了一条狗，也不用怕他了。我猛然跃起，叼住他的手臂，使劲咬了下去。他啊的一声惨叫，顿时跌坐在地。毛坨趁机用脑袋将院门抵开。我咬着那人不放，死死地拖住他，直到所有狗狗都冲出了院门，我才松开嘴跑出门来。

我和狗狗们顺着小径狂奔，回到公路上才停下来喘气。那家伙被我咬伤，天又要黑了，料他也不敢再追。也许因为受了惊吓，我身上的毛发悄然消失，倏忽之间变回了裸体的人。我赶紧拿出双肩包里的衣服穿上，惭愧地对狗狗们说，对不起，我太不谨慎了，差点儿让大家陷入险境。如果大家还信任我，我们继续去找那个真正的宠爱园吧。我相信它就在附近。毛坨蹭蹭我的腿说，我们当然信任你的，带我们去吧。

于是我带着狗狗们沿着公路继续前行。夜幕降临了，我们的眼睛因为充满希望而在黑暗中闪闪发光。没走多远，路灯为我们照亮了前程。我们屏住气息，放慢了脚步，生怕会惊动了什么。视频里见过的场景渐渐铺展开来。树林环绕，矮墙围护，栅门大敞四开，几间棚屋矗立林间，宠爱园的牌子挂在门楣之上。浓郁的狗狗气息在林间氤氲，无比温暖。刚到门口，刘大妮笑吟吟地迎了过来。我向她鞠躬行礼，诚恳地说，我带了十几条流浪狗过来，希望您能收留它们，我会赞助宠爱园，明天就给您账上打一万块钱。刘大妮挥挥手，没事，您赞助不赞助，我都会收留它们，快进来吧！她亲切地摸了摸毛坨的头，将狗狗们带进狗舍。

棚屋狗舍简陋而干净，头上是木皮屋顶，四周是水泥墙，即挡风又遮雨。难以计数的狗狗慵懒地蜷伏在地上，见有新伙伴来，或起身相迎，或抬头闻嗅，表达着欢迎之情。有条边境牧羊犬特别地兴奋，一纵老高，汪汪大叫了几声。刘大妮呵斥了一声，它才安静下来。毛坨到了狗舍里边，却又转回门口，轻声说，你快找找，看球球在不在？我连忙站到门槛上，踮起脚，冲着狗舍里高喊，球球，你在不在？我找你来了！我张开双臂，期待着一个温暖柔软的小身子跃入怀中。无数的狗脑袋冲我昂了起来，密密麻麻的眼眸闪烁不已。我敏锐地发现，其中有几条与球球既形似也神似的比熊犬。狗狗们交头接耳，议论纷纷，却没有一条回应我。我只好放下双手，转身到隔壁另一间狗舍的门口，重复我的呼唤与期待。遗憾的是，仍然没有狗狗回应，我热切的怀抱里只有清凉虚无的空气。

我是怀着复杂的情绪离开宠爱园的。一方面，我给毛坨和它的伙伴们找到了栖身之所，它们不再忍饥挨饿，也没有了性命之虞；而另一方面，我还是没有找到我的球球。或许，我永远也找不到它了。半颗心安妥，半颗心颓丧。我深一脚浅一脚地走在凹凸不平的公路上，感觉人的脚步比狗的更沉重。从森林的阴影里走出来，身后传来急促的沙沙之声。回头一看，居然是毛坨追赶过来了。我诧异不已，毛坨，你怎么跑出来了呢？毛坨定定地说，我要活，可我也要自由呢。再说，我还得帮你找球球。我无言以对，只好一如既往地欠身抚摸一下它的脑袋，搔搔它的耳根。

我们在下水道出口处分的手。我说，毛坨你要小心那个手臂上纹蛇的人啊。我会的，毛坨点了点头，又告诫道，来者你以后别变成狗了，要是变不回人了怎么办？我说那有啥，那我就跟你混啊！那怎么行，毛坨摇摇尾巴，表示不同意，然后钻进了那个黑乎乎的洞口。看上去，毛坨像是被苍茫大地一口吞了。

我慢慢悠悠地回到家，不敢看玄关处那块垫毯。以往凡我出门，球球都会伏在垫毯上等我，只要我一开门，它就会弹跳起来扑入我的怀抱。我迅速地从垫毯上走过，澡也懒得洗，将自己扔在沙发上。

我对球球不抱幻想了，但我想念毛坨。于是两天后，买了一袋狗粮，送往那个涵管处。我感到毛坨会在那里等我。我希望毛坨会慢慢丰满起来，不再是那个饿得皮包骨的样子。果然，远远地我就闻到了毛坨熟悉的气味。涵管里的泥沙已经被清理干净，毛坨蹲坐在涵管口，两眼炯炯有神，你真是个来者啊，想你来你就来了。我说，你也真是个毛坨，想见你就在这蹲成一坨了。我将狗粮放到涵管里。毛坨说，我也是来送你礼物的呢，你看这是谁？毛坨身子一偏，身后竟闪出一条比熊来。毛色虽白里发黄，但两只黑眼珠闪闪发亮，其形态与神态都与球球一模一样。我浑身一颤，难道是球球？毛坨的脑袋碰碰我，不是它还有谁啊？我两眼火辣，习惯性地张开双臂。球球纵身跃出管口，落入我怀中。我抱紧它温暖的小身子，头晕目眩，一时竟不知说什么好……待我清醒过来，毛坨已经不见了。我将球球送到宠物医院，请医师给它进行了体检。还好，除了饿瘦了，它没有任何毛病。我又让美容师给它洗澡剪毛，做了美容，球球便完全恢复了原来的样子。

回到家，我问球球，你还记得家是啥样吗？球球说记得啊，门口有块垫子，我常睡在垫子上等你回来呢。我说，你是听别人说的吧？球球说，才不是，我时常舔你的眼皮，还时常睡在你腿上。还有，我没到规定的地方便便，你虽然又气又骂，却舍不得打我，记得不？我点头，当然记得的。当天夜里，球球一如既往地跳到床上，睡在我枕边。半夜里，我被它舔醒了。球球呼着它特有的气息说，主人，其实我不是球球。我愠怒不已，你不是球球是谁？你就是球球！以后再也不许说你不是球球！球球低声道，好吧，以后我再也不说了，其实我是逗你玩的呢。我说，可不许再开这样的玩笑。你不是九岁了吗？狗狗一岁等于人七岁，我们年纪相当呢，说好了，我们一起活，谁也不许先死。好的，球球温顺地说，再次舔舔我的脸，挨着我躺下了。我把手搁在球球身上，它小小的身子很柔软，很温暖。我很快就安心地睡着了。

终于找回了球球，我很感谢毛坨。我再一次买了狗粮去酬谢毛坨，却找不着它了。涵管处也好，下水道里也罢，我再怎么嗅，也闻不到一丝一毫毛坨的气息。我不知道它去了哪里，又遭遇了什么。我想再次变成一条土狗，好去寻找毛坨，也好跟球球嬉戏玩乐，但我躺到沙发上，不管躺多久，都变不成狗了。我不知道，是沙发失去了那种魔力，还是我失去了那种能力。

2019 年 5 月 5 日

醒　酒　汤

　　廖老大小圈子请客，总是在莲城大厦的碧莲包房。廖老大是这个小圈子里的称呼，很亲切，很接地气。而在别的圈子里，总是廖总廖总地叫的。而且，廖老大不早不晚，总是在来了大约半数客人之后现身，不知他有何讲究，也不晓得他为何掐得这样准。还有，他即便是自己做东，也要坐在主宾席，而不是坐在买单者的席位上。朋友们一看，也就晓得，没有比他更重要的人物到场了，心里便一阵轻松。

　　这天的晚餐却是个例外，才来三个客人，廖老大就到了。而且，屁股一坐下，就宣布，从今往后都不要叫他老大了，江湖气太重，还是叫他廖总吧。市领导都不许这样叫了，我们也要与时俱进。金副局长首先点头，那是，还是叫廖总正规，不过廖总，不说这个也晓得你与时俱进呢，吃个饭都用上座签了！廖总微笑道，凡事要有个仪式感嘛，有座签才便于找准自己的位置。在你们官场，这不是顶顶重要的事吗？金副局长连连点头，那是那是，廖总心若明镜，办事周全，想不发财都难。可是您把这个人也请来，不怕他喧宾夺主啊？一晚上会只听见他那张嘴呱呱叫，我怕唾沫星子会溅到我脸上来呢。金副局长指指身旁空位上胡慕贤的座签，接着拈起它与隔壁位置上的座签对调了一下。廖总就笑，拿指头点金副局长，你啊太苛求了，文人嘛总会有点儿自己的个性。说着又将胡慕贤的座签调到自己身边。金副局长道，廖总厚道，我才看不惯，哪个圈子都碰到他，说不了三句话，就要提到他的作品如何如何好，某名人或某官人如何如何赏识。江所长惊诧道，你是说晚报社那个胡名记吧？江湖上名气大得很呢，不会这样浅薄吧？金副局长道，要不我们打个赌？等会他来了，如果三句话没提这个，罚酒三杯！江所长手在桌沿上一拍，赌就赌，三杯酒而已，谁怕谁啊。

　　晚餐的第一个小节目就这样定下了。廖总微笑不语，似乎也乐观其成。其他客人陆续来到，或握手，或拥抱，或挥手招呼，互相寒暄，又交头接耳，互换资讯。及至胡慕贤最后推门进来之时，大家心照不宣，压抑隐秘的兴奋，投去期待眼神。胡慕贤懵然不知，大跨步到主宾席前与廖总热烈握手，哎呀廖总好久不见！江所长冲金副局长举起一根指头，示意一句了。廖总拍着胡慕贤手臂，笑道，是啊是啊一两个月没见了吧？胡名记又去哪胡记了呢？众人一齐伸长了颈子。胡慕贤挠着半秃的脑门，无比烦恼地道，哎呀莫讲起，还不是一天到晚为社会增加正能量操心？昨晚快转钟了，还接到书记亲自打来的电话，我还以为有什么重大事情，结果只是因为，我那篇关于推进重点项目建设的专题报道，写得太好了，书记很喜欢，要跟我交流交流。话音一落，哄堂大笑，有人噼啪鼓掌。金副局长推江所长一把，怎么样，我所言不虚吧？罚酒罚酒！胡慕贤不明就里，哎，我话都没完你们怎就罚起酒来了？众人就笑得更欢畅，更暧昧了。江所长豪爽地连干了三杯，大声道，这酒是拜胡名记所赐呢！今日目睹名记风采，三生有幸啊！胡慕贤连忙拱手，我也有幸、有幸！廖总拉下他的手，你就别跟他有幸了，他们拿你赌酒，逗你耍呢。胡慕贤面不改色，在自己座位上坐下说，我就晓得你们一肚子坏水！其实逗我耍的何止是你们，俺就是个被逗着耍的命呢，经常要你写这个写那个，鞍前马后的，又要马儿跑得好，又要马儿不吃草，你表扬再多有何用？提拔的时候就想不到你了。不过，谁逗谁耍谁，有时还真说不好呢。金副局长颔首，端起酒杯道，到底是名记，人姓胡脑子不糊，这话蛮有深意，我敬你一杯？胡慕贤伸手挡住，别，还没开始呢，别喧宾夺主了，啥场合我们都得讲政治、讲规矩，先听廖总发令。众人便都赞同，对对，还得讲规矩，请廖总打开台吧。

廖总便招呼女侍应生斟酒，每个人都喝茅台，不许喝别的。酒都斟满之后，廖总端着酒杯徐徐立起，将大圆桌环顾一遍，目光炯炯，人齐了，菜也齐了，那么我们便开始喝酒了。今天除了江所长，都是老朋友，也没别的事，就是好久不见，聊备薄酒，大家聚聚，扯扯白话。丑话讲在前头，你们敬多少回我不管，我只敬一回。我的酒不许不喝，但喝醉了也不关我的事。祝大家心想事成，升官的升官，发财的发财，我先干了！廖总仰头喝干杯中酒。干！众人一齐呼应，起身将酒倒入口中。廖总喝得有点儿急促，酒液从嘴角溢出。胡慕贤眼尖手疾，扯张餐巾纸替他轻轻蘸干。接着胡慕贤自己斟满酒，抢先举杯，今天我要学廖总的，来个首先声明：我只敬三杯酒。第一杯呢当然先敬廖总，因为有廖总，朋友才汇总。祝廖总这个儒商越来越儒，事业越来越大；其次呢敬所有称总的人，于总王总和袁总，这个总那个总，祝你们发财都发肿；然后呢敬所有带长的人，局长处长和所长，祝你们长（zhǎng）长（cháng）长（cháng），长（cháng）长（zhǎng）长（zhǎng）。满桌人都眼睛发亮，均言名记口才真是了得，汉语的美妙真是难以言喻。胡慕贤恭敬而不失庄重地依次敬了所有人，将他的敬酒辞又分别重复了一遍。待胡慕贤的程序走完，众人争先恐后拥向廖总一一敬酒，或勾肩搭背，或点头握手，各种暖心祝福。然后又互相举杯而敬，你来我往，热闹异常，倒把一桌好菜给冷落了。

一轮敬毕，众人坐下，埋头品尝美味。胡慕贤又大声发言：放眼一望，满桌皆男，真是美酒佳肴良宵在，独缺红袖来把盏。廖总，性别不平衡，嘴里没得味呢！廖总笑道，胡名记的爱好我岂不知？如你有强烈要求，饭后可另外安排。今天的酒席我是有意为之，没有异性大家更放得开，更好说话嘛。再说，我还有正事有求于你。胡慕贤立刻放下筷子，正襟端坐说，愿闻其详。廖总剑眉微扬，略带烦恼，市里不是要开慈善大会了吗？民政局、工商联都找过我了，要我做典型发言。唉，我正忙呢，哪有时间写发言稿？有时间也写不好啊。即兴发言吧，他们又不干，必须有发言稿而且他们还要先过目。我的秘书写写通知做做报表还差不多，哪有水平写那玩意？我的事是你捅出来的，现在又要把我放到火上烤了，你可得负这个责！胡慕贤先是咧嘴一笑，嘿，你廖总的事不就是我的事？接着眉头就皱了起来。可也真不巧，市长交给的重头稿还没完成呢，天天跑这跑那找材料，搜索枯肠开夜班，头发都扯得没几根了。若再加码，只怕要吃虫草才撑得住了。廖总点动下颌，明白，明白，胡名记是能者多劳，不过发言稿对你来说还不是小菜一碟？贵人不可贱用，这个你放心，哪次亏待过你？胡慕贤嘴一咧，法令弧就张开了：咱们多少年交情？不说这个不说这个。我是想，发个一般的言没啥意思，别人留不下印象，得有个不一样的才好。廖总就和他碰下酒杯，这就要靠胡名记花费脑细胞了。胡慕贤做沉思状，窸窸窣窣吃了一个鳝段，摸摸闪光的脑门，忽然筷子啪地一放，有了！不如干脆叫你资助的刘秀儿上台发言，效果好得多！最高明的宣传，就是要让别人说你好晓得不？发言稿嘛，还是我来写，用第一人称。这样一来，慈善大会也显得丰富多彩，领导们保管巴不得呢。廖总双手一拍，我就说，还是名记灵泛嘛，好主意好主意，敬酒敬酒。酒杯一碰，叮当作响，两张脸泛起红光。金副局长就腔带醋意了，廖总，胡记，你们咬了半天耳朵，又都红光满面的，有啥好事也让我们分享分享嘛！

胡慕贤站起身来回应，是有好事咧，市里开慈善大会，又要打廖总这张慈善名片了。那年廖总当选慈善名人，材料就是我给整的，背后的故事大家可能有所不知。想当初，边远山区遭受冰灾，廖总看在眼里，疼在心头，就捐了棉被羽绒衣各两百套，还特意在其中十件羽绒衣口袋里放上纸条，留下电话号码，要家境困难的贫困户与他联系。还真有五个人和廖总联系了，可一了解，其中两个并不贫困，另有两个是贫困户的亲戚，并不是贫困户本人，是来找廖总要赞助的。只有一个是真正的贫困户，是一个叫刘秀儿的女伢写来的信，她想考上大学走出大山，可家里穷得读不起书了。廖总是从来不以善小而不为的，便动了善心，资助她读书直到现在。好像有五六年了吧廖总？

廖总点头，整六年了，不过这事还有你不知的一面呢。大家觉得今晚的菜味道如何？江所长抢先回答，味道很好，在莲城算得上数一数二的了。廖总笑笑，其实今晚的厨师就是刘秀儿的爹刘二福呢。胡慕贤惊诧道，哇，这里面还有故事？快说说快说说。廖总舔舔嘴唇道，其实穷山恶水，交通不便，靠种地打零工，哪能那么容易脱贫致富？刘二福有学厨艺的兴趣，我就送他到广东培训了一年。回来后，我介绍他在迎宾馆做厨师，后来见我喜欢吃他做的菜，我公司总部又在莲城大厦，前几天他就干脆跳槽到莲城酒楼来了，也是个知恩图报的人啊。胡慕贤责怪道，廖总你怎么不早告诉我啊，你这是典型的智力扶贫呢，又可以做篇好文章了！廖总说，还有更有意思的呢，这刘二福不光做得一手好粤菜，还不知从哪里弄到一个秘方，做得一碗好醒酒汤，即使你烂醉如泥，一碗汤下去，十分钟内，包你酒醒神清。我已屡试不爽，简直神了。自从他来莲城酒楼以后，这儿的食客都翻了倍。所以呢，大家可以放肆喝，酒喝干，再斟满，今夜不醉不还！

众人齐吼，不醉不还！皆举杯一饮而尽。胡慕贤眨巴眨巴眼睛，廖总，我倒想见见刘二福这个神人呢。廖总眉一扬，这还不好说。遂叫过女服务员耳语了几句。服务员便跑去厨房了。稍顷，头戴白帽子的刘二福毕恭毕敬地进包房来，连鞠了两躬。廖总好，各位领导好。两只手在白围裙上直搓。廖总说，二福啊，都说你做的菜好吃呢！刘二福哈下腰，应该的、应该的。抬头纹深刻，面颊有羞怯的红。胡慕贤说，刘师傅我看你也其貌不扬，怎会做出那样神奇的醒酒汤呢？下次若用我的醉检验你的神，你可莫失信啊。刘二福憨憨一笑，嘿嘿，不会的，信不信由你。廖总哂笑道，二福啊，你宁可失信于我，也别失信于胡名记，他可是莲城第一神笔，丑的写得乖，死的写得活，醉坏他的脑子可是全莲城的损失！加个座一起喝一杯吧。刘二福忙摆手，不不，不能坏了规矩，再说厨房里还忙。胡慕贤说，有廖总，你怕个鸟？刘二福仍站着不肯坐，我陪各位说会话就走。胡慕贤嗯一声道，你倒是个规矩人。我正好采访下你，对廖总你是怎么看的呢？刘二福便说，没廖总就没有我的今天，简直是我的再生父母呢。廖总摇手，哎，千万别这么说，区区小事，何足挂齿。是你给了我做善事的机会，让我获得了做善事的快乐，我还得感谢你呢。胡慕贤急忙掏出苹果手机在备忘录里记下，说得真好啊，金句，金句。眼珠子骨碌碌一转，又说，哎，不如干脆把刘秀儿也叫来采访一下，那我的发言稿就好写了。我还没见过刘秀儿呢，廖总你不会自私到金屋藏娇不让我见吧？廖总脸一沉，看你说的啥话，恶俗嘛！我都两年没见过了呢，我们有专门的人负责给她打款，我不管具体事的。二福啊，既然胡名记点名要见刘秀儿，你就把她叫来吧。刘二福显得很为难，她正在上晚自习，只一个多月就要高考了，学习紧张得很呢。胡慕贤说，缺一节晚自习，耽误不了。刘二福皱起了眉头，可，老师也不会允许的。廖总抓起手机说，这好办，我跟教育局长说一声。胡慕贤拦住廖总，杀鸡焉能用牛刀？我跟校长打个电话，让他通知值班的老师，你派车去接刘秀儿就是。一直求我写报道呢，他敢打我的脸？也不待廖总和刘二福首肯，胡慕贤拨通了校长电话，叽哩呱啦地说了一通，就把事情搞定了。

刘二福无有话说，匆匆赶回厨房去了。廖总派出了接刘秀儿的车。一桌人没别的事，便又掀起了新一轮敬酒高潮。有醒酒汤作保障，胆气也就愈发地豪壮。祝福与奉承交错，口臭与酒香相融。向来矜持的廖总也放开了，来者不拒，逢敬就干，杯中溢出的酒液把红领带都打湿了。胡慕贤嘴巴一刻也不消停，除了说话就是喝酒，还很特色地将酒杯吮得吱吱响。几乎所有人都成了红虾公的时候，刘秀儿来了。

进包房之后，刘秀儿对着整桌人鞠了一躬，然后就静静地站着。白绿相间的校服衬着白里透红的脸蛋，格外地青春。高挑的身子又极易让人想到亭亭玉立这个词。本来十分喧闹的酒席顿时安静下来。众人凝视着她，一时竟怔住了。廖总双手一拍，哎呀，差点儿没认出来！才两年不见，秀儿就成大姑娘了，真是女大十八变啊！服务员，快加副碗筷！刘秀儿羞涩地笑笑，咬住嘴唇。廖总招呼服务员在他和胡慕贤之间加了个座，亲自将刘秀儿引过来坐下。刘秀儿明显很拘谨，却也不失大方。众多目光蚂蚁一样在她脸上爬，她也很安静的样子。廖总又亲自为她舀了一碗乌鸡人参汤，解释道，是这样的，秀儿啊，市里要开慈善大会了，想请你上台发个言，发言稿呢有这位胡大记者来写，他想采访下你呢。刘秀儿说，可是，我时间紧张，怕影响高考。胡慕贤马上插嘴，耽误不了你高考，上台发言对你也是份荣誉，还是个锻炼的好机会，是不是？再说了，即使考不上大学也不要紧，到廖总公司里来做事就是。上大学还不就是图找个好工作？廖总表示赞同，是这个理，你若愿意高中毕业后就工作，我给你安排个好职位，我公司招的可都是大学毕业生噢。刘秀儿轻声道，谢谢廖总，可我还是想读大学。说着她耸了耸肩，似乎想挣脱酒气的包裹。廖总拍拍她的臂膀说，行啊，只要努力，你一定会成功，喝点儿鸡汤补补营养吧，我们边吃边说。刘秀儿拿起调羹，顺从地喝了两口鸡汤。胡慕贤感慨道，廖总，青春真是让人羡慕让人恨啊，你看她脸蛋，真是吹弹可破呢。廖总颔首，是啊，不比不知道，一比知人老！胡慕贤侧脸问，秀儿，廖总资助你这么多年，你对他有啥看法呢？哦，换句话说，你对他怀有什么样的感情呢？刘秀儿左右看看，沉静地说，我很感激廖总，我爹常说，廖总就是我们的再生父母。胡慕贤点头，不错，晓得感恩。又循循诱导，可是光感恩还不行，还得图报，你有没有想长大后怎样报答呢？刘秀儿说，想过的，我以后参加工作了，也会像廖总一样做善事，尽我所能地帮助有困难的人。胡慕贤赞赏道，好啊，很有正能量的想法，我会写进发言稿里去。不过这想法还是有点儿笼统，不够具体，你难道就没有想过报答廖总本人吗？刘秀儿有点儿发懵，想了想才说，如果廖总需要，等我大学毕业了，就来他公司为他工作吧。胡慕贤摇头，这不能算，别人都求着进廖总的公司，不是廖总求别人进他公司呢。哎，你和你爹不是都视廖总为再生父母吗？不如这样，你干脆拜廖总为干爹好了。廖总，你看我这主意如何？廖总喜笑颜开，有刘秀儿做我干女儿，我当然巴不得啊！胡慕贤一拍桌子，太好了，我们趁热打铁，也不要搞磕头作揖那一套，以酒为证，一杯酒下肚，新型父女关系就产生了，大家都把酒斟满吧！说着，起身给刘秀儿倒了一杯酒。众人起身举杯，都注视着刘秀儿。刘秀儿却端坐不动，将红里发白的脸垂了下去。胡慕贤十分诧异，莫非你还不愿意？刘秀儿闷头闷脑不吱声。廖总有些不快，说大家不要勉强秀儿吧。胡慕贤拍一下刘秀儿的肩，你这女伢，蠢呀？做了廖总干女儿，以后在公司里就有地位了，晓得不？到时你还可以兼做廖总的助理呢，以后公司上市了，你就会是董事会成员，甚至有可能做副董事长，说不定以后廖总还要靠你来接班呢！刘秀儿瞥他一眼，你编电视剧啊？胡慕贤说，电视剧也是来源于生活嘛，你看你又年轻又漂亮又聪明，应该有自己的梦想啊！听话，快端杯子吧。说着去拉刘秀儿的手臂，刘秀儿身子一扭甩开了。廖总生气了，瞪着一双充血的眼珠，胡名记你干嘛？女伢不喝酒你还能霸蛮？面子是你讨要来的吗？胡慕贤只好自找台阶，那好吧，秀儿可以不喝，我们来干这杯酒，干了就算礼成，来，干！众人一齐响应，干了杯中酒，七零八落地坐下。廖总明显气不顺，用餐巾纸胡乱擦嘴，然后狠狠地摁在烟灰缸里。刘秀儿仍端坐不动，低头望着自己的膝盖。胡慕贤舌头有点儿大了，摇晃着脑壳说，秀儿你还真有点儿犟，有个性，不错。他朝她翘翘大拇指。不过酒你可以不喝，既然礼成，爹你是不可以不喊的。你不晓得，莲城不知有多少女伢想做廖总干女儿呢，快叫吧。刘秀儿木然无语，将双手夹在腿间。廖总脸一黑，胡名记你到底想干嘛？不许欺侮我干女儿！强扭的瓜不甜，这样的道理你也不懂？叫不叫爹也不关你的事，让秀儿自己看着办。众人皆附和，廖总说得对，乡下姑娘嘛，一时抹不开脸，让她自己看着办吧。刘秀儿慢慢抬起头，环顾满桌的红脸孔，嘴巴蠕动了一下。众人竖起了耳朵，可她什么声音都没发出来。

　　廖总，真是对不起，我女伢不懂事。刘二福不知何时到了桌边，冲廖总拱拱手，又凑到刘秀儿耳边，秀儿，快叫吧。刘秀儿抬头看看父亲，眼里泪光闪烁。刘二福催促，快叫啊。刘秀儿就叫了一声，声音很细。廖总说，我没听见。刘秀儿便又叫了一声，带了点儿哭腔。哎，这就对了嘛！廖总咧嘴而笑，伸手搂了搂她的肩膀。都说女儿是父母的小棉袄，有个漂亮干女儿，是我的福气呢。众人便七嘴八舌，争相表达祝贺与羡慕之情。刘二福仍立在廖总左侧身后，期期艾艾，廖总，有件事我跟秀儿也商量过了，想跟你汇报一下。廖总忙着给刘秀儿夹菜，头也不抬，都一家人了，有啥你尽管说。刘二福说，这不，托您的福，秀儿读到高三了，成绩一直在全年级三十名以内，考大学是没问题的了。我呢，也没枉花您的钱，学了门手艺，现在可以赚一份不错的薪水。您帮了我们六年，够我们感恩不尽的了，所以我们想，从下半年起，您不用再资助我们，我们也该自食其力了。廖总一愣，说那怎么行，上大学花费更多呢。刘二福说，没事，那时秀儿可以课余做家教了，我们可以对付。廖总回头盯着他的眼睛，你是刚才起的意吧？刘二福摇头，不是，我们真的早就想好了。另外，我计算了一下，您六年来总共资助了我们四万四千三百八十块钱，下个月，我就想还掉一万块，其余的一定三年内还清。廖总怔了一下，鼓起血红的眼睛，你啥意思？表示你翅膀硬了，可以不吃嗟来之食了是不？刘二福说，不是，我是想，我们还得起了就该还，廖总也好去资助别的人。胡慕贤起身站到刘二福跟前，指责道，刘二福，这就是你的不对了，廖总会少这几个钱？哪有资助款要还的？

若传出去，会给廖总这个慈善家脸上抹黑呢！廖总也站了起来，气哼哼地，刘二福，你以为，这只是钱的问题吗？刘二福压低嗓门，我们晓得不止是钱的问题。胡慕贤说，我看你们并不晓得，廖总为你们付出的不止是金钱和精力，还有道义与情感，那是多少钱都买不来的！刘二福小声道，我们晓得的。廖总啐一口，切，晓得个鬼，晓得就不会这样跟我说话了，是不是秀儿做我干女儿让你不爽？你要让我下不来台？刘二福摇头，不是，即使还了钱，您也还是秀儿的干爹啊。廖总道，口说无凭，你要证明给我看。刘二福说，她不是都叫过你干爹了吗？廖总说，叫一声算个啥，转背就会否认。刘二福问，那你还要我们怎样证明？胡慕贤拍手道，我有办法，干女儿当众亲干爹一口，这关系就算夯实，不可否认了！刘秀儿唰地立起，不行，男女授受不亲。胡慕贤说，你一个新时代的高中生，怎会有这种封建观念？女儿亲父亲一口很正常。刘秀儿一脸惨白，反正我不行！廖总怒气冲冲，你不行我行。张开双臂就将刘秀儿搂住，在她右颊上叭地亲了一口。刘秀儿满面通红，用力将他推开，右手一扬给了他一耳光。啪，清脆而响亮。顿时，所有人都惊呆。

廖总捂脸勾腰，半天，醉眼迷离地直起身子，指着刘秀儿，你是谁？竟敢打我！哪个给你的胆子？我怎么没见过你这个小狐狸精？告诉你，在这块地上，没人拗得过我。说着他转而指定刘二福，你又是谁？你怎么有四只眼？你们是跟我争那块地的人派来的卧底吧？你们以为不择手段就可以得逞？做梦！不管你是谁，谁和我过不去，我就让他一辈子过不去！他指着刘二福的鼻子，一跺脚，猛烈地咳嗽，摇摇欲坠。胡慕贤急忙搀住他，廖总你喝醉了。廖总推开他，谁说我醉了？我没醉，我还能喝它半瓶呢！胡慕贤捅刘二福一下，你赶快去做醒酒汤啊！刘二福连忙拉着女儿的手出去了。

刘二福端着两碗醒酒汤回到包房时，客人都已走了，只有廖总和胡慕勾肩搭背地坐在桌边。胡慕贤口齿不清地道，给我也做了一碗啊？刘二福点头，我看你也醉得蛮狠的。胡慕贤嗯一声说，大家都醉了，接过汤就咕嘟咕嘟喝了下去。廖总的醒酒汤是刘二福喂下去的，他细心地替廖总擦干了嘴巴，才一步三回头地离去。还不到十分钟，醒酒汤开始发挥作用，廖总和胡慕贤不约而同地捂着肚子奔向洗手间。他们上吐下泻，酒自然也都醒了——据胡慕贤后来说，一时间，整个洗手间乃至于整个包房，都充满了挥之不去的异香。

2018 年 11 月 11 日

大　雪

　　唐尧走出镇政府大门，抽抽鼻子，便闻到了雪花的味道。心想，雪已经在来的路上了呢。其实他也说不好，雪花的味道是啥样的，只觉得它就蕴藏在干燥而冷冽的空气当中，一丝一丝的，很确切。大雪节气已过，也该到下雪的时候了。唐尧期盼着乡下的大雪，很想看看，它与城里的大雪有什么不同。

　　唐尧是莲城人，大学毕业两年了都没找到稳定的工作，好不容易才考到雷公镇做了民政助理。但到职三个月，只做了一件与职责相关的事，就是整理了一份残疾人救助花名册。他不是被书记叫去写汇报材料，就是陪镇长下村巡视，就连办公室主任都会随时叫他做布置会场之类的琐事。没办法，谁让他是新来的年轻人呢。这天下午，他总算有了可支配的时间，便想去竹山村看看残疾人马志军，了解一下情况。他的前任是因为账目不清有贪污嫌疑而被辞退的，所以他对自己的工作格外上心，可不敢出啥差错。

　　唐尧刚到街上，镇长迎面而来，心里就有些发紧。镇长还没问他话，唐尧便牵枝带叶地把自己的日程做了汇报。

　　"你对马志军感兴趣？"镇长瞥瞥他。

　　"只有他是新报来的，我想核实一下。刘主任几次交代要关照他。"唐尧解释说。

　　"哼，这个刘老黑，占了便宜还晓得卖乖……去吧，注意工作方法。马志军是个木脑壳，他堂客王菊香太乖了，你小心点。"镇长说完就一转背，走了。

　　镇长的话有点儿乱，唐尧一时摸不着头脑。镇长的意思，是莫介入不必要的麻烦里去吧？他懒得想那么多，反正，履行好自己的职责就行。

　　唐尧上了一辆叭叭车，也就是三轮农用车。车上的人都不认得他，眼睛在他身上睃来睃去。稍等一会儿，车开了，他的身子不断地被抛起来——乡村公路实在太颠簸了。他双手抓住屁股下的长凳稳住自己。冷风呼呼地穿过车厢，刮得两耳生疼。他将衣领竖起来，脖子直往里面缩。

从镇上到竹山村只七八里路，很快就到了。司机收了唐尧三块钱车费，指了指山湾里的一幢房子，告诉他那就是马志军的屋。那屋后起伏着一片茂密的楠竹林，婆婆娑娑的，即使是冬天，也是一片翠绿。唐尧就浪漫地想，若是下场鹅毛大雪，白雪盖翠竹，该是一番别样的风景吧？

唐尧沿着斜坡爬上山湾，瞟一眼屋子，似乎就瞧见了这户人家的窘态。屋是红砖屋，修了几年，却还是毛坯房，没有粉刷，也没怎么装修。竹篙上晾着几件旧衣服。几只鸡在阶基下散着步，啄食垃圾里的虫子。一个六七岁的女伢坐在堂屋门槛上，两只黑眼睛圆溜溜地看着他。

他走到门前，弓下身子："小朋友，你是谁啊？"

"我是马小英，你认不出来吗？"马小英抽了抽鼻子。

"噢，我认出来了，你是马志军的女儿吧？你爹呢？"唐尧拿出一张餐巾纸，替马小英揩掉那条蚯蚓一样的鼻涕。

"我爹在挖冬笋呢，我带你去。"

马小英指了指屋东头的山坡，牵起唐尧的手。天气虽冷，女伢的手却热乎乎的，像是通了电。唐尧轻轻地捏了捏，有种舒服的感觉。他跟着马小英爬上坡道，竹林的阴影慢慢地覆盖了他们。一个男人在竹林里挥着锄头，吭吭的挖掘声随风而来。待到跟前，唐尧看到旁边搁着一只背篓，还有一支拐杖，便想，这个人怎么爬上来的呢？马志军撑着锄头，单腿独立，残疾了的右腿点着地面，看上去像根长歪了的树枝。他看看唐尧，也不吱声。

唐尧跟马志军打个招呼，做了自我介绍。

"我晓得你，也晓得你来做啥的。"马志军瞪着布满血丝的眼睛说，"可我要挖两支冬笋才下去，上来一趟不容易。"

"嗯，我不急，你挖吧……可是，你怎晓得哪里有冬笋呢？"唐尧好奇地问。

马志军便告诉他，首先要找到一株母竹。母竹的第一盘竹枝为双枝，否则就是公竹，而公竹是不会长笋子的；其次呢母竹的叶子要密实且颜色深绿，才有发笋的可能；再次呢要在竹根的部位寻找包圻，也就是笋子生长顶出的包，胀开的圻。在包圻左右各挖一锄，冬笋就会露出来了。

唐尧饶有兴趣，听得眼睛都不眨。

马志军弯下腰，扒开地面的几片枯叶："你看，这就是包圻。"

唐尧俯身一看，果然，地面拱起了一个包，坼缝里看得见黄色的冬笋壳。

马志军往手心吐了口痰，操起锄头挖了起来。毕竟重心不太稳，他身子摇晃得厉害。一锄下去，整个山坡都在震动。地面被翻了过来，泥土的气息芬芳扑鼻，又清洌得很，似乎其中也羼杂着雪的味道。三锄过后，一支硕大的冬笋就露了真容。马志军用锄尖准确地将它从竹根上斩了下来。马小英欢喜地捡起冬笋，把它扔进背篓里。唐尧往背篓里一瞧，里面有两支竹笋了。

"够一碗菜了，可以回屋了。"马志军把锄头也放进背篓，支起了拐杖，欲走，蓦地打了个偏脚。

唐尧眼疾手快，一把扶住他，说："你不好下坡吧，我背你？"

"你能背我一辈子？"马志军绷起脸，推开他，"你真想帮我，就把我伢儿牵下去。"

唐尧点点头，就将背篓挎在肩上，牵起马小英的手，慢慢地下坡。看来，马志军的脾气有点倔，唐尧原本准备好的同情心似乎并不为他所接受，这让唐尧有点小意外，也有点小赞赏。回到屋场边，仰头望去，只见马志军偏着身子，几乎是贴着地面一拐一拐地挪动着。坡道并不陡，也不长，但对马志军来说，还是很艰难，很惊险的。唐尧忍着没去帮他。直到马志军下到屋场边，唐尧才长长地呼出一口气。

马志军从唐尧肩上取过背篓，就往厨房去。虽然拄着拐，走路像单腿跳，还是很灵活的，已经适应了吧。唐尧默默地跟到厨房。马志军递过一把靠背椅，又拿来一只电烤炉，唐尧便坐下来烤火。马小英自来熟地伏在了唐尧的膝盖上，他忍不住抚了抚她的头发。

马志军用电饭煲煮上饭，然后坐下来剥冬笋。

"冬笋炒腊肉可是盘好菜呢！"唐尧看一眼冬笋，咂着嘴说。

"是啊，今朝我堂客生日，你要是不嫌弃，留下来吃饭吧。"马志军说。

"好啊好啊，"唐尧四下瞟瞟，并无女人的影子，便问，"你的腿怎回事啊？"

"上半年我在莲城打工，回来过端午节时，在公路上被一辆渣土车剐倒，就成这样了。"马志军淡淡地说，"我有医院开的伤残证明，你是不是要查验一下原件？"

"不用不用，我看过复印件，再说眼见为实。"唐尧想想又问，"那司机没赔偿你？"

"如果有赔偿，还要啥救济？那是台无牌车，停都没停就逃掉了，交警一直没找到。救不救济，政府看着办吧，反正，救得了一时，也救不了一世。"马志军将剥下的笋壳扫进撮箕里，把笋肉搁到砧板上。

"噢。"唐尧有些诧异，马志军似乎对救济并不太在意，便说，"放心，该救济的一定会救济，这个主我做了。你堂客呢？"

马志军咚咚咚咚地切着冬笋，切完冬笋才说："她在主任家耍呢。"

"主任家耍？"

"嗯，耍几天了。"

"几天了？耍些啥呢，打牌还是……？"

"她天生好耍，啥都耍的。"马志军说着，将菜刀剁在砧板上，刀身颤抖不已。

唐尧想起了镇长的话，缄了口，抓起马小英的小手捏了捏。马小英调皮地嘬起嘴巴往他脸上吹气，那气息热乎乎的带股甜味，很好闻。唐尧弯起手指轻轻刮刮她的鼻子，她嘻嘻直笑。

"伢儿，去喊你妈回来吃饭。"马志军叫道。

"嗯！"马小英应声站起来，欢快地出门去了。

"怎叫她去呢？公路上不安全呢。"唐尧说，不由得也站起身来。

"不怕，伢儿走惯了，又不远。我叫堂客是叫不回来的，只好让伢儿试试了。"马志军抽了抽鼻子。

唐尧还是有些担心："要不我和小英一起去吧，我还没去过村主任家呢。"

"也好，看你能帮我把堂客叫回来不。"马志军瓮声道。

唐尧就转身出了屋。

马小英小小的身影在公路边摇晃着，唐尧拔腿追了上去。马小英嘻嘻一笑，把小手放进他的手心。唐尧边走，边想着马志军一拐一拐的模样。一股寒意蛇一样钻进衣领里，唐尧不由得缩缩颈根，抓紧了马小英的手。天空阴暗着，灰色的云彩深一层浅一层，很糊涂的样子。公路两侧的景色倒很清明，山是山树是树的，一眼望出去很远。稻田都已放干了水，一有风过，栽种不久的油菜就青翠地摇晃着叶子。

"小英，你喜欢爸爸些还是喜欢妈妈些啊？"唐尧低头问。

"都喜欢！"马小英仰起红苹果似的脸蛋，抽抽鼻子，想想又说，"不过最喜欢爸爸，爸爸给我做好吃的，还陪我做作业。妈妈不跟我耍。"

"那你喜欢叔叔不？"

23

"喜欢！"马小英咧嘴一笑。

"为什么喜欢叔叔啊？"

"不晓得，嘿嘿。"马小英脑壳一偏，鼻涕又下来了，她伸出舌头去舔，唐尧赶紧拿出餐巾纸替她揩干净了。

沿公路转一道弯，路边出现了几幢红砖屋，其中一幢开着个小卖店。唐尧想去小卖店给马小英买点儿什么，马小英却用力一拉，牵着他走上了一条岔路。岔路尽头有栋两层小楼，不大，墙面都贴了瓷砖，白晃晃的打眼。他便晓得，那就是村主任家了。走进禾场一看，堂屋门，还有左右两扇窗子，都闭得紧紧的。屋内屋外寂静得很，不像有人的样子。

马小英站在台阶下，冲着屋里喊："妈，我爸要你回家吃饭呢！"

声音清脆悦耳，几只鸡惊得奔跑了几步，一愣一愣梗着颈子朝这边看。马小英侧着身子倾听着，屋里却没人回应，静悄悄的。她咬了咬小嘴唇，走近两步，放大了声音："妈！妈！王菊香！我爸要你回家吃饭！"

这一回，屋里有了声响，接着，堂屋门吱呀一声开了。

刘主任出门来，拍打着身上的羽绒衣说："小英啊，声音小点儿，莫惊醒你妈的瞌睡哒。"一转眼认出了唐尧，嘴巴一咧，"嘿嘿，唐助理也来了！好嘛，好嘛，我说得不错吧？马志军值得救济吧？"

唐尧一怔，忙回答道："是啊，我刚从他家来，他完全符合救济的条件。马志军说他堂客今天生日，他特地做了冬笋炒肉，要接她回家吃饭呢！"

"还有荷包蛋和长寿面，我爸说的！"马小英补充道。

"嗬嗬，那好啊！"刘主任取出一包烟，抽一支递给唐尧。唐尧本不吸烟，但还是接了过来。刘主任随即给他点上了，他只好笨拙地吸，刚吸一口就呛着了，连咳了几声，眼睛也熏得眯了起来。

"我爸要我妈回家吃饭呢！"马小英在旁边有些急，红着脸叫道。

"你妈打了个通宵的牌，才睡不久，让她睡会吧。赢钱输钱都很费神的噢。"刘主任想摸一把马小英的头，马小英把脑壳偏开了。

唐尧本不想多嘴，但他忍不住了，说："刘主任，你是村干部，在屋里开牌场还连着打通宵，还兴钱，还……不好吧？"

"你这城里伢就有所不知了。乡下不比城里，寒冬腊月的，没啥事做，又没啥娱乐，不打打牌，做啥去？人一闲下来，就会出问题的呢。打牌总比扯皮打架好，呵呵，这也是为了构建啥和谐社会嘛！城里的茶馆还不是打牌的人堆起？牌还打得大些呢。"刘主任不以为然地摇晃着脑壳。

"可是，马志军家这种情况，经不起输了的。"唐尧说。

"你是说志军堂客啊，不打紧，我托着她的。我出本钱，输了我垫，赢了归她。她别的本事没有，打牌还是蛮精的，总的来说赢多输少。"

"可是，可是……"唐尧憋红了脸，扔了手中的烟，硬硬头皮才将后半句话说出来，"打牌还留宿，你就不怕影响不好？"

刘主任笑了笑，把他拉到禾场边，压低声音说："我晓得你啥意思。我就是听闲话长大的。听到老鸹叫，你就不出门了？再说我人一个卵一条，怕个鸟！我还不想当这个村主任呢，那点点酬劳老子看不上！我完全是为村民服务才接的手。像志军堂客，也造孽呢，年纪轻轻老公就残了，伢儿还这么小，一家的担子还不要她一个人挑？以后日子怎过？得理解她，帮她松绑解压呢！她喜欢到我屋里来耍，她也就这点好耍的事了，我作为村主任当然得托着她，不然她就跑掉了，到别处过自己的快活日子去了。隔壁村里不是有个媳妇嫌家里困难，就跑掉了吗？跑掉就麻烦了，屋里伢儿都没人管了。她也有过这样的想法，我做了好久思想工作，才勉强稳下来。我是在帮志军呢，志军他也应当理解她，理解我。所以嘛……你和小英先回去转告志军吧。不是还没到吃饭的时候吗？让她睡会儿就回，误不了吃饭！"

唐尧默默地搓搓手。

除了搓搓手，他还能做什么呢？

刘主任转身进屋去了，顺手关上了堂屋门。

"我要妈妈。"马小英走到唐尧身边，抓住他一只手摇晃着，泪眼湿湿地看着他。

"你妈一会儿就回了，我给你买糖吃好不？"唐尧躬下身子说。

"我不要糖，我要妈妈！"马小英噘起了嘴巴。

"妈妈马上就回的，我们先买糖去，小英听话，好吗？"

唐尧说着就拉起马小英往小卖店走。她起初还抗拒着，用力往后拉他，嘴里叫个不停，后来就安静了，也不说话了，眼泪也干了，只是鼻涕又流了下来。唐尧又替她揩干鼻涕，细碎地跟她说话，噢，不要乱流鼻涕噢，不卫生噢，女孩子流鼻涕不漂亮呢，很难看呢。

唐尧说着说着，马小英就害起羞来，小脸蛋更红了。

唐尧到小卖店买了一包奶糖，想想，又买了几支铅笔和一个漂亮的文具盒。

马小英喜欢得很，反复开关着文具盒的盖子，玩了一会儿才将它放进塑料袋里。唐尧剥了一粒奶糖塞进马小英嘴里，拉起她往回走。马小英巴咂着嘴，吃得津津有味。走一会儿她又剥了一粒糖，高高地举起来："叔叔，你也吃！"

唐尧便把嘴伸过去接住，含在嘴里用力吮着："嗯，好吃，真好吃！"

回去的路似乎短一些，不一会儿就到了。空气感觉暖和些了，天上的云也稀薄了，山谷里敞亮起来。几只鸡咯咯咯咯地叫着，在台阶下迎接他们。刚一进门，马小英就炫耀似的举着塑料袋，朝马志军奔过去："爸爸爸爸，叔叔给我买的文具盒，还有奶糖！"

"噢，你让叔叔破费了。"马志军淡淡地道，又问，"你妈呢？"

马小英不作声，望望唐尧。

唐尧连忙说："刚才碰到村主任了。说是一伙人打了一通宵牌困得很，她睡会儿就回。还说她牌艺精得很，赢多输少，你不用担心。"

马志军看看唐尧，转过身，支着拐杖到厨房去了。唐尧跟了过去。马志军在水池里洗了几根大蒜，甩甩水放到砧板上。

唐尧在一边说："我帮你打打下手吧，还有啥要洗的？"

马志军说："天冷得很，莫湿了你的手。也没啥事了，你就坐着吧。其实我家的粗茶淡饭也没啥好吃的，要不唐助理你就忙自己的事去吧。"

"你的事就是我的事啊。"唐尧说着在凳子上坐下了。

"是么？"马志军瞟他一眼，将切好的蒜段放进碗里，回头问，"将心比心，你若是我，该如何做呢？"

唐尧认真地想了一会儿才说："我会跟堂客好好商量，做些力所能及的事，共同面对所有的困难。那么陡的坡你都爬得上去，我倒挺佩服你呢。总有适合你的事的。蛇有蛇路，龟有龟道嘛。"唐尧说着自己就脸热了，这话太空，也不妥当。

"嗯，前面的乌龟爬开路，后面的乌龟沿路爬。"马志军并不介意，沉默片刻，又说，"现在大学生找工作都难，我这瘸条腿的乡下人，谁要？"

唐尧脑子里一闪，想起一件事：前不久表哥开办的包装材料厂，门卫嫌薪水少，不辞而别了，一时找不到接替的人，表哥只好自己先守着，整天离不开，烦得很。唐尧立即摸出手机，拨通了表哥的电话："哥啊，你还自己做门卫吧？我帮你找个人来如何？不过先说清白了，他有点儿小残疾，但年轻力壮，能上山挖冬笋呢，做门卫毫无问题！吸纳残疾人就业政府是有优惠政策的噢！就算你支持我的工作吧！行不？行就好啊！不过你薪水不能太低，还要包吃住……八百？再加两百吧，两百块钱对你来说是钱吗？是纸嘛……好、好，就这么定了！"

听到唐尧跟表哥的对话，马志军有点儿动心的样子。

"你表哥厂子在哪？"

"只十几公里远，在雷公镇和莲城之间。"

"不算远，可也不算近。"马志军闷声说。

"你若不想离开家，也可以让你堂客去。"唐尧说。

"只怕更不行……泥巴萝卜揩一节吃一节，再说吧。"马志军说。

唐尧一时不知说啥好了，见马志军欲拖动餐桌，立即起身，将餐桌搬到屋子中央，又帮着摆上碗筷，将炒好的几个菜端上桌，用碗盖上以免凉了。

"我妈回来了！"马小英欢叫着，牵着一个穿红色羽绒衣的女子进门来。

唐尧忍不住就多瞧了王菊香几眼。她并不像镇长说的有多乖——乡下人说的乖就是漂亮——身材是不错，也算得上眉清目秀，但鼻子有点儿塌，顶多也就中姿而已。她眼睛倒是很亮的，一点儿不认生，冲着唐尧眨了眨，咧嘴一笑，爽朗地说："噢，财神来了！"

唐尧倒红了脸："我算啥财神，只是个小小民政助理。"

"你有权给人发救济，当然就是财神啊，"王菊香麻利地给唐尧沏了杯芝麻豆子茶，往他面前一放，又在他右侧坐下，盯着他说，"怎么样，我家马志军有资格救济吧？"

唐尧不自在起来。这女子太强势了，平时也没把丈夫放在眼里吧。他觑觑马志军，马志军面无表情，转身拉开厨柜，准备打荷包蛋下长寿面去了。他心中一梗，就鬼使神差地说："马志军本身是有资格的，但我们也得综合考虑家庭情况。"

"啥意思？"王菊香一愣，瞪大了眼睛。

唐尧掂量着说："政府的救济金，是雪里送炭，渡人过难关的，但若有人不把炭往煮饭的炉子里放，却拿到别的地方玩过家家去了，那还有啥意义呢？"

"你是说我吗？"王菊香站了起来。

"你看呢？"唐尧说，"没日没夜地泡在牌桌上，赌场可是个无底洞，别说几千块钱的救济款，万贯家财都败得光呢！"

王菊香顿时涨红了脸，双手直比画："我是打点儿小牌，那不是心里烦打打

27

牌寻开心吗？你就没有烦心的时候？再说了，我从来没有输过家里的钱，顶多输点自己的小钱！"

唐尧说："你自己的小钱就不是家里的钱了？"

"就因为这，你不打算给我们救济了？"

王菊香脸色发青，直视着唐尧。

马志军也转过身来，诧异地瞪着他。

唐尧连忙冲马志军眨了眨眼，端起茶杯喝了一口，做思考状，然后才慢悠悠地说："我得跟镇领导汇报汇报，研究研究，考虑考虑。"

"你这人怎这样不通人情？因为这样的小事就想取消我家的救济资格？"王菊香又气又急，忍不住高声叫了起来，又抱起马志军那条瘸腿，撸起裤管让唐尧看，"你看看，都成松树根走不得路了，你不救济救济哪个去？嫌我打牌，我不打了不行吗？"

她的唾沫溅到了唐尧脸上，他皱皱眉，摸了把脸，说："这就要看你的表现了。"

"好好，我表现给你看。我给你写保证书还不行吗？"王菊香放下马志军的腿，冲旁边一挥手，"小英，给妈拿纸笔来！"

马小英就颠颠地拿来了一支铅笔和一张作业本纸。

王菊香立马在纸上写下一行字：我王菊香保证再也不打牌了，立据为证。

唐尧偏头看看说："写具体点，保证不在村主任家打牌了。"

"具体点就具体点。"王菊香气鼓鼓地重写了保证书，拿起它往唐尧怀里一塞，"给你！"

唐尧欣赏了一下她的字，写得还不错，龙飞凤舞的。事情发展到这一步，他还真没想到。心里不由一乐，就把保证书交给马志军："我又不能天天看着，马志军，你就代表我监督她吧。"

马志军却转身又将那张纸塞到了王菊香手里，说："她这个人我还是晓得的，要么不说，说到就会做到，我相信她。"

唐尧有点意外，想看看马志军的表情，他却转过背去了。王菊香似乎也有些惊讶，嘴巴半张，捏着保证书不知如何是好。

马小英在旁边说："妈妈，要不贴到墙上吧，学校里的保证书都要贴到墙上的呢。"

王菊香便从饭锅里拿了些饭粒捏烂，将保证书粘贴在墙上了。

"噢，妈妈也写保证书喽！"马小英拍着手欢跳着。

一片红晕从王菊香的脸颊上浸了出来。

马志军端来了一碗长寿面，嘴角抿着一丝笑意。

"好了，就这样吧。你们一家人好好过生日，我这个外人就不掺和了。救济的事你们不用担心，肯定有你们的分。以后有啥困难再找我吧！"唐尧拍拍手起身欲走，回头又说，"去我表哥厂里做门卫的事，你们也早点拿主意吧，毕竟机会难得。"

"做啥门卫啊？"王菊香问。

马志军便把事情说了一遍。

"有这样的好事？今天真的是双喜临门啊！"王菊香抓起唐尧的一只手直摇，"太谢谢你了唐助理，不不，唐镇长，你硬是我家的大贵人啊！"

唐尧忙将手抽了回来："你别乱提拔我，传到镇里去了我会挨批评的！"

"好好，我不提拔你，希望政府提拔你！"王菊香转身在马志军身上擂了一拳，"这样的好事，还有啥犹豫的呢？你不去我去。"

唐尧说："你俩好好商量一下，看谁去合适吧。"

马志军舔舔嘴唇说："不用商量了，当然我去。菊香留在家里带伢儿，伢儿离不得娘的。伢儿比啥都重要。"

唐尧乜一眼王菊香，对马志军说："嗯，很好。不过到了那，就不能随便回家了，单身在外，你为人处世可要让家里人放心噢！"

马志军瞟瞟堂客，说："只要她让我放心，我也会让她放心的。"

王菊香脸上就红一阵白一阵了："我保证书都上墙了，你还有啥不放心的？你要不放心了回家换我去就是！"

"好，那就这么定了！"唐尧翻起手腕看看表，眉头一皱，"你们的事倒是解决了，我自己的事还一团麻呢。"

"唐助理也有为难事？"马志军说。

"家家有本难念的经。别看我来雷公镇做了民政助理，也算是公务员了，女朋友还不乐意呢，嫌我离她远了！我每周都回城，她还不满意。乡下的工作并不像城里那样只有八小时，休息时间也会有事，领导随时会叫的。昨天我正核对救济花名册，她一个电话打来，要我回去陪她看电影。唉，这怎么可能呢？可她说，你若不来，我就找别的男人陪我了，到时别怪我没通知你！"唐尧说着全身一凛发起毛来，好像说的事真发生了一样。

"后来呢？她真找别的男人陪了？"王菊香急切地问。

"去去，女人就喜欢八卦！"马志军将王菊香推开，冲唐尧说，"我们就不留你了，今天不就是周末吗，你赶紧回城去吧！"

"好，我也不耽误你们了，长寿面都泥了呢，你们过生日吧！"

唐尧招了招手，就出了堂屋，来到禾场里。马小英追来了，清脆悦耳地叫着叔叔再见。唐尧想起了枝头的花喜鹊，回头笑笑，也说了声再见。这时，口袋里的手机轻微地震动了一下。他取出手机，读到了一条突如其来的短信："你我越走越远了，还是分手吧。"

唐尧就呆在那里了。

天上零零星星地飘起了雪花。雪花为何这个时候赶来呢，真是毫无道理啊。他仰望着苍灰的天空，几点雪花凉凉地落在脸上，即刻就融化了。

马小英在叫他，他听不见。

唐尧呆了一会儿，才回复了一条短信："你是不是身边有人了？"

过了好一会儿，对方才回复："有没有人，又有什么关系呢？"

唐尧脑壳又木又空，似乎整个世界都与他没关系了。冷风包裹了他，冰凉的雪花啄着他炽热的额头。他弯曲着手指，颤颤抖抖地，在短信回复栏里写下两个字："好吧。"对谁说好吧，对什么事说好吧，好吧是啥意思，他其实是不太明晰的。他犹豫了很久，才将指头点在发送键上。

天空好像接收到了他的指令，鹅毛大雪霎时间漫天飘舞起来！大片大片的雪花纷纷扬扬轻盈地飘落，恍若无数只白蝴蝶围着他旋舞不已。他陷落在无边无际的迷茫之中，浑身冷彻。他下意识地伸出手去，抓住一只热乎乎的小手，紧紧地捏着，好久好久舍不得松开。他出了禾场，摇摇晃晃地往前走。他不晓得，此时此刻，一小包雪一样白的粉末从马志军手中洒下，落进了下水道。他只晓得，这满世界飞舞的雪花是如此凄凉，又如此美好……不知不觉中，两行热泪流了下来，与脸颊上的雪花融化在了一起。

2015 年 7 月 13 日

寒　露

1

寒露一过，风就有些凉意了，捡茶籽的季节也到了。所谓捡茶籽，就是摘油茶果，得用钩子将油茶树枝拉下来，一颗颗地采摘。有些油茶树太高，要爬到树上才摘得到。捡茶籽是一件费力的活。往年，捡茶籽都是父亲的事，但今年，他只怕不会承担了。秋生从学校回家，路过油茶林，瞟瞟枝头那些沉甸甸圆嘟嘟的油茶果，想到了这一点。

于是一到家，他就从柴屋里找到了钩子与背篓。

母亲从屋里出来，说："你做么子？那不是你的事。"

"再不捡，别人会当野茶籽捡了。"他说。本地习俗，寒露七天之后，还没捡完的茶籽便属遗弃，可任人采摘。母亲当然是晓得的。

"捡了就捡了，你爹老子都被野堂客拐跑了，几粒茶籽算么子。"母亲转背拍拍袖子上的灰，又说，"你不如想办法把你爹叫回来。"

"你都叫不回，我哪叫得回。"秋生嘟哝一句。

"你是他独儿啊。"母亲坐到门槛上，弯腰擦着她自己的一双红皮鞋。

母亲四十出头了，还跟年轻时一样喜欢穿 T 恤衫，衣服有点儿短，一弯腰，裤带上方露出了一圈白白的肉。这让秋生很不自在，不忍目睹，却又忍不住瞟了几眼。

半年前，秋生亲眼看到父母在雷公镇街头打了一架。父亲抓着母亲的一只脚，像拖一只装满稻谷的编织袋一样将母亲倒拖了好远。母亲的衣服被地面剐蹭得翻卷起来，露出了大片的肉身，白得惊心动魄。母亲大叫秋生帮忙，秋生不敢拢去，母亲便又哭叫道，你帮我打那狐狸精去啊！秋生便冲进了路边的美容店，揪住那个漂亮小姐的头发便打。但他的拳头还没打下去，就被人拉开了。他打错人了，勾引父亲的并不是镇上人传说的那个狐狸精。待他回过头来，父亲已跳上开往莲城的中巴车，而母亲还躺在街边大喊大叫，裸露着半截惨白的腰背。几天后，母亲心有不甘，揣着一把剪刀去了莲城，在一间出租屋里找到了父亲，还有那个与父亲同居的野堂客。父亲抱住母亲，先让野堂客跑掉，然后自己也跑掉了。母亲无奈，只好掏出剪刀，将那对野鸳鸯的被子衣服全都铰了个稀烂。母亲后来还带着村主任去过一次，但是没找到父亲，他们搬离了住处，藏了起来。莲城那么大，哪里找得到呢。父亲的手机还用着的，但父亲再也不接母亲的电话，也再也没有回来过。

"猫儿要偷腥，也是没办法的事，但你也得找个年轻点的，比我漂亮点的吧？谁想找个还不如我的……镇里人哪个不说？"母亲唠唠叨叨。

秋生不喜欢听母亲说这些，抬腿就往禾场里走。

"你真自己去捡啊？几天才捡得完？"母亲叫道。

秋生站住了，嘴里却说："捡几粒是几粒。"

"茶籽事小，读书事大。你明年就要上大学，花大钱了，还不把你爹找回来，只怕他那点辛苦钱都被那狐狸精哄走了。"母亲说，神色倒不紧不慢，好像这事与她没有多大关系。

秋生怔了一会儿，才从裤口袋里摸出那只诺基亚手机，走到禾场边，打了父亲的电话。嘟嘟的呼叫声持续地响了好一会儿，才听到父亲粗糙的声音从四十公里外的城市传过来："秋生，么事？"

"你还不回来，茶籽都要被别人捡走了呢。"秋生说。

"捡走了就捡走了，值不了几个钱。"父亲说。

"再不值钱也是自家的，可惜了。"秋生说。

"你这伢儿读高中了还不晓得算账啊？我现在做泥工一百八十块钱一天，买得四五斤油呢！家里茶籽全捡了也才榨得几斤？捡回来还要晒还要去壳清籽还要送去加工，豆腐拌成肉价钱。你要舍不得就自己去捡吧，我没空回来。"

父亲不待秋生回话，就挂了电话。

秋生默默地望了望山上的油茶林，淡淡的暮色中，零星地开着几点白色的油茶花。

"电话是叫不回他的，除非你找上门去。你就问他，是要你这个儿子，还是要野堂客。"母亲想想又说，"徐缨肯定晓得住址，她嘴巴紧，上次我没套得出来，看你有办法不。"

凉风吹过，秋生打了个冷颤。天色在暗下来，他回转身，将钩子和背篓丢回柴屋里。然后，坐在门槛上发呆，直到母亲叫他吃饭。晚餐后天就彻底黑下来了，母亲穿着她的红皮鞋出门打牌去了，秋生继续坐在阶基上发呆。镇子里灯光闪烁，不时有摩托车的声音传过来。对面山脚那幢黑黢黢的屋子里，亮着一盏孤零零的灯，那就是徐缨的家。

徐缨是秋生的同班同学，他曾经很喜欢她穿白衬衫和蓝牛仔裤的样子，还喜欢闻她身上的幽香。但自从父母在镇上打过那一架后，秋生就再也不敢正眼看徐缨了。他处处都躲着她。因为，徐缨的母亲廖桂香，就是那个在莲城跟他父亲同居的野堂客。

2

周六的阳光透过窗户射到秋生脸上，他便醒了。起床一看，母亲还没回来。母亲不是头一回打通宵牌了。有牌打是好事，母亲的日子好过一点儿，也免得她一天到晚在他耳边唠叨父亲的事。秋生洗漱过后，到厨房给自己下了一碗面条，嗦嗦嗦嗦吃完，摸摸嘴巴，背上背篓，拿起钩子上了山。

虽然阳光很温暖，但草叶上的露水很清凉，滴一滴到手背上，像小虫咬。他边走边拿钩子抽打横拦在面前的枝条，沿着窄窄的山道蜿蜒向上。裤脚不一会儿就被露水打湿了。一直爬到山梁上他才停下。这里的油茶树最茂密，最隐蔽，也最容易被人偷，所以，他得把这里的油茶果先摘了。

他站稳身子，勾住一根果实累累的枝条，慢慢地将它拉到面前，然后，一只手抓住树枝，另一只手迅速地摘油茶果，摘满一把，就往脑后的背篓里一扔。油茶树晃动不已，树干上脱落的粉尘在光柱里飞舞，令秋生也生出飘浮之感。他用力地站住脚跟，摘完一枝，松开，勾过另一枝继续摘。不一会儿，身上就出了毛毛汗。

摘完一棵树，秋生转移到另一棵树下，正要伸出钩子，左侧不远处树枝摇曳，哗哗作响。秋生喝了一声："哪个？"

那棵树立即静止了。

"哪个偷我家茶籽？"秋生发了高腔。

没人回答，树丛后传来窸窣之声。秋生几步蹿了过去，还是不见人影，抬头一看，好几棵树枝叶零乱，枝头的油茶果都被偷摘光了。秋生头皮一麻，脸就因气愤而烧红了，想破口大骂，却发现树隙间有团白色的东西晃动了一下。于是他屏住呼吸，轻手轻脚地绕过树丛，逼了过去。

结果秋生发现徐缨躲在那里，双手抱膝蹲着，脸红红的。

"原来偷茶籽的是你！"秋生瞪她一眼。

"我是捡，才不是偷呢。"徐缨犟嘴。

"寒露还没过七天呢，谁叫你来捡的？"秋生瞟一眼她搁在一旁的背篓，里边油茶果不多，看样子才来一会儿。

"我爹叫我来的。"徐缨站起身来，拍拍她的白衬衫，又拍了拍她的蓝牛仔裤，一些草屑掉落下来。

"你爹叫你来，你就来？"不知为何，秋生没那么理直气壮了，声音也小了。

"我爹太可怜了，瘸起个脚，除了天天晒太阳，就是到茶馆里打牌消磨时间。我当然只能听他的话。我若再不听话，他就没盼头了……我晓得，摘掉你家一些茶籽，他心里就会舒服一些。"徐缨撩撩头发，看着秋生。

秋生想起了徐缨父亲，那个从脚手架上掉下来瘫了一条腿的男人。秋生一直叫他徐伯，但这半年来，秋生生怕跟徐伯照面，看到徐伯他就不自在，脸上就有蚂蚁爬。秋生憋了一会儿，才想起一句反驳的话：

"那，是不是也要偷点你家的东西，才能让我妈舒服一点呢？"

"不晓得。"徐缨用手中的钩子轻轻抽打身边的草木。

两人都沉默下来，林子里变得异常安静，两只马蜂围着他俩飞了一圈，不见了。泥土和腐叶的气息在升腾，其间还杂着徐缨身上特有的幽香。秋生忍不住抽了抽鼻子。气氛有点尴尬，秋生想算了，让她走吧。徐缨忽然举起背篓，将里面的油茶果往他背篓里倒，他连忙身子一偏，那些李子大小的油茶果便骨碌骨碌地滚了一地。

徐缨跺脚叫道："还给你怎又不要了？"

秋生脸一红："拿回去给你爹交差去。"

徐缨咧咧嘴："你好大方啊，这么点茶籽就能交差了？"

秋生愣一下说："那，你就再摘一些吧。"

徐缨看看他，不作声了，埋头捡着那些散落在草间的油茶果，捡满一把，就往秋生的背篓里放。秋生拦住她的手，将背篓转向另一边。徐缨扯过他的背篓，一定要放进去。地面不平，两人拉拉扯扯转了一圈，徐缨忽然打了一个趔趄。秋生伸手抓她，可没抓住，扑通一声响，徐缨一屁股坐在了地上。秋生正好自己也滑倒了，扑通一声跌坐在徐缨身旁。

"你欺负人！"徐缨举起小拳头擂他。

"我没有！"秋生捉住了她的手。

"你就是，就是！"徐缨想抽出手去，可没有他劲大，只好任他了。

徐缨的手很软，一种让人想陷进去的软，秋生心颤颤地捉了一会儿，赶紧放开了。两人都埋头看着地上，不知道想了些什么。阳光穿过树隙，斑斑点点洒了他们一身。清凉的山风飒然而过，灼热的身体凉爽下来。徐缨伸手摘了一朵油茶花，折了一截空心茅杆做成一根吸管，一端伸进花蕊，嘴巴含住另一端，轻轻地啜吸一口，咂巴一下嘴："好甜啊！"她侧过身子，将吸管往秋生嘴里塞，"你尝尝。"

秋生脸一热，避开了。

徐缨脸上就不好看了，嘴巴噘起："你好久都没理我了！"

秋生不好说啥，掐了片茅叶，撕成一条，两条，三条。

"那天有道数学题不会做，想问问你。周围又没别人，结果你还是一看到我就跑掉了，好像我是个瘟神！"徐缨呸地吐掉吸管，将油茶花扔在地上，"其实我晓得你心思，谁没自尊心呢。你怕丑，我比你更怕，我是女伢。别人嚼舌头，那是没办法的事，你再这样，越发让我心里不舒服……"

秋生忍不住了，脱口道："都怪你妈那个狐狸精！"

"胡说，我妈不是狐狸精！"徐缨站起身来，脸涨得通红，"我还没怪你爹呢，你倒怪起我妈来了！"

"是你妈勾引我爹，你妈图我爹的血汗钱！你以为我不晓得吧，你爹住院时没钱，是我爹垫付的。"秋生说。

"那是你爹自愿借的，我妈都没开口，我们又不是不还。你爹跟我妈二十年前同学时就好过，你爹帮点儿忙，不是人之常情吗？"徐缨说。

"就算是借吧……那也不能任他们住在一起丑我们啊？你爹心里舒服？"秋生说。

"不舒服又能怎样？"徐缨踢一下草皮，"我爹只一条好腿，打架又打不赢，只好拿针扎毕业照上你爹的头像。那天被我撞见，还不好意思呢，他脸都红了。"

"噢。"秋生怔了一下，"那，我们到城里去，一起把我爹和你妈扯开？"

"我不去，扯不开的。"徐缨说。

"那你把他们的地址告诉我，我让你捡一篓茶籽回去，让你爹心里舒服点儿。"秋生说。

"我不晓得，不过我可以帮你打听。"

徐缨勾住一根枝条拉到跟前，利索地摘着油茶果。摘满一棒，便往自己背篓里一扔。秋生也在一旁摘了起来，同样扔进她的背篓里。树叶被他们弄得簌簌作响，阳光也被搅动了，闪闪直晃眼。摘了有小半篓时，秋生的胳膊发起酸来了。徐缨说行了，够让她爹心里舒服了。她抬腿欲走，忽又盯着秋生说："你找到他们，能说啥呢？你拿他们没办法的。"

秋生随口说："拿他们没办法，就拿他们的儿女想办法。"

徐缨愣愣神，不明就里，转身沿着山梁走了。

望着徐缨的背影，秋生细想自己随口说的这句话，感觉它不像自己想出来的，而像是高人的点拨。

3

秋生摘了大半篓油茶果，摇摇晃晃地背回家，将油茶果倒在禾场里，摊开晾晒。好久没干负重的农活了，累得他出了一身臭汗，浑身的骨头好似要散架。眼睛也因沾染灰尘，痒痒的了。太阳有点偏西，肚子也咕咕叫起来。进屋一看，母亲还没回来，火熄灶冷的，自己早上用过的碗还搁在桌上，苍蝇乱飞。

秋生只好再给自己下面吃。

但水烧开后，他忽然心灰意冷，关了火，踅进房间，倒在了床上。

这个家，已经不像个家了。

秋生呆呆地望着窗户，不知不觉眼睛就湿了。

后来秋生擦干眼睛，一跃而起。他听到了母亲的脚步。他来到堂屋时，母亲提着一个盒饭进门，不仅面无倦容，还一脸的喜色，将盒饭朝他一递："给，儿子，妈今朝发了个小财，赢了七百块！都说情场失意就会牌场得意，还真是的呢！"

"一场牌打这么久。"秋生说。

"他们输了就不松手，想从我这赢回去啊，有啥办法。运气来了真是门板都挡不住，徐缨她爹那么精的人，都输给我两百块。"母亲朝禾场里瞟一眼，"你还真捡茶籽去了？讲了要你莫捡，你吃不得那个亏的，又不值几个钱，要捡叫你爹回来捡。"

秋生不言语，低头吃着盒饭。那是一份十二块钱的盒饭，有回锅肉，有小菜，还有一个煎荷包蛋。母亲还是心疼他的。但秋生吃在嘴里都如木渣，没有味道。他的心思飘得很远很远。此时，在山的那一边，在那个人多如蚂蚁的莲城，父亲和那个廖桂香也在午餐吧？

吃完饭，秋生坐在堂屋门槛上歇息。母亲倒在床上，一会儿就睡着了，卧室门没关，鼾声阵阵传来，摩擦着秋生的背。秋生很有些诧异，母亲怎会睡得如此之香？寒露都过了呢，茶籽都没捡回来呢，那鼾声真是响得毫无道理。

太阳愈发地偏了，阳光爬下了阶基，退出了半边禾场。

秋生望着自家的油茶林。一片密实的铜黄色树干支撑着团团绿色树冠，雪白的油茶花星星点点，像落了一层雪。油茶树真是种着急的植物，结下的果都还没收获，它又急急忙忙地跨年开花了。油茶果如果不及时摘，它就会在枝头晒干裂开，蹦出的茶籽就会掉入草丛难以寻找，这就是要提早摘油茶果的原因。但秋生不想再上山，他累了，那些油茶果，跟他有多大的关系呢？

但秋生觑见山梁上树梢异常地摇晃时，头皮就绷紧了。紧接着，相距不远的树枝也被人拉翻了，枝叶乱晃。又有人偷捡他家茶籽了，而且不止一个！他一激灵，扯开胯就跑，越过禾场，蹿上山路，往林子里狂奔而去。他一边跌跌撞撞往上爬，一边气喘吁吁地大骂："我日你妈！寒露还没过七天呢你们就来偷我家茶籽了，老子揍死你，揍死你！"他抓了块石头在手中，准备随时扔出去。他骂完了他所知道的最粗鄙的话，跑到了一棵被偷摘的油茶树前。地上有根折断的枝条，上面的油茶果还没摘完，但人已不见了。不远处茅草摇晃，秋生便又骂骂咧咧地顺着山坡追了下去。这一追，追出三个人来了。都是镇里的熟面孔。三个人影先后蹿出了林子，其中一个还回头冲他吼了一句："谁捡你家的茶籽啊？你喊得你家茶籽应吗？"

秋生气恨交加，追到山脚，那三个人已没影了。左手边就是徐缨的家，徐缨的父亲站在路边，支着拐杖，笑微微地看着他，说："没得追头，茶籽又不值几个钱。"

茶籽是不值几个钱，可被人偷捡，意味着被人欺侮，这是不可容忍的。秋生咬紧嘴唇，眼里一热，鼻子就酸了。

"正要找你，给你个东西。"徐伯从口袋里掏出张纸条。

秋生上前接过来，瞟一眼，上面有个地址：莲水东路莲池佳苑 3 栋 2 单元1805 号。

"你爹，还有你徐伯妈，在这户人家搞装修。"徐伯撑着拐杖走开几步，又回头说，"就看你有没有本事把你爹请回来了。你爹回来了，别人就不敢欺侮你了的。"

4

早餐后，秋生背着双肩背的书包出门。母亲以为他去学校，要他带上换洗衣服。秋生说，带什么换洗衣服，父亲若不回来，我就住父亲那里了。母亲摇头，说你爹牛脾气，不会回来了的，要回来，早就回了。又说，不过，找不回他人，找得回钱也好，莫让那狐狸精把钱都搞走了。

秋生不跟母亲啰唆，几步跳下阶基，出了禾场。下坡时朝山上的油茶林看了一眼，林子里安静得很，连一声鸟叫都没有。从徐缨家门前过，秋生看到徐缨和她父亲都坐在阶基上，默默地注视着他。

那种注视让秋生有了某种使命感。

秋生来到镇里，搭上了去莲城的中巴车。车上的人都朝他看，仿佛都晓得他去城里干啥，暧昧的目光鼻涕虫一样在他脸上爬来爬去。中巴车摇摇晃晃，走走停停，花了两个多小时，才到达莲城北站。接下来又转了两趟公交车，等秋生来到那个叫莲池佳苑的小区时，已经快中午时分了。

秋生被挡在门禁前，他等了一会儿，有人开门时才跟着闪了进去。电梯把他带到了十八楼，顺利地找到了 1805 号房。房门敞开着，父亲蹲在客厅地上铺地面砖，举着个木锤敲敲打打，而母亲所说的那个狐狸精在一边当下手，从一只大脚盆里搬运浸泡过的瓷砖。他们身上都沾满了污渍。

"哟，秋生来了！"徐缨母亲先发现他，似乎还有点儿惊喜。

秋生不作声，盯着父亲。

父亲抬起头，吐掉嘴里的烟蒂，说："你来干啥？"

秋生说："找你回去，你不回，茶籽都被别人捡光了。"

"脑壳又没进水，要我捡芝麻，丢西瓜？"父亲皱起眉头，又说，"是你妈要你来的吧？"

"不，是我自己要来的。"

"你是要我回去捡茶籽，还是要我回去？"

"我要你回去，不准你再跟这狐狸精在一起鬼混！"

"混账！有你这么跟爹老子说话的？"

父亲脸一黑，丢下锤子就向秋生扑过来。

徐缨母亲赶紧拉住父亲，看看秋生，吞吞吐吐地说："其实呢，是你妈闹开之后我们才……才在一起的。如今是在一起做工，但我们并不想……"

"你跟他说这些干啥？"父亲一把拨开徐缨母亲，冲秋生说，"我在外面辛苦做工赚钱，还不是为了你？莫听你妈胡扯。你回吧，我工期紧得很，不会跟你回去的。"说着，父亲从身上摸出几张百元钞票，塞进秋生口袋里。

"你会跟我回去的。"秋生说。

"啥意思？"父亲瞪大了眼。

"因为，我对你们没办法，可对你们儿女有办法啊。比如，你不跟我回，我就不好好读书了。"

秋生从背包里随便掏出一本书，慢慢地撕成两半，扔在地上。

"你！"父亲气得嘴巴哆嗦一下，绷起脸，"好，你不好好读书，不珍惜自己的前途，那就来跟我打工好了，只要你吃得这苦，受得这累！"

"我不仅不好好读书，我还要让徐缨也不好好读书。我要跟她谈恋爱，昨天我就在山上跟她谈了一回了。你们搞得我们就搞不得？我要跟她一起睡觉鬼混，还要让她怀毛毛，让我们都上不成大学！所以，回不回，你们看着办吧，我给你们半个小时考虑，我在楼下等着。过期不候！"

秋生冷静地说完这番话，看一眼徐缨她妈那张惊慌失色的脸，便出了门，进了电梯。

父亲没有追出来，秋生估计那两个人惊呆在那里了。

秋生只在楼下徘徊了十来分钟，就看到父亲灰头土脸地从门禁里出来了，手里拿着被他撕成两半的课本。

5

父亲请秋生在车站旁的小餐馆里吃了午餐，然后上了回雷公镇的中巴。父亲说回家跟母亲好好聊聊，说说清楚，安安她的心，明天再回城里继续铺地面砖，误了工期是要扣工钱的。山上的茶籽嘛，你和你妈慢慢捡吧，捡几粒算几粒。父亲说，你徐伯妈的话没假，我们从来没想过离婚，以后也没想在一起。父亲又说，我就是离了再结，也不会跟她，至少也得找个年轻些的不。

秋生没搭父亲的腔。秋生没有想到，自己居然成功了，浑身轻松得像一蓬草，没有一点儿重量。父亲说啥都不重要了。

中巴在镇子中心停下，秋生跟着父亲跳下车。父亲发现自己两手空空，便说："秋生你先回，我给你妈买点儿东西，让她心里舒服点儿。"

秋生点点头，离开父亲，走上回家之路。路过徐缨家，他特意停住脚步，昂了昂头。但他没看到徐伯晒太阳，只看到徐缨在禾场里喂鸡。秋生冲徐缨笑了笑，徐缨也冲他笑了笑，知根知底的样子。

秋生到了自家禾场里，朝山上的油茶林望一眼，又有树梢在摇晃，偷捡茶籽的人又来了呢。但秋生不那么在意了，茶籽真不值几个钱，只是这些人太赖皮了，得吓吓他们。秋生双手合成喇叭状凑在嘴巴前，冲山上大喊："我爹回来了！你们这些长三只手的还不快跑啊，我爹会打断你们的腿！我爹回来了！我爹回来了！"

秋生觉得自己的声音像只鹞子在山谷里盘旋，几得好听。摇晃的树梢立刻静止了。秋生很开心，不再关心茶籽的事，哼着今天是个好日子的歌，走上阶基，掏出钥匙，去开堂屋的门。

但锁芯转不动，门被反锁了。

秋生没有多想，一侧身往屋后去。往常母亲不在家，他忘了带钥匙，都是这样从屋后杂屋间进入的。他蹿到杂屋后门处，伸手一推，门开了。与此同时他听到隔壁母亲房间有呻吟声。于是他右移了几步，往玻璃窗里看了一眼。床上晃动着一片白斑，床头奇怪地斜搁着一副拐杖，而地板上，侧躺着母亲的那双红皮鞋，在窗口射入的阳光照耀下，像两只硕大的红辣椒……

秋生脑壳里嗡地一声，心就抽紧了。

他没敢看第二眼，转身就走，懵懵懂懂跑到了禾场里。父亲提着个塑料袋过来了，冲他说了句什么，他没听清。秋生什么都听不见。秋生手指着油茶林，颤声叫喊："我爹回来了！你们这些长三只手的还不快跑啊！我爹回来了！我爹回来了！"

秋生边喊边往山坡上狂奔。

寒露风在他耳边呼呼作响，清冷清冷，刮得腮帮子生疼，他眼泪都下来了。他冲进了油茶林。那些偷捡茶籽的人早已逃离，他还在声嘶力竭地大喊，还跟跟跄跄地跑个不停。秋生感到有个怪物在追他，逃跑的其实是他，而他，实在是无处可逃了。

于是，他逃到了一棵油茶树上。

2014 年 11 月 26 日

荷 叶 山 庄

1

熊雄第一次听说荷叶山庄，还是从巫小婧的嘴里。那天他想做个巫小婧喜欢吃的清炒丝瓜，正刨着丝瓜皮，手机响了。巫小婧在手机里说，老大要带她去荷叶山庄吃晚饭，陪重要客人。

熊雄嘀咕道："烧得慌，吃个饭也要跑到什么荷叶的山庄里去。"

巫小婧说："你晓得啥，山庄就是吃饭的地方，它背靠山坡，前面是荷塘，风景很好，如今的人不都讲究个情调吗？再说，这荷叶山庄是市里老大的亲戚新盖的，不对外接待，没身份的人还去不了呢。"

熊雄忍不住讥讽了一句："这么说来，这顿饭一吃你就有身份了啰？"

"听你口气，好像不高兴我去？"

"我不高兴你去，你就能不去吗？"他反问。

巫小婧被问住，就不说话了。

熊雄心里一软，便说："好了好了，你去就去吧，也别管我高兴不高兴。"又叮嘱一句，"酒别喝多了就是！"

熊雄挂了电话，没兴趣做饭了，叫了个盒饭打发了自己。饭后他就窝在沙发上看电视，不停地摁遥控器，从NBA到达人秀再到超级男声，摁来摁去也没有一个节目能安稳他的心。那个荷叶山庄，荷塘里开满了荷花吧？人们入席之前，就在花叶间徜徉，以尽雅兴吧？说不定，巫小婧也在其中，像一朵盛开的荷花一样引人注目。他不停地喝水，不停地挪动身体，又不停地借调台看屏幕上显示的时间。巫小婧年轻的脸鲜亮地浮在眼前，另外一些模糊的脸孔在它的四周晃来晃去。

他烦躁地抓乱了自己的头发。

晚上十点多了，巫小婧才摇摇晃晃地回屋。胸口衣襟上沾有红酒的渍印，说话也不着调了，把挎包一丢，就倒在了沙发上。显然喝多了。熊雄连忙给她沏茶醒酒，她不晓得喝，他就自己包一口茶水在嘴里，再拿嘴唇撬开她的嘴唇，把茶水喂进去。然后，再为她擦脸脱衣，把她搬到床上，自己挨着她躺下。他侧着身，轻轻搂着她。他发现自己有了反应，却也只能并腿夹紧自己，尽量分散心思。这之前，他出差了十几天，好久没挨过她了。早上他想要，但巫小婧推开了他，说晚上吧，晚上让你吃个饱。谁知她一场应酬下来，弄成了这个样子。

他深深地叹了口气，闭上眼睛准备睡觉，巫小婧却翻过身来抱住了他。

他亲一下她的脸，说："要你别喝多了，难受了吧？"

巫小婧闭着眼说："还好，酒醉心里明呢。"

他说："还心里明呢，记得你早上的承诺不？"

她说："怎不记得，你帮我脱。"

他便帮她脱了。

但他看见了她内裤上的血迹。他只好放弃了打算。肯定是酒精刺激的原因，她的生理期提前了。熊雄非常地恼火，心想再也不能毫无原则地让巫小婧陪客喝酒了。

2

然而没过多久，一个周六，熊雄跟随巫小婧在步行街逛商店的时候，巫小婧收到了老大的短信，又要她晚上去荷叶山庄陪客。

熊雄很生气，嘴一撇道："你就给他说，现在是法定休息时间，不陪客！"

巫小婧说："你能这么跟你老大说话吗？"

熊雄就噎住了。

老大这称呼，以前只在香港影视里出现，如今本地也流行起来了，凡是单位一把手都称老大。他当然也不能得罪老大的。

"怎办呢？"巫小婧问他。

"你自己看着办吧。"他无奈地说。

"要不，我就当手机落在家里没看见，等晚上了再给他解释？"

"你会撒谎吗？"

"你也小看我了吧。"

"也行，只是，你不回短信，老大可能会打电话来的。"

"我不接就是。"巫小婧说。

"你不怕老大怪罪？"熊雄想了个主意，"这样吧，你就说身体不舒服，肚子疼，请个假。"

巫小婧点头："好。不过要请假，也要先回个短信答应了，等到傍晚了再请，显得真实些。"

主意一定，巫小婧便先回了短信，再接着逛商店。但是，两人都逛得很马虎了。巫小婧还进店看几眼，熊雄则店门都懒得进了，在外面候着，心不在焉，东张西望。逛了半天，两人也没买任何东西。眼看着天色暗淡下来，熊雄想起什么，问道："好像听你说，你们局最近要提拔一个办公室副主任吧？"

"是啊，老大暗示过，要我近来表现好点儿。"

"你不去陪客，会不会对你有负面影响？"

"你说呢？"巫小婧望着他。

"如果受了影响，你会怪罪我的。"熊雄搓着手说，"你们的应酬太多了，也不可能次次装肚子疼请假。去不去，还是你自己定吧。"

"那我还是去？"

"想去就去吧，这节骨眼上，是得好好表现。不过我给你规定一条，酒不能喝多，更不能喝醉。酒喝多了不是好事，不仅伤身，还可能乱性。"熊雄看着巫小婧的眼睛说。

巫小婧乜着他："你担心的就是这个吧？"

熊雄反问："你说呢？"

巫小婧鼻子哼一声，转身打的就走了。

熊雄孤零零地在街上逛，闻着酒店里飘出的酒味，想象着那个传说中的山庄，惘然得很。巫小婧酒量并不大，他有点儿担心……不过还好，巫小婧回来得比上次早，身上也比上次干净，还轻声哼着歌，看上去比上次喝得少。为了表示对她的肯定，熊雄主动地洗了衣服，还跟她猛烈地做了一回爱。

3

不久，巫小婧如愿以偿，当上了办公室副主任。公务接待是办公室的工作职责，这样一来，巫小婧出去陪客的次数就更多了。熊雄没有更多的理由干涉她，他也懒得多说了。只是，她每次出去，他的小腹都会隐约作疼，像是某种条件反射。原本是建议巫小婧装肚子疼逃避陪酒，结果他落下了这毛病。好在，那疼只是隐隐的，若有若无，能够忍住。人生在世，需要忍的太多了，这不算什么。

但是，事情总是会起变化的。有天熊雄中午加班没有回家，在机关食堂午餐时，听到身后有人议论说，有个叫巫小婧的女人陪酒厉害得很，能一口气喝下半瓶茅台，昨晚在荷叶山庄，还搂着老大喝了交杯酒，如今的女子，真是放得开啊！

熊雄听得头皮发麻，却也将信将疑。巫小婧是没有这个酒量的，而且，巫小婧是个矜持的人啊。他回头看了那个人一眼，半秃顶的脑袋，一张半生半熟的脸。他想或许是认错人了，说的是另一个巫小婧。但即便是他的巫小婧，那又如何呢，酒量是喝出来的，至于交杯酒，在那种场合，旁人一起哄，难道你能够犟着不起身，不给老大们一个面子？游戏而已，当不得真，也不必当真的。

但是，即使是游戏，某种程度的暧昧也是避免不了的吧？

熊雄心里七上八下的，很不安稳。下午埋头整理了一会儿资料，终于忍不住，给巫小婧打了个电话："小婧，听说昨晚，你跟别人喝了交杯酒？"

"是啊，怎么了？"

"噢。"他心里疼了一下。

"交杯酒是一种酒文化，懂不懂？你想说什么呢？"

"没什么。"他说。

"没什么就不要随便打电话，我忙得很。"巫小婧快速地说，"对了，晚上我还有重要的公务活动，晚餐自己安排吧。"

不再跟他说具体的活动地点，这也是巫小婧的变化之一。但即使她不说，他也晓得是在哪里。在他的意识里，荷叶山庄似乎成了一个情敌，一个潜在的对手，一个委屈的标志物，不可抗拒地左右着他的生活。

晚餐他照例是用盒饭打发自己，然后去看电影，以安慰自己落寞的心。可是《小时代》里的俊男靓女愈发衬托出他与时代的格格不入，回到家中更觉冷清难耐。某种不良情绪悄然而生，胸中便鼓鼓胀胀的了。时间已是晚上十点，巫小婧还没回。他给她打电话，音乐彩铃持续地唱，持续地没人接。疼痛感水一样从小腹深处渗出来，慢慢地浸透了他。再打，还是没人接。

她没听见，还是喝醉了？

或者，是故意不接？

巨大的漠视感从远处的夜色里一波一波地涌过来，淹没了他。

他拿起手机，给她发了条短信：十一点不回，我可要锁门了！

十一点很快就到了，没有巫小婧的回音，门外也没有她的脚步声响起。熊雄腹疼愈甚，只好吃了两片止痛片，一咬牙，将门打上了反锁。如果此时巫小婧回来，他是绝不会替她开门的。至少，她要说出个原因来，还要表态下不为例。他躺在沙发上，盯着门……但是，门一直没动静，墙上的钟走到了十一点半，它仍默然无声，既没有钥匙插进锁孔的声音，也没人敲门。他愤懑起来，又给她发了条短信：如果你十二点不回，就不要回来了！

还是没有回音，而时间很快就走到了十二点。他跑到卫生间将自己冲了一遍，然后就上床睡了。睡不着也得睡，没有巫小婧他就不过日子了吗？腹疼在持续，他虾米一样弯着身子。睡了一会儿，他起床把反锁打开了——也许巫小婧深夜会回来。再睡一会儿，他又愤愤地将门反锁上——这个时候才回的女人，就不能给她留门！就这样，他不知反复了多少次，直到终于睡着。睡着时也没管那门锁倒底是没反锁还是反锁了，他困到了极点。

4

一觉醒来，已是早上八点多。床上除了他，没有别人。熊雄草草地洗漱了一下，匆匆上班。出门时，他注意到，他原来并没有反锁门。这说明，在他心底，还是不希望把巫小婧锁在外面的。可她仍然是一夜未归。

他在上班路上买了个馒头，边走边吃边给巫小婧打电话。

"巫小婧，你还在啊！"

"我当然在啊。"巫小婧声音很平静。

"还以为你消失了呢。"

"让你失望了吧？"

"没失望，只是想象不到，你居然夜不归宿！"

"你不是说，十二点不回，就不用回了吗？"

"你先说清楚，你干嘛去了，在哪睡的？"

"一定要说吗？"

"要说。"

"好吧，昨晚应酬得太晚，就住下了，304，那儿有客房。"

"你……"

"你别激动，我同意你的意见，不回来了。"

"为何？"

他打了个尿颤，疼感如闪电一般从小腹深处划过。

"你是个不成熟的男人。"巫小婧说。

"我怎就不成熟了？"

他还想争辩，巫小婧已挂掉电话。

中午，熊雄下班回到家中，发现巫小婧的衣物都已清走了。

5

　　熊雄就这样跟巫小婧分了手。还好，他们并没有结婚，只是同居，所以回首整个过程，他并不觉得有多么痛苦。天涯何处无芳草，他还年轻，权当积累人生经验。分手后，他小腹隐疼的毛病也没有了。他感觉就如一场梦，一切都影影绰绰，恍恍惚惚的，不甚清晰，让他搞不清发生在梦中还是在梦外。而且，这种状态延续了很长一段时间。

　　后来有一天，好像是午睡的时候，他梦见接了一个朋友的电话，邀请他去荷叶山庄吃饭。他似曾预见过这样的时刻，二话不说就答应了。所谓有所思，就有所梦吧，他一直没有去过荷叶山庄，机会总算来了。他招手叫了一辆出租车，风驰电掣地直奔那地方。那里真是有点儿远，山环水绕的，花了他二十七块钱车费。下车一看，风景果然很好，山庄的主楼依坡而立，整幢楼都用纯杉木修建而成，飞檐翘角，古色古香。副楼呢其实就是一道廊桥，长长地延伸到荷塘深处，廊桥内部被分隔成若干个包房。他找到了约定的房间，看到了圆桌上竖着的来宾卡，卡片上标着一个个熟悉的官员的名字，他的名字也夹在其中，而旁边的另一张卡上，居然写着"巫小婧"三个字。他不晓得这梦是哪一出。客都还没来，他也就没有落座，转身去了主楼，沿着一架刷了桐油的木楼梯，轻手轻脚地爬上了三楼。那儿果然有客房，但是他没有找到304房，有301、302、303，就是没有304。三楼只有三间客房。但有没有304，有什么区别，有什么意义呢？他模模糊糊地想着，小腹有点儿发胀，便去了卫生间。卫生间四壁皆杉木，散发着桐油的香气。他蹲着抽了一支烟，猜想着这个地方曾经来过些什么样的人，发生过些什么事，将烟蒂扔在了纸篓里。纸篓立即冒起了青烟，袅袅的样子显得很真实，但熊雄依稀地晓得这是在梦中，所以也没有在意。下得楼来，他兴味索然，见来时搭乘的出租车还停在那里，就低头钻入车内，一溜烟驶出了他的梦境。

诡异的是，第二天下午，熊雄在晚报上看到一个醒目的新闻标题：荷叶山庄昨晚失火焚毁。

2014 年 5 月 5 日

鬼　柳

　　搭船渡过沅江，沿着南岸往村里赶的时候，我不敢往堤上的那棵老树看。报丧的人说，奶奶就是在那棵树下，自己把自己淹死了。那树下是个洄水湾，任何东西掉进去，都会在洄水里打转转，漂不出去。沅江一涨水，就有人在那个地方捞上游漂来的杂物。所以，村里人很容易就找到了奶奶，只是捞起奶奶时，她的肚子都胀起像面鼓了。

　　我埋头走着，树的影子擦着右脸移过去。转背进村时，我还是忍不住，回头盯了那树一眼。它黑黢黢的，弯腰站在河边，像个年迈的老倌子。它的一根粗树枝横扬起来，似乎对我招了招手。我心里麻了一下，想起了它的名字，鬼柳。村里人都这么叫它。但是此刻，我不愿这么叫它，那是对奶奶的不敬。我的奶奶即使死了，也不可能变成鬼。

　　我回到家中，母亲跪在奶奶灵前，头发蓬乱，泪痕斑斑。父亲在往冥灯里添油。我无师自通地跪在蒲团上，磕了三个头，然后，心颤颤地站起，看了看棺材里的奶奶。奶奶脸色苍白，皱纹比平时浅，嘴巴半张着。忽然，奶奶的嘴唇动了动。虽没发出声音，但我心里知道了，她说的是那几个字：伢儿，人迟早要走的。

　　奶奶只在堂屋里停了一晚，就抬上山埋葬了。筑坟差不多用了大半天的时间。盛土筑坟的箢箕是不能再用了的，父亲将它们翻扣在坟堆上。我跟在父亲屁股后，作揖磕头走过场，都把额头磕出印子来了。下了山，父亲将我们身上的粗布孝衣脱下扔在禾场里，又把地上的鞭炮屑和纸钱都扫拢来，划根火柴点燃。奶奶不是自然老去的，多少有些晦气，父亲显然期望晦气也一并烧了。做完这些之后，父亲就坐在堂屋门槛上，扯起衣襟给自己扇风。母亲递给他一把蒲扇，他扇了两下，把扇子往地上一丢："都么时候了，还不去做晚饭？"

　　母亲便转身往厨房里去。

父亲却又眼睛一鼓:"慢,问你个事。"

母亲只好转过身来:"么事?"

父亲说:"你以为我不晓得娘为么死的?"

母亲问:"为么?"

父亲站了起来:"你为么要讲那句话?"

"哪句话?"

"娘讲要跳沅江,你为么还要讲,沅江没有盖锅盖?"

"我以为她说气话,所以我也回了一句气话。她找我要钱打牌,我不给,她就说要跳沅江。她又不精,再多的钱也输得完。给了又要,给了又要,没完没了。她天天都这口话,我烦得很,就顺口来了一句。哪晓得她当了真,悒不过,夜里趁我睡得死,就跑出去了……我为么要讲这话啊?我后悔死了呢我!"说着,母亲拿右手捶打自己的脑壳。

"钱都是我赚来的,你给她几十块,会死人啊?你是巴望着她投沅江吧?!"父亲板着脸说。

母亲就抓过父亲的手抽打自己的脸,边打边说:"你怪我吧,你打死我吧!"

父亲甩开母亲,接着抽了她一巴掌:"打死你也赔不来娘的性命!要打你也让我吃饱饭再打,快给老子做饭去!"

父亲抓住母亲的头发往厨房里拖。

母亲发出凄惨的尖叫。我不能再袖手旁观了,冲过去掰下父亲的手,将他一掌推开。父亲,你可以为你的娘出气,但你不能拿我的娘撒气。我想大叫,却不叫不出来。我用身体将父母隔开,朝父亲瞪一眼。我看到了他眼里的血丝。

母亲看看我,眼神有些怪异,拍拍衣襟,到厨房里去了。

我有些发懵。自从我带奶奶到城里看过病后,奶奶就时常找母亲要钱打牌。奶奶说,这把年纪了,快活一天是一天。奶奶赢了钱就让我吃红利,分享她的胜利成果。几天前,我去学校时,奶奶就悄悄塞给我三张脏兮兮的拾元钞票。似乎,奶奶的死与我也有关系。我要是没收奶奶的钱,她也许就不会找母亲要钱,她不找母亲要钱,她和母亲就都不会说气话,都不说气话,奶奶就不会一气之下跑到那棵鬼柳树下投江了。母亲说得没错,沅江是没有盖锅盖的。

母亲很快就将晚餐弄好了。饭菜都是办丧事的帮工们吃剩下的,只热了一下。我盛了一大碗,坐在门槛上吃。我不想凑在桌边看父母的脸色。但我的耳朵竖起来了,听觉变得格外灵敏。父亲大口大口地吃着,嚼得很响,吃几口就用筷子敲一敲碗边，就像在菜园里挖一阵土就要磕一磕锄头，以便弄掉上面的泥一样。母亲就要轻柔缓慢得多，像是闭着嘴吃的，声音极小。在我的想象中，父亲颈子上的青筋突了起来。在他吞咽下一大口饭菜之后，我晓得他要说话了。

但令我意外的是，首先开口的是母亲。

"你拿我哪么办？"

"么意思？"父亲问。

"你心里清白。你是个孝子，我作了孽，你不会轻易让我过这个坎的。"母亲声音很平静，像在道家常，"是我对娘不住。你想哪么办就哪么办吧。打也好，骂也行，离婚也由在你。打和骂你都解不了气的。你不是有个刷漆的相好吗？离了你就跟她过快活日子去吧。"

"是吗？看来你都想好了。"父亲怔了一会儿，闷声说，"离了你到哪去呢？你娘家都没人了。"

"这就不用你操心了，我有我的去处，老天都安排好了的。"母亲说。

"好，既然你都想好了，老天会成全你的。"父亲说，也很平静，只是带一点儿咬牙切齿的味道。

他们再没作声，嘴巴都忙着吃饭去了。我感到他们吃了比平时多一倍还不止的饭。除了咀嚼之声，堂屋里一片寂静。寂静中有一只老鼠从门后窸窸窣窣走过，我的背脊莫名地发凉。这幢屋子里，不光是奶奶离去了，还有许多许多东西失去了，只怕再也找不回来了。

吃完饭，我想帮母亲洗一下碗，她一声不吭把我推开了。天色黑下来，屋前屋后响起了细密如雨的虫鸣声。出葬时鞭炮爆炸留下的硝烟味仍在周围缭绕。我打开堂屋里的电视机，看了一小会《快乐大本营》。父亲剜了我一眼，我才觉出不对头，奶奶刚刚上山，不是娱乐更不是快乐的时候。于是赶紧关了电视机，钻进了自己住的小屋。

我在江对岸的县三中读寄宿，一周才回来一次。为节约电费，我和奶奶同居一间屋，共用一盏灯。两张床靠着墙相对摆着，夜里，我和奶奶时常躺在床上聊天。奶奶瞌睡少，上茅厕多，常常顺便为我掖被子，或者赶蚊子。现在奶奶走了，她的床也空了。被子枕头都收起来了，只有篾席子还摊着，旧蚊帐还挂着。席子凹下去一个明显的人形，似乎有个看不见的奶奶还躺在那里。奶奶身上特有的干燥气息仍笼罩四周，直往我鼻子里钻。我眼睛有点儿发辣。

我在自己床上坐下。

母亲进屋来，瞟瞟奶奶的床："你怕不怕？"

我摇摇头。

母亲说："你要是怕，我就把你奶奶的床拆了。"

"不用，奶奶走了，床也可以做伴的。"我说。

母亲默默地点点头，到自己房间里去了。

我侧躺在床上，目不转睛地凝视着奶奶的床，不一会儿，就看见奶奶的影子睡在那里。

我说："奶奶，真的是你吗，还是你的灵魂？"

那熟悉的影子动了动，弱弱地反问了一句："你说呢？"

我说："我不晓得。奶奶你为何要走呢？"

奶奶翻了个身，黑暗中两只幽幽闪闪的眼睛对着我，说："奶奶既然走了，就有走的道理。奶奶活得不耐烦了，到要走的时候了呢。而你呢，一世才开头，你要好好地读书，考上大学，做个城里人，去过快活日子。我害得你累了一天了，好好困吧，好好困吧。"

奶奶轻言细语，奶奶的气息随着阵阵清风扑到了我脸上。奶奶像往常一样给我打着蒲扇，我慢慢慢慢地睡着了。

可能是睡得太早的缘故吧，我被一泡尿胀醒了。我打开后门去茅厕。屋檐后面的夜空蓝得像一块巨大的电子屏幕，挂着一个又圆又大的月亮，白得不可思议。月光照亮了半截板壁，还有母亲房间的窗户。窗子撑开着，我顺便朝里瞟了一眼。父亲和母亲头脚相对，直直地躺着，他们身体之间露出的席子像一条狭窄的河道，白色的月光在河面上漂着。

我想着奶奶，在茅厕里蹲了很久。母亲房间的后门吱呀一声响，整个月夜似乎裂开了一条缝。母亲闪了出来，腰一弯，月白色的影子迅速地掠走了。片刻之后，父亲也闪了出来，脚赶脚地跟在母亲后面，绕到屋前去了。

我赶紧出了茅厕，也跟在了后面。

他们走上了去河边的小路。母亲在前，父亲在后，若即若离。也不说话，好像都晓得对方的心思。他们的脸在月光下一闪一闪。当母亲拐过一道弯，直奔那棵鬼柳树而去时，我的心缩紧了。我想父亲该扑过去拉住她了。但父亲没有，他很沉着，始终保持着五六步的距离。我加快了步伐，父母的身影慢慢地大了起来，能够看清他们的四肢了。他们沿着堤岸走到了鬼柳树下。鬼柳树蛮老了，树干粗得两个人牵手才抱得过来。眨眼间，父母的影子与树的影子融合在了一起，看不到他们了。月光下的洄水湾几乎静止不动，如同一面铮亮的镜子。忽然一个黑影跃起，落入镜子里去，扑通一声响，镜子里绽开一团雪白的浪花。紧接着又是一道黑影划过，又一团浪花绽放开来。我躲在鬼柳树后，我很平静，我像看电影一样看着父母在洄水里扑腾。父亲水性超好，我无须有任何的担心。不一会儿，父亲就把母亲提出水面，拖到了岸上。母亲弯腰咳了几声，吐出几口水，拧了一把头发，便从地上爬起来，一言不发地往回走了。父亲仍然若即若离地跟随在后。

待他们的影子差不多看不见了，我才慢慢地往回走。鬼柳墨黑的影子凉凉地从我背上滑下去。回到家，我又上了一回茅厕，顺便往父母房里瞟了一眼。父亲和母亲仍然头脚相对，直直地躺着，浑身湿漉漉的，像两条刚从沅江里爬出来的鱼。

天刚蒙蒙亮的时候，一根指头戳醒了我。父亲黑黑地杵在我床前，轻声说，他必须到城里去刷油漆去了，老板一直在催进度。按签下的合同条款，如果延迟完工，是要扣工钱的。他尽量晚上赶回来。所以，这几天，我就不要去学校了。父亲要我守着母亲。

我说："为么？"

父亲想了想说："沅江没有盖锅盖。"

我也想了想，说："你若不跟娘离婚，没有盖都跟盖了一样。"

父亲盯我一眼说："离么离，癫哒？你娘不是怕离婚，是自己心里过不去。她看到我就会不舒服，我走开还好些。你给我守紧点儿。"

父亲骑着他的摩托车匆匆走了。摩托车的引擎声显得很烦躁很急切，让人疑心他牵挂的并不是他的工作，而是那个跟着他刷油漆的城里女人。在村里人的传说中，那个女人虽然是寡妇，虽然是下岗女工，却是有几分姿色的，眼睛和屁股都很大，而且，比母亲年轻。

我起床时母亲已经下好了两碗面条，面条上搁着金黄的荷包蛋。我闻到了母亲身上散发的水腥气。母亲吸溜吸溜吃面的声音与平时并没有两样，连打嗝也都是连打两个。头发却梳得很马虎，一缕乱发散在耳边，还有了黑眼圈。神态倒还平和，或者说木然。放下饭碗，她里屋外屋窜来窜去，不知她要干什么。后来她戴上草帽，扛起一把锄头出门去了。

我连忙扛起父亲平常用的那把锄头跟在后边。

母亲回头说："你还不赶紧回学校去，跟着我搞么的？"

我说："我陪你，爹交代了的。"

"就你爹名堂多。你明年就要高考了，要是耽误了你读书，我就真的没一点儿想头了。"母亲一把抓过我肩上的锄头，丢在阶基上。

　　我为难了，只好折中一下："那，我在家自习，反正赶不上课了。"

　　母亲没有吱声，似乎是默许了，转身下了阶基。

　　我又冲她后背说："爹说，他没癫，他不离婚。"

　　母亲没有回答，但她的鼻子里好像哼了一声。她的背影摇摇晃晃地小了下去，慢慢地融进了靠近河边的棉花地。那是我家的地，沙质土，适合种棉花，离鬼柳树不远，每当夕阳西下，鬼柳树的影子就会压在我家的地上。我当然不能傻待在屋里的，我必须把母亲放在眼里。我象征性地翻了翻那本上学期的数学书，便将它折卷抓着，朝河边的鬼柳树快步走去。我想，守住那棵树，就等于守住了母亲。

　　我绕过我家的棉花地，悄悄走向河边。棉花苗已长齐大腿高，几乎把弓腰锄土的母亲淹没了。她月白色的背影在绿色的苗叶间晃动，乍一看，像是一块木头漂浮在绿色的波浪间，忽隐忽现。阳光很猛，地面上空摇曳着一层透明的蜃气。来到鬼柳树下，我看到一些草屑随着洄水缓慢地流动，画出一个巨大的圆圈。我背靠粗糙的树干坐下，很好，浓荫遮蔽着我，堤岸很高，视野开阔，往左我能看见流淌的沅水，往右能瞭见锄草的母亲。

　　我拿出书来，但看了一会，就看不下去了。我的眼角余光总是去瞭洄水湾，隐隐约约的，总是感觉奶奶的身子还在那洄水里沉沉浮浮。并且，还有一股阴森的水汽从水面升起，围着我缭绕不已。我透不过气，只好走到不远处的一丛竹子后，背向沅江坐下。这样，我就看不见洄水湾了，但母亲还在我的视线里。

　　我继续看书，看一两页，就瞭一眼母亲。不一会儿，眼睛就疲惫起来，不知不觉迷糊过去了。当一阵鸟翅的扑簌之声惊醒我时，母亲已来到了鬼柳树下。太阳当顶了，嘈杂的蝉鸣铺头盖脸。母亲的衬衫已被汗水湿透，现出深色的渍印。她取下草帽扇了扇风，忽然就拿脑壳在树干上磕了起来。一下，两下，三下，磕得很重，好像只有那样，她才舒服一点儿。我脑壳里嗡嗡响，不知该怎么办。接着，她跪了下来，对着洄水湾磕了三个头。然后，她朝旋转的水涡走过去。我紧张得四肢都发僵了。我也会游泳，但我能不能像父亲一样把母亲从江中捞起，却是没有一点儿把握的。

　　好在，母亲走到水边就停住了。她发着呆，一动不动站在那里，像根木桩。我悄悄走近一点儿，才发现她嘴唇蠕动着，嘀咕着什么。后来，她四下望了望，拿一只脚探了探水，就转身离开了。我不知她是什么意思，我能做的，就是悄悄地跟在她身后。

母亲回到家就一头钻进了厨房。我装出读书刚完的样子，揉着眼睛踅进厨房，帮她打下手做午饭。午餐后母亲就没再出去，在家手脚不停地做些杂事，洗衣机不停地响。这让我心里安稳。我边听母亲做事，边静心地读书。

但是到了傍晚，我又心神不定了。屋前那条发白的土路空空荡荡，久久不见父亲回家的身影。朦胧的夜色慢慢地吞噬了大地。我不安地眺望着远方。几十公里外，城市的上空，泛着一片诡秘的白光。身后，母亲发出了一声叹息。我回头说："爹说了回来的，娘，你打他的手机。"

"要打你打，我不管他。"母亲说。

我用座机打了父亲的手机。话筒里有个女人用好听的嗓子说，您所拨打的电话已关机。我愣了半天，不知该怎么跟母亲说。

母亲不声不响地回自己房间去了。

我坐到堂屋门槛上，不敢睡觉。我一边倾听着母亲房里的动静，一边期待熟悉的摩托车引擎声从夜色里响过来。

我原本是想坐守一夜的，但最终还是睡着了，而且是睡在了床上。我不晓得自己如何到床上去的。睡得太死了，醒来后一看，已是九点一刻。母亲下的面条搁在桌上，都已经泥了。屋里屋外一片寂静，不见母亲踪影。我心慌了，三下五除二地吃完面，撒腿就往外面跑。

我径直跑向河边。

棉花地里也没有母亲的影子，这愈发令我惊慌。

我气喘吁吁地奔到那棵鬼柳树下。洄水像面巨大的磨盘徐徐地旋转着，漂浮着一些树枝和草叶。我站在鬼柳的影子里，扯开喉咙大喊：娘——！没有任何回应，连回声都没有。我凄惶的呼唤被沅江阔大的水面与空间一口吞掉了。我盯着流水，往下游走了几步。淡黄的流水里有个物件沉沉浮浮。我的心揪紧了，颤抖着又叫了一声娘。那物件应声变大，原来是一头水牛蟹青色的背。牛头哗地一声冒出水面，打着响鼻。

"你鬼喊鬼叫做么的，你娘又没在这里。"陈婶从我背后闪出来说。

"你晓得她在哪？"我连忙问。

"我刚刚赶着牛从坟山那边过来，你娘在你奶奶坟前跪着呢。"

我松了一口气，这才发觉身上的 T 恤衫都湿透了。

"我晓得你为么到这里来。不过你的担心没有错，我看你娘的眼神就有点儿不对头。"陈婶凑近我，压低嗓门，指了指那棵鬼柳，"只怕被它勾住了魂魄呢。你看啰，它那根枝子像不像一只手？它伸得那么长，五个爪子张得那么开，就是要拖人下水。它之所以这么高寿，就是人的魂魄养着的呢。那年，我家大嫂也是被它拖下水的。自从我嫁来这，它至少拖过四五个人了。所以呢，大家才叫它鬼柳。它真的有蛮鬼呢。"

我侧身朝鬼柳望，它冲南扬起的秃树枝果然像极了一只手，手肘弯曲着，手臂朝村子方向伸出老远，几根手指又长又尖。

"那，有么办法没？"我问。

"办法总是有的。首先，人不能怄气，我细数过，被它拖下水的人，都是因为怄气。比如我大嫂，就是因为生不出男伢，又被罚款而怄了气；又比如驼老伯，是被人骗走了存折和密码而怄气。还有你奶奶……噢，这个我就不说了，也怪不得你娘，人生在世，哪个不会怄气，哪个又不说几句气话呢？我看你娘又在怄气了，怄自己的气。要是被鬼柳晓得了，凶险呢。"陈婶双手比画着，瞟瞟河水，齿缝里咝咝地吸气。

"那，要是怄了气，哪么办呢？"我盯着她。

"当然啦，也不是凡人怄了气都会被鬼柳拖的，不过小心为妙。你晓得，我上过五雷山，吃过斋，拜过道，梦里受过仙人指点，会点法术。我给你娘画道符烧成灰，兑在法水里喝了，就会平安无事。"陈婶的眉毛一挑一挑，眼里放着光。

"那，画道符多少钱？"我问。

"嘿嘿，这个嘛，乡里乡亲的，给张红老头儿吧，百把块钱差不多了。如今的钱也不值钱。"

陈婶伸出几个指头做了个点钞票的动作。这个动作里的贪婪让我不信她的扯淡了。但我承认，她的怄气之说是有道理的。奶奶已经走了，人死不能复生，我不能再让母亲自己怄自己了。

江风飒然而至，鬼柳的叶子簌簌作响。我转身去往坟山。远远地看见奶奶的坟墓黄土鲜艳。母亲已经离开，坟前只看到三炷仍在燃烧的香，烧成灰烬的纸钱，还有母亲的膝盖跪出的痕迹。我旋即赶回家，看到母亲蹲在菜园里扯草。

我走到母亲身边。

她一愣："你哪么还不去学校？"

"我不放心你。"我说，眼里辣辣的。

"你要再不去读书，娘死的心都会有。"

母亲口气很平淡，落在我耳里却嗡嗡作响。我答应明天一定回学校。我蹲下身子，用力拔掉一棵马齿苋。一只虫子从我眼睛里爬了出来。

黑夜回来了，月亮也回来了，父亲还是不见回来。

我坐在门槛上，望着远方。天地交会处，城市发出的光芒烧灼着夜空。母亲忙完了家务，坐到我身边的竹躺椅上。手仍不得空闲，操起蒲扇，轮换着给自己和我扇风。但我愈发感到郁闷，汗水不断地渗出后背和前胸，把刚换的衬衫都浸湿了。我像块抹布拧在不可预测的命运手中，越来越纠结。

地上的月光白得令人想起洒在墓坑里的石灰。

我忍耐不住了，起身往屋里去。

"你莫打电话，你爹不会回来的。"母亲对我的心思了如指掌。

我还是到屋里，用座机打了父亲的手机。接通了，音乐彩铃兴高采烈地唱着"亲爱的，你跟我飞"，但飞了半天，那个好听的女声告诉我：您所拨打的电话暂时无人接听。我出屋来告诉母亲，可能父亲正往回赶，骑在车上不好接电话。

母亲没有吱声，继续给我打蒲扇。阵阵清风扑上我的身。我不想让母亲受累，却不忍躲开。

母亲忽然说："伢儿，娘要是不在了，你照顾得好自己吧？"

"娘，你哪么讲这话？我不喜欢。"我说。

"人各有命，由不得你喜欢不喜欢呢，"母亲像是自言自语，"不过，这么大的人了，我的伢儿是晓得走正道的。以后，还要上大学，还要成家立业，花费不小，没得娘不要紧，没得爹可不行……"

"爹娘我都要，没爹娘我不成孤伢了！"我叫了起来。

"唉，只怕是，娘在，爹就不得回了呢。他的心早就被人拐跑了。再加上这一回，娘确实造了孽，一句话没说好，怄走了你奶奶，他还容得我吗？我自己都容不得我自己呢。"母亲喃喃道，打扇的手垂了下来，两眼盯着自己的脚。

"娘，你只是说了句气话，怪只怪那棵鬼柳树，是它勾走了奶奶的魂。你不能这样说，也不能这样想！"我抓起母亲一只手，用力摇晃着。母亲处在某种可怕的梦魇中，我得把她摇醒。

"好，我不说也不想了。娘实在是太累了，背不住了，只想歇了。你也快歇觉去吧。"

母亲起了身，将我往屋里推。

我只好进了屋，关了门，但没关死，留了一条缝。母亲想歇的话令我心惊，在方言里，歇与死是同义的。母亲回到阶基上，在躺椅上坐下了。从门缝里看过去，她佝偻的背影轮廓清晰，显得愈发地执拗与孤独。月光从她乌黑的头发上淌下来。她粗糙的双手放在膝盖上，像在做着某种准备，似乎会随时起身，走进面前那深不可测的夜色里。

我在屋里团团转，慌乱无措地撩开奶奶床上的蚊帐，低语道："唉，奶奶你说怎办呢？"

奶奶的身子倏然浮现在床上，她盘腿坐着，像打坐的菩萨，脸上还有生前一样的红晕："伢儿啊，你莫急。你娘是个好人，其实呢，我是故意跟她怄气呢，怄了气我才有胆子跳江呢。我得了绝症，不想牵累家里了。唉，诊得好的是病，诊不好的是命呢。还记得上次你带我到城里看病不？做完检查我就要你到街上耍去了，我自己等结果出来后，就去找了医生。我得的肺癌呢，我不想让你们晓得，就把单子上的字改成了肺炎。回家后，我还是怕你爹娘看出改动的痕迹，干脆说单子丢了，没给他们看。"

奶奶黑亮的眼珠子滴溜溜地转，生动而真实。

我伸手摸了摸奶奶的脸，温温的。

"奶奶，您说的都是真的吗？"

奶奶打一下我的手："当然是真的，看病的单子压在箱底呢，你赶紧把它改过来，给你娘看，解开她心里那个结！"

我连忙打开了奶奶的箱子，在箱子底部，果然找到了那份诊断书。我手忙脚乱地，从书桌里寻块橡皮出来，将炎字擦掉，再写上字母 ca，那是癌症的英文代称。在一部电视剧里，我看到过这样的情节。

"奶奶，谢谢你！"我想给奶奶鞠个躬，奶奶却笑了笑，消失不见了。

我拿着诊断书跳出房门，几步纵到母亲跟前，结结巴巴地复述了奶奶说的那些话。我的脸热得发烫。我特别地说明了那两个字母的含义和不容置疑。我说："娘，奶奶跳江，跟你说沅江没盖锅盖没关系呢！"

母亲有点儿茫然，缓缓站起，两只手在衣襟上擦了擦，抓过诊断书看了看，没看清，便举在电灯下仔细端详。她的眼睛亮了起来，嘴巴因为惊讶而张得无比地大。随后，她后退几步，一屁股坐下，身体往后仰倒，瘫在了竹躺椅里。那张诊断书掉在了地上。她闭上眼睛，泪水从眼角流了下来。

过了很久，我才碰了碰母亲的腿，唤了一声："娘。"

母亲没吱声。

我低头一看，她竟打起了鼾，睡着了。

我拿了条毛巾盖在母亲身上。这时，摩托车的突突声逶迤而来。我忽然感觉，父亲回来不回来，一点儿都不重要了。此时此刻，我也不想面见父亲。

我钻进自己房间，沉浸在奶奶的气息里。

隔着门缝我看到父亲上了阶基，停在了母亲面前。他脱掉汗湿的衬衣，裸着上身看了看母亲，一弯腰，便将母亲抱了起来，去了他们的房间——就像是一条鱼抱走了另一条鱼。

隔天，我回学校去。路过鬼柳树时，我酣畅淋漓地往黑色树干上屙了泡热尿，十分地解气。到了渡船上，回头一瞧，它的那根像手的枯树枝仍长长地伸着，还想拖什么人呢。我有点儿怄了，找船老板借了把劈柴禾的斧子，跑到鬼柳树下，将斧子往背后腰带里一插，抓住树身上的一根藤，吭哧吭哧地爬了上去。我坐在树杈里，挥起了斧头。鬼柳树在斧头的砍击下有节奏地颤抖，雪白的木屑纷纷溅落。

"喂，你干嘛呢？"有人在树下喊。

"这棵鬼柳树害人，我要砍断它的手！"我说。

"它柳树都不是的，还鬼柳呢！它叫枫杨树，是棵百年老树了，是我们保护的对象！我是林业站的，你还砍，我可要罚你款了！"那人挥舞着手。

我看了看他身上的短袖制服，只得溜下树来。我嘟哝着："既然它不是鬼柳，既然是棵要保护的百年古树，你们为么不给它挂块牌子呢？"

"嗯，这个建议好！这么吧，我回去做牌子，你负责把它钉到树上，款就不罚你的了。"那人说。

我同意了。我跟着他渡过沅江，去了镇里的林业站。站里有现成的牌子，等他写上字后，我便抱着牌子回到南岸。我仍找船老板借了斧头，还要了几颗钉子，将那块牌子牢牢实实地钉在鬼柳树干上。牌子上的字是：枫杨树，胡桃科，枫杨属，中国原产树种，喜光耐湿，广泛分布于华北、华南各地，河溪两岸常见，树龄约一百年。

我安心地离开了这棵树。从此之后，我就不叫它鬼柳了，我希望别人也不再这么叫它。它不叫鬼柳了，就不应当再做勾魂夺魄的鬼事了吧？让一棵诡秘凶险的树改变了它的名字，我想，这是我在这个夏天里做的最有意义的一件事。

2013 年 7 月 25 日

打 皮 箩

1

郭伯老了，爬不了山，只能我上山去砍竹子。我砍了四根竹节长、节巴平的楠竹扛回来，放在郭伯家的禾场里，按照郭伯给出的尺寸锯成竹筒，再将它们劈成很多片，然后，我们就坐在那条两庹长的橡木板凳上，开始破篾了。

刚劈开的竹片散发着清香，秋风凉爽，水一样地从颈子里滑过去，很舒服。我右手运着篾刀，左手持续地将篾条往刀口里喂。篾条一破两片，变作青黄两条薄篾，摇摇晃晃地吐出来，归作两处。青篾继续加工作为备料，而黄篾是废弃不用，只能当柴禾烧了的。

我勾着脑壳，干得很认真。

郭伯侧对我坐着，对他来说篾刀有点儿重了，瘦筋筋的手颤颤巍巍的，但篾出得很顺溜。到底是老篾匠了，人老手艺还在。但他不光是破篾，还要教我，所以，他的眼光不时落到我的手和篾刀上，像一只蜂子，叮叮这，闻闻那。他还捡起我破的篾，凑到眼前看了看，摸了摸。他没有吱声，于是我就晓得，我破的篾厚薄均匀，基本达到了他的要求。我破篾的姿势、手感和力道都是对的。

我就有些得意，加快了喂篾的速度，还噘起嘴吹起了口哨。郭伯咳了一声，似乎是提醒我要专心。弥漫的竹香中夹着一丝类似干稻草的气息，那是他的身体散发的衰老味道。

破出的篾慢慢地在脚边堆积起来。我的篾刀也慢慢地重了，手腕有些发酸。我停下手，看着板凳另一头的郭伯，他身子瘦小，腰弯得像只虾公。

我问："打一担皮箩要几天啊？"

他好像没听见我的话，埋头破着篾，一滴鼻涕挂在他的鼻尖上。

我以为他不会回答时，他开口了："你想几天就几天，几天有几天的打法。不管几天，都要先备篾，都要屁股坐得住。"

这话听来有点儿责备的意思，我就不吱声了，专心破篾。

我晓得篾货都是打起来快，而备篾是件细致也很费时的活儿。除了破篾，还要规篾、刮篾，很麻烦，很烦琐的。打两只皮箩，光备篾可能就要两三个工。

不过，我晓得自己坐得住的。我是有坐功的，我在东莞那家工厂的流水线上车衣服，每天坐十小时，一坐就是六年。工厂倒闭了，我才回家乡来。我必须跟郭伯学会打皮箩，我想要四季青竹艺社的那份工作。我不想再到外面打工了。

2

那天，我在镇子里闲逛，逛着逛着，就碰到了一张招聘广告，说是那家港商新办的四季青竹艺社，急招会打皮箩的老篾匠，一旦聘用，待遇从优。我觉得怪，竹艺社一般都是做竹筷、竹椅、竹桌、竹凉席、竹座垫的，它却还要打皮箩，发的什么神经呢？

皮箩并不是皮做的，其实就是一种用又薄又细的篾打的箩筐，比一般的粗篾箩要精致、皮实，以前是我们乡下人的日常用具，碾米、上街、走人家，都挑着它的。特别是走人家的时候，将箩盖翻过来搁在箩口，将礼品放在盖里让路人看见，皮箩随着扁担忽闪忽闪，是很显摆也很拉风的事。皮箩打得好，篾织得紧实，装粉都不漏的，如果再刷层桐油，甚至可以拿来挑水。一对好皮箩可以用上一辈子，甚至几代人。但问题是，如今没人用皮箩了，都是用蛇皮袋装东西了。不管什么东西，用蛇皮袋一统，往摩托车上捆也好，往拖拉机斗里甩也行，打粗，耐脏，方便。谁还要皮箩呢？

我在广告前发着呆，郭伯弯着腰过来，手里提着几包中药，晃晃悠悠。郭伯是远近皆知的篾匠，会打皮箩的，好像也只有他。

我朝他挥手，把广告指给他看："郭伯，招打皮箩的老篾匠呢，待遇从优！"

郭伯凑到广告，抽了抽鼻子，好像不是看了看，而是嗅了嗅，然后摇头："它讲的老篾匠，是手艺熟，不是年纪大；我这把瘦骨头，它不要的，它不怕我死在它那里啊？"

我说："千金难买老来瘦呢，郭伯你起码还有十年好活。只是不晓得，香港人要打皮笊做什么？"

"各有各的心思。"郭伯掉头要走，忽然又回转脑壳，看了我一眼，我便像被叮了一口。我老觉得他的眼睛像两只蜂子。

郭伯说："你想不想应聘？"

我说："你哪么晓得我要应聘？"

郭伯说："在家门口打工比到远处强啊，好招呼家里。还有，那家竹艺社的女老板又年轻又长得乖呢，看到都舒服。你要想应聘我教你打皮笊。"

我摸着脑壳笑了："郭伯你人老心没老嘛。不过等我学会打皮笊，板凳脚都长菌子了，人家早招满人了。郭伯你以为我是神仙啊？"

"你不是神仙，你是篾匠坯子，天生的。还记得十年前吗？篾箕啊，斗篷啊，你一学就会，打得像模像样。只要有心，我保管三天就教会你，就可以去应聘了。放心，方圆几十里，除了我，没人跟你争。我打听过，广告贴出来十来天了，都没人上门，他们招不到人的。"郭伯说。

我瘪了瘪嘴巴，不相信自己三天学得会。

"你以前学的手艺忘不了的，它只是睡了，我一叫，它就会醒来的。当然，手艺要精，是另一回事。没个两三年，你赶不上我。"郭伯边说边瞄我，不时拿手背揩一下鼻涕，他的影子蜷缩在地上，显得很小，像一个黑色的干树苑。

我就沉吟起来，踢了踢地上的石子。

十来年前，我到镇中学去读书，沿着青石板铺成的古驿道走，是必得经过枫树坳，从郭伯的屋檐下过的。而且，我是必得停留一会儿的。因为，郭伯的崽郭开放是我同学，又玩得好，我常去邀他一起上学。时常地，就看到郭伯坐在禾场里，或者阶基上，做篾匠活。有天我来了兴趣，从郭伯手里接过打了一半的篾箕，学着样子编了起来。居然，就顺利地打成了那只篾箕，只是形状不太好看。后来，我又学会了打斗篷、编篾篓。从那以后，我家用的篾箕竹篓，就都是我自己打的了。自然，那都是粗篾货，算不了什么，但也说明，我是有篾匠细胞的。看着篾器在手下慢慢成形，有种说不出的味道。我喜欢那味道。那味道告诉我，我是能成事的。中学毕业后，我和开放都外出打工去了，我的篾匠技艺也就学到此为止。现在，山脚修了公路，翻过坳口的古驿道除了郭伯没人走了，我以前学会的一点儿篾匠手艺也如同这条路，荒废得差不多了。

"如何？"郭伯两只褐色眼珠闪闪发亮。

有一道电流从我手臂里穿过去了，有麻酥酥的感觉。我的手指不由自主地张开，又捏拢。我感到了我的手对打皮篾的渴望。我嘴巴发干，声音涩涩地说："那，我就试试吧。"

"不过丑话说在前头，我不收你的拜师钱，但是，从此以后，你得叫我师父，别人问起你的手艺，你得说是从郭篾匠手里学来的。"

郭伯盯着我，目光尖锐，我觉得自己动弹不得，赶紧点头："那是自然！"

"那，就这样吧，过两天你来我屋里。"

郭伯身子往下一矮，就缩小了。他转身，缓缓往镇子外走。我在他身后跟了一程，直到他离开公路。我看着他摇晃的身影沿着古驿道上升，最后被荒草掩没。

3

橡木板凳一端有两条缝，郭伯将两块刀片楔进缝里，刀刃相向并列，然后抓起一条篾放入两片刀刃之间，轻轻往身后一抽，篾条出来后，多余的部分便被刀刃削掉了。这便是规篾。篾条是根据竹子的纹路破出来的，所以它总是头宽尾窄，规篾就是要将它弄得首尾一致。这是个需要手感与技巧的活，抽篾时手的方向要正，速度要匀，否则容易把篾削断。在竹艺社，是不需要干这活的，它有机器，机器做这活比人强，几乎从不出废篾。

郭伯讲了规篾的要领，又做了示范，我便开始学着做。弄断了数条篾之后，我就慢慢地做好了。篾条抽得有滋有味，也规得有模有样。郭伯便满意地蹲在一旁看，还点起一支烟吸起来。但没吸两口，就一阵咳嗽，脸皱成了一颗核桃，只好将烟丢在地上，用脚踩烂。

"郭伯，你好像在吃中药，身体不舒服吧？"我问。

"还喊我郭伯？"郭伯脸就黑了。

"嘿嘿，喊惯了嘛，要改口还不习惯呢，师父。"我叫道。

"这不改过来了？嗯，我有点儿胸口疼，老毛病了，不打紧。"郭伯按了按胸口。

"开放晓得不？"

"我没让他晓得，他在宁波那边忙得很，小病，不值得一提。"

"那还是让他晓得好些，开放几年没回了吧？"

"前年回来了的，住一晚就走了，太忙了。成家了不一样啊！要赚钱养家。"郭伯从胸前的口袋里摸出一张相片，"你看，我孙伢子，半岁了。"

我接过相片，看到一张胖乎乎的婴儿脸，很可爱，但没容我细看，郭伯又把它拿回去了，宝贝似的，吹吹上面的灰，塞进了口袋里。

我好久没见到郭开放了，想跟他通个电话，于是向郭伯索要号码。

"他前不久换了号码，我记下了的，我帮你找找。"

郭伯两手摸了摸围裙，进屋去了。

过一会儿，他出来了，有些懊恼的样子，轻轻跺了一下脚："唉，人老了就不中用了。记不起放到哪里了，找不到了！只好等他打电话来了。"

我便不作声了，埋头专心规篾，将一条又一条篾从刀缝之间抽出来。规好的篾渐渐地成了堆，喷吐着清香。直到把最后一根篾规完，我才直起腰。抬头一望，太阳已经下山了，远处的山尖发红，山脚下的镇子罩在一层淡蓝的暮色里。

"你歇会儿，我做饭去，特意砍了半斤肉来的。"郭伯说。

"那太不好意思了，哪有师父给徒弟做饭的？做饭太麻烦了，师父，以后我负责订饭吧，给餐馆打个电话要他们送就是。"我说。

郭伯想想说："也行，以后你叫中饭吧，晚饭还是我来做。也好腾出时间来多教你。"

我解下围裙拍打一下左手。忽然手腕一阵尖锐的疼，一根细竹刺刺入皮下了。忍不住就哎哟一声。郭伯忙抓住我的手，眯起眼，找到了竹刺，尖起手指将它掐住，抽了出来，然后一低头，嘴含住伤口用力吮了几下。我有些不自在。郭伯松开我的手，说："没事了。"

我手腕处的疼感消失了，似乎只不过是被虫子螫了一下。

郭伯到灶房里忙去了。我便到屋场东侧的菜园里，摘了些扁豆和秋辣椒，择了，洗了，又切好，放到灶台上。郭伯做了一个青椒炒肉，一个清炒扁豆，两个人美美地吃了一顿晚餐。天黑下来了，我往远处望了望。

郭伯说："快回吧，免得堂客担心。"

"我家里没堂客了。"

我说，心中黯然。三年前，我堂客不想跟我到外面打工，怕辛苦，又不想一个人在家受寂寞，就跟别人跑掉了。

"噢，你看我这记性！"郭伯拍拍脑壳，又说，"没有家堂客，就找个野堂客吧，总比一个人好！快回吧！"

"我就住开放房里吧，我懒得来回走，明早起来就可以做工夫了。"

说着我就去推开放房间的门。我曾经在那间房里睡过，跟开放挤在一张床上。

但郭伯把我推开了："还是回去吧，各有各的屋。你屋里沾不到人气，屋柱都会长出青苔来，会慢慢烂掉的。"

4

其实，正在慢慢烂掉的是郭伯的屋。这是第二天早上我打扫禾场时发现的。屋柱和木板壁都往西倾斜了，屋脊上的瓦也松动了，露出了腐烂的椽子。我跟郭伯说："你的屋只怕要检瓦了呢，屋也要牮一牮了，像个要倒的样子了。"

郭伯却不以为然："屋跟人一样，反正要老的，看上去要倒了，其实还撑得蛮久呢。不想花那个冤枉钱了，开放说了，过两年就接我到宁波去住。"

听他这么一说，我就想，这也是他想把手艺留给我的原因之一吧。他一走，我就成了皮箩匠的传人，方圆几十里，只有我会打皮箩了。这么想着，手上就来了劲。我在板凳一端安好刮刀，将规好的篾抱过来，拿出一支搁在刀刃上，左手拇指按住篾条，右手用力一抽，呲地一声，就刮下一层卷卷毛似的竹绒来了。刮篾的目的就是将青篾风吹日晒过的表层刮掉，否则以后它会发白不好看。青篾刮过之后，像指甲壳一样光滑，打成篾器就会很好看，随着时间的推移，它会呈现出酱红色，像上了漆一样。我以前就跟郭伯学过刮篾，所以，他稍稍指点了几下，我就刮得像模像样。我力气大，手也还正，不光掌握了要领，还慢慢地刮出一种韵味来了。那呲、呲、呲的声音，就像篾条在跟刮刀说着悄悄话，让人听得很熨贴，很有味。

刮下的竹绒慢慢地聚成了蓬松的一堆。竹香味愈发地浓烈，像锅里的水汽一样包围了我。我刮得很快，也不歇气。如果今天不备好料，打皮箩的时间还会往后推，郭伯三天教会我的话，就成了吹牛皮了。学不会手艺，我是不想去竹艺社丢人现眼的。

郭伯也嫌进度慢吧，他在板凳另一头也刮了起来。他的速度比我慢，没刮多久，就喘息起来了。我让他歇着，他不理。

太阳当顶的时候，我们终于将所有的篾刮完了。竹绒篾屑沾了我们一身。我拍拍衣服，伸了伸酸疼的腰，掏出手机给镇上餐馆打了电话。半小时后，餐馆的人就骑着摩托车突突突地到了坳下，接着又迅速地爬上坳来，将两个盒饭送到了我们手中。

吃饭的时候起了点儿风，屋后的竹林沙沙作响。地上的竹绒也随风起舞，我们饶有兴味地看着，没有管它。一团竹绒像长了脚，颠颠地跑过禾场掉到磡下去了，像被哪个追赶，我跟郭伯都笑了起来。

风忽然止息了，阳光安详，清爽的空气里不光流溢着竹香，还有泥土和枫树叶子的香味。我们安静地歇息着。我望着坳下，看到一个红点离开公路，沿着古驿道移动。红点越来越大，那是一个穿红色上衣的人，是个女人。她爬上坳来了，她的裤脚上沾了好多干草籽。一副宽大的墨镜遮掉了她的大半个脸，但当她靠近禾场时，我和郭伯都认出她来了。

她就是郭伯所说，那个又年轻又长得乖的四季青竹艺社的女老板。

我和郭伯面面相觑。

女老板喘着气，来到我们面前，摘下了墨镜。强烈的香水味刺得我的鼻子发痒，我忍不住打了个喷嚏。她捂着胸口，待自己平息下来，才看看地上的篾，冲我微微一笑："老乡，你们在做什么呢？"

听到熟悉的粤语普通话，我感到很亲切，就说："准备打皮笋呢。"

郭伯补充道："我们就是你们想要招的皮笋匠。"

"是吗？"她掩了掩嘴，四下看着，似乎对皮笋匠并不感兴趣。

郭伯对我使了个眼色，我赶紧进灶房给她沏了杯茶出来，请她在长凳上坐下。

她道了声谢，端着那杯茶，却不喝，坐了片刻，走到阶基上去了。她朝堂屋里看了几眼，又走到屋东头望了望后山的竹林，才又坐回到我们身边，两只水汪汪的眼睛在郭伯身上睃来睃去，问："这儿的小地名是叫枫树坳吗？"

"是啊，祖祖辈辈都这么叫的。"郭伯说。

"那您是郭老伯？"

"我是姓郭，这周围几个村子的男人都姓郭，一个祠堂的。"

"那我向您打听一件事：二十五年前，一天夜里，你有没有碰到一个女人？当时好多人找她，追她，你有没有把她藏到一个皮笋里，救了她？"她挪动一下身子，坐得离郭伯近了一些，盯着郭伯，眼珠里闪着两个亮点。

郭伯眨了一下眼，没有吱声。

"那个女人是怀了孕的，肚子有点儿大。"她提示道。

郭伯摇了摇头："没有，我不记得有这事，我没救过什么人。她是你什么人？"

她眼中的亮点暗了下去，细声道："噢，她是我妈。"

郭伯噢了一声，手在围裙上擦擦说："是这样啊，不过我可以帮你打听打听的。如果你能招我这个徒弟去打皮箩，我一定帮你打听到。"

她看一眼我："他这么年轻，会打皮箩？"

我马上说："你这么年轻还当老板。"

她就笑了："这不是一码事，手艺是需要多年的经验的。"

郭伯说："他可是个天生的篾匠，你看刮的这些篾，又光又匀，不是老里手刮不出来！我们等会儿就开始打皮箩了，你过两天来看啰，打不成皮箩你可以不要。"

她想想，点头道："行，有空我就来，我没来，你们也可以带着皮箩去我那应聘。只是，老伯，您不可食言，一定帮我打听到噢！打听到了我一定重谢！"

郭伯就说："放心吧，君子一言，四匹马都难追。"

她招招手，就告辞了。

我给她倒的水一口都没喝。

她红色的身影沿着古驿道慢慢地小了下去。四周的香水味也淡了，竹香味重新浓重起来。郭伯望着她的影子发呆。

我问："师父，你不会就是那个她要找的人吧？"

郭伯用力摇头："不是不是，我要是，你招聘的事就可以铁板钉钉了。打皮箩吧，打好皮箩了，她不会不要你的。"

5

我和郭伯一人占据一方地面，开始打皮箩。

打皮箩从打箩底开始，先选了些篾片做经篾，再将纬篾一根一根地往经篾上编。每编上一片纬篾，就要将一把薄薄的竹尺穿进经篾里，轻轻地将纬篾打紧，再一捡一漏错落有致地拾起经篾，编入下一根纬篾。手指翻飞，周而复始，既要耐心，又要细心。我每编一片篾，都要看一看郭伯的手势，争取与他同步，这样一招一式都不会遗漏。

郭伯的手虬曲苍老，像是松树的根，看似很笨，但捡起篾来活络得很。又有厚实的茧，所以它似乎也不怕竹刺，无所顾忌地在篾片里穿行不止。

只是，没打上一会儿，郭伯就像拉风箱一样出起粗气来了。

66

没多久，四方形的箩底就打好了。接着，将四方长出的篾头都箍拢竖起，成为四壁的经篾，再拿起纬篾继续往上面编打。边打边双手挤压一下篾条，以便让箩筐成形，让它既有一点坡角，又看上去浑圆一体。手挤多少次，用力有多大，都有讲究，却主要是靠自己体会得来的。郭伯边打边示范了几下，我立即悟到了它的力道。皮箩打出小半截，基本成形之后，我们就将它夹在双膝之间，一边转动一边捡拾经篾、编入纬篾了。人轻松不少，编打速度也加快了。

太阳落山之后，两只皮箩基本成形，只剩锁口了。

夜色慢慢地笼罩了四野，看不清皮箩上的篾片和手指了，可我和郭伯都还舍不得松手。我们把皮箩搬到堂屋里，拉亮电灯，借着灯光继续编打。我们的肚子都忘记了饿。郭伯弯了两只篾箍安在箩口，开始教我锁边：将篾片缠紧篾箍，再将篾片头插进皮箩缝里扯紧截断。于是，箩口慢慢地锁住了，还呈现出一条有着美丽人字形花纹的箩边。

我很兴奋，抱起喷着篾香的皮箩上下左右地欣赏，很佩服自己的能耐。但把它和郭伯打的那只摆在一起，才觉察出，姜到底还是老的辣。我打的皮箩没他的圆整不说，箩身上的毛刺也多些，还有一些乌黑的手指印。

郭伯扔过来一块细砂布，我抓起砂布嚓嚓嚓嚓打磨起来，一直把它磨得光洁圆滑才松手。

天色太晚，我不能再让劳累了一天的师父做饭，便打算再叫盒饭。刚拿出手机，却发现郭伯侧倒在地上了。他双手抱着胸口，两眼紧闭，嘴里咝啦作响。

"师父你怎么了？"我吓着了，赶紧抱起他。

"发黑眼晕，不打紧，就是……胸口有些闷疼，像堵了把稻草，出气不赢。"

"那赶紧去医院吧！"

"不要紧的，老毛病，歇口气就好了。"

我不敢大意，不由分说将他背起，顺手带上堂屋门，撒腿就往坳下跑。郭伯的身子枯干硬扎，却轻飘飘的。搂着他的两条腿，就如搂着两根干柴禾。他灼热的气息从我耳边喷过来，有股竹香掺杂其中。没带手电，我只能借着青石板反射的月光，深一脚浅一脚地往山下走。郭伯在背上挣扎，扭动不止，要我放他下来，我不肯，双手抱紧他不松。

他就捶了我脑壳一下："咳，你这伢子，那医院是我去的？不榨干你的荷包不得放你出来！"

我说："那也得治病啊"

"这把年纪，谁会没病……你呵，会后悔的。"

"我会后悔啥？"

"后悔跟我学打皮箩啊！手艺还没学全，惹一身的麻烦。你送我去医院，我身上没几个钱，他们会找你要，你脱不了身的。你啊，豆腐会拌成肉价钱。"郭伯啰唆个不停。

"那有什么办法，虽然只学了两天，那也是你徒弟，俗话说，一日为师，终生为父，谁让我摊上了呢。难道我见你倒在地上，甩手就走了？你不讲我，我还怕别人戳我的背呢！"我说。

"你这家伙，倒想得多。"郭伯不作声了，过会又说，"不过你放心吧，顶多你先垫付一下，我家开放会还你，我不会让你吃亏的。可惜的是，皮箩还有箩盖没打……"

古驿道在脚下晃晃荡荡，我身酸脚软，出了一身臭汗，喘息着说："师父你就莫乱想了，治病要紧，别的都不值一提。"

郭伯在我背上嗯了一声，忽然唉哟一声叫。荆刺挂住了他的衣领。我赶紧放下他，摘掉那根荆刺。我想重新背起郭伯，他却把我推开了，硬要自己走。

我只好扶着他，摇摇晃晃地往镇子里去。

走进镇医院时大概是夜里九点了。值班医生一见郭伯就说："郭老倌啊，早跟你讲，你这病要到大医院去做检查，越早越好，拖不得的啊！"一听医生这么说，我干脆就拉着郭伯出了门，租了辆小车，径直去了市医院。

6

我给郭伯办理了住院手续。要预付五千元住院费，我卡上只有三千多，只好跟医生求情，先交三千，余下的筹齐了再交。我带着郭伯做了胸部 CT 扫描，支气管镜检，还抽了血做了化验。检查结果出齐后，我拿着去找主治医生，没让郭伯跟着。我预感到他的病情不妙。主治医生严肃地跟我说了半天，出诊室时，脑壳都晕了。

回到郭伯病床前，我对他说，是肺结核，治得好的，安心养病吧。

郭伯就点头："好，既来之，则安之。你呢，也回去安心打皮箩吧。皮箩没得盖，叫化都不爱。你把箩盖打好了，赶紧去四季青应聘。不能因为我误了你的事。反正，治得好的是病，治不好的是命。我一进医院就感觉好多了，不需要你招呼的。"

我有些为难："这……"

"噢，打箩盖跟打箩筐差不多的，只是它浅得多，也要比筐大一圈才盖得住。堂屋里还有只旧箩盖，你照着打就是。我原本还想教你点儿花样，在箩盖上打出双喜字来的，看来得等以后再说了……"郭伯溜下床，将我往病房外推，到了门外，忽然又压低嗓门，凑在我耳边道："那个香港女老板若是不要你，你就跟她说，我就是她要找的那个人。那年，她娘有身孕了，但不准她生，好多人带着滑杆抓她，要抬她到医院流她的产，是我把她藏在那只装棉花的大皮箩里，拿箩索捆紧，才躲过那些人的眼睛逃走了。她娘在皮箩里憋晕了，还是我掐她的人中掐醒的。"

"是这样啊！"我惊奇不已。

"这事你晓得就行了，千万莫跟别人讲，会惹麻烦的。快去吧，以后好好打皮箩，你会比我打得还好的。"郭伯说着，把我送出了医院大门。

7

我回到枫树坳郭伯家。

我和郭伯打好的那两只皮箩默默地蹲在堂屋里，无声无息地，喷发着新篾的清香。我找到了郭伯说的那只旧箩盖，仔细研究了一番，照着它的样子编打起来。

我花了两天的时间，打好了两只箩盖，将它们盖在皮箩上，就像是给皮箩戴上了帽子。严丝合缝，很是般配。我还给皮箩加装了撑篾，配上棕丝箩索，又削了一条竹扁担，然后，将两只明晃晃的新皮箩一扁担挑了，去往四季青竹艺社。

我进了女老板的办公室，抓起一只皮箩举在她面前："老板你看看，我打得如何？"

她粗枝大叶地瞟一眼："嗯，手艺还不错。"

我说："那，聘了我吧。"

她笑笑，说她的广告说是招皮箩匠，其实是为找人，找一个老皮箩匠的。但既然我的篾匠手艺还不错，也可以考虑留下来做事。她问我要身份证，我给了她，她看一眼，立即还给了我："对不起，我不招周家湾的人。"

我很奇怪："为什么？"

她突然板起了脸："因为周家湾的人对不起我妈，也对不起我！所以我不招周家湾人！"

我愣了一下，说："我是周家湾人，可我又没做对不起你的事。再说，连我师父的面子你都不给吗？他就是把你妈藏在皮篓里的人，没有他，只怕没有你吧？土里长出一根笋，它必定是连在一条根上的，当年师父若不是埋起你妈这条竹根，你这根笋芽芽早被别人刨掉了。"

"诈我的吧？"她白我一眼。

"我师父说，你妈在皮篓里憋过气了，还是他掐人中掐醒的。唉，只可惜，以前他救了别人，如今没人救得了他了。他躺在医院里，肺癌晚期。他连住院诊病的钱都没有，还是我帮他垫的。"我说。

这下她愣住了，两眼眨个不停，脸上红一阵白一阵的。

片刻之后，她腾地站起，一手抓过挎包，一手扯起我的袖子就往门外走："走，带我找你师父去！"

我坐进了女老板的越野车，女老板亲自开车。她盯着前路一言不发，却把车开成一只饿了的狼，一边吼一边直往前面扑，颠得我头晕目眩，差点儿呕了出来。

我把她带到了市医院，郭伯的病床前。可是床上睡的是个陌生的老倌子，郭伯不见了。我赶忙去找主治医生，才知郭伯晓得自己的病情了，就不肯再住院，办了出院手续走了。医生还说，郭伯留下了话，说是到宁波儿子那里去了，开放会照顾好他的，要我不要为他担心，有空就去照看一下他的老屋。

女老板便找我要郭伯儿子的地址和电话，她要赶去看郭伯，还要帮他治病。她说，是她报恩的时候了。可我哪晓得呢，郭伯从来没有告诉我过。

8

女老板聘用了我，还将我替师父垫付的住院费给了我。我不肯要，我说，我是郭伯的徒弟，这是我应该的。女老板说，那她更应该，没有郭伯，哪来的她？我就没话说了，她将三千块钱直接塞进了我口袋里。

我开始在四季青竹艺社上班，天天打皮篓。

原以为，女老板招打皮篓的师傅，只是寻找郭伯的一个由头，并不为打皮篓，没想到，她真让我打起来了，而且，还真有人要订皮篓。起初是市里的民俗馆买了几只去做展品，接着是礼品公司要求长期供货，他们用来做土特产礼品包装，只是要求将皮笀缩小到二分之一或四分之一。这容易做到，只是我一个人忙不过来。女老板便让我带了几个徒弟。我也成了别人的师父。她还提高了皮笀的价格，可仍然供不应求。后来传来消息，说是许多外地人买葛粉啊莲米啊茯苓糕啊蒿子粑粑啊等等土特产，根本就是冲着包装来的，他们说那些袖珍的皮笀不仅仅是包装，而是精致的工艺品，摆在家里又实用又好看。于是女老板改变了经营策略，在城里开了竹工艺品店，把皮笀作为工艺品来生产营销了。

我的手艺一天比一天精，但是，我还是不如郭伯，我没能在笀盖上打出喜字来。我尝试了不知多少回，就是不成功。我琢磨不透，很烦恼，就像肉里头有根竹刺没拔出来，很不舒服。

女老板似乎也有些不舒服，生意好也没让她的眉头舒展。一天她找到我说："也不知你师父现在怎么样了，我还得找到他。你到电信局去查一下他的电话记录吧，看找得到他儿子的电话不。"

我就去了电信局，先报了郭伯的名字，查他的座机号。

但电信局的营业员告诉我，郭伯的电话三年前就销号了。我懵了。三年前就销号了，他怎跟开放联系呢？难道……我不敢往下想，赶紧回竹艺社跟女老板做了汇报。

女老板二话不说，带着我就往枫树坳上爬。

远远地，就看到郭伯的老屋歪歪地站在坳口，风吹得倒的样子。屋后的竹林在风中婆娑起舞，翻出层层黛绿色的波浪。禾场里残留着一些竹绒与碎屑。走上阶基，就有竹篾的清香漫了过来。堂屋门敞开着，灶房门也是虚掩的，但里面都没有人。屋内屋外一片静寂。我推卧室的门，却是从里面闩着的。我弓起手指轻轻敲了几下，里面没有任何回应。我只好绕到屋后，撕开窗户上蒙的塑料纸往里看。一股甜丝丝的异香扑面而来，我屏住呼吸，睁大眼睛。卧室床上空空的，床边的桌上搁着一个大相框，相框前有个装米的竹碗，竹碗里插着几炷燃尽了的香。一条黑纱软塌塌地搭在相框上，相框里是一张后生的脸。我的目光一掠过照片，就像被蜈蚣咬了一口……照片上的人，是我的同学郭开放。

我双手发紧，推了推后门，吱呀一声，门开了。像是有意替我们留着的。女老板在我背上轻轻推了一下，我迈进门槛。光线随之一涌而入，照见了地上那只装胖氨磷的空玻璃瓶。我走到桌前，发现桌上有一迭钞票，还有个开放以前用的作业本，翻开着。我硬着头皮拿起本子，看到了几行圆珠笔写的歪歪扭

71

扭的字：

> 徒儿，我不想白花你的钱，我到开放那里去了。开放在那边等我几年了，我去了就都不孤单了。住院结余的钱放在这，麻烦你把我连同皮箩一起埋了。我给你画了几张图，你看了就晓得如何在箩盖上打喜字了的。还有，以后你莫忘了跟人说，你是我带出来的徒弟。

后面的几页，就是郭伯画下的几张图。但我没有再看。

我惊悚不已，慢慢地侧转身来，听见自己的脊椎骨喀喀作响。在窗户右边的墙角，搁着一只颜色黯淡的大皮箩，斜盖着盖。很想揭开箩盖看一眼，但我的双手抬不起来。女老板从我手中拿过作业本，细读了一遍，然后，慢慢地跪在地上了。我也在她身边跪下，跟着她，对着那只大皮箩连磕了三个头。我听见地板被我们的额头磕得砰砰作响……

9

我们遵从郭伯的遗嘱，将他连同那只大皮箩一起葬在屋后的竹林里。没有再用棺材，直接将那只大皮箩捆在出葬专用的龙杠上，放几挂鞭炮，撒一路纸钱，将它抬上山，缓缓地放进墓坑里。我还将开放的遗像，还有郭伯常用的篾刀，也放在皮箩旁一起埋了。郭伯不会再孤单。坟墓隆起，竖好墓碑，烧香拜祭之后，我和女老板在墓旁坐了好久。黄土与竹林的清香一直在我们身边缭绕。后来，她拿出手机，用纯粹的粤语轻言细语地跟人说了会儿话，流着泪。我想，她可能是在跟香港的妈妈通话吧。

当天夜里我睡不着，索性爬起床，仔细研究郭伯留给我的那几张图。我拿来一捆细篾，边看边对照着打。打出来不对，就拆了重来。在天快亮的时候，我终于被点拨通了，顺利地在箩盖上打出了一个双喜字。我怕自己忘记，又反复打了几次。当我确信自己已完全掌握了郭伯传下的独门绝技之后，兴奋地跳了起来，朝天大吼了一声：郭伯，我会打喜字了！也不管郭伯听不听得见。

第二天一吃完早饭，我就将打有喜字的箩盖扣在一只皮箩上，将它摆上产品展览台，贴上商标，在品名一栏里自作主张地写上：郭伯牌皮箩。然后，我坐在篾凳上，摆开架势，双手飞快地打起皮箩来。我的手像两只鸟在密密的篾片里穿行，想止都止不住，好像它们已经不再属于我，而我呢必须要跟着它们走。我唱着歌，我很快活。从来没想到，打皮箩可以这样快活。

女老板来了，要我停下来。

我说："老板你想说啥就说吧，我停不下来，我打得好顺手好开心呢。"

"你说，郭伯睡的大皮箩，是不是当年藏我妈的那一只呢？"

"那谁晓得。"我边打边说。

女老板从包中拿出一张照片，拉住我的手："皮箩有你一辈子打，先帮我做件事吧。你不是周家湾的吗，帮我找到这个人。"

我随口问："谁呢？"

女老板咬咬嘴唇说："那个下了我这粒种，又要掰掉我这根芽的人。我要会会他。"

我不太明白她的话，但老板交代的事我必须要做。为了尽快地回来打我的郭伯牌皮箩，我要尽快地找到这个人。但是，当我端详了照片上的这个穿中山装的人之后，我不晓得，自己还能不能回来打皮箩了。

2013 年 3 月 8 日

墙 上 的 脸

　　他又一次来到凤凰古城。

　　同样的初春季节，同样稀疏的小雨，有一滴无一滴的，仿佛从去年那一天飘来，落在脸上，像小虫咬。风贴着脖颈滑过去，又凉又湿。街上行人不多，商铺悬挂的灯笼红红地亮了起来，湿黑的石板反射出耀眼的光。他掏出照相机，从取景框里望过去，狭长的小街，以及头顶那条狭长的天空，都越远越细，伸向同一个幽暗莫测的去处——那里，就是他要去的地方。他漫不经心地拍了两张，然后，加快了步伐。脚步声若即若离地跟在后面，孤独而凄清。

　　总是这样，忽然就觉得，在家里憋得透不过气来了，就收拾行装出走了。而一走，就走到了凤凰。他不明白这其中的奥妙，只知一到凤凰，或者上了来凤凰的车，骚乱的心就平静下来了。

　　他穿过东门，穿过虹桥西侧的桥洞，沿着与沱江并行的小街一直往下游方向走。过观音庙时，香火的气息随风吸入肺腑，令他有些恍惚，暮色也愈发地迷离起来。转过一弯，斜望过去，只见两道马头墙的翘角尖尖地刺入空中。夹在两墙之间的，便是他要入住的回梦阁客栈了。它只两间房宽，却有三间房的进深，后面是临江的吊脚楼，且有四层高。他在台阶前停了一下，抬头看一眼匾额，然后进门去服务台登记。他告诉那位穿红色羽绒衣的服务员，他要四楼的房间。服务员提醒他，四楼是阁楼，三楼的房间大些。他摇头道，我就要这间。服务员诧异地瞟了瞟他，给了他钥匙。

　　他埋头往楼上爬。三楼以上是木楼梯，很有些年头了，踩上去吱吱直叫。到了四楼房间前，他做了个深呼吸，然后，将钥匙慢慢地捅进锁孔，慢慢地拧开。门还是那扇上了年纪的老门，门榫喀喀作响。他顺手摁开灯，眼睛往南侧的白墙上望去。心立时抽了一下，他的目光碰触到了一个狰狞的傩面具。它红绿相间，龇牙暴目，很可怕的样子。显然，店家是作为装饰挂在墙上的。但他不喜欢，或者说，他不喜欢它挂在这个地方。他把双肩背的旅行包取下来往床上一丢，转身将傩面具取下，塞进电视柜里。然后，他坐在床上，茫然地望着墙面。那墙上，是该出现一张脸的，但不该是这个丑陋的傩面具，而是一张清秀而生动的女性的脸，他就是奔这张脸来的。

去年的那个晚上，也是这般地清冷，只是夜比现在更深，大概快转钟了，他不知为什么，还在望着这面墙出神。忽然，苍白的墙面上，隐约地出现了一个黑点，接着，黑点慢慢变大，现出一个秀气的鼻尖。就像从水中慢慢露出一样，一张人脸慢慢地从墙中凸显出来。脸的轮廓与特征，都有似曾相识之感。稍尖而玲珑的下巴，细长乌黑的眉毛，黑亮的眼睛，特别是右眼角下，那个浅显的小小疤痕，好像他曾小心地抚摸过。只是，她的齐额刘海，还有闪闪发亮的银耳环，是他没有见过的。他忍不住问，你是谁，怎么看上去那么熟悉？那张浮雕似的脸焕发出莹白的光，嫣然一笑，嘴唇轻轻地张了一下，你也看上去好熟呢。他又问，难道，你是来找我的？她有些惶惑，垂下睫毛，不晓得，我在等一个人，也许是你，也许不是。这时他起了意，他想把她拍下来，带回去，让那个他爱着的人惊奇一回。她和她太像了，几乎就是一个模子刻出来的。他举起了相机，但是他看见那张脸上出现了慌乱的神色，还没等他按下快门，她就悄然消失了。他后悔不已，暗怨自己太鲁莽。他久久地凝视着墙面，默默地期待着。但是那张脸再也没有出现。离店时他还是拍下了那面白墙，那是堵风火墙，它耸出屋顶的部分又叫马头墙，虽然粉得很白，却也起伏不平。回家后他在电脑上仔细端详那帧照片，那只是一面墙，什么也没有。

现在，他又回到这间屋里，迎候他的却是一个傩面具，怪异得很。那张脸，还藏在这堵墙里吗？它还会显现吗？难说。他并不抱太多希望，只是为某种可能而来。他打开临江的小窗，嘈杂的音乐之声一涌而进，像一只粗暴的手推了他一下。沱江两岸酒吧密布，歌手已扯开了嗓子，年轻的游客们已经开始他们的狂欢。他复又将窗户拉上，轻轻地叹了口气。肚子有点儿饿了，先去吃点儿东西再说吧。

他准备出门，隔壁的门响了一声。隔壁是个储物间，并不是客房，这个时候谁会进出呢？开门一看，一个穿蓝色长裙的女性背影飘然而过。他心里突突直跳，因为，那背影走路的姿势及韵味，都是他所熟悉的。他赶紧带上门，紧随在后。但他又不敢隔得太近，怕惊扰了她。他的脚踏得木楼梯喀吱作响，而

75

她似乎穿的软底鞋，不急不慢款款而下，一点儿声音也没有。绣花的裙边被灯光映照得金光闪烁，雪花膏的淡香飘曳了一路。他左右窥探，想看见她的面容，却是枉然。她觉察到了他的意图，始终将黑黢黢的后脑对着他，他只看见发髻上一支银簪子一闪一闪。更匪夷所思的是，等他下到一楼客厅，她却倏忽不见了。他问总台的服务员，刚刚那个出门的女人是谁，服务员却迷惑地眨着眼说，没见有人出门啊？

他迅速出门，往小街两头张望，并无女人身影。只好找了个米粉摊，要了一碗牛肉粉，坐在檐下的小桌旁，边吃边注意着来往的人。细密的小雨还在下，一滴屋檐水拖着一根银丝落下，滴进他脚边青石上一个圆圆的小窝里。在坚硬的石头上滴打出一个小窝，屋檐水要花多少工夫？一滴一滴的，数的都是岁月呢。他暗自感慨。

吃完米粉付了钱，他起身侧脸一看，那个女人的背影从一条小弄里闪了出来，匆匆沿小街往沱江下游走去。身姿仍如刚才那么动人，那么有韵味，不同的是她手中多了一支粉色的樱桃花。他赶紧跟上去。等到了没人的地方，他一定得跟她说话。她脚步轻盈，仍然不发出声音，也仍然时不时调整头部的角度，不让他看到她的脸。光斑杂乱地掠过她的衣裙。他踩踏到她的影子了，她不自在地扭动一下身子，似乎是踩疼她了。越往前走，灯光越稀，行人也越少了。他虽还没窥到她的面容，但从脸部的轮廓看，他几乎可以肯定，她就是从墙上露出脸来的那个女子。

终于，走到了小街的尽头。再往前，右侧山坡上，就是那个著名作家沈从文的墓地了。沱江在路边不声不响地流，前后静寂无人。

他咽口痰，紧着喉咙问，是你吗？

女子头也不回，却应道，当然是我啊。

他又问，你是谁呢？是去年的那个人吗？

女子说，我就是我，我不知你说的去年的人是哪个。

他央求道，你能回过头来不？

女子站住了，慢慢地回过头来。他却打了个悚，她戴着一个傩面具！还好，这是个带笑相的傩面具，不是在房间墙上看到的那个。但是，在这迷离的夜，这无人的去处，它也够诡秘的了。

吓着你了吧？女子问。

他摇头否认，说，你能把面具取下来让我辨认一下吗？

女子反问，为什么？

他说，我想看看是不是你，是不是我想看到的那个人。

女子两只嵌在面具上的眼珠像宝石一样闪烁幽光，轻柔地说，那又何必，你信是我，那就是我，你疑非我，那就不是我，与面具何干？

他一时无语，想想又说，那你为何引我而来？

女子凝然不动，他感到她的脸在面具后笑了一下，说，不是我引你而来，是你随我而来。你请回吧，若是有缘人，自会再相遇。说着，女子优雅地一转身，快步往一堵残破的石墙走去。他急了，连忙去拉她，但她的袖子像水一样从他手中滑过去了。他眼睁睁地看着她双手张开，走进了那堵石墙里。在她没入墙中的刹那，他伸手抓住了她手中的那支樱桃花，将它从墙中抽了出来。

他在残墙前站了一会儿，才慢慢往回走。他全身轻盈如飞，并且也听不到自己的脚步声，一切仿佛在梦里，只有手中那支樱桃花，颤悠悠的，散发着真实的芬芳。

回到客栈，他找服务员要了一个空啤酒瓶，将那支樱桃花插在里面，摆在房间床头柜上。他倚在床头，不时将鼻子凑近花瓣吸嗅着，让那清香充满自己的身体。窗外酒吧的嘈杂之声慢慢地平息了下去，夜在往深里走，他在等待。他凝视着那面白墙，凭着这支樱桃花，他相信，那张美丽的面庞会从墙上渗透出来，就像从水中显露出来一样。

凝视得太久，眼睛和身体都有点儿发酸。他调整一下坐姿，忽然感到，有两缕目光落在他的面颊上。抬头一看，那张脸已然出现在墙上，目光炯炯。

他心头一热，你来了？

她笑意盈盈，你来了，我当然会来。

他说，我就是来找你的……你还是去年那个样子。

她说，我永远都是这个样子……我晓得你是来找我的。你我都想晓得，对方是不是曾经相遇的那个人。

他点点头，嗯，你真聪明，你能从墙上下来吗？

她好像有些犹豫，眼睛眨了眨，说，好吧。身子慢慢地从墙内走了出来，轻轻地坐在桌前椅子上。一身天蓝色的绣花衣裙，银色头饰闪闪发光。

他给她倒了一杯水，那，你就给我讲讲那个可能是我的人吧，也许，我也就晓得你是不是我遇到的人了。

她单肘支在桌上，只手托住腮帮，思忖片刻说，他其实就是你这模样，只是比你年轻一些……我是在北门跳岩那儿遇到他的。那天，我在头上插了两朵樱桃花，从跳岩经过，就想往水里照照影子，看漂不漂亮，女娃儿嘛，都爱乖的。那天他从常德读书回家，刚好从跳岩过河来。你到过跳岩吧？就是河水里的两排岩桩子，过河时要踩着它一跳一跳，很窄的。我往水里照影子的时候，他不小心碰了我一下，我身子一晃就要往水里掉！他立即拉了我一把，我总算站住了，他却没收住脚，掉下水里去了。那时水还很冷……

他打个颤，寒冷的水波淹没了全身。

她惊喜地问，你感到冷了？

他嗯一声，后来呢？

她沉浸在往事中，眼眸中闪出两个亮点。沱江水不深，他一下子就站起，爬上了跳岩，冲我笑笑，就跑回去换衣服去了。他家就在南华山下，我烧了一碗姜汤给他送去了……我们就这样认识了，相好了。他再也不想外出读书了，说外面在打仗，不是读书的时候，他想娶我。我们的名字里各有一个田字和梅字，我们互称阿田与阿梅，他还将田梅两个字并排刻在北门城墙上呢，不信，你去找找啰。

他慎重地说，我信的。

她脸上的笑慢慢地淡去，眉头皱了起来。可是，我家并不同意阿田做女婿，说是八字不合，把他家提亲的礼都退了回去。其实呢，是我爹看上了一个姓石的大户人家……我们当然不愿，就合计了个主意，端午节我去外婆家走亲戚时，让他在半路抢亲，把生米做成熟饭。那天，我从外婆家回，也是从跳岩过的河。沱江里有人划龙船，有人游水抢鸭子，热闹得很。来到北门外，我一眼就看到，有顶红轿子藏在门洞里。等我一进门，一块红布就将我蒙住了，有人拦腰将我抱进了轿子。轿子晃晃悠悠地抬起就走，把我喜死了，我还以为，是阿田来抢我来了呢。等到了客堂，下轿一看，却是石家！原来石家抢了先！逼我拜堂，我不从，放肆挣扎，一阵乱跑，大门关了，我逃不出去，就沿着楼梯跑到了阁楼里。我闭门不出，一连三天粒米不进，只要那个想做新郎的人一进门，我就拔出簪子对准眼睛乱戳，我不想见到他！当然我没敢真戳到眼睛，我怕戳瞎了，就再也见不到阿田了……

他不忍直视她泪光闪烁的眼睛，原来她眼角下的疤痕是这么来的啊！他情不自禁地，伸出手，怜惜地摸了摸她的眼角。但是，他只摸到了空气。

她不禁莞尔，你是摸不到我的，我们不在一个朝代呢。

他噢了一声，有些恍惚，问，后来呢？

她稍稍侧转身子，眺望着窗外。我晓得，他会来找我的。果然，第二天，阿田就在对岸的吊脚楼上喊我的名字。他喊，阿梅你答应我一声，你答应一声，我就晓得你心里有我，我就等你一辈子！可是，我答应不了他，因为石家用罗布手巾把我的嘴巴绑住了。我喊不出声音来！我拿脚放肆踢窗户和板壁，可阿田听不见……阿田喊得喉咙都哑了。阿田很伤心，以为我变了心。天快黑的时候，他就从吊脚楼上跳下去了！扑通一声，我眼睁睁地看着墨黑的河面开出一大朵雪白的水花，心里冰一样凉……阿田水性很好，沱江也不深，他若没有寻死之心，是死不了的。可是，你晓得，沱江里的水草很茂盛的，该死的水草缠住了他的双脚……

他的双脚倏地有了束缚感，动弹不得，冰凉的河水四面涌来，令他窒息。他张大嘴巴呼吸，喃喃道，难道我就这样死了？

她挥了挥手，一阵清凉之气拂过他的面庞。你不会死的，你是现世的你，阿田只是你的前生。况且，阿田当时也没死……石家为了让我死心，诈我说他淹死了。若干年后，我才知道，他当时没死，一气之下，跑去当兵了，一去就再也没有回来。

他怔怔地望着她，你认定了我曾经是你的阿田？那为何你晓得这么多，而我却一点儿都不记得了呢？

她调皮地翘起嘴唇，将遮在眼睛上的几根青丝吹开——他心颤了一下，这可爱的动作，他爱的那个人也做过呢——她轻笑着，呵呵，你不明白吧？你不晓得踏上黄泉路，走过奈何桥后，会遇到个叫孟婆的老太婆在用忘川水煮汤吗？喝了她的汤，就可以忘记爱恨情仇，与前世做个了断。我故意泼掉了一大半，我可不想把阿田全忘了。而前生的你往生时，可能不想再伤心，就把孟婆汤全喝了吧？

也许吧，但他不敢断定。他端详着她，如果换上现代的衣服，她整个就是现在的那个她，那个他爱着的人，她们从身姿到神采都太像了。难道，她真是她的前世，而他爱着的，是她的今生？

她殷切地说，跟我说说她吧。

他忽然有些羞涩，挠挠脑壳说，她长得跟你几乎一模一样……只是，我们的相遇太平淡了，远没有你们浪漫和传奇呢。那天，一个不太相干的人，三番两次地邀我参加一个不太相干的会。我拗不过，勉强地去了。她正好坐在我对面，看见她的刹那，我心里就有只虫子爬动起来了。世上竟然有这样一个人！怎么说呢，她的面容那么动人，看一眼就再也忘记不了。会后吃饭又坐在一张桌上，她主动和我打招呼，我紧张得脸都红了。我们交换了手机号码。那之后，我心里的虫子天天在爬，痒痒的难受极了。我告诉她，那只虫子叫思念……我们难得见面，主要是在网上交流……

她不明就里，网不是打鱼的吗？

他笑了，嘿嘿，此网非彼网，是现代科技。

她问，你很喜欢她？

他郑重地道，我很爱她，非常爱。

她注视着他，可是我在你脸上看到好多忧愁。

他叹息，唉，我不能确定，她的爱是不是跟我一样深切，更不能确定，我们还能走多远。还有，我们相遇，却不能相伴。

她追问，为什么呢？

他苦笑道，我生君未生，君生我已老，我给得了最深的爱，却给不了她更多的年华，我大她二十岁呢！

二十岁？她惊奇地瞪大了眼，说，那年阿田给我写了最后的一封信，阿田在信里说，他一直想打完仗就回来，可是一仗又一仗，没完没了，后来跑到一个什么岛上去了，才不打。写信时他病倒在医院了，怕再也好不起来，就在信里跟我约定，转世后再相见……那时邮路不通，这信在他的朋友和熟人手里辗转了二十年，才到我手中呢！莫非，这就是你早生她二十年的原因？

这下轮到他惊奇了，有这么巧？难道，我真是阿田的今生？

她说，如果你信，你就是。

他掐了掐自己的胳膊，疼，不是在梦中。

你们认识多久了呢？她满眼羡慕地看他。

他说，三年多了。

她啧啧有声，你啊，不要太贪了，我和阿田相处才三月多呢。人生相遇已是好……

他接道，何须暮暮又朝朝？

她笑，你真是我肚子里的蛔虫。

他摇头，不是我猜你的话，是那天她在说前半句时，我顺口接的。

她说，这不蛮好吗？都是明白人，你又何必愁绪满怀呢？

他又叹息，唉，人嘛，总是想好上加好，幸运之中又总觉有些无奈，不圆满。不过，与你一席话后，我有豁然开朗之感了。哎，你想不想跟她也说几句？我把你介绍给她。他觉得这想法很奇特，很有意思，不待她首肯，就将手机拿了出来。

但是她摇头了，说，我只听得见你的话的。时候不早了，你早点儿歇息吧。说着她缓缓起身，没入墙里，只留下一张脸在墙面上。

你还会来吗？他问。

看缘分吧。她淡然一笑，就像没入水中一样，消隐在墙里。

一夜无梦，他难得地睡了一个好觉。起床推窗一看，小雨已停，沱江上飘着淡淡的晨雾，江水墨黑，两岸的吊脚楼仿佛都还睡在梦里，安静得很。他摸一摸那面白墙，凉凉地有点儿潮湿。洗漱过后，他到楼下小餐馆里吃了早点，然后把佳能 5D2 挂在脖子上，沿着空荡无人的小街慢慢地逛过去。

他走过虹桥，下到小码头边，伸手摸了摸江水，清凉而柔软。江底水草随波摇曳，小鱼的影子忽隐忽现。游船们聚集在岸边，互相依偎着，仿佛在窃窃私语，只是他不知它们在说些什么。对岸回梦阁的飞檐翘角历历在目，他举起相机，拍了两张，然后信步往上游走。他晓得自己的脚要去什么地方。岸边悬崖上，一株小小的樱桃花沾露开放，昨晚那枝樱花，就是从这棵树上折去的吧？再往前走，就是跳岩了。两排四方的岩柱子埋在江中，露出水面，就如两行省略号，把两岸连接在一起。他踏上跳岩，跳跃而行，及至河中央才停下。一个女子蹲在跳岩上，顾影自怜的样子，他小心地避开她，回头一看，却不见了人，只有自己的影子在水中波动不已。

过了跳岩，就到了北门城楼下。红色石块砌就的城墙巍然矗立，门洞里人影绰绰。他想，"田梅"二字一定刻在墙上伸手可及的地方，只要他有心寻找，一定找得到。但他不想去找，刻意的寻找似乎就是对她的不信。信与命可以互为因果吧？或许，信本身就是一种命？信，就有可能，不信，则可能都不会有了。这么想着，他的目光从凹凸不平的墙石上一掠而过。但是，即使是如此迅疾的一掠，他也瞥见了那两个模糊的字。一时间，他心里充满了无可名状的宁静与欣喜。

回到住处，他开始收拾行装。他该回到他的生活里去了。一个中年妇女进房来搞卫生，问，先生，墙上挂的那张脸哪去了？他心中一凛，还以为说的是墙中的那个她，一转念，才明白是指那个傩面具，忙从电视柜里把它拿出来。

81

中年妇女有些惊讶，你把它取下来了，昨晚没碰到显灵吗？他反问，难道这屋里有魂灵吗？中年妇女压低嗓门说，是呢，据说好久以前，这老阁楼里住着一个漂亮女子，在等她的相好，一直等到好老才去世。可能她心不甘吧，就时不时地显点儿灵，不是听见楼板响，就是有个影子晃来晃去。他指着墙问，是不是有人从墙上看到过一张脸呢？中年妇女摇头，这倒没听说。他点头，自言自语，嗯，这个别人是看不到的。

待中年妇女一走，他便在墙前坐下来，凝视那面白墙。他还有个心愿，与她告个别。他相信她会出现。不一会儿，墙面出现了一个黑点，那是她的鼻尖。接着，她的额头，她的嘴唇，也逐渐出现了。她在墙上微笑，并且，对着床头柜上那支樱桃花吹了一口气。花枝摇曳，三两片花瓣飘落，花香弥漫开来。

他说，谢谢你来见我。

她说，我应当来给你送送行。

他说，见过你后，我心里就稳妥了，我还有最后一个请求，让我照个相，我想把你带回去，做个永久的纪念。

她眼眸闪了闪，沉吟片刻说，其实呢，你心里有就有，没多大必要照的。不过我还是满足你吧，有时候，满足别人也是一种好，何况是你。

他于是操起相机，把那张幻美无比的脸照了下来。他打算带回去做成电脑桌面，让它成为通往一个奇妙境界的窗口，如此一来，现实若发生某种不堪，他也有了一个不为人知的去处。他背起了旅行包。她仍在墙上目送他，笑意安然。他有些不舍，默默地走拢去，噘起嘴唇，轻轻地印在她眼角那个小小的疤痕上。她没有躲闪，虽然他觉得吻着了一面冷冷的墙，但他相信，前世的她一定感受到了他炽热的情意。

2012 年 4 月 1 日

当王羊遇上梅姐

1

王羊在他的工棚小屋里铺好了床，还将两块钱买来的一枝玫瑰花插在啤酒瓶里，搁在床头的小桌上，然后，坐下来，等着梅姐。梅姐好久没来了，也好久没答应见他了，他太想她了。晚饭的时候，梅姐突然来了电话，告诉王羊，加完夜班她就来他这过夜，因为今晚她没地方去了。

梅姐为何没地方去了，王羊没有细想。他的脑子被突如其来的惊喜搞晕了。饭都没吃完，他就收拾起了碗筷。他没有了食欲，他的身体已完全被另一种欲充满了。他飞快地跑到花店，通过一番讨价还价，买来了这枝半开的玫瑰。现在，他一切都准备好了，只等梅姐来了。

2

然而时间过得太慢，等了很久，王羊掏出那只二手手机一看，才十点半，离梅姐下班还有一个半钟头。王羊有些按捺不住了，就在门外的空地里溜达。看护这块三十亩的空地和空地上堆放的杂物是开发商交给王羊的任务，工作很清闲，月薪也就少得只有可怜的六百块。要不是认识了梅姐，要不是这距梅姐近，他早到别的地方找事做去了。

王羊沿着围墙走了一圈，正想着要不要去印务公司接梅姐，手机响了。低头一看，却不是梅姐，是管他的老杨。老杨说王羊啊好事来了，你不是嫌薪水少吗？我把你名字加到拆迁队的花名册里了！不用天天来，有事随叫随到就是，每月一千元，你现在的事还兼着做，就是说，狗日的你拿两份薪水了呢！改天请我喝酒吧！不过今晚你有任务，马上给我搞一担粪水，转钟的时候，给我悄悄泼到那个地方去……王羊先是心里一喜，好事总是成双啊，可转念一想，这一来，不就不能在屋里等梅姐了吗？王羊有些发懵。老杨重复了两遍，王羊才记住那个地方。

把粪水泼到别人家门口，这事有点儿恶心，也有点儿风险，但老杨交代的事，是不能不做的。只能做完老杨交代的事，再回来见梅姐了……

王羊清清嗓，就给梅姐打电话。梅姐上班很忙的，手机里听得见她身边嘈杂的机器声。王羊简单地汇报了一下情况，让梅姐自己到窗台上的花钵底下拿钥匙开门，在屋里等他回来。他很想在屋里等她，但只能这样了，他会尽快办完事回来陪她。

梅姐通情达理地唔了一声，顿了顿问，你到哪个地方泼别人粪水？凭什么？

王羊说，建设街六十九号，还不是拆迁户赖着不肯搬，想赶他们走呗。

梅姐噢一声，沉默了好久。

王羊不知道这沉默是啥意思，就说，要不，我等你来了再去？

梅姐说，不用，老板会怪你的，你忙你的吧。就关了手机。

3

王羊找到扁担勾索和两只灰桶，从一个化粪池里舀了两半桶粪水，挑着往建设街走。粪臭味在夜风里飘散，有点儿呛人。王羊尽量地走在阴影里，不让人遇见。夜已深，小街偏僻，偶有几个人影在游移。来到六十九号跟前，他发现这是幢古旧的小木楼，歪歪斜斜的，只有一个门脸，挂着一个好吃粉馆的招牌。门两旁的板壁上隐约有两个被洗刷过的"拆"字。王羊想起，他来这吃过牛肉粉，辣辣的香香的很对他的口味。现在，粉馆两侧的房屋都已拆完，只剩下它孤零零地站在街边，它后面几米远的地方，已经挖出了一个巨大的深深的基坑。

屋里黑灯瞎火，里面的人都睡了吧？王羊轻手轻脚地，泼了一点儿粪水在门口。能够对老杨交代得过去就行了，凡事不能做得太过。王羊这么想着，把余下的粪水全泼在屋后窗户下。

王羊回到他的小屋时，梅姐已经睡在他的床上。身体弯弯地向里蜷着，凹凸有致的曲线让王羊喉头发紧。他赶紧拿了香皂，到屋外的水龙头下，匆匆把自己冲洗干净。洗着洗着，心里就热潮汹涌，身体也起变化了。

王羊赤身裸体地挨着梅姐躺下去的时候，梅姐动了动。他晓得她醒了，但她仍闭着眼。他冲动地抓住了她的乳房。但是，她把他的手摘开了，睡眼惺忪地说，你的事做完了？

王羊嗯一声，往她身上擦。

梅姐又说，那屋里的人没打你？

王羊说，都睡了，神不知鬼不觉的。

梅姐不作声了，一动不动。

王羊情不自禁地抚摸着她，但她一点儿回应都没有。她太累了吧？王羊有点儿扫兴。梅姐翻过身来，懒懒地摊开身体，说，你想要就要吧。

王羊的手停住了，心里那股潮水悄悄地退了下去，身体也随之疲软了。如果她不想要，只有他自己想要，那还有啥意思呢？他闷声说，你累了，就睡觉吧。

梅姐就睡了。

过了好久，王羊也睡了。

4

王羊醒来的时候，床上没有了梅姐，她上班去了。才七点呢，有必要去这么早吗？王羊怅怅地摸了摸床单，那上面有几根长头发。他尖起手指拈起发丝，凑到鼻尖下嗅嗅，一丝香气立即钻进了他的鼻孔。

洗过脸，王羊百无聊赖地出了门，往街上游荡。

王羊来到好吃粉馆门口。炉子上烧着开水，一个老倌子正在下粉。王羊仔细看了一眼地上，已没有了粪水的痕迹，显然已冲洗过了。但是他还是闻到了淡淡的粪水味。门厅里摆着几张小桌，只有三两个食客在吃粉。

王羊坐下来，要了一碗红烧牛肉粉，刚吃了两口，眼皮一跳：老杨也进粉馆来了。显然，老杨来此有检查工作的意思。王羊连忙让座，给老杨也叫了一碗粉。老杨坐下，毫无顾忌地说，王羊，昨晚交代的事办了吧？王羊忙点点头，怕老杨不信，就大声对老倌子说，老板，这屋里怎么好像有股粪味啊？

老倌子边烫粉边皱眉说，昨夜里有个生崽没屁眼的家伙，往我屋前屋后泼了粪，肯定是开发商指使的，想赶老子走！下回让老子看到，剁了他的脚！

王羊心里格登一下，看老杨脸上笑眯眯的，也就不慌了，不咸不淡地道，那别人都搬走了，你为何还赖在这里呢？

老倌子愤愤地道，他只给换一套住房，不肯多给个门面，以后老子做不了生意，喝西北风啊？老子就不走！

王羊一听，老倌子也有他的难处，心里就有些过意不去，想安慰几句，老杨碰了碰他的胳膊，便打住了。老杨压低嗓门说，这些人都刁得很的，莫跟他多嘴；以后到别处吃粉去吧。

王羊点点头，帮老杨交了粉钱，欲离开，却又鬼使神差地往里间瞟了一眼，更准确地说，是往里屋墙上的相框看了一眼。这一眼惊得他差点跳了起来：相框里分明是梅姐的照片！

5

王羊是在莲水边的露天舞场认识梅姐的。那时乡下伢子王羊刚来莲城，晚上无聊，来河边散步，看到男男女女搂在一起跳舞，羡慕得很。只收一块钱门票，便宜，王羊就进去了。王羊不会跳花步，但慢四那种慢慢游的跳法，他还是会的。当慢四舞曲响起来时，他就麻着胆子邀请站在身边的梅姐跳舞。梅姐看都没朝他脸上看，就跟着他下了舞池。王羊第一次跟一个城里女人的身体接触，有些紧张，不由自主地将梅姐抓紧了，手心还出了汗。梅姐并不在意，只是显得很忧伤，很慵懒，有气无力的样子，跳着跳着，把头靠在王羊的右肩上了。王羊心里有些感动，觉得这是一种信任，就将梅姐搂紧了。舞曲快要完时，他低声对梅姐说，你累了吧？累了就不跳了，我们散散步去？梅姐没有吱声，低着头跟着他出了舞场。

他们沿着河边不言不语地走了一阵，在一棵歪头歪脑的柳树下，王羊大胆地牵着了梅姐的手。梅姐这才抬起头，认真地看了他一眼。王羊脸上有些发热，吞吞吐吐地道，我，我是个乡下伢子呢。梅姐说，那有什么关系。梅姐的声音轻柔圆润，很好听。接下来这圆润好听的声音说，我比你大好多，能做你大姐了呢。王羊热切地说，这又有什么关系呢？瞟瞟四周没人，王羊就将梅姐抱住了。他用力将梅姐往怀里勒，直到梅姐唉哟一声，才发觉把梅姐弄疼了。

当晚王羊就将梅姐带到了他的小屋。

那一晚的感觉真是惊心动魄，王羊做梦都没有想到，他会走这样的桃花运。王羊酣畅淋漓地折腾出一身大汗，才疲惫地睡了。醒来时发觉梅姐将他的头颈轻轻地搂在怀里，心里格外舒服，他一动不动伏在梅姐胸口很久，很久……

仅此一晚，王羊就对梅姐产生了很深的依恋。可是，接下来，他几次邀请梅姐来他的小屋，梅姐都推脱了。他感觉，梅姐还是喜欢他的，梅姐的推脱后面，定有他不知晓的原因。不来就不来吧，他不想勉强梅姐，即使梅姐不再理他，他也觉得梅姐是很好的一个梅姐。

后来，王羊又到舞场去过几次，专为去碰梅姐。最后一次，还真被他碰到了。一个打扮得油头粉面的男人把梅姐搂在怀里跳快三，梅姐的裙子旋成了一朵喇叭花。舞曲一停，王羊就径直过去抓起梅姐的手，把她拖出了舞场，跌跌撞撞地，一直拖到那棵老柳树下才松开。梅姐说，王羊你想干嘛？王羊横蛮而冲动，我不想干嘛，只想让你再搂着睡一次。梅姐叹口气，你啊，还真是个伢子，以后再说吧。想见我，就来这碰我吧，梅姐没别的爱好，就喜欢跳跳舞，跳舞的时候就可以什么都不用想，什么都可以忘记。王羊无奈地点点头，答应了梅姐，可之后王羊再也没有去跳过舞。他不想看到梅姐被别人搂在怀里。

6

王羊打了梅姐的手机，说中午请她吃盒饭。梅姐说算了吧，你那几个钱攒着娶老婆吧。王羊恼了，你别看不起人，嫌盒饭不好吃是吧？那我请你吃煲仔饭去！梅姐把口气变轻柔了，哪里啊，我是真心实意为你想，我有工作餐呢，不吃白不吃，你赚钱不容易，能攒多少攒多少。王羊说，谢谢梅姐关心，我其实是想跟梅姐说几句话。梅姐说，有话现在就说嘛。王羊执拗地道，不，我要见面说。梅姐想了想说，好，那就午餐后到河边柳树下见吧。

王羊下了碗面吃了，就去河边柳树下候着。正是春末夏初，野草疯长，柳条招摇，四处弥漫着泥土与花朵的气息。王羊背靠柳树，见梅姐颠颠地跑过来，丰满的胸乳在工作服里跳动不已，喉头便发紧了。王羊情不自禁，伸手去抱梅姐，梅姐把他的手拨开了，大白天呢，莫乱动！然后拉着他坐下了。

闻着梅姐身上那股温温的香气，王羊陶醉了。

梅姐侧脸笑笑，发什么呆，有话就说啊！

王羊吞口痰，埋怨道，梅姐，你怎不告诉我，69号那个好吃粉馆就是你家呢？

梅姐敛了笑容，告不告诉你，有什么区别吗？

王羊正色道，当然有！如果知道是你家，我是不会去做这事的！

梅姐说，你不做，也会有别人去做的。再说你好不容易多个赚钱的机会。

王羊说，那不一样，是你家，钱再多我也不会做的！如果我晓得了还做，我还有脸跟你好吗？

梅姐拢拢头发说，你哪能这样想呢？你不过是做分内的事，像我，有时也得印一些假酒包装，心里过意不去，又能怎样？拿一分钱做一分事，各为其主。

王羊说，反正，我不会做了。

梅姐说，你不做我就不跟你好了，我不想连累别人。

梅姐转过背去，拔了一根狗尾巴草，胡乱撕扯着。

王羊急眼了，抓住梅姐的肩膀摇了摇，你怎么这样啊？

梅姐回头说，那你为什么这样？分明是为你好，你还不领情！你在拆迁队做，有什么事还可以给我报个信，这不蛮好吗？你不做了，开发商就不拆我家粉馆了？本来就是两码事，你硬要搅在一起！

王羊问，你真这样想啊？

梅姐说，我本来就这样想。

王羊挠挠脑壳，可我心里过意不去。

梅姐说，这世上过意不去的事多呢，人要想得通，再过意不去的事也过意得去了。

王羊迟疑着说，那我就，试着想通吧。

说着，他就抓住梅姐一只手，摸捏着。梅姐不明其意地叹息了一声，用另一只手摸了摸王羊的头发。王羊心里有只虫子一拱一拱，红着脸轻声道，梅姐，今夜里你有地方去不？

梅姐说，我老公还在屋里摊尸，不晓得他天黑前走不走呢。

王羊惊得两眼一圆，你有老公？

梅姐说，我比你大这么多，当然有老公啊！不过现在算是前夫了。一个好赌的家伙，结婚才几年就把屋里的东西都赌光了。好在没生伢儿，要不哪养得起！离婚之后他到处打流，在外面没法过了就回来骚扰我，赖在屋里不走。但我再也不准他碰我。他也是个可怜人，我只好让着他。他不打流回来了，我晚上就得出来打流。

王羊哦一声，亲了梅姐的手一下。

梅姐又说，本想到粉馆去睡，但我爹不许我去，说什么嫁出去的女泼出去的水。其实他只是嘴巴硬，要逼着我自己想办法，那粉馆不能住人了的，屋歪了，板壁也开坼了，都是后面的基坑影响的，地基有些塌陷了。爹冒着危险赖在那不肯拆迁，也是想多要几个钱，怕自己老了没保障。拆迁协议是我背着他签的，他也不肯原谅我。他不晓得，开发商好有势力，我不签的话，印务公司会解雇我，说是影响了城市建设，我和公司都得负连带责任呢！

王羊没料到，梅姐一下说出这么多的事情，想来件件都不轻松。

梅姐盯着王羊，现在，都明白了吧？还想跟我好不？

王羊说，更想跟你好了！我倒希望你前夫天天赖在屋里不走，这样你就夜夜来我这里打流了，梅姐，我好想你。

梅姐问，心里想，还是哪里想？

王羊红着脸说，哪里都想。

7

梅姐急着回去上班，王羊恋恋不舍地送走了她。

一转背，老杨的电话通知就来了。王羊连忙赶到公司，领了一顶安全帽，然后就跟着拆迁队的一大群人，搭大巴车来到一幢三层红砖楼前。按照拆迁队长的交代，今天的任务是围而不拆。王羊不懂，就问老杨，老杨说，围而不拆就是造声势，给那些不肯签协议的拆迁户以心理压力。王羊思忖，这狗日的开发商名堂还真多啊！

队员们簇拥在楼前，密密麻麻地形成了一道屏障。楼内只要有人出来，穿过这群人时，无不面露疑惧之色。显然，围而不拆这一招还真有效。王羊不由得想，会不会有天，开发商也对好吃粉馆采取同样的方法呢？老杨跟在队长身后，屁颠屁颠地走来走去，而队长呢又跟在一个穿西服的人屁股后打转，据说那人是拆迁办主任，还是个副区长。

围观了一会儿，一辆越野车开过来，停下，下来一个梳大背头的人。王羊一眼就认出，是经常在电视上露面的莲城名流吴冠军，本城最大的房地产开发商，也是他的最高老板。副区长和队长马上跑过去，与吴老板笑眯眯地握手。连老杨都屁颠颠地凑拢去了。王羊有点儿好奇，也悄悄地跟了过去。他先闻到吴老板身上强烈的香水味，接着就听吴老板中气十足地问，围而不拆的情况怎么样？副区长说，才开始，效果还不太明显，只怕费时太长呢。吴老板一挥手，不要紧，文明拆迁嘛，要有耐心，我这也是给政府分忧，花点儿成本，值得；况且，这个项目我并不急着上，地价还大有升值空间，隔三岔五地来围上一次吧，看谁耗得过谁！副区长竖起大拇指道，吴老板高见！可吴老板眉毛一拧，恼怒地道，只是建设街那个小粉馆十分讨嫌，赖着不走有半年了吧？妨碍施工不说，还特别刺眼，显得我吴某人在莲城还有摆不平的事，还是件这么小的事！王羊心里一跳，感到自己的耳朵竖了起来。副区长马上附和，是啊是啊，得尽快拆了，我们一直在想办法，只是，逼急了怕那老倌子走极端呢。吴老板颇为不满地瞥副区长一眼，软硬兼施嘛，他不就是要钱吗？我给个底线吧，再补偿他五万块，明天就搬走！他再不同意，就强制拆迁！副区长连连点头，好好，有您这句话，我们一定把工作做好！

闻听此言，王羊赶紧转过身，躲到一旁拨通了梅姐的手机，把他听到的一五一十告诉了梅姐。

8

快晚上十一点了，还不见梅姐来，王羊很沮丧，懒懒地躺在床上不想动。直到一泡尿胀得小腹发疼了，才爬起来，绕到屋后把自己放空。回到屋里，欲关门睡觉，外面铁栅门咣当一声响，王羊伸头一看，迷离的月色里，梅姐的身影仙女似的穿过空地飘然而来。王羊惊喜不已，拔腿冲到梅姐跟前，二话不说，拦腰抱起她，三步并两步咚咚咚走进屋内，脚后跟往后一磕碰上门，将梅姐往床上一放，气喘吁吁地说，这么夜了，我还以为你不来了呢！

梅姐习惯性地拢拢头发，我帮我爹收拾东西去了，该打包的都打了包。

王羊问，你爹愿意搬了？

梅姐点头，是啊，只要明天拆迁办的人来签个五万元的补偿协议，或者当场拿现金，他就搬到安置房去住了，粉馆也懒得开了。要不是你传来这个消息，不知我爹还会跟他们较劲到什么时候，会搞出什么事来！

王羊松了口气，那太好了！我也不用再去泼粪了，那粪就像泼在我自己身上一样。

梅姐拉王羊坐下，还得谢谢你呢。

王羊说，怎么谢呢？

梅姐说，你想怎谢就怎谢。

王羊脑子一热，就把梅姐搂住了，将脸直往梅姐怀里拱。梅姐缓缓地倒在床上，摩挲着王羊的头发，喃喃道，你呀，就像饿牢里跑出来的。王羊毛手毛脚地给她脱衣服，他不太了解女人内衣襟扣的结构，解了半天，也没摸到门道。梅姐不但不帮他的忙，还嘻嘻地笑。王羊呢，越急越忙，越忙越乱，忙出一脑门的汗，总算解开了。他像个婴儿似的噙住了梅姐。

就在这时，空地上堆放的废旧脚手架咔嚓响了一声，王羊警惕地支起身子，凝神倾听。梅姐问，怎么了？王羊说，好像是有小偷呢。梅姐说，我进来时把铁栅门锁好了的。王羊说，那门只防君子防不了小人，有手脚的都爬得进来。又听了一会儿，外面静悄悄的并无声响。王羊这才放了心，伏下身子专心致志做自己的事。但是门外又响了一声，碰倒了什么东西，接着有脚步走到了门口，门被笃笃笃地敲响了，一个粗糙的喉咙大喊，王羊，开开门！

王羊听出是金伢子的声音，忙翻身坐起，大声回答：我睡了，有啥事？

金伢子说没啥事，就想来坐坐，听你声音，不像睡了啊？

王羊不胜厌烦，你也不看看啥时候了？走吧走吧，我要睡了。

金伢子眼睛在门缝里睃着，不放我进来，是屋里有女人吧？

王羊说，有女人也不关你的事！

金伢子嘿嘿干笑两声，是不关我事，可是你要不让我进来，就关我的事了。你不会是找了鸡来耍吧？

王羊火了，放你妈的狗屁，快滚！

金伢子道，你要我滚，我就要你好事做不成，老子报警让警察来扫黄！

王羊立时恨得真咬牙。这个金伢子是他同乡，也在这个公司做小工，来这儿装卸过旧材料，王羊曾怀疑公司材料失窃与他有关。想到这一层，王羊便说，你报警吧！这么夜了你还在这转悠，来偷老板的东西吧？到时你得跟警察说清楚！

金伢子似乎也恼怒了，骂骂咧咧地，好好你有种，你等着。砰一声响，金伢子将一块石头砸在门上，一串脚步声渐次远去了。

王羊又气又恼，半天才回过神来。侧身一看，梅姐正手脚麻利地穿衣服。王羊抓住她一只手，你这是做啥？

梅姐说，我还是走吧。

王羊摇头，不，我不让你走！

梅姐说，不走不好，太危险了。

91

王羊说，他自己是个三只手，不敢报警的。

梅姐说，他可以匿名报警的，警察要真来了，只怕到时说不清。

王羊挺挺身子，这有什么说不清的？

梅姐问，你怎说？

王羊说，我们把身份证给他们看，告诉他们，我们在谈朋友，我们很快就要结婚了！

梅姐噘噘嘴，你看我们像男女朋友吗？你说不来假话的。

王羊道，怎不像？像得很呢。再说，我用不着说假话，我说的都是真话，只要你愿意，我们就结婚！

梅姐眼睛一闪，你不嫌我比你大，还是个二婚？

王羊反问，你不嫌我是个乡下伢子？

梅姐说，我若嫌你，还会来你这吗？

王羊说，我若嫌你，会天天想你吗？

梅姐想想，就把刚穿好的衬衣又脱了，好吧，只要你不怕，我就不走了。

王羊说，除了怕你离开我，别的我什么都不怕。

说着，便熄了灯，重新将梅姐搂住倒在床上。王羊很快就气喘吁吁的了，但他发现自己心身分离，做不了最想做的事了。他沮丧而疲软地蜷伏在梅姐的胸口。梅姐搂着他的颈子，揉着他的头发，轻声地安慰着他，没关系，可能是紧张的缘故，睡一觉就好了的。你不是喜欢我搂着你睡觉吗？现在我就搂着你了，你睡吧，睡吧。王羊眼里热热的，点了点头，不一会儿，居然就睡着了。

9

第二天上午，王羊接老杨通知赶到好吃粉馆的时候，前一天参加围而不拆的人都到齐了。兼拆迁办主任的副区长和拆迁队长交头接耳地谈着什么，老杨站在一旁恭敬地听着。一台张着大铁牙的铲车和一辆高举着挖斗的挖掘机一左一右地夹住了粉馆，一看那阵势，王羊就晓得今天是非拆不可了。

粉馆的门紧闭着，粉馆老板，也就是梅姐的爹，站在阁楼窗边的小小阳台上，抽着一支烟，眯眼俯瞰着楼下，胸有成竹的样子。拆迁队长仰头喊道，梅老板，下楼来谈吧，既然吴老板答应给补偿了，总能谈得拢的。梅姐的爹扬扬手说，就这样谈吧，谈拢了我就下来，谈不拢我是不会下来的。拆迁队长说，那你说个价。梅姐的爹伸出一只手比划着，六万！拆迁队长说，你真是癞蛤蟆打哈欠，好大的口气！三万，顶多这个价。梅姐的爹把烟蒂往楼下一扔，这个价免谈！双方口气都硬得很。王羊想，他们这是在讨价还价，以他的经验，会以中间价成交的。拆迁队长又喊，梅老板你想好啊，不要搞得三万都得不到啊，本来就已签了拆迁协议的，按协议是不必再给你一分钱了的，我们要拆也就拆了！梅姐的爹叫道，我是户主，协议不是我签的不作数！我顶多再让一步，五万，再少一分钱，我都不干！王羊想，拆迁队长肯定也要让步了，因为这个数正是吴老板交代的底线。但出乎王羊意料，拆迁队长没答应，反而是一副蛮烦躁的样子，回头跟副区长耳语了几句，抬头道，梅老板，你想好了，你不要有台阶不下，故意跟政府唱对台戏，影响了城市建设可不是小事！要么，你拿三万块钱走人，皆大欢喜；要么，一分钱也得不到，你鸡飞蛋打，我们照拆不误！梅姐的爹毫不示弱，你们也想好了，要么拿五万块来，要么你们连我一起拆！

双方就这样僵持住了。围观的路人越来越多。副区长和拆迁队长蹲在地上商议着，两人的表情焦急而严肃。拆迁队长转身跟老杨面授机宜，王羊的好奇心又上来了，走拢过去，想听他们说些什么。刚到跟前，老杨一眼瞟见他，就说王羊你来得正好，有个任务交给你，你给我上楼去，把那老倌子弄下楼来！王羊愣住了，感觉一根冰凉的针从脊梁骨里穿了上去，直抵后脑。真不该往老杨跟前凑的，老杨没看到他，肯定想不起他。王羊嗫嚅着，我，我怎么弄啊？老杨说，你不是来吃过粉，认得这个老倌子吗？你跟他说说话，劝他下来，劝不了就抱他下来，你牛高马大还怕拿不住一个瘦猴子？王羊心慌意乱，那门都关着的，我也上不去啊！老杨说，这好办，你跟我来。说着就抓住王羊的手往前拖，一直拖到往粉馆屋后窗户旁才松开。在老杨的指挥下，挖掘机的挖斗慢慢移过来，轻轻一碰，就将后窗撞裂开了。碎玻璃稀里哗啦落了一地。老杨推一下王羊的背，进去吧。

事情发展到这地步，完全出乎王羊意料，但他也只能从命了。他跳入窗内，匆忙往墙上瞟一眼，梅姐的照片已经不见。王羊沿着窄小的楼梯爬上阁楼，梅姐的爹刚好在阳台上回过头来，冲他眼睛一鼓，你是哪个？你上来干嘛？王羊忙说，梅老板，我是梅姐的朋友，我来劝你下去，上面不安全呢！梅姐的爹犹豫了一下，说，不答应五万块补偿款，我是不会下去的！你真是我女儿的朋友，就帮我的忙，劝他们让一步，他们是大老板，不少这几个钱。王羊说，我的话要是起作用，那还说个啥。王羊走到梅姐的爹身边，阳台很小，站上两个人就差不多塞满了。王羊往下一望，一片密密麻麻的人头中间，老杨正充满期望地瞪着他。王羊恳切地说，梅老板，还是下去谈吧，上面太危险了。梅姐的爹伸手推了他一把，你走开！我晓得你们想耍名堂，不答应这个价我是不会下去的！王羊趔趄了一下，心里便有些恼。这时楼下的老杨朝他高举右手左右摇摆，催他行动，他脑子一热，就将梅姐的爹拦腰抱住了。

王羊原想，以他的身板与力气，将梅姐的爹抱下楼去是轻而易举之事。却没料想，梅姐的爹反应迅速，一只手倏地抱住阳台边的木栏杆，死活不松。王羊只好箍紧老倌子的腰，使出浑身力量猛拽。或许由于用力过猛，突然之间，王羊就失去了平衡，一个趔趄撞在栏杆上。那栏杆早已腐朽，只听咔嚓一声响，两人随之跌落下楼去……

直到梅姐的爹发出一声惨叫，王羊才发现老倌子压在了自己身下，头和一只手都塞进了窄窄的阴沟里。王羊慌慌张张地爬起来，坐到马路另一边。参与拆迁的人们急速围拢，七手八脚将老倌子拉起。老倌子惨叫连连，那声音像剃胡刀，一下一下刮着王羊的后背，凉嗖嗖的。救护车鸣鸣叫着来了，又鸣鸣地叫着走了，王羊仍呆坐在路边，似乎他并不知道怎么回事。拆迁并没有受到影响，人们将屋里的物件搬了出来，挖掘机欢快地轰鸣，张牙舞爪地挥舞挖斗，没几下那幢木房子就被撞倒了。王羊望着那一堆破瓦烂木头，拿出手机，翻出梅姐的名字。应当向梅姐报告消息，但是，王羊不敢拨出去，对着梅姐的名字看了一会儿，就关了机。此时此刻，王羊最怕听到的，就是梅姐的声音。

10

翌日，王羊打听到梅姐的爹身上多处挫伤，左手骨折，在骨科医院住院。不管这事是不是意外，王羊心里都十分愧疚。王羊买了一袋水果，想去病房看望，表达自己的歉意。如果梅姐也在那里，正好向她认个错。王羊一直没敢给她电话，怕在电话里说不清。

王羊来到病房门口，看到梅姐坐在病床边，勇气一下没了。正迟疑着，老杨从病房里出来，将他拉到一旁，低声斥责道，你来干啥？人家正恨着你呢，你还来刺激他们！王羊怔了怔说，恨我是应该的，可是我也是奉命行事。老杨

94

厉声道，你还奉命行事，奉谁的命？谁让你抱着他跳楼了？王羊哑口无言。老杨又说，王羊，这事你真的做得不好，公司这次损失可大了，医药费误工费赔偿费什么的，还有公司的声誉。公司没有理由再留你了，老倌子只怕还会起诉你和公司，一走了之吧，赶紧！王羊头皮阵阵发麻。老杨拿出钱包，数了一千块钱塞在王羊手里，这点儿钱算是解聘补偿，走吧，越远越好！

王羊出了医院，但他没有走远。他在花坛边沿上坐了下来。他不能就这么走了，他一定得跟梅姐说上话。他盯着医院大门，等着梅姐从里面出来。

等到快中午的时候，梅姐从里面出来了。王羊鼓足勇气迎了上去，声音干涩地叫了一声梅姐。梅姐停住脚，冷冷地看了他一眼，他就一句话也说不出来了，只把手中的水果递了过去。梅姐接过了水果，可是，她随即将它扔进了路边的垃圾箱，一转背，走了。

阳光的舌子热热地舔着王羊的额头，他却冷得发抖。

11

王羊虚脱了一般浑身无力，在工棚小屋里躺了一天，又躺了一天。饿了就给自己下碗面条吃。每天都给梅姐打电话，但梅姐总是不接，再打，里面就有个女人字正腔圆地说，您所拨打的用户已关机。公司还没来人接替他，也许老杨忙于处理梅姐的爹的事，把这事忘记了。但有没有人接替，王羊都得走了，在走之前，他还是想见上梅姐一面。

王羊不想再去医院，于是就去了梅姐上班的印务公司。梅姐的爹用不着整天陪，梅姐一定不会耽误上班的。印务公司名字好听，其实就是一家小印刷厂，深深地躲在一条街巷里。一进门，浓郁的油墨味道扑面而来，令人透不过气。王羊嗅觉格外灵敏，他从中闻到了梅姐的气息，并跟随着那气息的指引，准确地找到了梅姐。梅姐站在一台老式切纸机前，好看的细腰微微地弯着，袖子高高地绾起，双手用力将厚厚一叠纸顺着案板推过来放好，校正，一踩地上的踏板开关，闸门似的切纸刀缓缓降下，切豆腐似的将那叠纸的边缘切掉了。王羊悄悄走到梅姐身后，只要一伸手，就可以摸到她了。他当然不可以再摸她的，除非……突然之间，一股委屈与悲愤之情涌上王羊心头，他哽咽着叫了一声梅姐，然后带着哭腔说，我不是故意的啊！

梅姐吓了一跳，狠狠地瞪他一眼，转身走开。王羊急了，又嘶吼一声，我真的不是故意的啊！袖子一勒，就将左手放到切纸刀下，扭着颈子冲梅姐叫道，梅姐，你要还不相信，我就把自己的手切了，赔给你爹吧！梅姐惊得脸都白了，两眼直直地望着他，竟不晓得说句话。王羊感觉到，一股无形的力量将自己逼到了高处，就像梅姐的爹站在阁楼阳台上一样，已经没有办法自己下来。下一刻会发生什么？真的切下自己的手，还是在切纸刀降下之前抽出手来？梅姐眼疾手快拉开了他，还是置之不理？王羊不知道，他知道的是，此时此刻，他必须按自己说的做，他必须抬起脚来，朝那个汽车刹车似的踏板踩下去。

　　他听到了梅姐的尖叫。

2012 年 3 月 6 日

雷子与表妹那事

表妹那事与雷子的多嘴有关。

那天傍晚，雷子在舅舅餐馆里吃过晚饭，沿着坡道慢慢地走了下来。在坡道与公路交叉处，在那棵一团墨绿的樟树前，他看见一个人踱着方步，边走边冲手机说话，日理万机的样子像个镇长。待那人侧过脸，雷子才发现，他就是镇长，周镇长。雷子后来想，如果此时他别过脸，或者躲到树后不跟镇长照面，就不会多那句嘴，他不多嘴，后来的事可能就不会发生。但事实是他不仅跟镇长照了面，还不经意地冲镇长笑了一下。镇长就点点头，问："雷子，你舅餐馆里有好吃的没？"

被镇长问话，雷子有点儿兴奋，随口就说："我舅在炖乌鸡呢。"

周镇长说："嚯，炖乌鸡也不报告我一声？"

雷子就多了一句嘴："这不，舅让我搭信接镇长来尝鲜呢！"

周镇长立时眉开眼笑，屁颠颠地往坡上去了。

镇上开餐馆的谁不想巴结镇长呢？镇长带人来一回，连吃带喝不是上千也有大几百，抵几天的营业额呢。雷子自以为，他说了一句正确的假话，舅舅会感谢他的灵泛的。雷子望着镇长的背影，吞了一口痰。

雷子回到只有自己的家时，天已经黑了。他打开雪花点点的电视机，看重播的电视剧《还珠格格》，跟着赵薇傻笑。看着看着夜就慢慢地深了。雷子的许多个夜晚，都是这样看深了，然后就看睡了的。但这次雷子睡不着，右手掌心被一根线勒住了，隐隐地生疼。雷子右手是所谓的断掌，窝起手掌，掌心就现出一条清晰的纹沟，像断了一样。都说有断掌纹的人极有劲道，擅长打架，一人可敌三五个，一不小心就会伤人。所以，雷子从不跟人打架，一旦与人起冲突，都会下意识地将右手背在身后。古怪的是，只要他掌心的断掌纹隐隐作疼，就会遇到麻烦事，比天气预报还准。雷子心里七上八下，用力甩一下右手，好像那疼可以甩掉似的。

他走到门边往外探出脑壳。

对面坡上，舅舅餐馆的灯光孤独地昏黄着，而坡下镇子里的灯火如众多的鬼眼，诡秘地闪烁。

一个黑影，沿着小路跌跌撞撞地向他而来。

雷子看到黑影的第一眼，就觉得这不是一个人，而是一件事。不一会儿，这件事就蜗牛一样爬到了他身上，牢牢地粘住了他。

黑影是舅舅，舅舅无比惊慌地抓住他的两只胳膊，气喘喘地，含糊不清地说："雷子，出、出事了……"

话没完，瘦条条的舅舅就像一根稻草索弯曲着瘫在了地上。雷子拖舅舅起身，舅舅固执地不肯起来，不断地拿手背揩脸，不知是揩的眼泪还是鼻涕。雷子只好陪着舅舅坐在地上，听舅舅挤牙膏一样，把那件事一个字一个字地挤出来。

舅舅颠三倒四地告诉雷子，在舅舅餐馆二楼的包房里，镇长不仅吃掉了舅舅一只炖乌鸡，喝掉了一瓶椰岛鹿龟酒，还硬要表妹红缨陪酒，陪酒还不说，还将红缨那样了。"我把姓周的畜牲锁在包房里了……雷子，你得帮帮舅舅，舅舅只有你可以依靠了。天啊，怎么会有这样的事啊！"

舅舅像个娘们双手拍打着地面。

雷子立即想到了自己的尝鲜一说，简直是乌鸦嘴。一股凉意从背脊上流了下来。雷子将舅舅拉到那把破烂处露出了海绵的旧沙发上，紧着喉咙说："舅，你说，你要我如何帮你？"

舅舅抹一把脸，咬牙切齿："你不是断掌吗？你先帮我去揍他一顿！"

雷子右手的断掌纹奇怪地不疼了，但他还是将右手藏到了身后。

舅舅说："你表妹上学那个时候，都是你帮着她不受欺负的啊！你帮还是不帮？"

"当然帮，我不帮哪个帮？"

雷子说着就拉起舅舅出了门，急急地走。月光惨淡，小路像蛇一样弯曲着，四围虫鸣细密如雨，似在议论着这件事。他们穿过公路，来到岔路口。雷子不敢看那棵墨黑一团的樟树。那树不高，夜里看上去像一个人，他就是在樟树前跟镇长多了那句嘴，樟树可能什么都听见了。

舅舅的餐馆越来越近了，雷子有些喘不过气，闷声说："舅你也是的，你就不该让红缨陪镇长，那陪得吗？你又不是不晓得他。"

舅舅叹口气说："所以我一直陪着他的，哪晓得他喝个没完，喝到店里别的客人都走了，他还要加菜，我只好去炒菜；哪晓得才炒完一盘菜，就出事了……"

进了舅舅餐馆，表妹压抑的哭泣从一扇虚掩的门里嘤嘤地传出。表妹是当事人，应当询问一下她。但雷子不敢面对表妹那张受伤害的脸。那伤害原本是可以避免的，如果不是因为他。

舅舅推开了门，随后推了雷子一下。

雷子只好进门了。

舅妈坐在床沿上，红缨扑在她怀里，肩膀一抽一抽，听见有人进来，哭泣声更大了。雷子傻站着，有些手足无措，想想应当安慰一下表妹，就趋向前去。他闻到了表妹身上熟悉的气息，可没待他说出话来，舅妈举起那只刚才还在抹泪的手，有力地将他推开了。

雷子意识到，这个时候，舅妈与表妹并不愿意见到他。

他默默地退到一边。

舅舅抖抖索索地，从书桌抽屉里拿出一条扯烂了的粉色女式内裤。是表妹的，雷子曾经看见它晒在屋檐下。他的眼睛似被它蜇了一下，忙说这是证据，要舅舅千万保管好它。舅舅便用一个塑料袋将它装了起来。雷子捏了捏拳头，又说："舅，真揍他吗？你想了后果没有？"

舅舅咬牙切齿："我女儿都被那个了，还有更坏的后果吗？"

雷子说："一码归一码，打人是犯法的，再说他是一个镇长……"

舅舅眼一横："你只管动手，后果我负，老子出气了再说！"

"那好，我这就帮你去揍那狗东西！"

说着，雷子兀自往二楼走，踏得木楼梯咚咚响。但说是这么说，雷子的底气是不足的。他不敢想象，他的拳头如何砸向一个镇长。他感到自己的身子有点轻飘。走到包房门前，雷子想镇长可能已经越窗跑掉了。二楼的包房是有窗户的，镇长虽然有点儿胖，但打开窗户跳下去也不是太难的。谁也不会傻到能逃不逃，何况他是一个镇长。雷子轻轻一推，门无声地现出一条缝隙。雷子把眼睛塞进缝隙里一看，果然，包房已空空如也，窗户敞开着。

雷子心里一轻松，嘴里高叫："舅，他跑掉了！"

舅舅急忙过来打开门锁，冲进包房一看，傻了眼。

雷子走到舅舅身边，包房里特有的污浊气味笼罩了他，酒味、烟味、汗味、秽物味，让他透不过气来。

舅舅气急败坏，挖雷子一眼："都怪你手机没有不说，座机都不装一个！我不用跑来叫你，就会守着让他跑不掉了！"

雷子说："现在你说这些有啥用？赶快追吧！"

两人赶紧下了楼，往外面跑。出门下台阶时舅舅一个踉跄差点儿摔倒，雷子眼疾手快，将舅舅扶住了。这一踉跄，倒让舅舅清醒了，喃喃自语："这狗日的，早跑掉了，哪追得到啊？追到他，只怕也不会认了。"

雷子安慰舅舅："不怕，不是有物证吗，内裤可以化验的。"

舅舅原地转圈："现、现在怎办呢？"

雷子说："怕只有到派出所报案了。"

舅舅摇头："你不晓得所长是镇长堂兄？"

雷子哑口无言，只好扶舅舅在台阶上坐下来，又塞支烟给舅舅，帮他点燃。

舅舅大口地吸着烟，不一会儿，脸和头都罩在烟雾里了，看上去像一个烧着了的干树蔸。凉凉的夜风掠过他们的身体，镇子里传来几声不耐烦的狗叫。公路上汽车的引擎声越来越近，又越来越远，直到消失，听上去像是被黑夜一口吞掉了……不知道坐了多久，最后舅舅决定天亮之后再去找镇长，先看看他的态度再说。

第二天太阳出山的时候，雷子来到舅舅餐馆。舅舅舅妈都在忙，面容平静，好像什么也没发生。不见表妹身影，可能还躺在床上吧。雷子熟门熟路地给自己下了一碗米粉，舀了一满勺牛肉浇头，忽然想到表妹这事自己是有一定责任的，便不由自主地将浇头抖掉一些。

雷子吃完米粉，舅舅对他使了个眼色，他就相跟在舅舅身后，往镇子里而去。舅舅头发梳得很整齐，腋下还夹了个皮包，看得出他的慎重。但舅舅腰里的围裙却忘了解掉，一看就是个餐馆小老板，样子有点儿可笑。

他们来到镇政府大门口，迎面遇上财政所吴所长。吴所长用手指点着舅舅笑道："啧啧啧啧，梁老板，周镇长硬是神机妙算呢！他说今天你可能会来找他，果然说中了！"

舅舅脸白了："他在？"

吴所长说："早餐时见到他的，应当在吧。"

舅舅结巴着："他、他说了我为啥事来找他不？"

吴所长笑道："呵呵这个用脚趾脑想都晓得啊！找他，还不是为镇里欠你的餐费？放心吧，那七万多块钱，一分钱都不会少你的，不过镇里财政确实紧张，暂时还不了，反正也欠了几年了，不急在这几天吧。不过你要搞定周镇长了就有戏，他是个有本事的人，到哪里拉笔款先垫付了也说不定呢！"

舅舅不吱声了，对着镇政府的牌子望了又望，才犹犹豫豫地进了大门。雷子紧跟在后面，他不太相信周镇长会在，这不符合他的想法。平时镇长就不是这里开会就是那里检查，人毛都看不到一根的，现在出了这事，他还会坐在屋里等？

他们径直上了二楼，进了镇长办公室。直到见到镇长坐在那张大班桌后，雷子才明白自己的想法是错误的。镇长确实不是一般人，拿得起放得下。雷子盯着镇长宽阔的脸，想看出点儿什么东西来。但那张脸很从容，很平静，甚至可以说很亲切，它布满了笑容。雷子就觉得，他和舅舅在气势上先输了一筹。

舅舅双手在围裙上乱擦，颤抖着嘴唇，恨恨地道："周镇长，你不晓得，跑得了和尚是跑不了庙的吗？"

镇长笑道："这里就是我的庙，我就是这庙里的和尚，我跑什么跑？要跑就不会在这等你了。有话好说，先请坐，请坐！"说着很客气地起身给他们倒水让坐。

舅舅却不坐，雷子于是也不坐。

舅舅盯着镇长："你打算怎办？"

镇长将两只盛了水的纸杯放在桌面上："嗯，我来想办法吧。你的餐费其实大部分是前届领导欠下的，新官不理旧事，我完全可以不管的，但我愿意负这个责。"

舅舅说："我不是说这个事，我是说昨晚那事！"

周镇长这才把笑容收了，定定神说："昨晚，我好像是喝高了吧？是不是有点儿失态？这事我们私下说，请无关人员回避，好不好？"

镇长说着瞥了雷子一眼，接着拿出一包软包装的所谓极品烟，抽出一支扔给舅舅。舅舅没有防备，手忙脚乱地接住了，却拿也不是，放也不是。镇长一按打火机，给舅舅点着了烟。舅舅只好颤颤抖抖地吸了一口。

雷子望着舅舅，舅舅舔舔干裂的嘴唇，没有说出话来，似乎是默认了镇长的要求。雷子只好退到门外。

周镇长咣地一声将门关上了。

雷子没来由地嘘了一口气，紧贴着门，听着里面断断续续的声音：

101

"这烟怎么样？没吸过吧？六十多块一盒呢，呵呵。要是喜欢，把这一盒拿去……昨晚，真的是不好意思啊！酒真不是好东西，都是我的错，不该喝那么多！当然，也是事出有因，谁让县里给我们评了一个先进，让我这么高兴呢？谁让我在这当口晓得你炖了乌鸡呢？是的，是的是的，还得在主观上找原因，不贪杯，啥事都没有……作为一个受党教育多年的国家干部，举止不雅，确实不像话，我现在诚恳地、郑重地跟您道歉……我确实不该失态。你不晓得，镇长真不是人当的，上面千条线，下面一根针，啥事都要找你，压力太大了！有时只有喝酒来释放一下……唉，红缨也是，一个女伢儿，不该跟我喝交杯酒的……是的是的，你说的都有理，我会吸取教训。但是，我喝多了就啥都不清白了的……我不晓得做了什么，但我晓得没做什么。你呢也不要夸大事实，更不要说得那么难听，红缨还是黄花闺女，莫坏了她的名声……我们首先得替红缨着想是不是？唉，其实，多大个事呢，不要捡起芝麻当西瓜嘛。我们可以平心静气处理好的……"

很奇怪，雷子听清楚的，都是镇长的话，舅舅直嘟哝，却不知说了些什么，似乎含了瓣橘子在嘴里，且声音越来越低。越往后听，仿佛镇长讲的都有道理，都是情有可原的，而表妹那事，也显得并不那么严重了。

雷子将耳朵移到门缝上，想听得更清楚点儿。走廊上出现了一个干部模样的人，狐疑地望着他，眼睛里有谴责的意思。雷子赶紧做了个抠耳屎的动作，离开了。毕竟，偷听别人的话并不是件光彩的事，何况这个别人还是个镇长。

雷子下了楼，来到操坪边，一边看宣传栏一边等舅舅。宣传栏里有镇长的照片，镇长胸佩大红花，和县长站在一起，冲雷子自豪地笑着。镇长肥硕的肚子将西服顶起好高，令雷子浮想联翩：那里面装了多少舅舅餐馆里的酒菜啊！

等了大约半小时，镇长下楼来了，举着手机边讲话边上了一台奥迪车，很忙碌的样子。奥迪开走之后，才见舅舅慢慢吞吞地走过来。

雷子忙迎上去："舅，怎么说？"

舅舅低着头往院子外走："他说最好私了，接受他的道歉，给一点儿精神抚慰费，镇里欠的餐费也由他负责早还……要我们先考虑考虑。"

雷子问："他想得美，那要是不私了呢？"

舅舅瓮声说："那就只好打官司了。"

102

雷子就摸摸脑壳："噢。"

舅舅不说话了，闷着头只顾走，身上散发出焦躁的气息。雷子不好多嘴，默默地伴随着。出了镇政府大门，雷子有意落在舅舅身后，他想看看，舅舅是往左走还是往右走。往左走是回餐馆，往右走，是去镇派出所。

舅舅往左拐了，左拐之前回头用沙哑的声音说："雷子你先回吧，我想想再说。"

雷子的田土都转包给别人种了，所以也没啥事做，便到菜园里扯了一会草，然后下了一碗面吃，睡了一个长长的午觉。起床时太阳快落到西山顶了，还不见舅舅来找他。莫非舅舅还没想好？雷子心里牵挂，便又往舅舅餐馆而去。到了岔路口，雷子跟那棵樟树对视了一会，那樟树站在那里，就像一个满腹心事的人。

舅舅在阶基上择韭菜，雷子便找来条小板凳坐下帮舅舅的忙。舅舅不看他，也不说话，默默地掐着韭菜的黄叶尖。雷子晓得舅舅心里打了结，一时没法解开。韭菜快择完了，雷子实在忍不住了，才小声问："舅，你怎想的？"

舅舅反问："你说，我该怎想？"

雷子说："镇政府欠你的餐费，那是他们该还的，迟早要还；那点儿抚慰费更算不得什么，他也可以想法报销的。不能便宜了周镇长。"

舅舅皱眉道："那你的意思是打官司？"

雷子想了想，才点了点头。

舅舅说："可打官司大家都没面子了，你表妹还得嫁人的……再说打官司也要有关系的，还要请律师，你有熟人吗？"

雷子摇摇头。

舅舅说："请律师还要花钱，你有钱借我吗？"

雷子又摇摇头。

舅舅再问："不管官司输赢，打了之后，你说舅舅在镇里还有日子过吗？"

雷子噎住，愣愣神说："可是，不出这口气，心不甘啊！"

舅舅忽然生气了，将菜篮子一推："那你说怎办？要关系没关系，要找你借钱你钱包也是瘪的，官司又没打赢的把握，就是打赢了也没日子过，还得把你表妹面子不当回事！你要我怎办？有本事你帮我出个主意啊！你不是高中生，有文化懂法律吗？"

雷子闷声说："不管怎办，总不能放过他，穷人有穷人的尊严。"

舅舅板起脸起了高腔："你怎晓得我会放过他？我绝不放过！没有钱啥都没有，还谈啥狗屁尊严！算了，依靠不得你。我自己找律师咨询去。你还是出去做点儿事赚点儿钱吧，莫一天到晚吊儿郎当到处乱逛了，你还要讨堂客的。"

雷子挺难堪，丢下手中的韭菜就起身走了。他不能反驳舅舅，舅舅是长辈，况且舅舅说得也对。他只是不明白舅舅为何突然对他发火。他悻悻地往坡下走，心中有些轻松，也有些失落。

次日一早，雷子就搭班车到了莲城，在一处建筑工地做了临时工。他的日子像砖一样一块一块地砌进了岁月的墙里。一个月之后，雷子很想知道，舅舅如何处理表妹这件事的，于是拨通了舅舅餐馆的电话。是表妹接的，可一听表妹的声音，雷子又不敢说话了，只好挂了它。

这天雷子意外地接到了舅舅的口信，要他回去一趟。事先他的断掌纹并没有疼，所以他心里很沉稳，表妹的事无论私了还是公办，应当已经处理完了。雷子回到镇上，一进舅舅餐馆的门，就听到楼上包房里欢声笑语不断，其中有镇长洪亮的嗓音。舅舅在厨房忙，见他来了，把他拉到一边，绷着脸问："雷子，你在外面多的什么嘴？"

雷子莫名其妙："我没多什么嘴啊？"

舅舅很生气："多的什么嘴你心里清楚！"

雷子辩白道："我在外面打工，我真的什么都没说啊，表妹那件事……"

舅舅低声打断他："表妹哪件事？表妹什么事也没有！那天晚上镇长只是有些失态，并没有既成事实！是我们想多了。我要你回来，就是要你莫多嘴，祸从口出，晓得不？"

雷子连连点头："我晓得晓得，我让它烂在肚里，什么都不会说的，舅你放心吧。"说着，他习惯性地拿了只碗，去打饭吃。

舅舅又说："雷子，你也不小了，该自己养活自己了，不是舅舅小气，以后你来吃饭，还是交点儿钱吧，吃白食你永远也长不大！"

雷子涨红了脸，默默地掏出五块钱，丢在抽屉里。

这顿饭吃得很憋气，像嚼木渣。舅舅不是小气，雷子想，舅舅可能是不想再看到他了。吃完饭雷子转身就走，也不跟舅舅打招呼。出门时回头一望，镇长正从楼上下来，脸色通红，神情安详，还冲雷子笑了笑。看样子镇长喝得很酣畅。雷子忽然恨透了这张脸，他想他总有一天会用他的断掌狠揍它一顿，出一口恶气。

雷子等不到那一天了，就在下坡的路上，他将镇长狠揍了一顿。真是痛快啊，他举起他有劲道的断掌，不间断地抽在那张肥实的脸上，发出噼啪脆响！——当然，这一切都发生在雷子的想象中。但奇怪的是，雷子手都打疼了。雷子甩甩手，觉得还不过瘾，便发疯似的一跃而起，抓住路边那棵樟树的上半截狠狠一掰！"咔嚓"一声，樟树拦腰折断，树冠掉落在地。眨眼之间，那棵曾偷听他跟镇长多嘴的樟树变成了一根半人高的树桩，茬口白惨惨的，像断裂的骨头。

2012 年 5 月 11 日

回　家

1

太阳晒屁股了，华子才起床。

其实天阴着，并没有太阳，有也晒不着华子的光屁股，他的光屁股裹在厚被窝里。太阳晒屁股了只是乡下人的一种说法，确切地说，是一种责怪人起晏了的说法。当然，这是一种老说法了。对华子来说，别说太阳晒屁股了，就是睡上一上午，睡上一整天，也是应当的。他外出打工七个多月，昨天才回家，和老婆在床上折腾了几乎一通宵，天蒙蒙亮时才睡着，他的身体需要休息呢。可是一到太阳晒屁股的时候，他就醒了，醒了就再也睡不着了，因为老婆水英已经不在被窝里了。被窝虽然暖和，可没有水英了，还有什么意思呢？华子就起床了。

华子起床后，坐在床沿上，将这间不大的卧室端详了半天。他是昨晚天黑后进门的，还没来得及仔细打量他久别的家。家里还是老样子，裸露的没有粉刷的泥砖墙，粗糙的水泥地面，几样结婚时打的家具，显得简陋而寒酸。但是，却被水英收拾得窗明几净，井井有条，特别是那个栗色的大衣柜，擦得闪闪发光，华子往它面前一站，立即照出他的影子来。水英是个勤快女子，这一点华子早就看准了的。墙上新贴了几张女明星的相片，桌上还摆了几瓶电视里常打广告的护肤品。水英是个爱美的女子，这一点也是让华子喜欢的。女子若是不爱美，她还算是个女子吗？华子抽了抽鼻子，惬意地嗅着屋子里弥漫着的化妆品的气息，还有水英身体留下的味道。他又有些想她了，可是水英什么时候起床的，他一点儿也不知道。华子侧耳聆听，屋里屋外没有一

106

点儿声音。

她干什么去了呢？

华子走到书桌前，这才看到桌上有张纸条，水英用铅笔在上面写道：我接蛮儿去了，早饭在炉子上热着。华子心里温温的，咧嘴无声地一笑。知道他回来，昨天水英到镇子里去接他时顺便将四岁的儿子送到娘家去了，于是他们夫妻的团聚之夜没有受到半点儿干扰。真是个善解人意的好老婆啊！

华子踅进厨房，洗漱之后，揭开钢精锅的盖子，只见里面热着两个煎得金黄的荷包蛋，还有两个软软的糍粑。他三下五除二，很快就将它们送进了自己肚子里。肚子一饱，虚空的身子就变得充实了，四肢也不再发软了。他兴冲冲地走到堂屋门口，放眼眺望久违了的家乡山水。

他的家坐落在一处山坡上，坡脚是只有一条街的小镇。杂乱不齐的房屋沿着公路排列着，像是小孩子散落的一些积木玩具。冬天的田野裸露着，显得很荒凉。一条小河穿过山谷而去，在山谷的尽头，一片灰云的下面，积雪的山巅隐约地闪烁着寒光。天空里的云慢慢地薄了，一线明亮的光穿云而下，投到华子的身上，他立即感到一阵暖意。他深深地吸了口城里没有的新鲜空气，攥了一下拳头，感到鼓起的肌肉里充满了力量。

华子是个闲不住的人，他想做事了，只有做事，才显得出他是这个家的主人。他操起扫把，瞭了瞭走廊，还有门前的晒场，都是干干净净的，没有他的用武之地，便又将扫把放下了。他忽然想起，他出去打工之前，曾经从山上背了一个松树蔸回来，扔在柴屋里的，他该将它劈了。

他到厨房找到了他的斧子，转身到了屋东头的柴屋里。他浑身都是劲，好久没替自己干活了，他真的有点儿骨头痒了。他想挥舞斧头酣畅淋漓地大劈一场，让自己流好多的汗，将全身筋骨舒展开来，就像昨晚与水英纵情快活一样，那是多么痛快的事呵！

可是华子没有找到那个松树蔸，他没有看到那个松树蔸，不，他看到了，他看到那个松树蔸已经变作了一堆劈柴，整整齐齐地码在墙边。他不会认错的，那个松树蔸背回来时死沉，因为它不是一般的树蔸，它浸透了松油。现在，这些细碎的劈柴呈现出酱红色，油渍渍的，是很好的发火柴。华子怔了一会儿，拿起一块柴禾看了看，还凑到鼻子下面闻了闻。松脂强烈的香气直透他的肺腑。是谁把它变作了一堆柴呢？水英是没有这个力气的，他知道劈树蔸的艰难，任何女人都没有这个能耐。

107

华子扔下那块柴，莫名地有些烦躁，有些不知所措。看了看手中的斧子，又发现它是磨过了的，刃口雪亮锋快。

不会是水英磨的，这是男人的活。

华子闷头闷脑地，将斧头砍在一个木墩上，搓搓手，在柴屋里团团转。他不能就这么闲着，他必须要找点儿事做，只有做事心里才舒服。他终于想起了菜园的门，那门坏了，塌在地上不能正常开合，水英每次进出菜园，都要费力地将门抬起才能移动，很不方便的。他一直想把它修好，可还没来得及修，他就打工去了。这次回家，再不把它修好就说不过去了。他赶紧回到厨房，从二屉柜里找到钳子和几根铁丝，快步往菜园而去。他边走边望，心急得很，仿佛去慢了那扇菜园门会自己跑掉一样。

菜园就在屋东头，从台阶下出发只有二十七步远，华子数过的。园子里白菜呵萝卜呵莴笋呵长得很茂盛，但华子不关心菜，只注意那道门。菜园门还在，但远远地，他就看出，不是原先的那扇门了。原先的门是竹片夹成的，现在的门是用旧木板做的，比原来的结实多了。特别是，它不再用铁丝做铰链，它的铰链是从街上买来的，用镙钉钉上去的，显得很专业的样子。他不能不承认，活儿干得很漂亮。不过，待他走拢去，摸了摸门，再仔细一瞧，发现有两个螺丝钉拧歪了，那个干活的人显得很匆忙。

可是，那个人为什么要匆忙呢？

华子不知道，他不想胡乱猜测。他取下门上的挂钩，门吱呀响了一声，但还是轻巧地开了。他走进他的菜园。园子里刚浇过粪，一股熟悉的人粪与泥土混合的气息扑面而来。才薅过草不久，菜畦间干净得很。也就是说，没有什么要他干的。

华子只好从菜园里退了出来。

他站在自家晒场里，四下瞭瞭，忽然心里难受起来。他觉得自己多余，这个家好像已经不需要他了似的。风从坡下吹了上来，他听见耳边的头发咝咝作响，寒意从衣襟下钻进去，贴着他的肌肤四下漫延，慢慢地布满了他的全身。恍惚之间，有一种说不清的东西隐藏在风中，暗暗地使力推搡着他，仿佛想将他从这里排挤出去。他站稳了脚跟，使自己没有半点儿的动摇。

风渐渐小了，穿过他的头发消失了，周围静得没有一点儿声音。这时，一大一小两个人影沿着坡道摇摇晃晃地爬了上来。那是他的老婆牵着他的儿子，他们边走边向他招着手。

2

七个多月没见，蛮儿这小兔崽子有点儿认生，盯着华子居然半天不肯拢来。当华子将那把从广州城里买来的玩具枪拿出来，蛮儿才喜笑颜开，围着华子爸爸爸爸地叫个不停。华子抱起儿子又是亲又是举高，儿子的鼻涕弄了他一脸，他也不腻怪。儿子身上的气息跟老婆身上的气息一样香甜，让华子很陶醉，很享受的。

吃中饭的时候，蛮儿还赖在华子身上不肯下来，水英扯都扯不动。华子就说，算了算了，谁让他是我儿呢，这一辈子巴在身上就别想甩脱了。他让蛮儿坐在他大腿上，自己吃一口，又喂蛮儿一口。后来水英吃完了，就接管了喂饭的工作，在喂蛮儿的同时，也免不了顺便给华子喂上一两口。

吃完饭，蛮儿就不缠爸爸了，他从华子身上溜下来，拿着他的玩具枪，到邻居家的小伙伴那里炫耀去了。华子便动手帮水英收拾碗筷。

水英拦住他说，你歇着吧让我来。

华子说我歇好了呢。

水英说歇好了也不用你做。

华子说，我又不是客人，不做事我心里不舒服呢，不做事我就不像这个屋里的人了。

水英笑了，说，你呀，硬是做事的命，才回家歇一两天是应该的呀，再说昨晚上你还没累着呵？三番五次的，一条蛮牛！

华子却没有笑，他瞟了瞟水英圆鼓鼓的脸说，我不怕累，就怕闲，人一闲就会闲出病来。

水英说，你这人怪了，给你一根杆子就往上爬！镇里一些后生一天到晚打牌玩耍，没见哪个闲出病来了的！

华子说，就怕闲出病来了自己还不晓得呢。

水英说，你回家了就好，先歇歇吧，还怕没事做？

华子顿了顿说，是怕没事做呢，我在屋里转了半天，也没找到要做的事，这屋里，好像有我没我都差不多了。

水英将碗筷收到锅里，回头瞥他一眼说，你怎这样说话呵？家里没有你，还算个什么家？放心吧，明天我就给你找个事做！

109

华子自言自语，做什么呢？想劈那个松树蔸吧，又被你劈掉了。

水英埋头洗着碗，不吱声。

华子说，没想到你还有这么大的力气。

水英还是洗着碗，不言不语。

华子本不想再说什么了的，可他实在忍不住，走到水英身边说，那个菜园门让你受累了，我本该修好了再出去的。现在你也把它修好了，我连个改正错误的机会都没有了。

水英回头说，你不在家，这些事当然只有自己想办法解决了，你不晓得你有个能干的老婆吗？

华子点点头说，那是，你一能干我就少操好多心，是我的福气啊！他很想问，那门是你修的吗？你能干这种技术活吗？那个修门的是谁呢？但华子觉得不能问了，再问就没意思了。水英只说了自己想办法解决，并没有说门就是她自己修的。她想的什么办法呢？她什么都没有明说，但华子觉得她什么都说了，没有必要再问了。

华子转过身去，背着水英轻轻地叹了口气。

这时水英说，你到镇里耍去吧，会会熟人打打桌球，天黑前回来吃饭就是。

华子点点头，就出了家门。

3

沿着坡道往下走，拐过一个弯，路下边就出现了一个青黑的屋顶。这是大良的家，一幢刚修了两年的两层楼房。大良和华子既是邻居，又是初中同学，外出打工之前，两人经常在一起玩耍的。华子很想和他交流一下在外打工的体会。华子冲屋里大喊一声，大良！那红砖墙立即将他的喊声挡了回来，屋里没有人答应。华子转到晒场边，见堂屋门开着，便又唤了一声，还是没人回应。屋里屋外都静悄悄的。有几只鸡在晒场边悠闲踱步，竖起颈子好奇地瞟了瞟华子，又埋头刨食去了。

华子有些失望，转身继续往坡下走。走了几步他又回头睃了一眼，这时他发现，大良家的墙壁下，堆着一些刚锯出来的木板，木板上还放着几样木匠用的工具。华子忽然想起，大良是在镇上的建筑队里学过一阵木工的，心里便格登一下，非常不自在起来。

华子加快了下坡的步子，他一边走，一边摁着心里那个突如其来的想法。华子不想有那样的想法，但那想法就像浮在水里的葫芦，摁下去又起来了，摁下去又起来了。华子不由自主地想：那个劈碎了的松树蔸，特别是他家修好的菜园门，是不是大良的手艺呢？换句话说，是不是大良使得他回来没事做了呢？

华子到了镇子里，无所事事地闲逛着，碰见熟人，心不在焉地打个招呼。天色向晚，行人不多，一些小摊贩正准备收摊。有几个后生在临街的雨篷下打桌球，嘴里叼着烟，懒懒散散的样子。

华子走拢去，猛然发现，那个俯身打球的正是大良。华子想扭身离开，但已经来不及了，后生们都看见了他，向他打起了招呼：哎，华子回来了，发财了吧？

华子不置可否地笑笑，掏出一盒烟一支一支地扔过去。轮到大良时，华子迟疑了一下，但他还是准确地将那支烟扔到了大良的怀里。华子清楚地看见，大良的脸一下子就红了，好像被那支烟打中了要害似的。华子盯定了大良，大良眼神飘忽不定，不敢对他看，咕嘟了一句这烟不错，放下球杆，红着脸转身就要走。

华子一愣神，大声说，哎大良，好久不见想和你打盘球呢，怎么一见我就走了？他的声音很粗糙，也很唐突，带点儿挑衅的味道，华子感觉不是自己喉咙发出来的。

我还有事呢。

大良低声道，头也不回地走了，很有些落荒而逃的味道。

华子鼻子一哼，这小子，不够朋友！

有人搭腔，这小子是不够朋友，他怕打你不赢呢。

华子说，我又不跟他打架，我是跟他打球。打架是打我不赢的，我在广东公司里当保安，学了擒拿格斗，对付一两个人是没问题的！

有人说，他正是怕跟你打球呢！他怕你把他的球打烂了，就快活不成了！又有人说，就是，他天不怕地不怕，就怕你回家，你一回家他就没事做了。

华子脑壳里嗡嗡作响，他用眼睛去找说话的人，但却没找到。那些人都嘻皮笑脸地看着他，华子不知是哪个说的，他只晓得这话里有话，有好多的话。华子感到蚂蚁密密麻麻地爬上了他的脸，他的脸跟大良一样红了，红得发起烧来了。华子鼓起了眼睛，他想听那些人还说些什么。但那些人仿佛得到了命令，个个把嘴巴闭紧了，只是拿暧昧的眼光撩他。

111

华子额头上的青筋突起来了，太阳穴隐隐地作疼，他猛地抹一把脸，抹掉那些感觉里的蚂蚁，嘶哑着喉咙说，他不敢跟我打，有人敢打吗？十块钱一盘！

立即有几个人响应，拿着球杆争先恐后地挤到华子跟前。华子随便点了一个人，操起大良扔下的那根球杆，气呶呶地打起球来。他已经很久没打过桌球了，心里又挤着那么多的想法，哪里打得好球呢？他憋不住气，他的气太多了，球杆也控制不好，一个劲地颤抖，击球时一点儿感觉没有，总是打偏。华子越打越生气，越生气越输，打到天黑的时候，他口袋里的那张百元钞票，就变成了一张十元的了。

华子回家的时候已经看不清山上的树了，他满肚子的怨愤，晃晃悠悠地难以掌稳自己的身体。他喘息着爬上山坡，跟着坡道走到大良屋后时，想也没想，就捡起一块鸡蛋大的石头奋力一甩。那石头在暮色中划出一条优美的弧线，准确地落到了大良家的屋顶。

咔嚓，瓦片发出清脆悦耳的碎裂声。

立即，从屋里冲出来一个人影，大声骂道，哪个生崽没屁眼的呀？

那人是大良的老婆秀丽，秀丽骂完之后就看见了华子。华子也没躲，直愣愣地瞪着她。华子以为秀丽还会骂他的，可秀丽看清是他后，一声不响地转身进屋去了。

4

夜深了，蛮儿在小床上发出了香甜的鼾声，华子却盯着黑糊糊的天花板，没有半点儿睡意。水英还在厨房里窸窸窣窣地做事，一会儿听见她搬板凳，一会儿听见她倒水。华子怀疑她看出了自己一肚子的心思，故意拖延时间，待他睡着了再上床。华子偏不睡，有瞌睡也不睡，何况他没瞌睡呢。他侧起身子，推开一扇窗户，往外看了一眼。月亮在云缝里睁着半只眼，远处的山巅闪着寒冷的雪光，淡淡的月色下，他家的菜园篱笆拖着一溜黑色的影子，菜园门嵌在其中，像一个方形的黑洞。有风飒然而至，华子不由打了个寒噤，赶紧关了窗户。

水英终于上床来了。

华子将一个厚实的背对着她。水英掩紧了被子，然后侧身搂住华子，将她丰满的胸脯紧贴着华子的背，一只手在华子鼓鼓的胸肌上抚摸着。华子晓得她的意思，但他现在没有一点儿那样的意思，他肚子里的火都还没处发呢，他怎会有那种意思呢！他才不上她的当，他一定要……

一定要怎么样？华子自己也不太清楚。他只晓得，这个时候，水英对他越亲密，他肚子里的火越旺盛，那火烧得他口焦舌干，心烦意乱了。他摘下水英的那只手，将它甩到一边。

水英说，你怎么啦？

华子气鼓鼓地，没怎么。

水英轻声道，你不要吗？

华子发起火来，要什么要，只晓得要要要，气都不顺我怎么要？

水英说，你这是生的哪门子气啊？

华子说，哪门子气？就是生你的气！你凭什么把那个松树蔸给别人劈？那是我从山上背回来的，别人没资格动它！

水英说，你这个人真好笑，没用你费力气，你还气不顺！

华子叫道，我就是气不顺！它是我的，不是别人的，晓得吗？还有那个菜园门，就该我来修的，你让别人动它干啥？你不晓得我不喜欢吗？你不晓得那是侵犯了我的权利吗？

水英说，谁让你老不回家呵，搭信都搭了好几回，要你回来你就是不回来，广东到家里有到外国远吗？

华子说，我不回来是公司里忙离不开，在外面找份工做容易吗？我还不是为了多赚几个钱，让全家人过上好日子吗？我问你，菜园门是不是大良修的？

水英说，哪个修的不都一样？你就情愿让老婆在家受累，你不修还不让别人修啊？

华子坐起来，恶狠狠地说，我的菜园门就是不能让别人修！

水英推他一把，你莫神经好不好？要无理取闹也得嗓门小点儿，莫吓着蛮儿了！

华子便压低了声音说，究竟是你无理还是我无理？哑巴吃元宵，哼，心里有数！

他重新溜进被窝，扯过被子缠紧自己。水英也背过身去了，气哼哼地半天不作声。他们夫妻俩结婚以来，还没有这么背靠背地睡过。华子心有不甘，嘴里仍嘀咕着松树蔸和菜园门。水英随他一个人说，横竖不理睬。待华子歇下来的时候，水英忽然没头没脑地冒出来一句话：你当我是一扇菜园门呵，任它烂了朽了也不闻不问，我又不是木头！

水英这句话就像是一根结实的木头，硬梆梆地戳进了华子的心里，顿时让他憋过气去。他再次从被窝里坐起，瞪着水英弯曲的身体，倏地举起了他的拳头。但是他浑身颤抖，拳头砸不下去，毕竟，老婆是自己的老婆，砸坏了怎么办？

　　华子只好跳下床来，套上棉衣，打开房门，屁颠屁颠地跑到柴屋里，从木墩上取下那把斧子，然后跳进晒场，趁着月光，跌跌撞撞地走到菜园门前。他想也没想，就高高地举起斧头，朝菜园门狠狠地砸下去。砰一声响，门上的木板立即断了一块，现出一个黑洞来。华子还不解气，继续挥舞斧头一阵乱砸，很快，那扇被别人修好的菜园门就变作了一堆烂木板。

　　迷茫的月色里，华子砸门的声音传出去很远，有一条狗被惊醒，它不明究竟，冲着山坡吠叫了几声，然后安静了。

5

　　华子在床上翻来覆去，通宵没睡，但他又一次挨到太阳晒屁股了才起床。他砸了菜园门，水英也没跟他吵，只是不再理他了，整晚都拿背对着他。天一亮，水英就麻麻利利地起了床，屋里屋外地忙了一阵后，抱着蛮儿去娘家了。原本说好，两人带着儿子同去的，但她就是不叫他。华子晓得水英心里有气，不叫就不叫，我还真不想去呢，你气我更气，这个时候，谁还有心思去看你的爹娘？

　　水英走后，屋里静得掉根针都听得见，华子心里除了烦躁，还有些空得发慌。他给自己下了碗面吃，然后无所事事地坐到堂屋门槛上，望着远处发呆。

　　天仍然是阴着，灰色的云彩一层一层堆在天上，天边的白色山尖寒光隐隐，阵阵的寒意直扑到华子的脸上来。他打个颤，身上起了鸡皮疙瘩。

　　华子赶紧裹紧了棉衣，四下走动，想找点事做。到处都很干净，水英把该做的都做了。华子眼睛朝菜园子瞟过去，看到几只鸡正在里面兴高采烈地吃菜，有几棵大白菜已经被啄得千疮百孔了。很显然，它们是从被他砸烂的门那儿进去的。

　　华子跳了起来，抓起一根竹竿，纵身跳进菜园，怒气冲冲地朝鸡们横扫。你们这些馋嘴婆，老子打死你，老子打死你！华子骂骂咧咧。鸡吓得咯咯直叫，扇着翅膀扑楞楞地飞，一只跟着一只逃出了菜园。

　　看着那些被鸡糟蹋了的菜，华子更是气不打一处来，涨红着脸，胸膛起伏不止。但是能怪那些鸡吗？鸡又不是人，你给它开了方便之门，它能不进来偷吃吗？再说鸡也是自家的鸡呵。华子叹了一口气，只好采取一点儿临时措施，拖来几枝干杉树刺，将它们堵在菜园门口。

华子很郁闷，那些杉树刺不光堵住了菜园门，也堵塞了他的胸口，扎得他十分难受。若不是别人修了这个门，他和水英何至于闹到这个地步？自从水英过门以来，他们重话都没说过一句呵！

华子拍拍手，慢腾腾地越过晒场，茫然地往坡下走。他不晓得自己要到哪里去。走到大良家屋后，他站住了。目光在屋顶溜了一遍，敏锐地发现了一块破碎的瓦片。那是他打碎的吗？他不能断定，但他心里的烦闷仿佛顺着瓦片的裂缝泄掉了一些，一丝惬意透进了他心里。华子一弯腰，顺势又捡起了一块比鸡蛋还大的石头。

然而，华子才举起石头，大良老婆秀丽忽然钻了出来。

华子的手就僵住了。

秀丽说，华子，你这是做什么？

华子说，你说呢？

秀丽的眼光像锥子一样戳在华子脸上，凭什么砸我家的屋？

华子愤愤地道，你家大良凭什么修我家的菜园门？

秀丽撇撇嘴，你家的菜园门凭什么要我家大良修？

华子一下怔住了，秀丽说得似乎也有道理。

秀丽毫不示弱地瞪着华子，我晓得你心里不舒服，你有气，我还有气呢！你找我家的屋出气，我找哪个出气去？我也去砸你家屋顶吗？

华子不觉手一松，那块石头便从他手中掉了下去，喃喃道，那，那怎么办？

秀丽瞟瞟华子，神情忽然变得柔和了，脸微微一红，咬咬嘴唇说，我倒是晓得怎么办，就看你愿意不愿意。

华子有些迷惑，怎么办？

秀丽抓住华子一只手，往她家里拉，你跟我来。

华子立即感到秀丽的手是一条蛇，紧紧地咬住了他，他挣脱不得。秀丽轻而易举地将他拖过晒场，拖进了堂屋。他已经晓得秀丽要怎么办了，他顿时浑身燥热，无数的蚂蚁爬上了他的脸。秀丽家的卧室门开着，像个黑洞，他不想进去，但他已身不由己。秀丽轻轻一拉，来吧。他就跌进那个黑洞里去了。

华子不知在那个黑洞里呆了多久，出来时他浑身疲乏，没有了力气。

秀丽将他送出堂屋门，说，现在心里舒服了吧？大家都扯平了，你也不要再砸我家屋顶了。

华子不言不语，看都不看秀丽，转过身匆匆地回家。秀丽说得不对，他心里并不舒服，一点儿也不舒服，相反，他说不出地难受。只是，现在的难受跟先前的难受不一样了。他心里乱七八糟的，走路也摇摇晃晃，两腿发酸发软。

回到自家晒场里，华子如释重负地长叹了一口气，眼睛一瞟，忽然就发现，他终于有事做了。华子走到菜园门口，将那些杉树刺拉开，仔细估量了一下菜园门的受损程度，然后，他跑进屋里，拿了斧头、钳子、螺丝刀和铁丝等物件过来。

他绾起衣袖，搓了搓手，开始修复他家的菜园门。

6

华子忙碌了大半天，累出一身臭汗，菜园门修复工程终告完工。他换掉了铰链，也换掉了门框，门板也以竹片代替，如此一来，这扇门上就没有别人动过的东西了。华子不仅修好了门，还补好了篱笆上的几个破洞，这样那些不怀好意的鸡呵狗呵就钻不进来了。

华子收拾好工具，退后几步欣赏他的手艺。这时，天上的云散开了，温暖的阳光没遮没拦地泼洒下来。在夕阳的映照下，篱笆围着菜园画下了一道美丽的阴影。华子满意地拍了拍手，回头远眺，远处山巅上的积雪正闪烁着炫目的银光。

华子换了件衣服，匆匆忙忙地往坡下去。

他该去岳父家了。他要去接老婆孩子回来。

但刚下了坡，他就站住了脚。他不用去了，水英抱着蛮儿从对面走过来了。华子两眼莫名地发热，忙不迭地迎了过去，讨好地说，老婆，我把菜园门修好了！

2006 年 3 月 12 日

擦皮鞋的王秀珍

　　丈夫死了，女儿出嫁了，王秀珍在乡下没事做，就到城里擦皮鞋来了。

　　王秀珍把擦鞋的地点固定在向阳小区旁，一条马路边的两棵雪松之间。这里来往行人不少，路边却也还清静，加上有雪松掩蔽左右，她不显山不露水，既不会与别的同行抢生意，也不用担心影响到市容。

　　王秀珍的生意很清淡，擦一双皮鞋才收一块钱，陪着那两棵雪松坐上一整天，也只有十几块。但王秀珍是个容易满足的人，能在城里过日子，而且还能赚到钱，还有什么不满意的呢？她每天和颜悦色地坐在那里，盯着马路上那些来来往往的鞋子，时不时轻言细语地唤上一声：有擦鞋的吗？那声音只是一种亲切的提醒，一种善意的点拨，并没有强加于人的意思，于是那些想擦鞋和本没想擦鞋的人，都不知不觉地为之吸引，坐到她面前，将他们穿各色皮鞋的脚往踏脚上一搁。而王秀珍呢，并不一味地低头做事，手头再忙她也会抽空给顾客一个清爽的笑，或者赞美一下人家的皮鞋，或者拉上几句家常，将人家灰不拉几的皮鞋擦得油光闪闪的同时，也把人家的心情弄得清清爽爽的了。

　　一天中午，王秀珍正闲着，眼前忽然出现两只沾了泥巴的鞋。她顺着鞋上面的腿杆往上一瞟，只见那位头发花白了的老头儿眉头紧蹙，一步拖着一步，边走边吃着一个烧饼，心事重重的样子。王秀珍就不自在了，仿佛那些脏泥巴粘到了自己眼睛里。她扬手道："老师傅，让我给您擦擦鞋吧！"

　　老头儿停步，转过身，低头瞟瞟自己的脚说："不好意思，我的鞋太脏了。"

　　王秀珍笑道："就是脏了才擦嘛，哪个还擦干净的鞋呢？您照顾我的生意嘛！"

　　听她这么一说，老头儿就在她面前坐了下来。老头儿的皮鞋真脏，泥巴糊了一圈，差不多漫到鞋面上来了。王秀珍先用篾片将泥巴刮掉，又拿起那个装水的饮料瓶轻轻一捏，让一线清水射到鞋缝里，同时用一只牙刷悉心地剔刷，

117

清洗完后再用绒布抹干，然后擦拭，打油。

王秀珍边干活边说："老师傅，年纪大了的人可不敢往野地里乱走呢，万一崴了脚都没人晓得！"

老头有点诧异："你怎么晓得我到野地里去了？"

王秀珍说："这还要问吗，你的鞋都告诉我了。"

老头儿噢了一声，说："也不是什么野地，就是往郊区河边走走，不走走这一天也不得完。"说着，把最后一小片烧饼塞进嘴里。

王秀珍问："您就吃个烧饼当中饭呵？"

老头儿说："有什么办法，没人做。"

王秀珍小心地说："家里没人了？"

老头儿说："有个女儿，结婚了，没住在一块，她有她的家。"

"哎呀，跟我一样呢！老师傅，像我们这种样子，孤家寡人的，要晓得自己心疼自己呢。"

王秀珍说着，不禁就往老头儿的鞋上多搽了一些鞋油，待它稍稍风干，便操起一块长绒布用力擦起来。片刻之后，老头儿的皮鞋就让她抛了光，亮闪闪地照得见人影子了。

老头儿起身，满意地点点头："服务质量不错，谢谢！"说着掏出一张两元的钞票递给她，还说不用找了。

但王秀珍还是找给了他一块钱，笑着说："我可不敢抬价哟。"

"唔，难得！"

老头儿冲她笑笑，转身走了。擦干净皮鞋之后，老头儿显得精神多了，走路还显出一些派头来。王秀珍想，他可能是个退休干部吧。果然，老头儿没走多远，就有人跟他打招呼，称呼他郑书记。难怪他身上有股与别人不同的味道。可是不管你书记不书记，也是个没人管的老单身呢。这么想着，王秀珍就不由得叹了一口气。

过了两天，郑书记老头儿真的来照顾她的生意了。这次他穿了一双酱色的皮鞋，并没有沾什么灰，但王秀珍还是认认真真地替他擦了。他们已经是熟人了，所以话也多了起来。郑书记仔细地问了她的情况，家人啦，收入啦，与哪些人合租房子啦，吃得如何啦，晚上都做些什么啦，等等等等。当他听说她是与四个乡下来的擦鞋女挤在一间房子里时，说："你也真不容易呵！"

王秀珍淡淡一笑，她并没有觉得有什么不容易的。

郑书记擦完了鞋，没有马上走。他站在一旁，一边看王秀珍给别人擦鞋，一边心里想着事。王秀珍看得出来，他心里有事。郑书记的脸有些发红，与先前相比，显得年轻了许多。鞋摊前没别人了，王秀珍闲下来了，郑书记才说："我有个建议，你是否可以考虑考虑？"

从来没人对王秀珍这么说过话呢，她不由得也变得郑重其事了，说："您请说。"

郑书记说："我想请你做保姆，也就是干做饭洗衣之类的家务，吃住在我家，月薪三百，你愿意应聘吗？"

王秀珍顿时愣住了，她没想到有这样的好事。

郑书记说："你不用急着回答，想好了再说。"

这还有什么好想的呢？王秀珍反问道："您想好了吗？"

郑书记眨着眼："我当然想好了才说的。"

王秀珍起身道："您想好了就行，走吧，我应你的聘。"

就这样，王秀珍很爽快地到了郑书记的家。

郑书记的家是一套两室一厅的老式住宅，很陈旧了，不过配有卫生间与厨房，也还方便。据郑书记说，这房子其实原来是女儿一家的，郑书记心疼女儿，就把自己的三居室新房换给女儿了。王秀珍没有一点儿拘束感，就像进了自己家一样，袖子一绾，就扫呵抹呵洗呵，一言不发地忙开了，倒让郑书记闲在一旁，坐也不是站也不是，好像成了外人。把屋子收拾整洁，又将找得到的脏衣服洗了之后，已经是太阳西斜的时候了。王秀珍手板往郑书记面前一伸，要了十块钱，屁颠屁颠地跑到菜场买了一斤排骨和两把小菜回来。王秀珍最担心的是她做的饭菜是否合郑书记的口味，毕竟，城里人的嘴巴比乡下人讲究些，何况，他还是郑书记呢。她用高压锅做了一个炖排骨，炒了两个小菜，心惴惴地喊郑书记上桌。郑书记看看那菜的颜色，闻闻散发的香气，嘴里就叫了一声好。但王秀珍仍不放心，眼睛盯着郑书记的嘴巴。见郑书记不停地咂嘴，吃得津津有味，王秀珍感到他的赞美是真心的，这才端起了碗。郑书记有些惊奇，说想不到乡下来的她不但会用液化气灶，还做得这么一手好菜，他真是有口福了。王秀珍微微一笑，心里说，这算什么嘛，以为乡下人就那么老土啊？转念一想，又觉得郑书记有点儿可怜，一个做书记的人，看来老伴走后没吃过几顿好饭呢。

晚饭后，王秀珍到租住的地方，把自己的铺盖卷和几件换洗衣服拿了过来，将它们整理好，放在衣柜顶上。那套擦鞋的行头也没舍得丢，她用纸箱子装了，塞在她睡的床下。她想，以后也许还用得着的。

天一黑，王秀珍就在客厅里点上一片电蚊香，又给郑书记沏上一杯茶，陪着他看电视。郑书记躺在摇椅上，轻轻地摇着，很享受的样子，一边喝茶一边问一些乡下的事。王秀珍有啥说啥，不一会儿就将自家的情况做了一个全面的汇报。后来，他们就沉浸到一部电视连续剧里，都不说话了。再后来，郑书记就进屋睡觉去了。郑书记进门时征询她的意见："天气热，我睡觉都不关卧室门的，空气流通一些，你不介意吧？"王秀珍连忙摇头表示不介意，这有什么好介意的呢，是开着门舒服些嘛，再说人家是主人，保姆应当尊重主人的生活习惯。王秀珍睡觉时也就没有关门。躺在床上，她听得见隔壁郑书记翻身的声音。郑书记翻来覆去地好像很久没有睡着。王秀珍觉得这样挺好，晚上郑书记万一有点儿什么事，她听得一清二楚，也好有个照应。

做饭洗衣对王秀珍来说不能算事，太简单了。而她偏是个闲不住的人，手头没事做就不自在。于是第二天上午，她将郑书记的家搜了一遍，翻出十几双旧皮鞋，搬出她的擦鞋工具，再一次施展她的手艺。其中有一双七成新的女式平跟皮鞋，样式很过时了，虽然灰扑扑的，鞋面还很光滑。王秀珍随手拿起它，刚抹去灰尘，郑书记就把鞋拿了过去，说："不用擦了。"

王秀珍不解："为什么？"

郑书记叹息道："人都不在了还擦什么？它是我老伴的。"

王秀珍便噢了一声，但她又从郑书记手里拿过鞋去，说："既然留着，还是擦干净吧，也是个念想。"

郑书记也就随她去，坐在一旁静静地看。王秀珍感到郑书记的目光像是一片羽毛，在她手上、身上还有脸上轻轻地撩来撩去，心里就有莫名的惬意，双手也就更来劲儿了。

擦了一会儿，王秀珍额上沁出了一层细汗，郑书记便给她递来一条毛巾。

王秀珍哎呀一声，说："我手脏，不方便，要不劳驾您一下？"

郑书记于是顺手替她将额头上的汗擦掉了。

王秀珍眯眼一笑，道了一声谢，又说："郑书记，您年纪不算太老，身子骨也健朗，一个人过不是办法，就没想找个老伴？"

郑书记叹气道："哪里没想？都找过三个了，一个也没成。"

王秀珍笑道："您眼光太高，看不上人家吧？"

郑书记说："非也，只有一个是我没看上，另外两个我都看上了，女儿却不喜欢横挑鼻子竖挑眼的。没办法，人活到这个地步，可以没老伴，却不能没女儿啊！"

王秀珍很有同感，点头道："倒也是啊！"

鞋擦完了，郑书记拿起那双老伴的鞋递到王秀珍手中："你试试，看合脚吗？"

王秀珍忙说："这我怎好意思啊？"

郑书记说："怎不好意思？物尽其用嘛，你穿上它，我就像看到老伴一样了。算你帮我一个忙，好吗？"

看郑书记这么说，王秀珍就不好再推辞了。她将她那双乡下人的脚塞进了那双皮鞋里。真是巧了，它就像给她定做的一样，不紧不松正合适。好像它在这屋里闲了这么多年，就等着她来穿。

郑书记偏着头端详了一遍："刚刚好嘛，你不用脱了。"

王秀珍穿着皮鞋在屋里走了几个来回，感觉很舒适，不觉一笑，眼角的皱纹就像一朵菊花绽放开来。当她穿着这鞋再去拖地抹桌时，心里有种奇异的感觉，好像她不是自己了。

这天夜里，郑书记和王秀珍先后洗了澡，王秀珍又把换下的衣服洗了晾好，这才坐下来看电视。郑书记特意买了一斤瓜子来，两人边嗑边聊天。杯子里水喝干了，郑书记起身去倒，王秀珍忙拦住他："我来我来，这些事该我做的。"郑书记就有些不高兴，说："你不要分得这么清嘛，进了一家门，就是一家人嘛！"王秀珍只好随他去。她明显地感到，郑书记心里有事，说话东一榔头西一斧的。当她被电视节目逗笑的时候，他却闷着头。王秀珍很想知道他有什么心事，她想替他宽解，但他不肯说，她也没办法。后来郑书记先去休息了，王秀珍便关了电视，又收拾了一下屋子，才上床睡觉。

但是王秀珍睡不着，因为她听见郑书记没有睡着。郑书记的床吱吱响，间或地，还听得见他的唉声叹息。王秀珍不忍心了，高声说："郑书记，你哪里不舒服吗？"郑书记没有吱声。王秀珍便爬起床来，穿上拖鞋到郑书记房里去了。一进门，她听见郑书记自言自语："嘴巴怎么这么干呵……"王秀珍就倒了一杯水，端到床边。这时郑书记翻过身来，望着她说："老伴，你来了？"王秀珍刚想说她不是他老伴，可郑书记一伸手抓住了她的手腕，用力一拖，她便身不由己地倒在床上。咣当一声，那杯多余的水泼在了地上，杯子也破碎了……

事后，王秀珍穿好衣服准备回自己房间，郑书记再次抓住她的手说："对不

121

起，我把你当成我老伴了。"王秀珍在黑暗中笑笑："没关系，我喜欢。"郑书记问："真的喜欢？"王秀珍说："我从不做我不喜欢的事。"郑书记便说："那你不用过去了，以后就睡在这里吧。"王秀珍嗯一声，点点头，重新躺了下来。

舒心的日子过得快，转眼间，王秀珍来郑书记家就一个月了。这天夜里上床之前，郑书记拿出四张粉红色的百元钞票，塞在王秀珍的手中。

王秀珍说："怎么多出一百块？"

郑书记说："不是跟原来说的不一样了吗。"

王秀珍说："哪里不一样了？"

郑书记说："这你心里不清白呵？"

王秀珍想想，点头道："是不一样了，可是我想的不一样只怕与你想的不一样不一样呢。如果照你说的不一样，那就不是这个价，再多几百块都不够；如果照我想的不一样呢，我就不该要你一分钱了。"

郑书记瞪着她，嘴巴张开好大，好像不认识她似的，红了一会儿脸，才说："对不起，我不是那个意思，我只是觉得……这样吧，我们都不要那样想，还是照原来的口头协议办吧。夜里你喜欢的时候，就到我这儿来，好吗？"

王秀珍说好，退给郑书记一百元，然后到先前住的房间去了。她把铺盖打开，重新开好铺，静静地躺了下来。可是她睡不着，心里像有一窝蜂子嗡嗡嗡地飞舞。夜深了，她听到郑书记重重地咳嗽了一声。她知道他的意思，他想她过去呢。可这个时候她心里并不喜欢，于是装着没听见，还装着打起了鼾。不一会儿，王秀珍的假鼾就成了真鼾。不过，接下来的一个夜晚，郑书记没咳嗽王秀珍也过去了，因为她心里喜欢了。

若不是老惦记着她那点儿擦鞋手艺，若不是看到脏皮鞋就手痒，王秀珍在郑书记家的好日子也许就这么过下去了，说不定会过上好多年。可是这一天，郑书记的女儿郑明来看父亲了。郑明对王秀珍很客气，还特别给她买了件礼物，一双洗碗时戴的橡皮手套。吃饭时，郑明一再对王秀珍给予父亲的照顾表示感谢，还不停地往她碗里夹菜。

饭后父女俩坐在客厅里拉家常，王秀珍扫着地，眼睛直往郑明的脚上去。也许是走了远路的缘故吧，郑明脚上的红皮鞋沾了不少灰。那些灰让王秀珍不自在，她实在忍不住了，拿出了擦鞋的工具，对郑明说："我帮你擦擦鞋吧。"

郑明也不客气，将脚往她面前一伸。

王秀珍便拿出她的全部手艺，利利索索地忙了起来。

抹灰，打油，抛光，眨眼工夫，她就将两只鞋收拾得像两只刚刚摘下来的红辣椒，光鲜可人。她满意地欣赏了几眼，低头收拾工具的时候，听见郑明说了一声谢谢，接着一张一块钱的钞票从面前飘了下来。她愣住了，没有来得及去接，那张钞票落到了她手背上。她的手背立时像被蛇咬了一口，尖锐的疼顺着手臂倏地传到她心里。王秀珍忍不住哆嗦了一下，但她还是将那张票子捡了起来，并且将它装进了口袋。

　　当天傍晚，王秀珍做完所有的家务，便背起自己的行李，提上擦鞋工具，向郑书记辞了工。郑书记问她为什么，她说不清，只说自己不想做了。郑书记再三挽留，王秀珍置之不理，乘着夜色，一步一步地走回到了她旧日的擦鞋伙伴当中……

　　现在，只要不下雨，王秀珍仍然坐在那两棵雪松之间，招徕着擦鞋的生意。她的生意还不错，因为小区里的人越来越多。只是，她再也没见郑书记来找她擦鞋。有天收工时，王秀珍迎面碰上郑书记，埋怨道："郑书记，你怎么不照顾我的生意了啊？"郑书记脸一红，赶紧转身走了。他好像有些怕她。她有那么可怕吗？望着郑书记摇晃的背影，擦皮鞋的王秀珍心里有种说不出的难受。

2006 年 3 月 26 日

欲 望 飞 翔

　　袁林芳看到一个男人向她的食杂店走来的时候，不知道一段往事也同时向她走来了。它既然要来，躲是躲不脱的，不过这时候袁林芳没想到要躲，因为她还不晓得这个男人是谁。等到她想躲的时候，已经来不及了。

　　此时太阳已偏西，村口枫树的阴影沿着坑坑洼洼的简易公路爬了过来，带着凉意覆盖了袁林芳的身体。那个男人在树下站了好长时间了，可她没在意，以为是个歇脚的过路人。她只要稍往深里想，就会知道如果只是歇脚，是会到她店里来的，除可以买东西外，店门口那用油毛毡加宽了的屋檐下，还有专供顾客歇息的板凳。袁林芳是个思想简单的人，根本没想到那人是在观察她。

　　现在，迎着袁林芳的目光，男人的影子慢慢地大了起来。袁林芳往耳后拢了拢短发，辨出男人拄着一根拐杖，穿一件脏兮兮的牛仔衣，脚上是一双本地少见的皮靴子，头上则戴一顶皮毡帽。帽子也是本地人不戴的，只是从电视剧里见到过。袁林芳即刻从心里将男人叫作毡帽了。虽然男人走路有点儿跛，但以人家的缺陷命名显然是不好的，所以袁林芳宁愿叫他毡帽，而不叫他瘸子。袁林芳走到门口，同情地注视着他。毡帽再近一点儿的时候，袁林芳就看见了他的脸，很粗糙，呈现出一种腊肉似的酱红色，隐隐约约地有些麻点，右颊上还有条细长的伤疤，从耳下一直牵到嘴角，像一条蚯蚓趴在那里。可是她没见到他的眼睛，他的眼睛藏在一副墨镜后面。毡帽走到袁林芳跟前，站住了，默默地，一言不发。袁林芳清楚地看见他脸上那条蚯蚓扭动了一下，心里不禁一紧，连忙往村里望了一眼。还好，几十步的地方就有人在晒稻草。

　　毡帽很敏感，下巴一翘："你怕我？"

　　声音很低沉，还带点儿沙哑，是外地口音。

　　袁林芳心里就轻松下来了，摇摇头说："我不怕。"

毡帽盯着她说："我不是坏人。"

虽然隔着墨镜，袁林芳还是感到毡帽的目光在自己脸上流连，她仰起脸点头道："我相信。"

毡帽在板凳上坐下来，将拐杖搁在一旁。袁林芳发现那拐杖是铜的，有很漂亮的花纹。一股强烈的汗酸味从毡帽身上散发出来，熏得袁林芳不由自主地缩了缩鼻子。她踅进门里，伏在窗口问："你需要什么吗？"

毡帽仍盯着她："我要的你有吗？"

袁林芳说："那要看你要的是什么了。"

毡帽半天没言语，喉结蠕动一下说："想喝你的水，你有吗？"

袁林芳心里蓦地一动，他的语调好熟悉，似乎在某个遥远的地方听到过。她没多想，指着墙边三脚架上的茶桶说："有呀，自己筛，两毛钱一碗。"

毡帽拿起一只蓝花碗，扭开龙头，黄黄的茶水流了出来。袁林芳忽然察觉，他有麦村口音，他和麦村人一样，把水念成"许"，这个外地人嘴里，怎么会有麦村口音呢？她开始揣测他的年龄，她觑着他松树根一般虬曲皲裂的手，从这双手看，他差不多有五十岁了吧。这双手将茶碗端了起来，却不往嘴边送。他转过身说："你这不是断了自己的生意吗？"

"唔？"袁林芳不知所云，怔怔地看着他。

毡帽说："我是说，你在这卖这么便宜的茶水，还有谁买你的饮料矿泉水呢？"

袁林芳说："那不是茶水比别的都解渴吗？"

毡帽颊上的蚯蚓又扭曲了一下，但袁林芳清楚地看出这是他微笑了的缘故。

毡帽说："你的脑子还是转不过筋来呀。"

从这句话来看，他完全是一口麦村腔了，似乎几句话之间，他就从一个素不相识的外地人转变成了邻村人。麦村离这不到十里远，虽然讲话"许"呀"许"的，还是让袁林芳感到亲切。于是，她也绽开了笑容，和蔼地凝视他，鼓励他将那碗茶水喝下去。

然而，毡帽嗅了嗅茶水，却将它放了下来，说："茶不新鲜了。"

一句话，又让袁林芳感到他是个外地人了。茶有什么新鲜不新鲜的，只要它不馊，会喝茶的还图的就是这股陈年味呢。袁林芳就有一丝的不快，没好气地弯下腰，用自己的茶杯倒了一杯白开水，从窗口递了出去。袁林芳说："那你喝这个吧。"

毡帽左右迅速地瞟了一圈儿，走近窗口，却不接她的杯子，声音干涩地说：

125

"其实我嘴巴不渴。"

袁林芳困惑地瞪着他，"不渴你来干什么？"

毡帽说："我其实是别的地方渴，渴了好多年了，你晓得吗？我什么都不想，只想再飞一回……"

每个字都是麦村方言，袁林芳听得清清楚楚，而且非常熟悉。在哪听到过呢？她有些茫然，蹙起眉头回忆着。这时，毡帽慢慢地取下了墨镜，现出一双狭长深陷的眼睛，深深地朝她一瞥。那目光像一道闪电，猛地一甩就击中了她！刹那间，她成了一个木头人，呆呆地看着他转身，看着他迅速地离去。这个时候，他的腿似乎不跛了，拐杖像是被他拖着走的，反倒成了累赘。她的喉咙被一双无形的手掐住了。他的身影就要拐过大枫树，再也看不见的时候，杯子从她手中掉了下去。她没听到玻璃碎裂的声音，却听到自己从胸腔深处发出一声惊呼："天啊！"

太阳刚刚落到山后，袁林芳就关了店门，背起挎包，匆匆往娘家走。傍晚是顾客最多的时候，但她已顾不了生意了。她晓得，那个人肯定还要来找她的，她只有躲开。刚走上公路，一辆中巴就嘎地一声停在她身边，售票员问她搭不搭车。她胡乱地摇了摇手拒绝了。到娘家只有三里地，她想走一走，她心里太乱了。

汽车扬起的灰尘飘落在她身上，她懵然不知。四野传来了细密的虫鸣。淡蓝色的暮霭从溪谷和稻田里升腾而起，如同朦胧的往事，慢慢地笼罩了她……他的声调和话语，就是往事的源头，由此上溯，她眼前展现出一个麦浪起伏的山谷……鹌鹑鸟在看不见的地方啼叫着，阳光晃得人眼发花，她挥舞着镰刀，汗水湿透了粉色的衬衣。镰刀像是牛的舌头，将一束束黄透的麦子卷起咬断，麻利无比。割一阵子，她就要直起身来，捶一捶酸疼的腰，揩一下脸上的汗水，另重要的是，要瞟一眼邻近麦地里的他……他们是一垄一垄地割的，有时相距很远，互相只看得见一个模糊的背影，有时又隔得很近，能听见对方的喘息声。他的额上散布着紫红色的青春痘，嘴唇上蓄着浓黑的胡须，他弯腰割麦时，膀子和腿上的肉一瓣瓣地鼓起。随着温热的风，飘来了他身上的狐骚味，她觉得很好闻……隔着一条弯弯的田埂，他们不时地对视一眼，并不说话。他们其实是认识的，不在一个村，却曾在一所中学读高中，只是从来没有交往过……初夏的天气是那样闷热，让人喘不过气来，她那天想他们肯定要说话了，再不说

126

话就要憋死了。她口渴极了，但忍着不喝水，难道他不渴吗？这个死人！她莫名其妙地咒他，让屁股上那个绿色的军用水壶朝他晃动着。为了让他看见，她才特意挎在身上的，否则完全没有这个必要。她焦急地等待着，他再一次靠近时，她想他若再不言语，她就当着他的面将这一壶水倒到地里去。闻到他的狐骚味了，她的呼吸就急促起来，手中镰刀也乱了章法。她非常生气，涨红了脸，这时他的声音像一朵花一样绽开了。直到多年以后，在她记忆里还是这样，他跟她说的第一句话，真不像一句话，而像是一朵花绽开的声音。他轻轻地说，能向你讨口水喝吗？声音很小，而且他还红着脸。一切，都是从这句话开始的。要是晓得后来的事情，她是不会搭理他的，可是谁知道呢。她兴奋而且骄傲地取下水壶，说，我还以为你没带嘴巴来呢。他嘿嘿傻笑，含住水壶嘴，仰头咕嘟咕嘟地喝，水从他嘴角溢出来，把他的胸襟都打湿了。看着他那滑动的喉结，她愈发地干渴了。他把水都喝光了，一滴都未给她留，她没生气，反而大笑，说你是条牛，你是条牛！他说，我还想喝呢，你的水真好喝！她说，没得喝的了，都被你喝光了！他却直愣愣地瞪着她说，你还有呢。说着就牵起了她的手。她没有挣脱她的手，想都没有想，就随他走进尚未割倒的麦丛中，走到别人看不见的地方。他搂着她倒下去的刹那，四周的麦子突然长高了，像一片密密匝匝的森林掩蔽了他们。他说，你好香呵，跟熟了的麦子一样呢。不待她回答，他突然就噙住了她的舌头，拼命地吮吸。她简直透不过气来，她感到自己都被吸空了。从晕眩中醒来之后，她看见麦穗在湛蓝的天空里摇曳，莫名的快慰周身荡漾。她不由得搂紧了他。而他的手，像一条蛇一样灵巧地爬行在她身上，所到之处，火烧火燎，像将她点燃了。后来那条蛇钻到了那个最隐秘的去处，她身子一挺，双腿将它紧紧夹住，不许它动了。她感到身体深处，一股暖流不可抑制地涌了出来……

袁林芳放慢了脚步，心里突突直跳。回忆不可思议地让她潮湿了，往事如突如其来的阵雨浸透了她。她干脆在路边一块石头上坐了下来。实际上，那块麦子原本打算用两天时间割完的，可她用了五天。在后来的几天里，割麦子已经成了他们幽会的幌子。割不了两垄，他们就会迫不及待地走进麦丛之中。也许，没有那条裙子，事情不会进展得那么快。可是，那么漂亮的裙子，哪个女子不想试一试呢？何况是他送给她的，何况他怂恿她换上，他要亲眼看看效果。于是她朝四周打量一番，在麦子们的护卫下，毅然脱下了裤子。然而，还没来得及穿上裙子，她就被他抱着倒下了。他连连地舔舔她的大腿，哆嗦着褪下了她的内裤。她没有惊骇，早料到会有这样的情景发生。出乎她意料的是，事态并不像她想象的进行。他吻着吻着，将头放在了她两腿之间。他的舌头也变成了一条蛇，蛇触发了她身体上的某个开关，她感到自己腾空而起，越飞越高，直到九霄云外……那感觉让她忘了紧张，忘了羞耻，忘了一切。她尽情翱翔，回到地面才发现自己浑身被汗水湿透了。她感激地搂紧了他，惊喜地低吟着，我飞起来了，我飞起来了！她是个知恩图报的人，等到下一次来麦地里幽会时，她就想让他也飞起来。她学着他的样子，无师自通地做了。开始她有点儿害怕，因为他表现得无比痛苦的样子，脸都歪斜了，嘴里不断地呻吟。她急忙问他，你怎么了？他闭着眼说，傻瓜，我也要飞起来了！她这才晓得，自己也打开他身上的开关了。连续几天，他们在自己的天地里任性地飞翔，享受无与伦比的快乐，这快乐又加深了相互的依恋和感激之情。他们不可避免地私订了终身，相约要比翼双飞一辈子……然而，在他们即将向家里通报之时，那件意外的事发生了。他消失得无影无踪，他们的约定也随之成了泡影。

失踪的他成了她的心病，她把这病从娘家带到了婆家。除了忘记，这病没有药可医。实际上她已将他忘得差不多了。如果他不出现，她是再难想起他来了的。袁林芳长长地叹了口气，好多东西就似乎从胸中吐出去了。她不再慌乱，心里安静了许多。屈指一算，已经有十五年没见到他了。

袁林芳起身往回走。他既然回来了，躲是躲不掉的，躲得了初一躲不了十五。再说，又有什么必要躲呢？事情都过去了，他肯定吃了不少苦，躲着他也说不过去。她不是曾经于夜深人静时，想象与他重逢的情景吗？你怎么成了好龙的叶公了呢？这么想着，袁林芳眼窝稍稍发热，回家的步子不知不觉地加快了。

吃了碗面当晚饭，袁林芳重新打开小店的窗户。来了一个买盐的，接着又来了一个买旺仔饼干的，就再也没人上门了。她依着窗口，心神不定地望着远处。夜色很浓，枫树没了轮廓，三五点灯火在墨黑的背景上闪烁着。

清凉的秋风从远处吹来，她很奇怪地从中嗅到一缕麦香。而且她觉出，这麦香不是来于那个山谷，而是娘家的牛棚。那天，她正在牛棚里堆码晒干的麦秸，浑身上下都散发着成熟麦粒的芳香。麦芒沾在她汗湿的脖子上，令她有一阵阵的痒。他来了，他本是来见她父母的，他要当面向他们提亲。她父亲下地了，母亲走亲戚去了，家里没人，他听到牛棚里有动静，就寻过来了。他喊着她的名字，她听到了，却不吱声。她觉得他很紧张，嗓门里似卡着东西，声音

128

含混不清。她坐到麦秸上，回头看他。两人目光相碰，立时电光一闪，像被什么东西击中，浑身一颤。接着她就意思明确地扬起了一只结实裸露的手臂，而他则迫不及待地扑了过来，死死地搂紧了她。嘴马上咬合在一起。他们的口腔、皮肤、毛发都散发出飞翔的欲望……但是，没待他们飞起来，意外来了。意外是另一个他，这个他已经送过彩礼了，她说不上喜欢，也说不上不喜欢，当然与他比翼双飞之后，她就不喜欢那个他了。可是不知为什么，她一直没有告诉他还有另外一个他。正当她要起飞之时，忽然看见牛棚的棚顶上出现了另一个他愤怒的面孔，她惊呆了，冰凉的感觉顿时流布全身。接着他像一片被风吹起的树叶一样，从她身上翻开了。等她恐惧地站起的时候，两个男人已经扭打在一起，并且滚到了晒场上。他显然不是对手，另一个他已经站起来了，他还躺在地上，另一个他用穿皮鞋的脚狠狠地踢他，他只晓得在地上翻滚。但是他边翻滚边抓到了一支棒槌，当另一个他的皮鞋即将踢到他脸上的时候，他猛地爬了起来，手中棒槌重重地横扫了过去。一声闷响过后，另一个他脑袋往旁一甩，身体摇晃了一下，扑通一声就倒下了。另一个他躺在地上一动不动，血从鼻子里汩汩地流了出来，一片猩红，触目惊心。他怔怔地喂了一声，地上那个人双目紧闭，毫无回应。他蹲下身子，惊惧地拍了拍那张惨白的脸，还是没有动静。她吓得傻了眼，一只手紧紧地捂着嘴巴，但还是没把那句话捂住。她情不自禁地尖叫起来：出人命了——！

在后来的日子里，这声尖叫好几次将袁林芳从梦中惊醒。她非常后悔这一声尖叫。她一点儿不明白，为什么要这么叫。如果她不尖叫，事情会是另一个样子。尖叫立即惊动了四邻，众多人影迅速地奔跑过来。他眼神散乱地看了她一眼，就转身跑掉了。他腿快，没人拦住他，他从此一去不返。而地上那个他，忽然爬了起来，捡起那支棒槌对准她就抽。她没有理由反抗，只能抱住自己的头，默默地承受。多少年了，她就这么默默地承受过来了。

夜越来越深了，袁林芳感到凉意浸透了她的身体。寂静很深很浓，她不知他藏在哪一处黑影里。也许，他再也不会出现了吧。她叹息一声，开始上那些编了号的窗板。灯光把她晃动的影子斜投在窗外的地上，觑着自己忙碌的身影，她不觉又叹了一口气。对她来说，叹息已是一种需要，许多的事情，许多的时候，她只能用叹息抚慰自己。窗口越来越小了，夜色被她关成了窄窄的一条。她抓起最后一块窗板，正要往窗上安，身体蓦地一抖，不动了。一只冰凉有力的手从黑夜里伸出来，抓住了她的手腕。一张戴毡帽的脸嵌在狭窄的窗口。他没有戴墨镜，两只眼睛灼灼闪光。

"没想到吧？"他的嗓音低沉有力。

袁林芳一时竟不知说什么好。

"你怕我？"他朝四周瞟了一遭。

她是有点儿怕，他是她心中的怨，也是她心中的愧，但她还是摇了摇头。她不敢看他的眼睛，就觑着抓着她的那只青筋暴露的手。

"你怎么样？"他松开她的手，声音柔和下来。

"就那样，"她往外面看了看，到处黑糊糊的，并无人影，就说，"进来坐吧。"

他嗯了一声。她于是安上最后一块窗板。他进门后随手将门关上了。她悄悄地吁了一口气。他们面对面站着，一时无语。

过了半晌，她才指指板凳，干涩地说："坐吧。"

他将铜拐杖放在门后，弯腰欲坐，屁股快挨到板凳了，又改变了主意，往前跨两步，将她搂在了怀里。袁林芳推了他两下，推不动，就不动了。她闻到了强烈而熟悉的汗酸味和狐臭，可是她激动不起来。他走后她就成了一段枯干的木头，丧失了汁液，再热的夏天也发不了芽。他往怀里紧紧地勒她，她身子都要炸了，嘴里才迸出一句话来："你，你怎么才回来呀！"

他不吱声，身子颤抖不止，垂下头，嘴凑在她头发上，吸着她的气息。

袁林芳不由自主地搂住他的腰，低声道："这么多年，你都到哪里去了？信都不给一个。"

"唉，一言难尽。"他腾出一只手，抚摸着她的脸。他的手掌十分粗糙，磨擦得她的脸皮生疼，她忍耐着。

"晓得吗，起初那几年，我过不了多久就悄悄到你们村里打听你的消息……可你就像断了线的风筝，不知飘到哪里去了。都以为你死了呢……"她抬起脸来看他。

"我……这不回来了吗？"他说，取下他的毡帽，灯光下，他的脸显得更为瘦削以至于有点儿狰狞了。

"可是，都晚了。"袁林芳深深地一声叹息，拢拢短发，转过身去替他倒了一杯水。

"这都是命。"他说。

他仰头喝水的时候，她瞟见了他脸上密集的麻点，便问："你的脸怎么了？"

"黄豆烫的。"他说。

"怎么烫的？"她迷惑不解。

"就是把黄豆炒得滚烫之后，往脸上一按，嘿，烫得吱吱响呢，那股香味呀，像用红火钳烫猪肉一样呢。"他故作轻松地咧嘴一笑。

袁林芳惊骇地瞪大了眼："为什么？"

"黄豆烫过后就留下了麻点，别人就认不出来了。这可是一个黑道上的伙计告诉我的秘方！嘿嘿，谁还在意这样一张丑脸呵？好几次，警察从我面前过，都没认出来呢。"他说着往脸上摸了一把。

袁林芳知道怎么回事了，脸一时苍白，嘴巴蠕动几下："你、你为何这样呵，没、没人要抓你！"

"我知道要抓我的，出了人命案子，我脱得了干系？肯定当时就有人报案。我只有逃得远远的，除此之外我还有什么办法呢？"他说。

"可，可是没人报案呀。"她说。

"什么意思？"他错愕不已。

"因为他没死，他怕你继续打他，就躺在地上装死……两个人打架，别人报什么案呀？"

他抓住她的胳膊摇了一下："真的？"

袁林芳点了点头。

"他现在呢？在哪？"他直视着她。

袁林芳张口结舌，慌乱地往桌上的玻璃板瞟了一眼。他很敏感，目光马上跟了过去。玻璃板下压着一张全家福，她男人的脸从遥远的过去浮了出来，历历在目。

他的脸黑得可怕，颊上的蚯蚓形伤疤扭动了几下。一股寒意直袭袁林芳的心底，她后退一步，缩紧了身子，等待着他的爆发。他双手相握，指关节捏得喀喀响，但他只是跟跄一下，就颓然坐下了。她和他被笼罩在一片死一般的寂静中，浑身僵硬，动弹不得。

他低垂着头，乱蓬蓬的头发掩盖了他的脸，过了很久，他才开始喁喁低语。他望着脚尖，看上去像是对着地面说话：

"你晓得，这些年我是怎么过来的吗？逃走的第一年，我是躲在神农架的山洞里过的冬天……你尝过饿的滋味吗？不是肚子空得疼，而是一把刀子在里面刮！我吃野草，啃树皮，夜里到收获过了的红薯地里去掏烂掉了的红薯，我还吃过老鼠！后来我毁容了，隐姓埋名，这座城市流几天，那个小镇躲一晌，

131

我睡水泥管子，捡垃圾卖钱，被人打伤了腿还不敢作声，看见警察我就心惊肉跳！再后来，我流落到了青海，混在一帮淘金汉子里……"

袁林芳默默听着，心头阵阵发紧，想抚一下他的头发，手伸出去又缩了回来。

他忽然抬起头说："老子逃亡了整整十五年啊，可这一切为了啥？"

袁林芳别开脸，不敢看他，鼻子酸涩不已。

他霍地站了起来，吼道："就因为你一句话！他没死，你喊什么出人命了？你一句话把我喊成了杀人犯！把我十五年的平安日子喊没了你！"

他嘴里的气息扑到了她脸上，她眨了眨眼，垂手而立。他的脸因愤懑而扭曲了。他的右手朝上举了一下，又收了回来。袁林芳胸中堵得喘不过气，那只巴掌如果落到她脸上，她心里也许好受些。他张了张嘴，却不说了，转身向门走去。他转身的姿态更像一只愤怒的巴掌。袁林芳一个哆嗦，连忙上前抓住他一只胳膊，喃喃道："对不起，对不起……"

他不理睬她，用另一只手戴好毡帽，抓起铜拐杖，然后用力一推，她哗啦倒在地上。他拉开门，门很旧了，门榫发出的吱呀声让袁林芳心里发毛。她追到门外时，他趔趄的身影刚好被夜色吞没。

袁林芳料定他会再来，愧疚像一个秤砣，沉甸甸地坠在她心里，他若不来，她没法将这个秤砣放下。每天她都往枫树下眺望，希望看到他的身影。可是一天两天三天没见他来，四天五天六天也没见他来，她心里的秤砣就慢慢地轻了，等到第八天，那秤砣消失得差不多了，她也不再往枫树下张望的时候，他却来了。

这是午后，袁林芳刚吃完中饭，没有顾客上门，人有点儿慵懒，就躺在一把睡椅上发呆。从屋檐下望出去，秋日的天空湛蓝明净，白云飘浮得格外悠闲，一点儿不像要出事的样子。他气闲神定地走进她的门时，她禁不住吃了一惊。他的装束变了，不再戴毡帽，也没有用墨镜遮眼睛，一身藏青色的新西装，皮鞋锃亮，白衬衣红领带鲜艳夺目。那支铜拐杖还抓在他的手里，像是他独有的标志。

"那天我过火了，我来向你道歉。"他背靠着门说。

袁林芳连忙坐起来："不不，是我对不起你……"

"这都是命，怨不得哪一个。"他郁郁地说。

袁林芳瞟瞟他，叹口气，认可了他的说法。

"你有什么打算？"他在她身旁坐下来。

她茫然地望着他，她还能有什么打算？

132

"你就这样过下去？"他蹙起了眉头。

"是啊，"她点头道，"不这样过下去又能怎样？"

"你不晓得他在县里养了二房，都要生崽了吗？"他问。

"晓得，他没瞒我，"她捏捏衣角说，"他当包工头赚了钱，有什么奇怪的，养二房的多得是，这是他的本事……再说，他对儿子很好，儿子在县一中读寄宿，费用都是他出的。他高兴的时候，也会给我一些钱。"

他用拐杖戳戳地面，又问："听说，他还经常打你？"

"那是开初那几年的事了，晓得我和你好，又被你打出一脸血，他能不窝一肚子气？我只好当他的出气筒了。要不是我和他做时落了红，他是说什么也不会要我了的……"袁林芳望望门外，吁了口气说，"如今别说要打，他看都懒得看我一眼了的。也好，让我过几天清静日子。"

"可现在情况不一样了。"他说。

"有什么不一样？"她问。

"我回来了。"他说，抓起她一只手握住，"这么多年我一直想着你。我想要你和我一起过，我赚了些钱，我养得活你。"

袁林芳脸红了红，抽了抽手，没能抽出来，说："可是，我们都老了呢。"

"你才三十六，我也才三十七，老什么？不是说三十如狼，四十如虎吗？正是如狼似虎的年纪呢！"他热切地盯着她的眼睛。

她羞涩地转过脸去，想了想，平静地说："你也是该有个家了，你们男人都喜欢年轻的，找个年轻妹子吧。"

"不行，因为你，我逃亡了十五年，失去的东西只能由你来补偿，不和你圆这个梦，我死都不甘心！"他捏着她的手，嘴几乎凑到了她耳边，他身上的狐骚味像十五年前一样笼罩了她。

"可是，我真的老了，我的身体老了，心也老了。"她哀哀地说。

"你不老呢，没试过怎知老了呢？还记得我们在麦地里吗？我一直记得你身上那股喷香的麦粒味，几多好闻……我一亲你那里，你就喊，我要飞起来了，我要飞起来了！你那时候多么善解人意，你让我也飞起来，飞得好高好高……"

"别说了，怪难为情的……"袁林芳脸愈发红了，身体里有个地方微微发热。

"在外面逃的时候，我就想着，总有一天，我要和你再飞一回！要不是有这个念想，我怕撑不到今天呢。和不和我过，我们再从长计议。可是今天，我想和你试试，看能不能飞起来……"他噙住了她的一根指头。

"不⋯⋯"她拒绝道，可声音十分无力。

"我要！"他说。

"真的老了呢，飞不起来了⋯⋯从那以后从没飞起来过⋯⋯"她呼吸急促。

"不试怎么晓得呢？来吧。"他轻而易举地将她从躺椅上抱了起来。

她急忙上下摇动双腿："快放下，会让人看见的！"

他放下她，脚尖将门用力一勾，门就砰地碰上了。然后他双手麻利地上窗板。她想制止他，嘴里却说不出话来，傻呆呆地站在一旁。他抓住她的手往里屋去，就像当年将她牵进麦地深处一样。她是被动的，但她感到了干渴，就不再拒绝。他抱紧她，把头埋在她脖子里，贪婪地吸她身体的气息。她因兴奋和紧张全身微微战栗。接着他的舌头钻进了她的嘴巴，转动一气，然后噙住她的舌头放肆吮吸，她舌根生疼，仿佛五脏六腑都被他吸出去了！她被他按倒在床上，衣服被解开。一条蛇从十五年前爬了过来，贴着她的身体四处游动，所到之处，火烧火燎，她似乎被点燃了。当这条火蛇熟悉地往那个隐秘潮湿的地方而去时，她忍不住朝天拱起身子，嘴里呻吟起来。她真没想到，这形同枯木的身体它还会颤抖，还会燃烧！很快，她感到自己轻飘飘地直往上升，她真的要飞起来了！她啊地一声轻唤，惊喜地挺直了双腿。她看不见他了，她只晓得自己腾空而起，要不是屋顶挡着，她就要飞到蓝天之上去了。但就在此时，晕眩的她听见屋外有一声熟悉的刹车声，粗糙而尖锐，直刺进她的耳鼓。她的心脏立即抽搐了一下，四肢冰凉。霎时，她从空中跌落下来。她惊恐地推他的头，他却岿然不动，固执地伏在她那个地方，似乎与她长成了一体。脚步清晰地响过来了，还有喊她的嗓门也在门外震动，他仍不管不顾，懵然无知！她屈起腿去踢他，并且坐了起来，浑身哆嗦地穿衣服。他却还待在她胯间。外间的门被打开了，另一个他被一道阳光推了进来。什么都来不及了。她直愣愣地看着另一个他凶狠地扑了过来，将他揪翻在地。

一切都像是十五年前那场意外的重现。他们扭打在一起，从里屋打到了门外。不一样的是，他虽然跛着脚，却比十五年前硬朗有力，而另一个他因为大腹便便，只有喘气的分。他很快就占了上风，将那个人摔倒在地。只是不知为何那根铜拐杖抓到了那个人手里，那人爬起来，趁他不备，猛地横扫过来，崩地打在他小腿上。他腿一软就倒下了。其实他是让着他的，因为到底他理亏。但挨了这一下他就不让了。他在地上一滚，就抓了块断砖头在手里，顺势爬了起来。当那人举起拐杖朝他胸口刺来之时，他轻巧地一闪就躲开了，与此同时，他想也没想，就将砖头拍在那个人的后脑上。那人摇晃一下，就沉沉地倒下不动了。他有些诧异地走拢去，弯腰拍拍那人的脸。像十五年前一样，那人也一动不动，但不同的是，那人的脑袋除流出一些红的外，还流了一些白的出来。他的脸猝然黑了，强自镇定，脚碰了碰地上那个人，咕哝道："你、你还想装死呀！"颤颤地瞟她一眼，旋即转身仓皇奔去。他奔跑的速度令她目瞪口呆。

片刻之后，僵木的袁林芳才觉出自己还是个活人。她惊悸地捂住嘴巴，随即把手拿开，情不自禁地发出一声撕心裂肺的尖叫："出人命了——！"她的声音高亢而锋利，直冲云霄，仿佛将蓝天都划破了。她想通过这声尖叫，叫出过去那场意外的结果。过去她是没叫出人命来的啊！但是，她还是晓得，现在不是过去了，所以叫声未息，她就惊恐万分地向他追去。她的叫声惊动了许多人，他们放下手中的事情，向着同一个方向奔跑。在他们眼里，她是在奋不顾身地追前面那个杀人凶手，只有她自己晓得，她和他一样是在逃离。恐惧像一条恶狗，在不断地咬她的脚后跟呵！

袁林芳跑着跑着就跑不动了，许多男人越过她向前追去，他们的目标非常明确。他的背影是一个黑点在前面跳动。有人要搀她一把，被她推开了。她脑子一片混乱，只知踉踉跄跄地跑呵跑呵。等她跑到镇上时，只见一片黑压压的人群将一幢刚封顶的新建楼房围住了。镇派出所的警察正举着喇叭向楼顶喊话。喊些什么她听不清，但她清楚地看见他站在楼顶的边缘，朝下张望着。她晓得他在找她，于是站到一堆卵石上。他看见她了，他向她挥了挥手。接着，他两只手都扬起，身子一纵，就飞到了蓝天里！袁林芳的心随之往上一蹦，感到自己也飞了起来。

2003 年 3 月 20 日

崩 溃

　　袁明元一进机关就感到不对劲。气氛不对，味道不对，同事的脸色也不对。有两个人在花坛边交头接耳，瞟见他，就不作声了。那种不约而同的戒备令袁明元心里格登一跳。走到楼道门口，办公室副主任卢小平抱着一沓报纸过来，举起一封信说，袁明元，你的。面无表情。袁明元是副科长，按照机关里的习惯，平时都是被人袁科长袁科长地叫，副字都要免去的，今天却被同级别的卢小平直呼其名，让他感到一种明显的鄙视。

　　总之，一切都非同寻常。

　　莫名地，袁明元呼吸就有点儿急促。

　　他闷着头走进办公室，把夹在腋下的皮包往桌上一丢，一屁股坐下来，调整了一下气息，才去拆看那封无关紧要的信。但看了半天也不知信里说了些什么，他的心有些乱。袁明元想局里一定出了什么事，而这事一定与他有关。呆坐了片刻，背后响过来一阵脚步声，匆忙而跋扈，他嗅到了香水的味道，便晓得是谁过来了。

　　袁明元小心地扭动转椅，回过身来，飞速瞟一眼她脸上的蝴蝶斑，用力笑了一下说，劳会计，有事吗？

　　劳会计目光尖锐得像锥子，直戳到他脸上，反问道，你不晓得什么事？

　　袁明元小心地说，我要晓得就不会问你了。

　　袁明元不能不小心，这劳会计是个厉害角色，除了局长谁都不放在眼里的。而且，你对她的态度，往往被看成是对局长的态度。

　　劳会计的胖脸往下一垮说，你要不晓得，就只怕没人晓得了。

　　袁明元很想质问她，你这是什么意思？但他底气不足，心里又发虚，就噤了口。

136

劳会计把那只戴了一只硕大的金戒指的手掌摊在他面前，说，拿来。

袁明元茫然失措，什么？

劳会计说，钱，上次办班发的劳务费要退回。

袁明元失声叫道，为什么？

劳会计盯着他的眼睛，为什么？因为出了内奸，因为有人吃里爬外，向纪委告了！

袁明元脑子里嗡的一声响，像炸了一窝蜂，脸蓦地发起烧来。赶紧转过脸，掏出钱包埋头数钱。上次他得了一千五百元劳务费，而他的钱包平常是从没超过五百元的，数来数去就那么几张票子。

劳会计鼻子里哼了一声，你也心疼了吧？

袁明元尴尬之极，胡乱将钞票塞回钱包里，红着脸说，钱不够，我下午带来吧。

劳会计又哼了一声，过期不候，下午不带来就你自己送到市纪委去，反正你又不是不认得路。

劳会计带走了那令人窒息的香水味，袁明元才透过气来。心里却还是十五个吊桶打水七上八下。平时上班，他喜欢在几个科室之间窜来窜去，现在他门都不敢出。

但是到了十点钟的时候，他不得不出门。办公室通知开全体干部会议，没有说内容，但袁明元感到那内容像一团火，灼烤着他的心。他告诫自己不要脸红，可是告诫成了暗示，一进会议室，脸就烧得滚烫。袁明元坐到他常坐的地方，赶紧垂下头来看报纸。过去开会他的前后左右总是坐了人的，总是有人找他聊天扯谈的，今天那些位置却空着。人们明显地与他保持着某种距离。而且，尽管他把头深深地埋在报纸里，还是感到许多异样的目光虫子一般在他脸上爬过来爬过去，痒痒地令人难耐。袁明元的脸无疑成了靶子，除了那些目光，还有一些言语的子弹射到他耳朵里来：

妈的，要告你告当官的呀，一竹篙打一船人！一个单位有一个这种人，惨了，什么福利都搞不成，就拿那几个干工资吧。如今哪个单位没小钱柜？胳膊肘往外拐的家伙，最好把他清除出去！

就是，他要跟大家过不去，大家就跟他过不去！

袁明元非常理解他们，毕竟，发钱与退钱的感觉对比太强烈了。要退的钱是一个足够让大家心疼的数字。他多么希望自己也是义愤填膺的一员，可是现在他只有羞愧的份儿。老埋着头显然不妥，愈发显得与众不同，于是袁明元深吸一口气，把头抬起来，面朝主席台，强自镇定，勇敢地将脸完全暴露在众目睽睽下。他的眼神发虚，看不清别人的神色。这样倒好，他的脸好像获得了一块盾牌。

他不再脸红，神态严肃地听局长的报告。尽管心思恍惚，袁明元还是听见了一些关键词。比如统一思想，比如保持稳定，比如廉政建设，比如正确对待上级决定。还有，不要说不该说的话，不要做不该做的事，对个别人的不良动机要提高警惕，当然，该退的钱还是请大家配合一下，一定要收上来。局长是个很有魄力的局长，言简意赅，只二十分钟就结束了会议。

袁明元不想与局长照面，散会时很是犹豫，是夹在大家当中出去呢，还是最后出去？前者蒙混过关的意图太明显，后者则容易惹人注目。不料左右为难之时，局长端着不锈钢茶杯走了过来，犀利的目光直接刺到他脸上。袁明元心中一惊，背上立即渗出一层冷汗……

袁明元的冷汗是有来历的。

一个月前，局里与党校联合办培训班，派他去搞会务时，他是极不乐意的。党校在离市区二十公里的山上，距离不近，孩子正好生病，家里需要他照顾，再说，搞会务是办公室的事，不是他这个科室的职责范围。可局长点了名，他又不得不服从。

其实来搞会务的，就是劳会计和袁明元两个人，报到那天，袁明元负责登记，劳会计负责收款。报完到，就没什么事了，每天到课堂上转两圈，装模作样地查查人数。这种培训班，培训是形式，创收才是内容，大家都心照不宣，有的学员交了款报了到就溜之大吉，当不得真的。

为安定袁明元的情绪，劳会计暗示他，事完之后，他们将得到比在家里的人要多得多的劳务费。为此，袁明元抱了一个巨大的希望，因为儿子初中毕业想要进市一中，择校费就要一万五千元，妻子厂里效益不好，月工资只有六百多块，他缺的就是钱。

可是，培训班结束，他只比别人多得了五百元，劳会计还叮嘱他千万不要让人知道，以免别人有意见。培训班为期一周，各区县有一百多人参加，每人交八百元，除去资料费、住宿费、讲课费和交党校的费用，局里至少盈余五万元，再减去发给大家的劳务费，也还剩两万元。据他所知，这种钱是连另册都不入的，即得即分，以免留下后患的。那么这两万元哪去了呢？只能有一种可能，就是劳会计与局长私分了。

如他所知，许多腐败的一把手和会计的关系，就是狼与狈的关系。劳会计当然是一只狈，不然何以一贯趾高气扬，局里人还既不敢怒也不敢言？难怪那几天劳会计唱有唱的哼有哼的，还换了彩屏手机！

袁明元这才意识到，派他搞会务是用来遮人耳目的，他成了腐败的挡箭牌呢。袁明元越想，心里越不平衡，劳会计越是装腔作势，他就越气愤。有天袁明元看见劳会计扭着屁股从局长室出来，瞟都不瞟他一眼，一气之下，中午他就不回家了，他就到打印室玩电脑游戏去了，等打字员一走，他就关死门，尖起手指，用双拼输入法打了一封举报信。

袁明元是个实事求是的同志，他没有点谁的名，只是说某某局以办班为名，行捞钱之实，且很可能其中大部分所得被少数几个人私分了，请求市纪委查处云云。毕竟，他只是一种猜测，并没有拿到劳会计伙同局长私分钱款的真凭实据。

打举报信的过程非常刺激，门外的一丁点儿声响都让他心惊肉跳。打印完后，他仔细清了现场，不光删除了电脑里的文档，还特意将垃圾箱也清空，没有留下蛛丝马迹。举报信自然是匿名的，在机关混了这么多年，怎么也不会傻到留下把柄的地步。袁明元跑到邮局，买了个信封，用左手歪歪斜斜地写了地址，封好之后，放进皮包里面的夹层里，拉上锁链。看看周围没人，他还特意走到邮筒跟前，想象自己把信投了进去。邮局在他上班途中，所以这种尝试和想象他进行了很多次。

是的，一开始，袁明元并没想真的举报，他不想惹麻烦，他只是十分想体验举报的味道。手中有一封举报信，仿佛打扑克时抓着一张王牌，心中倍增自信，而且有一种正义感。再见到劳会计，心里就说，你神什么神，我包里这张牌亮出来吓死你！这样一来，劳会计的气味神态还有蝴蝶斑就都可以忍受了。

要不是后来的事，袁明元是永远不会把举报信寄出去的。后来的事发生在十天前，管人事的副局长告诉袁明元，党组讨论提拔他当科长的时候，局长一句话把他否决了。局长说，袁明元这个人还不成熟。他年届不惑，副科长也当了六年了，还说他不成熟，难道要等他老了才成熟吗？袁明元气愤加义愤，心中一冲动，就毅然跑到邮筒前，像前几次一样，将举报信投了进去。心里说，局长，这一次你就怪不得我了。

袁明元清晰地听见信落进了邮筒，唰地一声响，像是一声叹息……

这之后，袁明元就把这件事忘了，因为这种信往往是不会有结果的。他只是泄愤而已。依他的想法，市纪委即使真的干预，也只会追查主要领导的责任，谁料会连累大家和自己，都要损失钞票呢？早知如此，他是万万不会写这封信的。

唉，谁知道呢？

袁明元好容易把上午熬过去了，中午回到家，无颜面对老婆，埋头吃饭，都不敢看老婆的眼睛。老婆是个容易满足的人，每当他把工资或者其他收入悉数上交，不管数额多少，她都会喜笑颜开。但要从她手头挤点儿钱出来，就好比剜她的心头肉！当初把这一千五百元递给老婆，美得她当着儿子的面叭地亲了他一口，现在却要索回，袁明元真是张不开嘴。

放下饭碗，嘴巴张合了几下，他也没说出话来。倒是老婆心明眼亮，说有屁就放，干嘛吞吞吐吐？

袁明元这才顺着梯子下楼，把事情原委说了出来。

老婆立即就把手中的筷子拍在桌上，叫道，这叫什么事呵？别人单位都发钱，你们还要从家里往外掏！不行，这笔钱我都派用场了！

袁明元只好苦着脸相求，老婆呵，没办法呵，市纪委插手了，大家都要退，我们不退不行呵。

老婆说，你是不当家不知柴米贵，说退就有退的吗？儿子的择校费都还没凑齐呢。

袁明元眼巴巴地望着老婆，那怎么办呢？我不交，会连累大家受处罚的呀！

老婆不言语了，唉，长长地叹了口气。

叹气往往是老婆让步的前奏。说到底，老婆还是个通情达理的好老婆。接着，老婆不声不响地到卧室去了，窸窸窣窣翻了一阵，出来递给他一千元钱说，我只有这么多了，不够的你自己想办法。

袁明元连连点头，行行。他包里还有三百多，再找人借两百就凑齐了。想到家里的难处和老婆的不易，袁明元不禁深深自责，脸色不觉就黑了下来。

老婆忙安慰他，算了，别想太多了，日子总会过下去的，让我一个人愁吧，把你也扯进来多不划算，安心上班吧。

老婆越这么说，袁明元心里越不是滋味，有种惨痛之感。他真切地痛悔自己的所作所为。

老婆忽然问，你们晓得告状的是谁吗？

袁明元一怔，马上摇了摇头。

老婆想想说，肯定是你们钱分得不公，他才告状的，上次搞会务的不就是你和劳会计吗？是不是她告的？

袁明元说，那怎么可能？她和局长好得合穿一条裤子，不知得了多少好处呢。

老婆眼球骨碌一转，盯着他，不会是你吧？

袁明元心中一紧，急忙说，不是不是，我又没那么蠢！摆摆手，又说，你就别管我们单位的事了。

老婆说，不是我要管，它关系到大家的利益呀，要是内部有人告状，你们单位以后还敢设小钱柜发福利？儿子的择校费就是借得到，也没法还呢。

袁明元顿了顿说，也许是因为局长太专制太贪了吧，才惹得人写检举信。

老婆却说，人家敢贪能贪，那是人家的本事，他自己替自己的行为负责，你管他干嘛？只要他贪的时候没忘了给大家谋点儿福利就行。你们原先的老局长，人倒是不错，又原则性强，可一年到头一点儿福利都没有，有什么用？相比之下，还不如要个贪官来当领导呢。咱们平头百姓，不就讲究个实惠？

袁明元仔细一想，确实是这么回事，于是他心里的悔恨又深了一层。

吃过午饭，袁明元就跑到宿舍区门口的食品店，与女老板聊天。女老板是同学的老婆，很熟，但袁明元还是绕了好几个圈，才装出忽然想到的样子，红着脸找她借了两百元钱。

钱凑齐了，但他钱包里可供支配的人民币只剩下三十几元，幸亏他不吸烟，否则那就是两盒烟钱了，真是窘迫呵。袁明元再一次痛心地想到，他给自己造成了多大的麻烦。人家也许退出一万五千元甚至十五万元，都还是个富翁，你退一千五百元就落到如此地步，你告什么告呀！你这不是和自己过不去吗？

跑到没人的地方，袁明元不轻不重地抽了自己一巴掌。

下午上班进机关时，袁明元想到了群众的眼睛是雪亮的这句话，不由自主地埋下头，不敢看别人的脸。毫无疑问，他的底细尽人皆知，因为只有他具备这种嫌疑。做出了这种让大家也让自己恼恨的事，袁明元从心底感到有愧。

他注意着财务室的动向，见没人来往了才进去。因为比别人多得了五百元，这笔钱是劳会计避开旁人发给他的，现在他也必须避开旁人还给她。

劳会计收钱时瞥他一眼，鼻子里又哼了一声，说，现在晓得心疼了吧？

141

袁明元脸上红一块白一块，霎时就深切地体会到了什么叫作羞愧难言。

夹着皮包从财务室灰溜溜地出来，他准备躲进自己办公室，不料迎面碰上局长。局长神态倒没什么特别，但袁明元的背上还是一阵阵发凉。

局长挥了挥手，袁科长，到我办公室来一下。

袁明元只好硬着头皮进了局长室。他不知道自己是否卑躬屈膝了，两条腿有点儿发软是确实的。

局长到底是局长，很沉着，也很客气，还给他倒了一杯茶。

袁明元忽然发觉，局长对自己的评价是何等地准确，他确实是不成熟呵！他很拘谨地坐在局长对面，双手抓着皮包搁在膝上，不敢去碰那杯茶。

局长直截了当地说，袁科长，你对这事怎么看？

局长没说是什么事，不必说，因为大家整天都在议论这件事，谁的心里都有数，特别是对他袁明元，就更没必要点明了。局长双目如炬，洞若观火，令他无地自容。

在如此重大的人生路口，他必须表态，必须面对，必须经受考验。于是袁明元舔了舔干涩的唇，沙哑着喉咙说，这事，做得太不应该，太不地道了，影响了局里的形象，也损害了大家的利益。

局长摆了摆手，哎，话不能这么说，该同志也是为了我局的廉政建设嘛，我这个人，宁可把别人的动机想得高尚一点儿，这没坏处嘛。不过，你能站在群众的立场想问题，还是不错的，我感到很欣慰。我们不是口口声声要代表广大人民的根本利益吗？连本单位干部群众的利益都代表不了，还怎么代表广大人民？当然，原则要遵守，理论要明确，但是实际问题也不能不考虑。现阶段公务员薪水不高嘛，不搞点儿福利，日子怎么过？同志们过得紧巴巴，我这当局长的脸上也无光嘛，也会遭人骂嘛！该同志是没坐在我的位置上想问题，不当家不知柴米贵！如今哪个单位没小钱柜？公开的秘密嘛。可是，该同志这么一告，以后就麻烦了，不好发福利了，谁还敢冒这个风险？为大家谋福利，我一人承担责任，犯不着嘛。这不，国庆节又差不多远了，原打算每人发两千元的，出了这事，我就得掂量掂量了，我不能授人以柄，再犯错误呵！

袁明元如坐针毡，忍不住说，局长您没错，您做得对呵！

局长眼睛就瞪大了，依你说，这钱发得对？

袁明元说，当然对呀，又不是您一个得，大家都有份呀。

局长又说，你真的认为我没错？

袁明元无比恳切地点点头说，您没错，错的不是您！

局长长吁一口气，仰靠在老板椅上，往后梳了一下大背头说，这我就放心了，我就知道你是个好同志，不会背后搞名堂的，本来大家还都怀疑是你告的呢！

袁明元惭愧至极，看着自己的手低声说，局长，是我一时糊涂……

局长不胜惊讶，真的是你？！

袁明元点点头，哽咽着说，我，我对不起您，对不起大家。

局长伸出一根指头，点着他说，你呀你，真不知说你什么好！我知道你对我有意见有看法，你可以当面跟我提呀，为什么要闹到纪委去？家丑不可外扬的理你都不懂？影响我的前途事小，损害了大家的利益事大！你犯了众怒了你晓不晓得？

袁明元懊悔不已，连连点头，我晓得我晓得，我做了错事，请局长原谅！我一定到纪委去把事情说清楚，是我动机不纯，是我诬告，我把信收回来！我这就去！

不等局长首肯，袁明元腾地站起，急不可耐地转身出门。

出了局长室袁明元才发现，几乎所有的同事都在门外楼道里站着，显然都听见了他的话，所有的脸都统一在谴责的表情里。

袁明元无暇顾及，嘴唇颤抖着，全身上下地摸自行车钥匙。可是没有找到，于是袁明元侧身从人群中钻过去，到办公室去找。桌面上、抽屉里都找了，还是没有。真是见了鬼了。只好到手中的皮包中去翻。拉开锁链，手伸进去摸了几把，也没见到。

但是，袁明元的手忽然不动了，因为它触到了一个似曾相识的东西，那东西夹在夹层里，像是一份折叠的文件，不，更像是一封信。袁明元的心立即抽动了一下。他轻轻地拉开夹层的拉链，将它拿了出来。

袁明元顿时就呆懵了：它就是那封信，那封举报信。

怎么回事？莫非他并没有寄它？莫非他像前几次一样，只是在想象中把它投进了邮筒？

狂喜如同一道闪电划过袁明元的胸膛，他把那封信举起来，像举起一面旗帜，向楼道里奔去。局长正要下楼，袁明元冲他的背影大叫，局长——！

局长诧异地回过头来。

袁明元分开众人，兴奋地摇晃手中的信，局长，我没有告你，真的，你看，信在这里，我并没有把它寄出去！

局长脸一黑，厉声道，告就告了，还想抵赖？

袁明元顿足道，我真的没有告呵局长，我只是有这么个想法，信都还在这里呀局长！

局长不理他，转身往楼下走。

袁明元哀号一声，真的没有呀局长！就向局长追过去。但是他忘记他到了楼梯口，于是一脚踏空。刹那间，袁明元感觉自己是一堵被掏空了基脚的墙，哗啦一声崩塌下去了……

2003 年 3 月 1 日

苗　刀

　　我一向对具有神秘内涵的事物感兴趣，所以，毫不犹豫地买下了这把苗刀。时间是二十世纪最后一个秋天，地点是在湘西一个叫德夯的峡谷。当时，我沿着一条纤细得像根绳子的小路，去寻找一道标在旅游图上的瀑布。走得口干舌燥之际，路边出现了一个盘腿而坐的老人，老人面前的塑料布上堆着一些猕猴桃。苗刀就躺在猕猴桃的旁边。

　　掏钱吃了几颗猕猴桃，止住饥渴之后，我注意到了这把苗刀。它那种不起眼的朴拙吸引了我。铜质的刀鞘暗然无光，污迹斑驳，隐隐地泛着绿锈，远不如工艺品商店里的那些苗刀漂亮花哨。正因为此，它更显得真实，而且，年代久远。我伸手去拿它的时候，老人深陷在皱纹里的褐色眼珠像两只小灯泡一样突然亮了一下。刀和刀鞘咬得很紧，我使了不小的劲才将它抽出来。它约有八寸长，刀把往下弯，刀身往前伸展一两寸后，刀尖往上稍稍地一翘，于是它就具备了窈窕女子特有的身体曲线。出鞘的苗刀仍是那么谦逊地暗淡着，刀槽里附着一些黑色的垢，让人疑心是陈年的血迹。显然，它不像商店里的工艺品那样清白无辜。我伸出左手拇指去试刀锋的时候，老人用浓重的湘西方言喝道："好生！开了口的！"

　　我不禁就瑟缩了一下。刀口果然十分地锋利，像是刚磨过。我问它多少钱，老人瞥瞥我，瓮声道："它不配你。"但从老人的神态看，却像是我不配它。

　　我十分诚恳地说："我看上它了，请开个价吧。"

　　老人盯着我问："你真的要买？"

　　我说："不买就不跟你费口舌了。"

　　老人沉默片刻，慢慢站起来，抓着我的手，像是要避开那把苗刀，走出几步远，才压低嗓门说："刀子是我家祖传的，它醒了。"

我哑然失笑，难道它过去像人一样睡着了？我说："醒了又怎么样？"

"醒了它就要吃血了，不吃仇家的血就吃主人的血，所以，我要把它卖掉……所以，我劝你不要买。"老人神色凝重。

我糊涂了："你要人不要买，你又怎能卖得掉？"

"我看你不像耍刀的人。"

老人语调低沉，却具有某种穿透力。可是他愈是这样说，我买刀的欲望愈强烈。吃血之说当然是无稽之谈，或许，这是老人的营销策略吧？经过稍稍地讨价还价，我花了五十元钱，当了这把苗刀的新主人。

我志得意满地离开了峡谷，登上了回城的火车。为防止被警察发现，当作管制刀具没收，我没敢把苗刀放在旅行袋里，而是将刀鞘上那根油腻腻的带子系在裤扣上，再用茄克衫紧紧裹住身体。苗刀一贴住我的身体，我就有了游侠的感觉。我随随便便地将旅行袋往行李架上一甩，不再像过去一样总担心窃贼的光顾。身上有把据说要吃血了的苗刀，我还怕谁呢？我时不时地将手伸进茄克衫里，握住刀柄。抽刀的欲望令五指发僵。幸而并没有遇见车匪路霸之类，要不然我很有可能会将它挥舞一番。

回到家中，我打了根钉子，将苗刀挂在书架上。每次外出，我都要带点儿东西回来，牛角呀，竹雕呀，或者一块有某种图形的鹅卵石什么的，作为一次游历的标志，点缀一下平庸的生活。也算一种雅兴吧。不过与其他物件相比，苗刀比较地为我所宠，读书写作疲倦之际，将它抽出鞘来与想象中的敌人格斗一阵，是一种不错的精神调剂。不过时间一长，也就淡忘了，难得瞟它一眼。据说人身体里的爱情物质都只有十几个月的寿命，遗忘一把日渐失去新鲜感的苗刀，那是极自然的了。

然而一天深夜，苗刀以一种独特的方式向我提醒了它的存在。我正坐在一片无比深厚的寂静中发呆，忽听背后的地板砰地一声响，惊得我汗毛直立。因为这屋子里从来只有我一个活物，连老鼠都不曾有过的。回头一看，那把苗刀竟戳立在木地板上，在灯光映射下，刀口闪出一线寒冷的白光！

我愣怔了一会儿，才将苗刀拔了出来。刚刚装修不久的木地板被戳了一个小小的洞眼，我顾不上心疼，这事太不可思议了。刀鞘还挂在书架上，而且，鞘口还是朝上的，它怎么可能自己从刀鞘里跳出来呢？我设想了种种可能，但都不能说服我自己。沉寂的夜也愈发令人迷惑而惶然了。更加神秘的是，我将苗刀重新插回刀鞘里去时，清晰地感觉到它有隐约的律动……

我有些不安，我告诉自己这只是个偶然事件，不必放在心上。不能让一把苗刀乱了你的心绪。可是，我是注定得不到安宁了。没过多久，在又一个夜阑人静的时刻，又一次听到了熟悉的声响。我心惊肉跳，一股寒意流布四肢。不用回头，我就知道那把苗刀以一种什么样的姿态戳在地上。我不由得想起卖刀老人的话，它真是一把醒了的刀，居然可以自己脱鞘而出！它意欲何为？因为莫名的恐惧，我的全身都起了鸡皮疙瘩。我胆小怕事，确实不是个耍刀的人，对苗刀的喜爱也是叶公好龙式的，再留苗刀在家里，怕是不太妥当的了。我立即拨通了刘文斌的手机。

　　刘文斌是我的同学，在派出所当警察，正好当班。我原本是想将苗刀作为管制刀具上缴，灵机一动，心想何不做个顺水人情送给他呢？他拥有这把苗刀不正合适吗？于是，就在电话里将苗刀的来龙去脉细细介绍了一番。不待我说完，刘文斌就骑着自行车迫不及待地来了我家。他从地上拔起苗刀仔细察看，一副爱不释手的样子，同时又十分疑惑："这么一把内容丰富的苗刀，你小子怎么舍得送我的？"

　　我就将苗刀半夜从刀鞘里往外跳的事说了。刘文斌自然不信，把脑袋都摇大了。我郑重地担保所言不虚，如他也因此担惊受了怕，以后别怪我。他不以为然地一笑："我怕？这也怕还当什么警察！若你说的属实，说明这刀子太有灵性了，是你不懂它。我有办法让它安静。"

　　我问："有什么办法？"

　　刘文斌说："它不是要吃血了吗？用它杀只鸡就是！"

　　确实是个好办法，我怎么就想不到呢？瞭着刘文斌揣着苗刀乐乐呵呵离去的背影，我不禁有点儿后悔自己的赠刀之举。

　　后来的事实证明，我的慷慨相赠十分英明，苗刀随了刘文斌，就像刀子找到了合适的鞘。不到一个月，刘文斌就用这把苗刀立了个三等功。那天刘文斌没上班，正在家把玩苗刀，忽听得外面一阵喊："有人抢劫！"他抄着苗刀就冲了出去，盯着那个仓皇逃蹿的背影猛追不舍。追到一个死胡同里，那人回过头来，举起一支枪对准他。他手一扬，苗刀就飞了出去，准确地击中了那只持枪的手。他很顺利地将歹徒擒获了。

　　得知消息之后，我特地去看望刘文斌。其实在我心里，更渴望看望那把神奇的苗刀。可是我的愿望没有得到满足，而且也许永远也满足不了了：苗刀失踪了。刘文斌说，他铐住歹徒后再去找苗刀，就不见它的踪影了。现场人很多，也很乱，很可能被什么人藏匿了。

丢了苗刀的刘文斌显得很失意，那个三等功他提都不愿提。我是在他办公室见他的。待同事都出去后他才附在我耳边说："这个三等功不是我立的，是苗刀立的。"

我问："这话怎讲？"

他说："歹徒拿枪对准我时，我吓得全身都软了。手只下意识地扬了一下，那把苗刀就嗖地飞出去了……是它自己飞出去的。你信吗？"

我慎重地点点头。对一把能自己跳出鞘来的苗刀，我不能不信。刘文斌把那只空刀鞘还给了我，现在，它就挂在我的书架上。我时常凝视着空刀鞘，想着那把不知所终的苗刀，希望它待在应该待的地方，如果有可能，苗刀呵，还是回到这个刀鞘里来吧。

2002 年 3 月 4 日

猴　戏

　　我要给你一个忠告，要管好自己的眼睛，没事不要到处乱看。我就是因为在周末的傍晚朝耍猴人肩头的那只猴子瞟了一眼，才惹上了这一身的麻烦。

　　那其实是漫不经心的一眼，我却不仅看见了猴子的无所事事，而且还看见它用一种老谋深算的眼光瞅我。我很不喜欢，于是扭头就走。可是我没能走掉，耍猴人拍了我一掌，我肩头一麻，就动弹不得了。

　　"先生，猴子是你的了！"耍猴人不容置疑地说。

　　"怎么是我的了呢？"我很诧异。

　　"因为你看了它一眼。"

　　这是什么逻辑？我说："就因为我看了它一眼？"

　　"它也看了你一眼呀，这就非同一般，这就是缘分！"耍猴人不由分说，将拴着猴颈子的细铁链往我手里一塞。

　　这简直是一种讹诈。按理说他是无法知道猴子看了我一眼的，他的眼睛又没长在头顶，视线又不能转弯，这是大家都知道的。可是我无法否认猴子也看了我一眼这个事实，不由自主地捏住了链子。那猴子随即一纵，轻盈地降落在我的肩头。

　　"你可要善待它哟，否则……"耍猴人语焉不详，但我明显地感到了其中的某种告诫。他拍拍我的胳膊，看看猴子，流露出一些不舍的神色。不过我敏锐地察觉这神色是刻意为之，是为了掩饰他的如释重负。

　　"你就放心吧。"我点点头，居然郑重其事地应允了他。真是莫名其妙。

　　耍猴人朝猴子作揖告别，转身匆匆离去。他的身影就像一片树叶飘进了夜色之中。

　　我只好将这只满身臊气的猴子扛回家去。

对于一个单身男人来说，安顿一只猴子并不是一件难事。我有一套宽敞的住房，阳台是封闭式的，正好可以做猴子的住所。

我先让猴子在卫生间待了一夜，第二天就叫了搞装修的来，在阳台与客厅的过道之间焊了一道铁栅门。这样，整个阳台的空间就属于猴子的了。当然，与动物园的大铁笼相比，它略嫌狭小，但若按猴均面积一算，还是相当不错的。我想即使让动物保护者协会知道，也不会有异议。

我的出发点是，要把这只猴子当作一个宠物来对待。所以一开始我就充分尊重它的猴权，让它享受应有的自由和平等。把它请进阳台之后，我就没有再拴它，它可以自由自在地上窜下跳。不过也没有把铁链子取下来，因为它是焊在猴子颈脖里的铁圈上的，我无法解开。这是没办法的事，即使是人，也要受种种束缚的，只是那链子我们看不见而已。至于食物，是我吃什么它也吃什么，与一个总经理享受同等待遇，它是不应该有什么意见的。

开始几天相安无事，行者显得很安静。行者是我给猴子取的名字，有点儿希望它向孙悟空看齐的意思。行者时常坐在窗台上，呆呆地望着窗外，好像在怀念过去的流浪生涯。我一叫它，它就耳朵一支楞，瞪圆眼睛凝视着我，心有灵犀的样子。

行者还知道珍惜食物，每次开餐都把我递进去的盘子舔得干干净净光可鉴人。

事情是从丹妮来的这天变得复杂起来了的。丹妮是我的女朋友，有一段时间没来了。她一进门，就鼓着鼻翼皱着眉头道："怎么有股生人气？"

我说："不是生人气，是生猴气。"

我将关在阳台上的行者指给她看。

丹妮两眼一亮，立即奔到铁栅门前，蹲下身子："哟，它好可爱呢！"

她的嗲声嗲气让我不快，不过是一只猴子，有必要这样吗？我站到她身后说："莫非比我还可爱吗？"

丹妮说："各有各的可爱嘛！"

接着她就把一只手伸进栅门里去了，娇声唤着："猴哥，猴哥，小猴哥哥，快快过来，让我摸摸！"

行者瞟我一眼，犹豫片刻，蹑手蹑脚地走近门边，温顺地蹲下。丹妮无比怜爱地抚摸着它毛茸茸的头。行者眯缝起眼睛，很陶醉的样子。丹妮抚摸一阵，欲收回手的时候，意想不到的事发生了：行者突然抓住丹妮的手，头一勾，撮起嘴唇在她粉红色的掌心轻轻吻了一下。

我被行者的人模人样惊呆了。

丹妮却心花怒放："哟，好绅士好绅士呢！"

我倏地恼怒起来，大声喝斥道："滚一边去！她是你吻得的吗？"

行者身子一缩，跳到窗台上去了，摆出一副很委屈的样子，望着丹妮。

我将丹妮拉到卫生间，让她把那只被猴子亲过的手至少洗了三遍。回到客厅，我就当着行者的面，搂住丹妮，拚命亲她，故意弄出许多声响。我有必要显示一下我的权力，并以此对行者予以告诫，让它少插手我们人类的事。

一般来说，我和丹妮一亲热起来就难以刹车，要以做爱来告终。这一次也不例外，卧室都懒得去，就在沙发上进行。我的裸背敏感到行者忧郁的目光在扫瞄，这使得我愈发兴奋，使用上了几乎所有的性爱招式。

事毕之后，我偷窥行者一眼，只见它的阳物直直地伸了出来。我这才发现，它也是一位雄性。

开餐的时候，我往行者的盘子里放了一块夹心面包。行者却一反常态，蹲在一边不闻不问。我训斥它："你还嫌不高档吗？够奢侈的了，你都已经过上中产阶级的生活了！"

行者对我不理不睬。

丹妮推开我："别这样跟猴说话，要学会尊重猴、理解猴、关心猴，你跟我学着点儿。"遂以思想政治工作者的姿态，抻抻衣襟，清清嗓门，一本正经地，"行者同志，你是不是有思想包袱？"

行者摇了摇头。

丹妮说："那你为什么不吃饭？身体是革命的本钱呵！"

行者眨眨眼，举起右爪摇了摇。

丹妮恍然大悟："它是要一把叉子呢！"

我不以为然："一只猴子，还摆什么谱呀！"

丹妮正色道："人家有绅士化的意愿，是好事嘛，应当尊重人家的选择，不要打击别人的积极性嘛！"说着，转身拿来一把不锈钢叉子，递进栅门里去。

行者一接过叉子，就叉起那块面包，斯斯文文地咬了起来。丹妮的思想工作见了效，就很有成就感，拍着手连声叫好，放声赞美行者绅士得不得了。

但是，我觉得它那模样实在怪异。事情明摆着，它模仿得再像，也改变不了它是一只猴子的实质。

151

就这样，行者不仅成了我生活中的一个重要内容，还成了一个插足于我和丹妮之间的第三者。反客为主的趋势越来越明显。每次和丹妮见面或者通电话，她都要关切地询问："行者还好吧？"末了还要警告一句："你可不要虐待它哟，否则……哼。"其口吻与那个耍猴人如出一辙。

而行者，也不听我的喝斥了，一副有恃无恐、小人得志的模样。只要丹妮一来，它就活蹦乱跳，乖巧得不得了。

这天丹妮提着个鼓鼓囊囊的旅行袋来了，一进门，就让我把铁栅门打开。我问："你要搞什么名堂？"

她一脸的神秘："问那么多干什么？等会你就知道了。"

我只好开了锁。栅门才开了一半，丹妮就双手向前一伸，亲昵地唤道："行者，过来呀！"

行者一纵，就跳进了丹妮的怀抱。

丹妮搂着行者往卫生间走，边走边抚着它的身子："乖乖，我要把你打扮得漂漂亮亮的呢！"

我不解："丹妮，你到底要干什么？"

丹妮说："我要给它洗个澡。"

我一怔，急忙拉住她一只衣袖，大声说："它是个男的呢！"

丹妮哑然失笑，说："你说什么？"

我这才发觉自己用词不当，红红脸说："我是说它是公的。"

丹妮收起笑容，轻轻一掌将我推开了："没见过你这样的男人，还有嫉妒一只猴子的，一点儿风度都没有！"

她的话确让我感到自己有失风度。我有些羞愧地看着丹妮将行者抱到水龙头下。丹妮先将行者全身打湿，然后抹上洗发膏，悉心地搓揉它身上的绒毛。丹妮本是个懒散的女子，自己的衣服都懒得洗的，对一只猴子却如此殷勤，真令我费解。看着丹妮与猴子的亲密接触，我心里愈来愈不是滋味，并且很紧张，生怕行者不适时宜地使用肢体语言，把不该暴露的器官亮出来。

还好，行者像个听话的孩子，安静而依恋地凝视着丹妮，做陶醉状。

给行者洗完澡，丹妮将它牵到客厅，拿来电吹风吹干它的身子。然后，她打开旅行袋，从中拿出一套西服来："行者，这是我特意给你定做的呢，来，试试，看合不合身。"

152

行者兴奋得两眼放光，一下直立起身子，伸出两只前爪。丹妮先给它穿上一条三角内裤，然后穿上衬衣，然后穿裤子、马夹和上衣，最后还不忘给它打上一条红色领带。她就像一年前打扮我一样打扮起了行者，连程序都毫无二致。

丹妮牵起行者的一只爪子——也许应该叫手了，除了多毛之外，那从西装袖口里伸出来的爪子确实像极了我们的手——很有成就感地问道："怎么样？"

我嘟哝道："滑稽！"

丹妮白我一眼："什么眼光！行者这模样，比你都不会差，简直绅士极了！"

"绅士极了"通常是丹妮对一个男士的最高评价，居然慷慨地给了一只猴子，我不知道，她吃错了哪门药。难道贬低一个人，抬高一只猴子，能使她感到快乐吗？真是莫名其妙。

午餐时，丹妮没有让行者回笼子里去，而是在餐桌上给它安排了一个位置。行者正襟危坐，系着餐巾，像模像样地使用着餐具，目不斜视地进餐。自从得宠于丹妮之后，我发现行者再也没有正眼瞧过我。我不得不佩服行者敏锐的眼光，它知道在这个屋里谁更具有支配力。

吃完饭，我毫不客气地从行者衣领里将那根铁链掏出来，牵它到栅门前，喝道："进去吧！"

行者却摇了摇头。

我正要用脚踢它，被丹妮拦住了。丹妮蹲下身子，抚着行者的头，轻言细语地问："行者，你为什么不进去呀？"

行者竟然指了指我，又指了指栅门。

丹妮双手一拍："嘻嘻，它要你进去呢！"

我极为生气，瞪行者一眼："放肆！"

丹妮却说："你凶什么呀？行者有道理，它天天关在里头都关得，你连体验一下都不行吗？你应当平等对待它嘛。进去吧，就待一会儿，你体验到了笼子的滋味，就晓得善待行者了的，什么都是失去了才知道它的珍贵。去吧，听话，好吗？"

我有口难言。丹妮摇着我的手，撒起了娇。撒娇的时机她总是掌握得那么好。在女人的亲昵面前，我总是无计可施。我知道这事要多荒唐就有多荒唐，但我还是躬下腰走进了栅门。

行者这时噢噢地叫着，指了指我的上衣口袋。

"对、对。"丹妮笑着，从我口袋里掏走了栅门钥匙，"嘻嘻，行者好聪明呢！"

行者得到鼓励，关上铁栅门，蹿到门上，锁上了那把弹子锁，然后，从餐桌上拿来一支香蕉，对我一递。行者完全模仿了我饲养它的样子。我气急败坏，抓起香蕉朝行者扔过去。行者灵巧地一闪，躲开了。

丹妮在一旁笑得眼泪直滚："有意思有意思，太有意思了！既进之，则安之，你就接受行者的服务吧，不然，你怎么体会到它的心情？你不要太当真了，好玩嘛！"

丹妮这么一说，我的情绪平缓了许多。行者捡起那支香蕉，拍拍灰尘，剥了皮，再次递给我时，我也就不当真了，好玩地咬了一截，猴模猴样地嚼了两口，吞下肚去。

行者拍拍手上的灰，直立在丹妮身旁。丹妮拍一下它的脑袋："行者，是不是有了主人的感觉呵？"

行者煞有介事地点了点头。

丹妮说："那好呀，你就当一回主人，陪我午睡去吧！"

行者又点了点头。

我在笼子里叫了起来："丹妮，你这是干什么呀？快放我出去！"

但是丹妮置若罔闻，牵着行者的手，一如过去牵着我的手一样袅袅婷婷地进了卧室，并且，轻轻地掩上了卧室的门。

我在笼子里大喊大叫，但无济于事。卧室里传来了暧昧的嬉笑声。我感到自己落进了一个陷阱，我简直怀疑这事是行者和丹妮早就策划好了的，我不过是阴谋的牺牲品。我真是不该进笼子里来。我悔得肠子都疼了。

我沮丧地蹲在笼子里，感到自己与一只被囚禁的猴子无异。我的身子在缩小。淡淡的猴臊气从毛孔里散发出来。我瞟着客厅里的挂钟，一分一秒地数着时间……

大约一个小时后，我惊得目瞪口呆：我看见我从卧室里西服革履风度潇洒地走出来！当然那人不是我，我还蹲在笼子里，那只是一个类似我的人……不，是猴，我敢肯定，他是行者。我怀疑它得了孙悟空的真传，用法术克隆了我的模样。行者变得跟我一样高大挺拔，手上和脸上的猴毛全然不见，跟人一样光洁了。它风度翩翩地走到栅门前，边扣衣袖边得意扬扬地说："猴先生，过得怎么样？"

我气愤至极，跳起来大叫："你才是猴先生，你这个骗子！"

行者不理我，宽容地笑着，神态跟过去的我一样。

这时丹妮也出来了，满脸酣睡过后的惬意，偎在行者身边，向我招招手："猴哥你好！"

她的话音一落，我就悲哀地发现，我的脸颊、脖子以及手臂上，都披覆着密实的金黄色的猴毛。难怪丹妮认不出我了。一股悲怆之情涌上心头，我含着泪大声争辩："丹妮！我不是猴子，我本质上是人，你身边那个人才是一只猴啊！"

丹妮却充耳不闻，不仅不和行者保持距离，反而将她绯红娇嫩的面庞贴到行者的腮上去了。莫非她听不懂我的语言了？我急忙打手势，先指指行者，再指指自己的脖子。意思是要她查看一下行者的颈脖，她若发现那条细铁链，一切都昭然若揭了的。丹妮猜了半天，总算懂了，冲我点点头，解开了行者的领带与领扣，从里头扯出一条链子来——但是不是铁链，而是一条粗金链，闪烁着炫耀的光泽。

丹妮朝行者谄媚地笑道："看来猴子也羡慕人间的荣华富贵呢！"

那只真正的猴子恬不知耻地回答道："那当然哪！"

我无言以对。丹妮看我的眼光，完全与一个多小时前看行者的眼光一模一样。毫无疑问，我已经被她认定为一只猴子。这时，行者抓起我的公文包夹在腋下，招呼都不跟我打一个，就往门外走。而丹妮，也亲密地挽住了它的手臂。行者既然已经变成了我，当然也就我模我样地去我的公司上班了。对此我已无可奈何。

门砰地一声关上了，我随之跌坐在地。我仿佛一只失足的猴子从悬崖坠落，跌进了绝望的深渊……

但是我立即从地上爬了起来，而且整整一个下午，我都坚持扶着铁栅门直立站着。我知道我的祖先正是靠直立行走才使自己区别于其他灵长类，才从类人猿进化为人。我不允许自己猴模猴样。

幸亏，我的精神并没有退化，我还拥有人的思想和智慧。稍一思索，我就找到了问题的症结所在。我要找回自己的身份，复归为人，就必须剥去行者的伪装，使它露出真面目；而欲揭露行者，则必须先走出这个猴笼，摆脱目前的困境；而欲脱离猴笼，则只有利用丹妮对猴的同情心……根据这个思路，我制定了比较缜密的行动方案。

方案的实施，还取决于丹妮的到来与否，如果她当晚不来，我的猴子生涯就不得不延续下去。

我还算走运，傍晚时分，随着一声门响，行者和丹妮双双走了进来。行者长吁一口气，把公文包往沙发上一丢——那是典型的我的做派——踌躇满志地说："合同总算签下来了！这笔生意做成之后，我就可以给你买一幢别墅了！"

　　"真的？太好了！"丹妮惊喜不已，扑过去在行者脸上叭地亲了一口。

　　我不怀疑冒充了我的行者会签下合同，把生意做得很漂亮，也不怀疑它会将我的女秘书抱到它的腿上，但这些都不是我眼下考虑的。为了引起丹妮的注意，我像一只真正的猴一样，在笼子里躁动不安地蹦上蹦下。

　　丹妮果然闻声来到栅门前。

　　我立即蹲到门边，享受她的抚摸。

　　丹妮说："猴哥，你是不是很寂寞呀？"

　　我急忙点点头，指了指门上的锁。

　　"你想出来是吧？别急，我给你开门。"丹妮说着就找来钥匙开锁。

　　行者这时过来，故意地瞥我一眼，说："丹妮你要干什么呀？猴子放出来会很麻烦的！"

　　丹妮说："有什么麻烦呀？你看它多乖巧，跟你说过多少次了，要善待它嘛！"

　　门一开，我就蹿了出去。我站在客厅里，像过去一样走了几个方步，逗得丹妮咯咯直笑。可怜的丹妮，一点不知我的暗示，不知道我才是她真正的男友。我镇定一下情绪，依计行事，双手着地猴行去了卫生间。我故意把一泡尿撒在地上。尿臊味特别呛人，我不知道这是不是一泡猴尿。但丹妮如我所愿，被哧哧的尿声引到卫生间来了，嗔怪地拍了我的脑门一掌："你这个猴哥，怎么这样不讲卫生呀？"

　　我装出一脸无知的样子，趁她弯腰冲地，迅速溜出门外，反锁了卫生间的门。

　　我站在客厅中央，双手叉腰，气宇轩昂。作为一个人的外在形体和内心尊严，又都全部回到了我的身上。我拍拍衣服上的灰尘，愤怒地逼视着行者，那个无耻的伪我。行者立即瑟瑟发抖，脸红得跟猴子屁股一样。我一言不发，走拢去，几下就剥掉了它身上所有的衣物。没有了时装的支撑，眨眼之间，它又成了一只猥琐的猴子，一只肮脏的畜牲。我准确地揪住它脖子里的铁链，将它拖到栅门边，一脚将它踢了进去。

　　然后我就锁了栅门，再把卫生间的门打开。

　　丹妮出来说："没想到，行者会这样调皮。"

我若无其事地说："说了不要放它出来嘛，畜牲就是畜牲，能和人讲平等吗？"

丹妮看见了地上的衣物："你把它的衣服也脱了？"

"是的，"我说，"假的就是假的，伪装必须剥去。"

丹妮不言语了，她肯定已经觉察到了我言语间的冷淡。她要去厨房做饭，被我制止了。我说："丹妮，你以后不必到我这里来了。"

丹妮脸都白了："为什么？"

理由很简单，我不能和一个跟猴子睡过觉的人同床共枕。但我不能跟她明说，我怕吓着她。我说："不为什么，我会寄一张支票给你。你走吧。"

丹妮回头看行者一眼，擦擦眼睛，走了。

我当然不能继续豢养行者了，留着它是个祸害。我必须处理了它。我穿了身旧衣服，戴顶破礼帽，打扮成一个耍猴人，然后将行者扛在肩上，趁着暮色来到一个僻静的小巷。当一个过路人瞟了猴子一眼的时候，我就在他肩头一拍："先生，猴子是你的了！"

那人很诧异："怎么是我的了呢？"

我说："因为你看了它一眼。"

"就因为看了它一眼？"

"还有，它也看了你一眼。这就非同一般，这就是缘分。"我不由分说，将铁链子往他手里一塞。

那人不由自主地抓住了铁链，行者随即一纵，轻盈地落到了他的肩头。

我说："你可要善待它哟，否则……"

"你就放心吧。"那人郑重其事地允诺。

我赶紧与那人和猴子作揖告别，匆匆离开，像一片树叶一样飘入夜色之中……

我以为，事情就这么过去了。那只猴子到了何处，又在扮演什么角色，我没必要关心。可是第二天一早，我刚走进公司大门，就全身痒痒，说不出的难受。不用去看，我就感觉到有金黄色的茸毛从全身各处长了出来。我呆在门口，不敢进去见我的员工，我不知道在他们的眼里，我还是个人吗？虽然我还挺拔地站着，但我心里清楚：我的麻烦大了。

2001 年 5 月 20 日

迟　归

　　白色面包车轻巧地驶到村口老枫树下，戛然而止。乡长跳下车，回头将一位白发苍苍的老头儿扶下来。一个老太婆坐在晒坪里做针线，对面包车瞟了瞟，又把花白的头埋了下去。她的身上穿得很熨贴。乡长小心翼翼地搀着老头儿走了几步，对老太婆呶呶嘴，轻声道："林先生，她就是毛丫头。"

　　老头儿一身笔挺的西装，布满长寿斑的脸忽然有些发红，颤颤巍巍地移到老太婆跟前，说："毛丫头，你还认识我吗？"

　　老太婆仰起一张老脸。那脸皮皱皱的，很丑。

　　老头儿不由愣了一下。

　　老太婆上下打量老头，问："你是谁？"

　　老头儿说："我是林来祥啊。"

　　老太婆想想，摇头："我认不得你。"

　　老头儿说："你仔细看看。"

　　老太婆眯起眼，仔细地看老头儿的脸，但还是摇头："真的认不得你。"

　　老头儿感叹道："是呵，岁月无情。我们都老了，老得都认不出来了。只有这棵枫树还是老样子，一点儿也没变。莫非你一点儿都记不起来了吗，五十年前……"

　　"五十年前？"老太婆说，"那是哪辈子的事呵。"

　　老头儿点头："是呵，五十年，差不多一辈子，太久了。那还是打日本佬的时候，我们在这里驻扎了两个多月。记得你唱的山歌非常好听……"

　　老太婆说："我们这里人人都会唱山歌。"

　　"可是你唱的就是跟别人不一样，有一回我帮你家挑水，因为听你唱歌，把脚趾头都踢破了呢。噢，那时你家不在这里，是在那边山脚下，屋子也没这么好，是茅草房。你总是在打猪草的时候唱山歌，还记得吗？"老头儿眼巴巴地看着老太婆。

老太婆说："记不得了。"

老头儿说："那时你时常帮我洗衣服，你把袖子一挽，两只手伸出来像两根嫩藕。一条辫子黑油油，两只眼睛水汪汪，好招人喜欢。队伍开拔前，我们还见了一面，你还送给我一个花荷包。我还跟你说，打完日本佬，一定回来找你……"

"我像听你讲白话呢。"老太婆打断老头儿的话。"你认错人了，小名叫毛丫头的不光我一个。你看我这丑八怪的模样，是你要找的人吗？"

老头儿疑惑了，问："你真不是毛丫头？"

老太婆说："真不是。"

乡长在一旁插话道："大妈，你好生想想，也许因为年头太久，你记不起来了。这么多年，林先生可一直挂记着你呢。人家一片诚心，要看看你，大老远从台湾过来，很不容易呢！"

老太婆便问："这么说，你是从台湾来？"

老头儿点头。

老太婆又问："台湾远吗？"

老头儿说："说远也不远，只隔着一道海峡，说不远也远，飞机都要坐两趟。"

老太婆就很抱歉，起身拍拍衣襟说："你看我，你那么远来，也没给你倒杯茶，太不懂礼了。"

老头儿忙摆手："不客气不客气，是我打扰你了。"老头儿瞥瞥老太婆，若有所思的样子，又说，"哦，我记得，毛丫头脖子里有颗痣。"

老太婆说："你是不是想看看我的脖子？"

老头儿连连摇头："不不，既然您说不是那就不是，没那个必要了。"

老太婆说："人不到老不念旧，可是又有什么用呢？你要找的那个毛丫头，或许早死了，或许嫁到别处去了。你早干什么去了，都五十年了，还找得到吗？依我看，那些陈芝麻烂谷子的事，你愿忘记就忘记，不愿忘记，记着就行了，你何必去找她呢。你记得她，她不一定还记得你。人这一辈子，事儿太多了。"

"是呵，您说得很有道理，还请您原谅我冒昧来访，告辞了。"老头儿拱拱手，叹息一声，转身欲走。

乡长急了，说："大妈，你还是认真想想吧，村里不就是你小名叫毛丫头吗？"

159

老太婆生气了，绷着脸道："毛丫头是你叫的么？都老成一把丝瓜筋了，还丫头长丫头短，想丑死我呀？"说着一转身，摇摇晃晃进屋去，"吱呀"一声关上了门。

乡长只好搀着老头儿回车上去。

在车上坐下，乡长见老头儿脸色有些发灰，便说："林先生，要不我再派人四处打探一下，或者再问问村里的老人。"

老头儿说："没这个必要，不麻烦你们了。"

乡长说："呃，麻烦什么，一家人不说两家话嘛，您的心愿就是我们应该完成的工作。我们一定千方百计为您服好务。您来乡下投资建厂的事是不是可以先定下来？"

老头儿一手撑着头："再说吧。"

于是乡长的脸色也发起灰来了。

面包车拖着一路黄尘开回乡政府。老头儿脸色不佳，显得很疲惫，而且不说话。乡长小心地询问："林先生，身体没什么不适吧？"

老头儿默默地摇摇头。

乡长心里就很有些着急，一会儿找这个吩咐，一会儿对那个低语。看看已到中午，便将客人引到一桌丰盛的酒席上。

乡长率部下不停地向老头儿敬酒。敬一次酒，就有一些说法。有的说，一杯洗尘酒，满腔同胞情。还有的说，血浓于水，酒浓于血。但不管如何敬，老头儿一概说声谢谢，然后舔舔酒杯，不肯多说一个字。

午餐后，乡长陪老头儿到接待室小憩。亲自为老头儿沏了茶，枝枝叶叶地说些乡里的事。老头儿还是没什么话，只是不时地点点头。乡长愈发不安，眼睛直往窗外瞟。

这时门口一暗，进来一个黑脸膛的中年汉子。他径直走到老头儿跟前，抓住老头儿的手直摇："林先生，您辛苦了！"

老头儿愕然。

乡长忙起身介绍："林先生，这位是毛丫头的儿子。"

"毛丫头的儿子？"老头儿迷惑不解。

"哦，就是刚才那位毛丫头的儿子。"乡长说。

"是呵是呵。"中年汉子笑得非常谦恭，"我在镇上开粉馆，不晓得您来，有失远迎，很对不起呵！"

"不客气、不客气。"老头儿客气地说。

"您是请都请不来的客呢。我很小的时候，就常听我妈提起您，说您这个国军心肠好，常帮我们家挑水……"

"你妈刚才说了，她不是我要找的毛丫头。"老头儿说。

"您别听我妈的，她是老糊涂了。"中年汉子说。

"老糊涂了？"老头儿皱起眉。

中年汉子急于表白，就有些结巴了："是、是、是呵，人一老，忘性就大。她真的不止一次说过您。她还说送过您花荷包呢！"

"这种事她也告诉你了？"老头儿有些讶异。

"嗯！"

老头儿眯起眼："喃喃道，你说的都是真的？"

"千真万确！您要不信，见见我女儿好了。"中年汉子朝门外唤道，"毛丫头，进来吧。"

一个年轻姑娘腼腆地进门来，朝老头儿鞠了一躬："林爷爷好！"

老头儿瞥姑娘一眼，吃了一惊："你是毛丫头？"

"是呀，跟她奶奶一样，小名也叫毛丫头，长得也像她奶奶年轻时候呢！"中年汉子拉拉姑娘，"林先生，您看像不像？"

"嗯，像、像。"老头儿脸上泛起了红晕，目光在姑娘脸上流连。姑娘轻轻咬住嘴唇，羞涩地笑。老头儿让姑娘在自己身边坐下，仔细端详着，说："要是梳条黑油油的长辫子，就更像了！"

中年汉子立即嘱咐道："毛丫头，听爷爷的话，把头发蓄起来，梳条长辫子！"

"嗯。"姑娘顺从地点头。

乡长兴奋不已："哎呀，真是可喜可贺，林先生不远千里来大陆，今日总算遂了心愿，找到毛丫头了！"

"是呀，总算找到了。"老头儿抓过姑娘的手，轻轻抚摸，然后问她今年多大，读书没有。

姑娘抿抿嘴说："读高三，今年十八了。"

"好呵，正是这个年纪，多好的年纪啊！"老头儿眼里亮闪闪的，又问，"有什么困难没有呵？"

姑娘红着脸埋头不语。

中年汉子催促道："你说呀，爷爷等你回话呢，这丫头，不懂礼貌！前几天

161

不还找我要钱吗？说是学校又要收什么什么费了。我做这点儿小本生意，要供她读书，还真有不少困难呢。要是考上了大学，花费更不得了。"

"读书花点儿钱，还是值得的。"老头儿说着掏出钱包，拿了一叠绿色钞票塞在姑娘手里。

姑娘脸更红了。

中年汉子说："还不快谢谢爷爷！"

姑娘便轻声说："谢谢林爷爷。"

老头儿说："不用谢，这算什么。"目光格外柔和。

"林先生，我还有件事想求求您。"中年汉子的脸忽然也有些红，嗫嚅道，"我、我妈这么多年，过得很不容易，要不是老了，是绝不会忘记您的。您能不能也给她点儿什么，比如金戒指什么的，也好有个念想？"

乡长瞪了中年汉子一眼，他只当没看见。

老头儿稍稍沉吟，从指头上退下一枚金戒指，递给中年汉子。

中年汉子喜不自胜，连声道谢。

这时有人在门外喊："乡长，县里来电话，催我们送林先生回去，县领导要宴请呢！"

"知道了。"乡长应了一声，眉头微锁，小心地问道，"林先生，我们合作的事，您看……"

老头儿说："你们先起草个意向书吧，具体事务届时再谈。"

"好！"乡长喜出望外，一跃而起，搓着手说，"我们一定会合作愉快！林先生，我先送您去县里，希望您以后能常来。"

"好的，只要我还走得动，会来的。"老头儿说着深深地看了姑娘一眼。

乡长和姑娘一左一右，搀着老头儿上车。中年汉子期期艾艾地跟随在后，老头儿登车时他轻轻地托了托他的背。

老头儿刚坐下，中年汉子隔着车窗说："林先生，我妈没认出你来，还请您原谅，她确实是老糊涂了。"

老头儿说："她不糊涂，糊涂的是你我。"

中年汉子不知所云，胡乱点着头。

面包车徐徐开动了。老头儿朝车下的姑娘挥着手，眼睛有些发红。坐在老头儿身后的乡长听见他轻轻地唤了一声："毛丫头……"

1999 年 11 月 7 日

盆　景

　　从县长职位上退下来后，胡泰一连三天闭门不出。到第四天，他憋不住了，就上了街。没有人前呼后拥，倒也随意自在，他背着双手，慢慢悠悠地沿着人行道逛过去。

　　快到十字街口，一辆丰田面包车在他身旁戛然而止，在保险公司当经理的儿子跳下车来：

　　"爸，您干啥？"

　　他说："逛街。"

　　儿子往四周瞟一圈儿："爸，您还是听我的，到泰国去观观光，散散心。"

　　他摇头："我没有什么心要散，再说我也没有这么一笔钱。"

　　儿子说："这不用您操心，都由我来安排。"

　　"那我也不去。"

　　他扭头欲往前走，却被儿子拦住了。

　　"爸，您不去也罢，可至少这几天您不要单独上街呀，人家会议论你的！"

　　他往街旁店铺里望一眼，果然有人对他指指点点，便说："他们议论我什么呢？"

　　儿子说："他们会说，您不当县长了，心理不平衡，有失落感，所以无所事事，到处闲逛。"

　　他摊摊手："我这样子，像有失落感吗？"

　　儿子说："反正，您没事最好不要出来闲逛。"

　　他暴露在阳光里的额头有些发烧，提高嗓门道："我没事？我有的是事！你以为我真的出来闲逛呀，我是出来买东西的。"他瞥见旁边有家花木商店，便走进去，丢给老板五十块钱，随手抱起一个盆景就走。老板在后面叫，胡县长，还没找您钱呢！他头也不回地说："县长你不用叫了，钱你也不用找了！"

他抱着盆景走到儿子面前：

"胡经理，能不能用你的车送送我？"

儿子笑了，赶忙拉开车门。

胡泰退位退得彻底，连关心下一代工作委员会主任这样的闲职都坚辞不干了。他想，现在是该关心关心自己的时候了。只是，在得到这个盆景之前，他一时不知将这种关心往何处落实。

盆景其实就是一株老态龙钟的矮树，不到一尺高，粗壮的根部裹着一层浅绿的苔藓，虬曲的树干呈"之"字形伸展，寥寥几根枝上挑着一些细碎稀疏的绿叶。树蔸旁还衬有一块小小的怪石，石缝里长着几片孤零零的虎耳草。

他的植物学知识有限，辨不出是什么树。但它的形状给了他一种难以言说的沧桑感。他觉得它能养性怡情，给他的退休生活增加一些情趣。他很慎重地将它安置在朝南的阳台上。

其实阳台上老伴养了不少的花草，月季、芍药、兰草什么的，但他从没感过兴趣。他对自己买来的盆景情有独钟，特意购置了洒水壶和修枝的剪刀，要亲自培养它。

一天傍晚，老伴浇花时捎带把盆景也浇了。他很生气，绷紧了脸："谁让你浇的？"

老伴说："我顺便就浇了，省得你动手呵！"

他说："这盆景是我的！"

老伴说："你的就不能浇呵？我又不要你的，真是越老越小气！"

他严肃地道："这不是小气不小气的问题，它牵涉到我的正当权益。你的出发点还是好的，可实际效果却是剥夺了我的劳动权力。"

老伴只好连连摆手："好了好了，从今以后我再也不碰它了！"

他提起洒水壶将老伴浇过的盆景再浇一遍。树叶在水滴的击打下跳动不已，仿佛十分快活，他感到非常满意。他搬把藤椅坐在阳台上，长久地凝视他的盆景。他的时间就是透明的风，从枝杈间无声地流过。在他的关注下，嫩绿的枝梢抽长了，枝头的绿色斑点也越来越密。他就想，该修剪修剪了。于是他操起剪子，把那些看上去多余的树枝剪掉。

"我成理发师了。"他边剪边喃喃自语。剪刀嚓嚓响，树的绿色发屑纷纷飘落。剪完退后仔细一端详，它果然像刚从理发店出来，显得十分整洁。不过第二天一观察，他发现它还是有不顺眼的枝条，影响了它的整体美，就像一个县总有那么几个单位那么几个人不听调摆，损害了全县的整体形象一样。他只能毫不犹豫地剪除了它。不知不觉中，他审视的目光愈来愈严格，他几乎每天都能发现它的突兀之处，于是他几乎每天都情不自禁地操起剪刀，他对它说："玉不琢，不成器，十年树木，百年树人，真是不容易呵！"

这天他再次拿起剪刀，老伴拦住他："老胡，这盆景你还要不要？"

"怎么不要，不要我才懒得剪它呢。"

"要你就别剪了，再剪它就成和尚头，活不成了。"

他仔细一瞧，果然只剩下三两根有叶的小枝了。

老伴说："你是不是手痒，不剪就不自在？"

他想想说："大概是养成习惯了。"

老伴说："你要是还要它，就让它自己长吧，剪刀我给你藏起来。"

"那就无为而治吧，"他瞟一眼盆景，把剪刀递给老伴，"藏远点儿，别让我看见。"

盆景依然每日进入他的视线。那株树的生命力很强，在被他剪去枝条的地方，长出了米粒大的绿芽。他想象那芽尖如何挣扎着钻出树皮的时候，他发现盆景后面十几米的地方，有一个中年妇女坐在石凳上，边打毛衣边窥视着他的阳台。更确切地说，窥视着他的盆景。

他不认识这个女人。那地方是个小花园，是供县政府大院的干部和家属们休闲运动的地方，可是他不认识这个女人。他察觉她的窥探已经好几次了，莫非在垂涎他的盆景？

他从藤椅里站起来，他甚至想到她可能行窃。小花园与县长楼只有一墙之隔，他家又在二层，很容易攀上去的。他走到阳台边缘，居高临下地直视着那个女人。那女人马上把脸转过去了。

他感到他的盆景有危险了。他下了楼，穿过一道月亮门，径直走到那个女人面前，很响地咳一声。

那女人一怔，脸就红了："噢，是老县长呀！"

他说："我发现，你几次对家我阳台上看，是不是对我的盆景有兴趣？"

女人有些迷惑："什么盆景？"

165

他侧身指指自家阳台："就是那个盆景。"

女人竭力睁大眼，微笑道："那盆景是不错。"

他说："你要喜欢，可以到街上去买。"

女人微笑不语，过一会儿说："老县长，其实我是在看盆景后面的东西呢。"

"盆景后面有什么？"

"楼房呵，都说它是县长楼，是不是专门住县长的？"

他点头："既然是县长楼，当然是县长住。"

女人啧啧道："你看它，多宽敞，多气派，环境多优美，住在里面，肯定好舒服好开心。"

他兴味索然："我可没觉得有好舒服。"

女人眉飞色舞："老县长，那您可是身在福中不知福了！当然，有事业心的男人一般不在乎这个。像我们家现在挤在招待所里，连家具都没地方放，我爱人照旧劲头十足干工作。老干局新修了一栋老干楼，我想到那里弄一套算了，可他不让，说不能占老干的房……"

他截断她的话："你爱人是对的。哎，你是谁的家属？"

女人满面红光，脆声道："就是新来的县长吴新宇呀！"

他恍然大悟："噢，你是新宇同志的家属呀？！"

"是呀是呀！"女人连连点头，急促地说，"老县长，我只是羡慕县长楼，就多看了几眼，没别的意思，您可千万别误会呀！"

"没事没事。"他摆摆手，转身离开了这个女人。既然她感兴趣的不是他的盆景，他也没有与她说话的心思了。

晚饭后，给盆景浇了水，他便出去散步。没走多远就碰见他的继任吴新宇。还隔着很远一段距离，吴新宇就伸出手，热情地打招呼：

"老县长，早就想向你汇报汇报，请教请教了的，今天有空吗？"

他说："空我有的是，可是没有这个必要吧，你在别处当过副县长，又不是新手。"

吴新宇说："哎，姜还是老的辣嘛，不是说，扶上马了还要送一程吗？"

他笑道："你在马上，我在马下，怎么送？那不耽误你了吗？既然上了马，你就只管打马往前奔吧！"

"精辟、精辟！"吴新宇叹服不已，顿一顿，问，"老县长，听说您在小花园碰到我家属？"

"是的。"

吴新宇说："我家属这个人，素质不高，她要是说了什么不该说的话，您千万别往心里去。您是老领导，我们尊重都还来不及呢，绝对不会有什么乱七八糟的想法。县长楼您尽管住，这个县里还有谁比您资格老？我还想筹笔资金将几位老领导的住宅装修一下呢。至于我自己的住房问题，会自己解决的，请老县长不要有什么想法，更不要有心理负担。总而言之一句话，只要我在位，县长楼您就放心住，用不着搬。"

"我没想到搬，"他说，"我还要在阳台上养盆景呢。"

老伴到农贸市场买菜去了，他独自坐在阳台上欣赏盆景。一条尺蠖一屈一伸地沿着树干往上爬时，他感到有一道痒顺着腿往上延伸。痒到他再也忍耐不住，就起身过去，尖起手指拈住尺蠖，将它扔到楼下草丛里。

这时响起了敲门声。自从退休，鬼都不上门，会是谁呢？他踅入客厅，任那敲门声又持续了几下，才拉开门。

一个中年汉子站在门口，地上搁着一只鼓鼓囊囊的塑料编织袋，里头有活物在蠕动。

他问："你找谁？"

中年汉子说："这是县长楼吗？"

他点头："是啊。"

中年汉子说："我找胡县长呢。"

他并不认识这人，就问："你没搞错吧？"

中年汉子觑觑他，脸上一笑："没错，我就找您，我见过您在电视里做报告，是县有线台，是不是？"

他嗯一声，说："找我有事？"

中年汉子说："是这么回事，我是县渔场的，上街办事，场长吩咐我顺便给您送点儿鱼来。"

他颇觉意外，还想说几句客气话，中年汉子兀自提着编织袋进了门，径直去了厨房。中年汉子从厨房出来时，他递了一支烟过去。中年汉子点了烟，有滋有味地吸，笑眯眯地："嘻嘻，我还是头一次抽县长的烟呢！"

送走中年汉子后，他觉得舒畅极了，恍若一棵干渴的树兜头浇了一瓢水。一股好闻的鱼腥味在屋里弥漫，他抽动一下鼻子，进了厨房，拉开编织袋一看，几条肥大的草鱼瞪着亮晶晶的眼睛，红红的腮一张一合。他把鱼倒进水池，放满水。有两条鱼一翻身，就游动起来。他静观片刻，才洗了手，回到客厅。这时门又被敲响了，他拉开门一看，又是那位中年汉子。

"胡、胡县长，实在对不起，我弄错了。"中年汉子尴尬地搓着手，满面涨得通红，"怪我胡、吴不分，这鱼……"

他瞠目结舌。

中年汉子迅速奔入厨房，从水池里哗啦哗啦地捞鱼。他一屁股坐在沙发里。片刻之后，中年汉子提着湿漉漉的编织袋跑出去了，招呼都没和他打。他很想回到阳台上去继续欣赏他的盆景，但四肢疲软，胸闷气短，尝试了两回都没能站起来。

老伴回来了，见他脸色发黑，惊呼："老胡你是不是病了？"

他默不作声，后来指着电话说："给政府办打电话，我要搬家。"

胡泰被女儿接到市里住了几天，回到县里时，儿子和老伴已经把家搬好了。新家就在新落成的老干楼里，四房两厅，格局新颖，面积也不比县长楼小多少，但胡泰背着手在新房里面走来走去，总觉得少了点儿什么。踱到阳台上，他才猛然想起来了，一拍脑门："老伴，我的盆景呢？"

老伴眨巴眨巴眼睛："哟，忘了搬你那宝贝疙瘩呢！"

他一听，立即往县长楼跑。上楼一看，吴新宇的家属正看着一帮人搞装修，敲敲打打，一片狼藉。阳台上，已没有他的盆景的踪影。他便问吴新宇的家属：

"我的盆景哪里去了？"

"我处理了。"

"怎么处理的？"

"我见它半死不活的样子，就扔掉了。"那女人指指阳台下面。

他脑子里嗡一声响，快步走到阳台栏杆边，欠身往下一望，只见盆景的残骸散落在楼底草丛里。他气愤地冲那女人叫道："这是我的盆景，你怎么可以这样做？谁给你的权力？！"

女人惊得一愣，随即说："一个破盆景，什么了不起的，我赔你一个新的就是。"

"我不要你的新的。"他孩子气地大声叫道，"我要我原来那一个！"

1998 年 12 月 27 日

空谷足音

那是一条空寂幽深的峡谷。

天空是灰白狭长的一条。两侧山岭陡立，树林密密匝匝，苍黑一片。几座悬崖巍然耸立，崖顶苍松虬曲，翼然欲飞，如同来自某幅古画。一条纤瘦的小溪不声不响地贯穿于谷底。溪两旁蛰伏寥寥几幢面目苍老的木屋，杉树皮盖的屋顶长着厚厚的青苔。屋檐下，时常有淡蓝色的炊烟盘绕而出。

偶尔地，会有几声鸟啼从枝头滴落。间或，也会从远处传来若有若无的牛铃声。除此之外，峡谷总是一派亘古的寂静。这寂静很深很深，仿佛没有底；这寂静好像一万年前就已开始，一万年以后也不会结束。

我很喜欢沉浸在这幽深的寂静中。那时，我是民工中的一员，来这里是为协助铁路工人打通湘黔线上的一座隧道。其具体工作就是出碴，将爆破下来的岩碴装上斗车，从隧道导坑里推出来。劳动强度很大，往往一个班下来浑身湿透，全身上下没有哪根骨头不疼。眺望峡谷，沉入寂静，似乎不仅能抚慰我的孤独，而且能消除疲劳。同时，也是我工余饭后不可缺少的消遣。

我是个不合群的人。大部分民工住在食堂楼上，开着统铺，虽然上班辛苦，下班后却总是说说笑笑，打打闹闹。我却远离开这热闹，独自寄居在一幢旧木屋的阁楼上。阁楼的板壁是临时用苇席夹成的，我在苇席上开了个巴掌大的洞，用一块活动纸板挡住，每逢天气寒冷不想起床而又想观望峡谷景色的时侯，我就通过这个小小的窗户，把自己的目光放出去。

默默地长久地，凝视着峡谷，不知不觉地与峡谷融为一体，置身于纯粹而沉静的意境之中，心是多么地安宁。

一场罕见的大雪覆盖了峡谷。放眼望去，山上山下一片雪白，小溪愈发细瘦，溪水和悬崖以及悬崖上的松树树干显得更黑了，像是墨汁画出来的。一切都凝然不动，无比静谧冷清。偶有小鸟无声地掠过峡谷，划出一条黑黑的细线。雪地里觅食的麻雀，就像几粒石子在跳舞。寒风拂过林子，便有团团雪粉从杉树上坠落下来，纷纷扬扬，发出细微的簌簌声。

这天我上夜班，白天休息。我赖在床上，打开苇席墙壁上的小窗户欣赏雪景。已是向晚时分，峡谷里仍十分明亮。那条被雪掩埋了的小路依稀可见，隐隐约约地如同一条蛇，蜿蜒爬向峡口。小路的尽头，一个小黑点像一只小虫一样蠕动着，愈来愈大。慢慢地，我看出来那是一个人，一个女人，因为她衣服的颜色随着距离的拉近而由黑变红了。她趔趔趄趄，走得很艰难，左手搭着一个挎包，右手不停地摇摆以保持身体的平衡。因为她，我眼前这幅峡谷雪景图变得格外生动起来。到了食堂跟前，她停住脚，四下张望。她身上的枣红色灯芯呢上衣、头上的方格红头巾以及那张红扑扑的圆脸蛋，都被白雪映衬得十分鲜艳。望了片刻，她走进了民工食堂。

峡谷永久不变的沉寂里有了一丝别致的韵味。

开晚饭时我看到了她。她跟其他人一样，八人一席，蹲在地上，围着几钵菜，有滋有味地吃。吃饭的人都前所未有地活跃，边吃边与她开玩笑，讲痞话。她既不见怪，也不答腔，只是红着脸浅浅地笑着。她很勤快，吃完饭就帮食堂里捡碗刷锅，忙个不停。从旁人的言谈中，我得知她是胡兴国的新婚妻子，叫小也，特意来工地探望男人的。

上夜班时，我在屋门口碰到胡兴国。他夹着一床棉被，牵着他的妻子。原来我的房东替他们腾了一间房，就在我住的阁楼下。胡兴国跟我打了声招呼。我悄悄瞟瞟小也，天色昏暗，看不清她的脸，但我见她牙齿蓦然一白，便知她对我笑了一下。她的无言一笑令我心里莫名地一热。

在隧道里推斗车时，我一遍又一遍地回想起小也行走在雪地里的情景。那么清晰，那么生动。茫茫白雪里一点游动的红，多么有意味。

她好像是从一幅画里走来。

下夜班之后，我通常要睡上大半天才醒。这天我却睡不着，迷糊了几个小时就爬起床来了。侧耳倾听楼下，静悄悄的，一点儿声响都没有。胡兴国早上班去了。小也似乎也不在。下楼一看，果然，门上一把锁。

我将两件泡了一天的衣服搓了几把，用铁桶提了去溪边漂洗。刚出门，就见小也挑着两大桶衣服从食堂出来，往溪边去。我没吱声，悄悄跟在后边。雪被踩得咯吱咯吱响。没有风，但空气清冷，寒气直往脖子里钻。

到了溪边，小也放下桶，尖起一根指头在水面上点了一下，随即迅速地收了回来，甩个不止，仿佛被咬了一口。我于是顺口说："水咬人吗？"

　　她回头瞥一眼我，嫣然一笑道："是有点儿，水冰得很呢。"

　　说着，她把袖子缩了起来，露出两只结实的手臂。她的脸蛋仍是那么红润鲜艳，口里喷着团团白气。她抓起一团衣服往水中投时，我鬼使神差地说："听说女人有时沾不得冷水呢。"

　　她惊奇地看着我，问："你多大了？"

　　我说："满十六了。"

　　她笑道："十六就懂这么多，你真不简单呀！"

　　我的脸蓦地烧红了，后悔自己多嘴。我板起脸，走开两步，将衣服放入溪水哗哗地漂洗。她没在意，边洗边说："其实只有那么几天沾不得冷水。女人要是不沾冷水，男人哪来干净衣服穿？哎，你的衣服也给我来漂吧，一次冻了两个人，多划不来。"

　　我瓮声瓮气地说："不麻烦你。"埋头漂衣服。溪水清澈冰凉，两手立时就冻麻木了。有一丝淡淡的雪花膏的香味从她身上散发出来，浸入我的肺腑。我用眼角余光瞟瞟，只见她的十个指头冻得像胡萝卜一样鲜红，晶亮的水花从手上成串地滴落。我草草地漂洗完衣服，看也不看她，提起桶就往回走。其实，心里是很想在溪边多待一会儿的。我很想多看看她的脸，她的眼睛是那么清亮，她的笑容是那么甜。可是我的目光胆怯得很，不太敢往她脸上去。

　　下午，太阳出来了。阳光从云缝里倾泻下来，满山满谷的白雪反射出耀眼的光芒。峡谷里仍是那么静谧，听得见积雪嘶嘶的融化声。可还是那么冷，"脚冷雪，手冷霜"，一点儿不错，我坐在阶基上，脚冷得像铁板似的。雪光刺疼了我的眼，我把目光从峡谷深处收了回来。小也站在我身旁，向我微笑。或许是白雪映衬和寒气刺激的缘故，她的脸红得愈发娇艳了。

　　我默不作声，深深地吸一口冷冽的空气。

　　"到食堂里烤被窝火去吧！"小也说。

　　我仍不说话。她说的烤被窝火，其实就是几个人聚在一起，坐在被窝里取暖。食堂楼上的大统铺上，经常就有一大堆人半躺在被窝里，用白话和痞话打发时光。

　　"走喽，大家到一起，几多有味，一个人在这里，嘴巴都闭臭，有什么意思？"小也见我没有反应，又说，"那我先走了。"

　　她的红色背影牵着一缕雪花膏的清香，移过洁白的雪地，往食堂去了。我走进雪地里，抓起两把雪捏成一团，向一只在雪里觅食的麻雀掷过去。麻雀惊飞，倏忽不见。我似乎失去了孤独的理由，便缓步向食堂走去。

走上食堂楼梯的时侯，楼上爆发出一阵喧笑。其中数小也的笑声最突出，像一阵突然被人摇响的铜铃声。我登上楼口，见小也前仰后合，边笑边拿手背揩眼角的泪花。她的笑声荡开去，在峡谷里隐隐回旋。大统铺上，七八个后生簇拥小也，团团围坐，两床大花被盖着他们的腿。小也叫人往两边挤挤，让我在他对面坐下来。我揭开被子时，里面一股温热的汗臭扑面而来，我敏锐地嗅出，其间有小也身体上的雪花膏味。我把腿插进去，不料脚尖触到了小也灼热的大腿，赶忙缩回。但小也迅速地将手伸进被窝里，抓住我的那只脚，用力拉到她两腿之间，紧紧夹住。她说："你的脚冷得像块铁，快捂捂！"

我不敢动弹，也不敢面对小也的眼睛。我埋头看着被面上的花纹。被子不停地蠕动，隆起的地方像山岭，陷落的地方如峡谷。后生们七嘴八舌，争先恐后地讲着笑话和痞话，逗小也笑。我感到峡谷是如此幽深，那些痞话不待我听见就消失其中，只有小也的笑声在久久盘旋，像一只飞翔的山鹰。被窝里的许多腿都不太安分，碰上不怀好意的探索和蹭踏，小也就一拳头往被面上砸去，喝一声："老实点儿！"后生们便嘿嘿几声窃笑，老实片刻。热流一波一波地从小也的大腿传到我脚上来，我的脚慢慢地捂热了。脚尖便敏感到了小也身子的温热与柔软。长久地保持着一个姿态，双腿已经僵硬了，但我还不想改变。我一言不发，过一会儿，就悄悄瞟一眼小也水汪汪的眼眸。

太阳下山时，我才抽身出来。屋外仍然安静得很，白色的山巅上闪耀着最后一抹余晖，蓝色炊烟从檐下袅袅升起，雪发出细微的吱吱声，仿佛在消化所吸收的阳光。回到自己床上，我盘起腿，嗅自己的脚尖。我闻到了小也身体特有的清香气息。

轮到我上白班了。只有在开晚餐时能见到小也。在睡觉之前去食堂大统铺上听人扯谈，往往能遇到她。她是个爱热闹的人。胡兴国不下班，他俩的那间房就是空的。可是听人讲那些丑人的痞话，而小也只晓得红着脸笑，我就难堪，心里不是滋味，于是就不往那里去了。我躺在阁楼上，躺在寂静峡谷的深处，数着融化的雪水滴落的声音。食堂里嬉笑打闹声断断续续传来，打扰着冬夜的冷清。我不喜欢这声音，用被子将身子裹紧，将头缩进被窝里，就像一只乌龟把头缩进它的壳里一样。

一日傍晚，暮色笼罩了峡谷，远处的积雪闪着幽光。暗蓝的天穹里缀着几粒晶莹的星星。我袖着手，在阶基上无所事事地踱着步。微风扇着巨大的翅膀掠过我的头顶，我不由打个寒噤。忽然，食堂里爆发出一阵响亮的嬉闹声，接着，一串黑色的人影蹿了出来。在雪地的背景上，那些黑影迅速移动，变幻莫测。我很快发现它们是冲我来的，而最前面的人影，是气喘吁吁的小也。她扭动着身子，夸张地尖叫着奔跑不停。她身后是紧追不舍的后生，他们挥舞着双手，几乎要抓着她的后背了。这情景有些怪异，我愣怔着，眼睁睁看着小也从我面前晃过，跳进堂屋，冲进了自己的房间。她回头欲关房门，后生们已经赶到，他们轻而易举地将房门推开，欢呼着一拥而进。

我有一种不祥的预感，赶忙挤进房去。小也蜷缩着身子，紧贴板壁躺在床上。为躲避后生们乱抓乱摸的手，她不停地翻滚，嘴里嚷着："别、别这样，嘻嘻……别这样，咯咯，痒死我了！我的妈呀，咯咯咯……！"房里一片昏暗，看不清小也的脸。我有些急，胡乱抓着一个人影往外拖。但我力气太小，非但没有将人拖开，反被后面的人推搡到了床边。我站立不稳，上身往里一倾，连忙伸出右手往床上一支。手掌立即有一片灼热、滑腻、柔软的触感。我撑在小也脖子上了！而且，我的手有点儿舍不得离开。但我还是毅然地抽回了那只迷乱了片刻的手，并且用它来继续拉扯那些不规矩的黑影。可是，我力单势薄，很快就被人一把推到了门外。

房内拉扯声、喘息声、嬉笑声、央求声，搅成一片。我忽然感到委屈，鼻子酸酸的。于是我一跺脚，在门框上猛拍一掌，大声吼道："胡兴国来了！"

顿时，屋里的声响戛然而止。紧接着，后生们如同受惊的老鼠，争先恐后地溜走。人影相连，如同一道黑色水流一路喧哗着，沿着雪白的山坡淌了下去，眨眼之间无影无踪。

四周复归为一片沉寂。树影轻轻摇曳。幽暗的峡谷神秘莫测。小也悄悄来到我身旁，说："谢谢你。"她的脸朦朦胧胧，两只眼眸却晶莹可辨。我双手插在口袋里，仰头望天。窄窄的天空像一道墨蓝色的深渊。她又说："这事你莫对兴国说好吗？他要晓得……会打死我。"我沉默着，既不点头，也不摇头。我感到她的目光在我脸上流动。我看了一会儿天，就沿着木楼梯，缓缓地爬到阁楼上去了。

在融雪的日子里我再没有见到小也。山上山下一片雪水的滴答声。我知道她还没走，因为房东还没搬回她住的房间里来，我床上的破被子，也被人补好了。我猜是她。我从空气中闻到了一股沁人心脾的雪花膏味。

这天我轮休，便想到峡口的小集市逛逛。天气晴朗，天空灰蓝，干净得像刚擦洗过。山上的雪差不多全化了，只在背阴处还有一块块的白斑。崖上的松树郁郁葱葱，凝然不动，路边山坡上的杉树则站得笔直，墨绿色的针叶反射出细碎的光点。清凉的空气里弥漫着泥土的气息。我沿着山路走着，心里跟峡谷一样宁静虚空。

转过一道山嘴，忽然发现小也的背影在前面晃动。她如来时一样，穿枣红色灯芯呢罩衣，挎着个黄挎包。她这是回家去吗？我不知不觉加快了步子，但在距她十来米的地方，又把速度放慢了。我若即若离地跟在她身后。视线之内，除了我和她，再见不到别的人影。我极想和她搭讪，自从那次在溪边漂衣服之后，我还一直没有主动和她说过话。空气里飘来一丝雪花膏气味。我抽抽鼻子，脚就暗暗用上了劲。我听见自己的脚步声极其清晰地印在寂静的峡谷里。随着距离的缩短，脚步声愈来愈大，心也猛烈地跳动起来。我只好再次放慢了脚步。

就在这时，小也回过头来，莞尔一笑。我惊得停住了脚。她好像知道我跟在后面。我红了脸，怔怔地望着她。她站着不动，显然在等我过去，但我挪不动腿。直到她重新往前走，并且走了一段距离，我才迈开步伐。

我仍然不远不近地跟着她。峡谷更静了，仿佛所有的树木都屏住了气息，都在倾听我的脚步声。我尽量把脚步放轻，可是无济于事，我的足音就像一串长长的省略号，弯弯曲曲清清楚楚地标在蜿蜒的山路上。小也的身影在前面动人地游动，我想，等到了那棵樟树跟前，我一定跟她说话。樟树就在前面的路旁，我用脚步数着这段距离，数着数着，樟树就变大了，小也离我也不远了。可我喉头一哽，没能说出话来。我想，到前面那个转弯处再说吧。

转弯处很快就到了，但我仍没有说出话来。因为我与小也之间的距离不是缩小而是扩大了。她明显地加快了步伐。而我也越来越害怕自己的脚步声，它是那样突兀，那样慌惶，那样缺少理由。在空寂的峡谷里，它又是那样地孤单，像投进深潭的石子一样，眨眼就被无所不在的寂静吞噬了。

出了峡口，就到了资江边。江上游，一艘轮船鸣响了汽笛。大概是在召唤小也吧？难怪她走得这么急！远远地，她回头对我看了一眼，红色背影一闪，就没入集市上的人群之中了。

我再也没见过小也。

我在集市上徘徊了大半天，才回到峡谷里。我向着寂静的最深处走去。我不再害怕自己的脚步声。我细心地品味着它，它平缓、结实、清晰，如同我的心跳。因为它，峡谷显得愈发寂寥凄清。但我不再感到孤独，我觉得，另一个我跟随在身后……

1999 年 11 月 27 日

谁变成了一只鸟

　　欧文是我的大学同学，一个没人提起就没人想起的同学。他老实敦厚，和女生讲话都脸红，参加工作后一直默默无闻。但是有一天，默默无闻的欧文忽然就死了。

　　噩耗是妻子从外面带回来的。一听妻子将死字与欧文联系在一起，我吓了一大跳，厉声反驳道，胡说！妻子却说，谁胡说了？据说他去擦窗户，站在窗台上，不小心一脚踏空，就掉了下去。他家住在六楼，从那样高的地方掉下去，你说会有什么样的结果？

　　结果是我惊呆了。

　　我不可能不惊呆。前天夜里，欧文还来过我家。当时我正和几位同事搓麻将，手头忙得很，打过招呼，叫妻子给他沏了杯茶，就没怎么管他了。顺便说一句，在我们这座城市，打麻将已经打疯了，即使在大白天，也可看到街道旁一簇一簇的男女围拥着牌桌；到了夜里，则更是一片官民同乐的和平景象了。欧文在本城没有亲戚朋友，正像他所说，除了我家，他就无门可串，所以他隔上一段时间，就来我这里坐坐。他在一旁默默地抽烟，看我们出牌。大概是不会玩牌的缘故，他的眼神显得空洞而迷茫。过了一阵，他那样子让我心里过意不去，我才下了牌桌，邀他去书房聊天。

　　一进书房他就惶惶地搓手："对不起，影响你打牌了。"

　　我说："牌天天都可以打，你可是好久才来一回的。哎，怎么没把老婆带来？"

　　他说："小尤有事。"

　　我问："近来还好吧？"

　　"还好、还好。"他连连点头，瞟我一眼，欲言又止。

我便问："是不是找我有事？"

他慌忙摆手："没事没事，只是想和你随便聊聊。"

于是我就和他随便聊，东拉西扯，有一句没一句地。主要是我聊，他则听，间或地嗯几声，应和着我。大部分时间里，他都盯着自己的手。他的面颊瘦削白净，下巴刮得光可鉴人，身上还散发出淡淡的男用护肤品的香味。

不知不觉聊到了十点钟，欧文还没有告辞的意思。过去他若单独来访，总是坐上半个钟头就匆忙回家，留都留不住，给人以怕老婆的印象。我硬着头皮陪着他，话越来越少。后来我实在无话可说了，又感到憋闷，就把窗户打开了。这时欧文起身走到窗前，痴迷地凝视着夜空，发出一声由衷的赞叹："多美的天空啊！"

此后一直到他离去，再没说过一句话。仿佛他来我家，就为告诉我天空有多美似的。

谁知，这句话竟成了他的诀别词！

一个活生生的男人，为擦窗户而送掉了自己的性命，还有比这更荒谬、更不公平的吗？

我感到不可思议。联想到那天夜里欧文在我家的神态，我想，他的死绝不会这么简单。

果然，给欧文开过追悼会的第三天，妻子神秘兮兮地凑到我耳边说，有件事你做梦也想不到！

我问什么事。

妻子说，有人说欧文那天根本没有擦玻璃，是他自己从阳台上跳下去的！

我又一次惊呆了，这不可能吧？

妻子说，信不信由你，反正不止一个人都这么说。欧文不是在那天下午坠的楼吗？楼下草坪里正好有一群孩子在踢足球，他们说，欧文像跳水运动员高台跳水一样，伸展开双臂，呼啦一下就跳了下来，而且手一直没收拢，就像一架倒栽下来的飞机。

我说，只怕是谣传。

妻子说，谣传不谣传，你问一下尤其丽，不就清楚了吗？

不知为何，我心里已认可了这事的真实性。擦窗户失足之说无疑出自尤其丽之口，如果是她说谎，不管动机如何，这里边是有问题的了。作为欧文唯一有交往的老同学，我觉得我有权知道事情的真相。

于是我去了没有了欧文的欧文家。

门一敲就开了，尤其丽似乎在等我，脸上毫无惊讶之色。她请我坐下，递上一杯刚刚沏好的茶。她臂上还戴着黑纱，一脸的悲哀，倒叫我一时不知如何是好。

沉默片刻，尤其丽说："我晓得你会来问我的。"

我有点儿诧异，又有点儿窘迫，嗫嚅着："我……听到一些谣传。"

尤其丽说："不是谣传。"

我吃了一惊："他真是自己跳下去的？"

她脸色发白，点点头。

"为什么？"

"他想不开……"

"什么事想不开？"

她咬咬嘴唇，慢慢垂下头，双手捂住面孔，无声地饮泣。泪水透过她的指缝坠落到地上，留下一些暗色的湿痕。过了一会儿，她才稍许平静，擦干泪水，低声说起那件让欧文想不开的事。

那其实是一个很俗套的故事，一个电视剧里屡见不鲜的场景：欧文出差回来，一开家门，看见妻子被她的经理搂在怀里。

我惊愕不已："你们感情不是很好吗？你怎么能这样？！"

尤其丽避开我的目光，喃喃道："我们感情是很好……他虽然内向、老实，在社会上吃不开，可是在感情上靠得住……不过，这件事不能全怨我呵……经理一直对我很好，各方面都很照顾。那天他给我送来一条金项链，说是我工作出色，奖励我的，要亲手给我戴上……结果，他顺便就那样了……他是经理，我还要在他手下工作的，我只能容忍了他……其实，这也没什么大不了的，他只是一时失态，我们并没有进一步的企图……我们衣服都没有脱……"

我想，对欧文来说，脱不脱衣服，并没有本质上的区别。我感到压抑，长吁一口气，问："后来呢？"

"后来经理走了，欧文还站在客厅里发呆，像个木桩似的……我向他做了解释，求他原谅，可他一声不吭，看都不看我一眼。我说，你既然不原谅我，那就揍我一顿吧。我甚至在他面前跪下来，抓着他的手往自己脸上抽，可他把手抽回去了。他的手凉得像冰一样……无论我怎么央求，他都不理睬。他再也没跟我说过一句话……后来他进了书房，反锁了门。我手里有钥匙，但不敢去开门。我坐在书房门外，听着里面的动静，整夜不敢合眼，怕他出什么事……天亮的时候，我从气窗上看见他趴在书桌上睡着了，才放下一颗心。我到街上买来了早餐，待他醒了，喊他用餐，可他还是不理我，也不出门来……我只好给单位打电话，给他和自己都请了假……他在书房，我在客厅，就这样守了他整整六天！六天里，除了上厕所和泡方便面，他都是闭门不出。我做的饭他根本不尝，连我烧的开水他都不喝，要喝自己烧的。他在书房里什么也不做，就是看着书架上的书发呆。他一直不吭一声，只有一次，我听见他在里面走来走去，自言自语，'我要毁，我要毁！'我真是忍受不了他这种态度了，擂着门冲他喊，你毁吧，毁吧，只要你觉得痛快，我宁愿离婚，也不愿受这种折磨了！我一喊，他又不出声了……他的沉默简直是一把锉子，把我的耐心和希望一点一点地锉掉了……那天傍晚他出了门，我心里又喜又担心，就悄悄跟在后面。后来见他去了你家，我就放心了。心想事情可能有转机了……可他回来后是依然如故！看着那扇紧闭的书房门，我真是伤心极了！毕竟我和他还是有感情的，我一直往好的方面想，我不愿这个家就这么毁掉，于是我……可是他怎么就不理解我的一片苦心呢？他居然抛下我，就这么跳下去了！"

尤其丽伤心得说不下去了。

我拍拍她的肩，说了几句安慰的话，离开了她。

我这才知道，欧文是在这样的背景下到我家串门的。但我有一点儿不明白，这点儿事欧文应该想得开，即使想不开，也应该是当时想不开，都过了六七天了，人应当理智和冷静下来了，不该有跳楼的极端举动。

妻子也有同感。不过她认为尤其丽不会把事情全盘托出，其中肯定另有隐情。

没几天，妻子又带回来一个据说：据说欧文跳楼之后，有一个打扮妖艳的女人慌慌张张从他家跑出来，那女人一望而知是个"鸡"。

我不相信，对妻说，你简直成了包打听了，据说据说，你是据谁说呀？

妻子言之凿凿：据谁说？据欧文家对门的小夏之说！小夏丈夫不是在街口开食品店吗，跟我弟弟蛮熟的。小夏丈夫还说，小夏已经把情况反映到派出所去了呢！

我颇感蹊跷，"鸡"怎么跑到欧文家里去了呢？我犹犹豫豫地拨通了欧文家的电话。

"哪位？"尤其丽的声音有点儿沙哑。

"是我。"我说，"小尤，你还好吗？"

"马马虎虎。"

"你要注意身体哟。"

"谢谢你的关心，我会的。"

我一时语迟，不知说什么好。

"没别的事吧？"尤其丽问。

"没、没。"我说，"我只是听到一些传闻……"

"什么样的传闻？"

"说是欧文出事前，你们家去过一个打扮像'鸡'的女人。"我嗓子涩涩地说。

尤其丽沉默片刻，说："这事我本不想说的，既然你问到了，就告诉你，免得你们凭空想象。"

"这么说，真有其事？"

"那女人是我请去的。"

我愕然："为什么？"

"为什么？"尤其丽的声音忽然激烈起来，"因为我实在受不了欧文冷战的折磨了，我想结束这一切！我是百般无奈，才出此下策的。"

我说："那女人能帮你什么？"

"欧文之所以不肯原谅我，不就是因为他心里不平衡吗？我想也许这样就扯平了……"尤其丽声音低下去，哽咽着，"可是那女人一进门，我就意识到自己错了……书房里扑通一声，好像欧文跌倒了，接着他发出两声惊叫，像小孩碰见了怪物一样恐怖……我赶紧打开书房门，这时欧文已经逃到了阳台上，并往栏杆上攀爬……我扑过去拉他，可已经来不及了，他张开双臂，像一只鸟张开翅膀一样，往空中一跳……"

我哑然无语，欧文那纵身一跳的背影深深地印进我脑海里。

"这就是事情的全部经过。我已经够不幸的了，不想再受人打扰。你想知道得更多一些的话，到派出所去吧，那儿有我的笔录。"尤其丽哀怨地说。

我不言语，心里很内疚，尤其丽的遭遇确实令人同情。我忽然想到，尤其丽可能把丈夫在书房里的自言自语听错了，不是"我要毁"，而是"我要飞"，也许欧文蓄谋已久，才有了那最后的一跳。把这一点告诉尤其丽，可能会让她减轻一点儿负罪感。

我开口欲说，话筒里却已是一串忙音。

欧文就这样去了。

我站在阳台上，望着被欧文衷心赞美过的天空，替他感到惋惜和痛心。导致悲惨结局的，与其说是发生的事，不如说是他产生的想法。我想换了任何一个人，都不会有他那种选择。

欧文的内心我们无从猜测，但他显然缺少一种常识，这常识就是：生而为人，就只能做人，你不可能变成一只鸟。

欧文就这样去了。他是一个没人提起就没人想起的人。现在我提起他，是为了想想他，想想我们的生活，想想我们的生活究竟发生了什么。

1998 年 12 月 30 日

老　等

冬天来了，洞庭湖呈现出真正的水天一色。特别是阴天，天空和湖面之间没有明显的界线，远处隐约滑过几片渔帆，好像是在空中飞行一般。湖上一片苍茫。

安宁沿着蜿蜒的湖堤走走停停地巡视了十几里地，回到保护点那幢孤零零的小屋跟前时，已是下午两点多了。他很随意地往堤外的滩涂上望去，就像他所预料的一样，那只老等仍以不变的姿势，静静地站在那一片白亮的浅水里。距它几十米的地方，几只白鹳悠闲地踱步，一群灰雁在浮游。空中，则有几只斑头鸭追逐着一掠而过，嘎嘎叫个不止。一切都充满了动感，甚至连老等自己的影子，也随着被风吹皱的水面波动不已。可是，老等就是老等，它支立着瘦瘦的长腿，弯曲着长长的颈子，瞅着自己的影子凝然不动，恍若打下的一根木桩。

一清早它就站在那里了，真是个顾影自怜的家伙！安宁深深地看它一眼，不由自主地下了湖堤，向它走拢去。堤下是一片因冬季湖水退落而袒露出来的荒洲，零零星星地摇曳着几丛芦苇，匆忙长出的辣蓼草还未来得及在萧瑟的风中枯黄，铺出一块块的绿斑。他的牛仔裤已粘了不少褐色的草籽。走到草皮厚的洼地，一些水泡便随着他的踩踏咕嘟咕嘟冒出来。在看得清老等的毛色的地方，他停住了脚步。前面便是泥滩，不能再往前走了。那只老等似乎明白他不可能威胁它，根本不予理睬，仍凝视着自己的影子。

他当然晓得，老等不是顾影自怜，而是在觅食，在等待小鱼小虾游进它的影子里，然后它就迅疾如闪电地一啄，让自己美餐一顿。可是奇怪的是，他来这个保护区快一年了，还从没见过老等进食的情景。显然，就像那个守株待兔

181

的寓言一样，老等用的是最愚蠢的觅食方法。于是，它那一成不变的等待的姿态就愈发令人可怜。于是，它也就赢得了一个绰号——老等，当然是个绰号——而它那个富于诗意的本名苍鹭，却很少挂在人们的口头上。

老等无疑是世界上最具有耐性的动物。可是，老是在那里等啊等啊，它也等到过那个美妙的一瞬吗？他简直有点儿怀疑。风从湖面上吹来，他的头发发出咝咝鸣响，双眸表面有轻微的刺疼感，身子便瑟缩了一下。水中的老等却纹丝不动。他曾到监狱参观过，那里对触犯狱规的犯人最厉害的惩罚，就是关在禁闭室面壁而坐，几个小时不许动弹。据说比挨打要难受得多。老等庶几是在自我惩罚呢。他不可抑制地替老等难受起来了，浑身上下有一种僵硬的被束缚感。

他缓缓地，将肩头的双管猎枪放下来。猎枪是几天前从一偷猎者手里缴获的，还未来得及上交。枪管冰凉刺手。接着，他缓缓地将枪举起，瞄准老等。最有耐性的动物往往也是最敏感的动物，他想以此来改变老等的姿态。

但是，老等视而不见，或者干脆就不屑一顾。左眼眯起之后，视界里那片白亮的湖水就变成一张宣纸，而老等就如画在纸上的一样，虽轮廓分明，却不像一个活物。他有些恼怒，他一定要这只老等在这幅水墨画上动起来。他放下枪，摸出一颗霰弹，很响地压进了枪膛，然后用单腿跪下的姿势，重新向老等瞄准。

他相信，老等已把他的一举一动看到眼里，即刻便会拍翅而去。他等待着……然而，站在准星前面的老等毫无动静。他的手臂开始酸疼了，老等还若无其事地支立在那里，老等全没把他放在眼里！他叹了一口气，只好把猎枪收了起来。除非，他当真射出一颗子弹，否则，他自己成了一只老等，只怕也等不到老等改变初衷的吧。

他有些沮丧，扛着猎枪晃晃悠悠往回走。肚子饿得咕咕叫了，双腿疲乏无力。冷风无声地流过他的身体，使他有在水里游走的感觉。湖草摇曳不止，湖泥的腥味沁透肺腑，灰白色的苍穹空阔高远，头顶传来大雁沙哑的啼叫……他忽然感到，那只老等其实一直在盯着他，趁他转身的机会，它才慌忙振翅逃走。它现在已经飞行在空中了，晶亮的水珠正从它向后伸直的黄色爪子上滴落下来……为证实自己的感觉，他倏地转过身来，两眼直视过去。

老等还站在老地方！

他并没感到意外，但还是怔了怔，苦笑了一下，心里对自己说：你这是以安宁之心，度老等之腹呢。

保护点的小屋建造在湖堤上，就两间，一间住人，一间做饭，简陋得很。夏汛时节，堤外洪波浃浃，堤内渍水漫漫，小屋就成了一条漂泊在汪洋中的小船，站在门槛上，就可以把尿撒到湖中去。

安宁回到小屋里，懒得做饭，泡了一盒康师傅方便面充饥。开水是用沉淀后的湖水烧的，有一股浓郁的泥腥味。保护区领导早已许愿，给每个保护点打口手摇提水井，解决保护点管理人员的吃水问题，可由于经费不足，一直没有兑现。安宁不让自己闻那泥腥气味，一埋头，唏哩呼噜把方便面扒进了嘴里。

肚子一得到安慰，就有几个惬意的嗝打出来。他呼出一口气，不由得想，与湖滩上那只老等相比，他还是有着相当的优越性呵！老等在那里痴等呆等大半天了，只怕螺蛳都还没尝到一粒吧？

他抚抚肚皮，躺到床上歇息。拉过被子盖住身体，想眯一下，可一闭眼，那只老等就亭亭玉立在他的脑子里，赶也赶不走。他只好睁开眼，望着挂在对面墙上的吉他出神。吉他是他的同事王亚文的，王亚文请假回岳阳城里去了，一去就是一个月有余。他猜想，王亚文只怕是再也不会回来了。按常规，每个保护点是要配备两名以上的工作人员的，否则形单影只，万一出点什么事，甚至被偷猎者加害，都没有人知道。王亚文走后，他就向管理站要求派人来替班。站长总是说，替班的人马上要来了，可是总也不见来，马上变成了遥遥无期。他晓得管理站人手紧张，埋怨也无济于事，只好听之任之。现在，他似乎已经习惯于单枪匹马地独来独往了，他才不像老等那样傻乎乎地死等呢，派不派人随他们去吧。

或许是疲劳的缘故，他两眼酸涩，目光模糊了。突然，小桌上那部黑色电话机叮铃铃地响了起来。他翻身起床，抓起话筒，里面传来站长粗糙的嗓音："喂，是安宁吗？"

他说："不是我还有谁。"

站长说："我打几次电话了，总不见你接。"

他说："我巡视刚回来，有什么事吗？"

站长说："一定要有事才打电话呀，关心关心你不行吗？"

他不作声。站长的关心，不如说是担心，担心他擅离职守。站长其实是在对他进行电话检查。

站长问："有什么问题吗？"

他说："没什么……就是有一只老等，我观察大半天了，也没见它动一下，你说，它会不会饿死？"

站长说："你这是杞人忧天，既然它老等老等，总是会等到几只小鱼小虾的，它就是靠这种习性活着。哎，别说老等了，它和你有什么关系？"

他说："要是没有关系，我在这里干什么？"

站长顿了一下，说："那倒也是。喂，你有什么困难没有？"

每次来电话站长都这么问，也就是问问而已，有困难还得自己对付。他想了想，就说："没什么困难……站长，你要没别的事了，就请小赵说几句话。"

"好吧，你等着。"

他等着。话筒里，站长的脚步声清晰地远去。不一会儿，小赵过来了。小赵洪亮的声音震得他耳膜发痒："安宁吗？你何事要让我不安宁呀？！"

他说："想请你帮个忙，给刘莹去个电话。"

小赵说："昨天你不是和她通过话吗？"

昨天傍晚，他忽然想和女朋友通话了，就夹着一辆自行车，沿着凹凸不平的湖堤歪歪扭扭骑了十五公里，赶到了管理站。只有管理站才有通城里的直拨电话。可刘莹家里人说，她跳舞去了。他等到十点半，还不见她回来，只好灰心丧气地回到保护点。幸好昨夜有很好的月亮，要不他会把自行车骑到洞庭湖里去。

他舔舔干裂的嘴唇，说："哦，昨天没找到她……麻烦你转告她，她说过要到我这里来的，如果来，把确切时间告诉我，我好去管理站接她。她家号码是8972431。"

小赵说："行呵，愿意成全你的美事，一有消息我立即转告你。"

他有些不安："多次麻烦你，不好意思啊！"

小赵笑道："你啊，买个大哥大不就不用麻烦我了？"

这是废话，他买得起大哥大，还会一个人待在这看不到人毛的地方？

他搁下电话，双手枕着后脑壳，重新躺回床上。刘莹来保护点看他的事，半年前就约定了的，可是刘莹一推再推，那推迟的理由总是很充分的，可他也感到里头有虚与委蛇的成分。他对自己的女朋友已越来越没有把握了，所以，他对小赵打的这个电话，也不抱多大的希望。

但是，他还是目不转睛地注视着那部黑漆斑驳的电话机，冥冥之中，期待它冷不丁震响。颈子不一会儿就酸疼起来，他转动一下头，不期瞥见了用铅笔写在床头墙壁上的一首诗：君在湖之东，我在湖之北，日日思君不见君，同饮一湖水。这是他的仿作，里面的那个君，自然是指住在城里的刘莹。他看着看着，就觉得它不顺眼起来了。城里的刘莹显然是不喝湖中水的，他这不是自作多情吗？

他全身都不自在，便一个鹞子翻身跳下床。踩踩有些麻木的脚，情不自禁地握住了冰凉的话筒。但他随即就松了手。小赵不会这么快就找到刘莹的，也许，要等到明天才会有消息给他。他忽然觉出，他也成了一只老等，跟湖里那只老等没有本质的区别，不同的是，湖里的老等耐心十足，凝然不动，而他却六神无主，坐立不安。

他毅然取下门后的望远镜挂在脖子上，跨出门去。在屋里烦躁，还不如出去看看老等呢。

冷冽的湖风还是那么不紧不慢地吹着，天空中的灰云分出一些层次来了。湖面浩淼迷茫，湖堤如一条长龙盘在湖边。那只老等还站在那里，模糊的一个黑点，不清晰。他举起望远镜，慢慢调节焦距。望远镜是洋货，是一位叫艾丽丝的英国小姐送给他的。半年前，联合国教科文组织的一个国际湿地生物考察团来到这里，团员之一的艾丽丝对他们在艰苦环境里的出色工作表示十分敬佩，一激动，就把自己的望远镜挂到他脖子上了，告别时还紧紧地拥抱了他。洋小姐浓烈的体息至今让他记忆犹新。

镜头捕捉到了老等。它仍以等待的姿态呈现在他面前。湖风不时将它尾部的羽毛吹得翻卷起来，可它本身一动不动。当他仔细观察它的头部时，不由得吃了一惊：它侧向岸边的这只眼睛似乎并没有盯着水面，而是沉静地凝视着他！并且，有种难以言说的怜悯之情随着它目光穿过镜头，直透进他的心底。仿佛，老等晓得他在观察它，于是它进行了反观察，并且通过反观察而获知了他的隐衷。

他的心莫名其妙地颤抖了一下，十分不快，正要发作，咒骂一句，身后屋里的电话铃响了。他只好放下望远镜，掉头进屋，去接那个期盼中的电话。由于紧张，他的声音有些发僵：

"喂，是小赵吗？"

"是我，我有消息给你，不过，你要有思想准备，要挺得住，要坚强呵！"

一股寒意袭遍全身，他蒙蒙地："你……说吧。"

"刘莹说，你那里太冷，又不好玩，她不想来；她还说，有人陪她去海南岛玩呢！"

185

他木然，半晌无话……电话那一头，小赵忽然哈哈大笑起来："哈哈，安宁，我吓着你了吧？我逗你的呢，告诉你真实情况吧：我跟刘莹没有联系上，她家里人说，她一早就出去了，一直没归屋。也许到舞厅里去了呢，如今城里风行日场情调舞，就是那种熄灯贴面的……"

不待小赵说完，他气愤地搁下了话筒。由于使了不小的劲，话筒磕得机座砰然作响。颓然坐下时，他发觉自己全身都在战栗。

他扛着猎枪再次走出小屋时已是向晚时分。湖风悄然止息，天上云层稀薄如纸，湖面上反而显得更亮一些了。空中盘旋着更多的鸟影，大群大群的水禽聚集在滩涂上，叽叽喳喳，很是热闹。

他跌跌撞撞下了湖堤，踩上荒洲，身体才稳定下来。他径直朝那只如铸如塑的老等走去。老等的样子让他愤懑，它已经在这儿等了差不多整整一天了，究竟还有什么好等的呢？你这呆头呆脑的蠢家伙啊！

他步子很重，一步一个脚窝，泥里的草根发出细微的断裂声。绊脚的荒草渐渐稀少，泥土也愈来愈软。忽然，他一脚踏进稀泥里，脚背被泥掩埋了。他只好拔出脚，向后退了一步。他已经到了距老等最近的地方，再往前，就会身陷泥淖。

他的呼吸粗重，团团白气从嘴里呵出。从浓厚潮湿的泥腥里，他闻到了鱼类尸体腐烂的气息。四下里瞟瞟，所有的水鸟无不以自己独有的形态运动着，只有老等，在继续它僵硬无望地等待。似乎为了表示一种鄙视和不屑，水鸟们都不往老等身边去，这样，围绕着老等四周，出现了一个圆形的空白地带。他眯起眼，觑着那只孑然一身形影相吊的老等。由于没用望远镜，他看不见那圆溜溜的小眼睛，但感觉得到，老等也在看着他。他真不明白，老等为何这般固执！

他举起了猎枪。近处，立即有几只野鸭吓得扑棱棱飞走。老等无动于衷。他于是把枪放下，看一眼左腕上的表，四点四十分。他瞪着水中的老等，心里说，好吧，给你十分钟，十分钟内你不飞走，甚至也不动弹一下，那就怪不得我了。不为别的，就为你那样子我看着不舒服，心里不顺！

他扛着枪站着，等老等飞走，或者时间过去。这时，远处的湖堤上，有一辆吉普车像一只甲虫一样，慢慢吞吞地爬过来，引擎声隐约可闻。但他没听见，他的注意力全在老等身上了。

十分钟很快过去了，老等仍没有动静。他咬咬牙，再给你十分钟，再过十

186

分钟，我可要来真的了。那辆吉普车离堤上的小屋已经很近了。他还是没有察觉，他只听见脑子里有涨潮的声音，某种情绪在这声音里难以遏制地膨胀起来。

终于，他被老等那以不变应万变的模样激怒了，他举起了枪。他就不相信，他不能改变一只鸟的姿态！此时，吉普车已在小屋前停下，一个穿红色羽绒衣的女子跳下车来，挥手向他呼唤。那清脆如铃的声音是他熟悉的，但他听来，像来自遥远的另一世界，极不真实，所以他不管不顾地扣动了扳机。

"轰！"

随着一声爆响，无数鸟儿惊恐地逃向天空，而他，却訇然扑倒在荒洲上。猎枪炸了膛，他半个脸血肉模糊，粘稠的血很快就淹没了右眼。他挣扎着坐起，一声女人的惊叫划过半空直抵他的后背，他没听见，因为他根本听不见。他战战兢兢睁开左眼向湖中望去……

展现在他面前的是一幅不可思议的景象：在洞庭湖苍茫的背景上，所有的水鸟都已惊飞，只有那只绰号老等的苍鹭仍兀立水中，顽强地表达着它千古不变的等待。

1998 年 3 月 13 日

忌　日

　　冬日苍白的天空，光秃秃的树枝，枝头瑟缩着抖动翅膀的小鸟，还有随风流动的淡淡的雾气，这就是他一早打开门看到的情景。本想多看几眼，再操起扫帚把门口打扫一下，但那些早起的邻居在巷子里远远近近地注视着他，他只好退回屋里，关上门。

　　他沉沉地坐在木椅上。椅子跟他一样老，嘎吱几声，就歪斜了。他用力支撑着右腿，以减轻椅子的负担，不过他晓得，即使不帮椅子的忙，它暂时还是垮不了的。他伸出青筋凸起的右手，摩挲一下木纹清晰的椅子腿，感觉它跟自己的手一样冰凉。桌上，那个双铃闹钟孜孜不倦地走着，嗒嗒的声响一个不漏地落进他的脑子里，他眯起双眼觑着指针，用了很长一段时间才把它看清。

　　现在是早上七时三十二分。油饼和豆浆的香味随风而来。褪色的蓝色窗帘紧闭着，但玻璃窗开着一扇，所以能听见远处嘈杂的人声。只是那些声音似乎来自另一世界，跟他毫无关系。苇席钉成的天花板嘭嘭嘭一阵响，掉下几串灰尘来。他眨眨眼睛，仰头望去。屋里光线还暗淡得很，但那黑乎乎的苇席上美丽的人字形花纹还是隐约可见。在屋顶和天花板之间，是老鼠们的天堂，它们不分昼夜地在上面跑来跑去。老鼠屁事没有，它们这么早就爬起来干什么呢？他默默地想着。

　　"蔡伯，你吃早饭了吗？"

　　有个声音在门外很小心地问。他挪了挪屁股，不作声，他没想到还有吃早饭这么一件事要做。门外那个人一动不动，在等待他的回答，他感到那个人紧贴着门，嘴里呵出的热气把倒贴在门上的福字都濡湿了。那个人显然太年轻，等了片刻就没有耐心了，走到窗前，伸手拨开了窗帘。一片冷冽炫目的晨光泻进屋里，刺酸了他的眼球。一张熟悉的脸嵌在窗口，但他叫不出那人的名字，只好茫然地坐着，任晨光冷水般兜头浇下来。他全身都起了鸡皮疙瘩。

"蔡伯，要不要我帮你买份早点来？"

他不知道那个人说的什么。他有些困窘，用力地站起来，关上窗户，又把窗帘拉严实。那个人在外面叹息了一声，脚步嗒嗒地远去了。他从胸腔深处吐出一口气，重新在椅子上坐下来，再瞥一眼闹钟，已经是早上八时二十七分了。

远处的嘈杂声潮水一样，忽儿向他涌来，忽儿又退落下去，令他心神恍惚。他张开十个粗糙瘦硬的手指，交叉捏在一起，弄得关节喀喀作响。他茫然不知所措，僵硬地站起来，摸摸桌子的边缘……门忽然被叩响了，他去开门。不，不要去开，他对自己说。可是他还是开了，他奇怪地发现，门外是漆黑的夜，两个穿制服的人站在门口，其中一个说，明天就要执行了，你去看看他吧。他脑壳里潮声大作，把他所听到的事淹没了。我不去！他大吼了一声，却没有声音。那两个人要进门，被他横蛮地推了出去……他手忙脚乱地去关门，却发现那门本来就是关着的，从门缝里可以看见，外面是个白天。他懵懵懂懂，不知这是怎么回事，于是摸了一下那扇油漆驳落的门。熟识的门很真实地竖在那里，一副无可置疑的样子。

突然门又被叩响了，他惊得倒退了两步。

"老蔡，我陪你去体育场吧。以后，你见不到他了……老蔡，你在屋里吗？"

他不敢吱声，屏住了气息。他感到对方在窥探，于是慢慢地缩小身子，蹲在地上。一股寒意从水泥地面上升起，沿着他的后背爬遍了全身。外面的人又叫了几声，见无回应，才慢慢吞吞地离去。他头皮发麻，死死咬着嘴唇，生怕自己会应出声来。他抱紧屈拢的双膝，聆听窗外传来的各种声音，感受着人世的纷繁复杂。他睁大双眼，环视着这个昏暗的窠，它的摆设如旧，十余年来没多大改变。他从来没有像今天这样认真地打量它。床上的被子还未来得及叠，皱巴巴的一堆，散发着他身体的气息。床下黑咕隆咚的，但他还是瞥见了那只瘪了的足球，还有那双散了架的旱冰鞋。他把目光移到墙上，妻子的遗像反射出一片淡淡的幽光，他心里抽动一下，赶紧垂下眼帘。已经有很久，他不敢正视妻子的眼睛。只要他在这间屋里，不管他处在什么角度，他都感觉妻子在盯着他，躲也躲不开。下身不知不觉已经麻木，他想站起来，身子不太听指挥，猛地一晃，他赶紧扶住椅子。与此同时，他一阵头晕目眩，眼前一片黑暗……他费力地摸索着坐到椅子上，喘了两口气，睁眼一看，一个背书包的小男孩牵着他的衣襟，抽抽噎噎地哭。他捉住男孩一只手，孩子，你哭什么呢？男孩用另一只手去揩泪，结果把脸揩得一塌糊涂，他的手太脏了！爸爸，同学们都戴红领巾了，老师就不让我一个人戴……男孩边说边哭，泪珠儿噗噗往下落。我还以为什么大不了的事呢，莫哭了，我帮你找老师去。他用那只翻砂工的巴掌去擦男孩的脸，男孩的脸就被遮住不见了。他提了一网兜水果，轻飘飘地走在布满夜色的路上……回转时，一条红领巾像一缕红色火苗在他手中飘曳。他喜滋滋地回到屋里，手里的红领巾却消失不见了。他张皇地四顾，灰色的地面上什么也没有。在一片沉寂之中，闹钟不慌不忙地走着，九时只差五分了。

　　他急切地打开了大衣柜，胡乱地翻那些旧衣服，一股陈年的气息笼罩了他。由于他的慌乱，一些衣物落到了地上。所有东西都被抖开了，没有他要找的东西。他想了想，拉开了五斗柜的抽屉。终于，在一堆破布里，他寻到了那条沾了不少蓝墨水的红领巾。他吁出一口气，跌坐到椅子上，然后把红领巾凑到鼻子跟前，闻了闻它的气味。他似乎因此而平静下来了，慢慢地把红领巾塞进裤兜里，微闭双眼，陷入一无所思的状态之中。

　　高音喇叭的喧嚣和人声的吵闹涌到了窗外，似乎伸手可触，它们经久不息，令人昏昏入睡。他双肘撑在膝盖上，然后将头垂落下去，把脸埋在两只皴裂粗黑的巴掌里。于是他觉出，那些人世的纷扰之声落到了他弯曲的背上，使他不堪重负。他迷糊了，沉重的头颅直往下坠，真想一睡不醒呵……突然，桌上闹钟尖厉地震响，惊得他一个激灵，倏地抬起头来。九时半了！他诧异不已，它怎么会在九时半闹呢？它从来都是早上六时半闹的呀。而且，它响得这么长久，这也是从未有过的事。他起身，抖抖索索地拿过闹钟看了看，似乎不相信这是真的。当他把钟放回去的时候，手抽搐了一下，心里一阵锐疼，脸也霎时间苍白了。

　　眨眼之间，他变了一个人，腰直了，眼大了，手脚格外利索。他迅速地换上一件带帽子的旧羽绒衣，又穿上一双翻毛皮鞋，戴上一副大口罩。皮鞋和口罩都是几年前工厂发的劳保用品，他没舍得用，如今，工厂工资都发不出，就遑论劳不劳保了。他戴好帽子后，一张脸就被裹得严严实实，只露出两只眼睛在外面。他朝镜子里看一眼，几乎认不出那里面是谁。他对自己的模样感到满意，于是打开后门，钻了出去，然后将门轻轻拉上。

　　屋后是一条狭窄潮湿而阴暗的走廊，屋檐矮矮地遮蔽着它。沿着一堵布满青苔的墙，这条通道七弯八拐，不经过巷子，直接通到街上去。他依稀地记得，巷子里那群喜欢干坏事的年轻人曾把它叫作"胡志明小道"，有个偷他家腊肉的小偷，就是从这里逃掉的。他缩紧身子，埋着头，很顺利地钻到了街上。没有碰见任何熟悉的眼睛，这让他稍许轻松了一些。他袖着手，混迹于街头熙熙攘

190

攘的人群中。他感到自己都不认识自己是谁,这使他有一种模糊的安全感。

他跟跟跄跄地向着体育场方向走。高音喇叭的响声近在眼前,只是他听不出里头喊的什么。不时有肩膀撞击他,还有人踩他的脚后跟。离体育场越近,人群越密集。他侧着身子,挤进体育场的铁栅门后,就难以往前走了。人们摩肩接踵,个个踮起脚跟向前眺望,而且人人兴奋得很,好像过节一样。他不明白,这些人为何这么高兴。四围都是人,除了头顶那块苍白的天空,他什么也看不见。他急了,没头苍蝇一般,四下里乱挤,冷不丁,就挤到了一堆半人高的预制板跟前。预制板上已经站满了人,他不管不顾地往上爬,快要攀上去的时候,一只手摁住了他的肩。他仰起头,往上看一眼,那个摁他的人一怔,反而拉了他一把。于是,他用一只脚颤颤巍巍地站在预制板上了。第一眼就看见了主席台上那幅"公判大会"的会标,接着,就瞥见了那一排被五花大绑的人。但是,他看不清那些人的面目,而且,他们正被押下台,向停在台下的刑车走去。他眼前有些发黑,脑壳一阵眩晕,赶紧从预制板上往下一跳。咚一声响,双脚落地的同时,脑子钝疼难忍,一颗心仿佛从胸腔里掉了出来。他蹲在地上,捂着胸口,半天才徐徐立起。

刑车开动的时候,人群像波涛一样动荡起来。他被这波涛裹挟着,时而向前一涌,时而往后一退,完全不由自主。有时他竟然被左右的人挤得抬离了地面。当他随波逐流出了体育场,刑车的屁股在远处拐角处一闪,就不见了。

他的呼吸猝然急促起来,感到透不过气,便将口罩往下扯一点儿,把鼻子露出来。他怔怔地眺望了一阵,才挪动两条冰凉如铅的腿。街头的喧闹恢复如常,已没有什么特别的意义,不绝于耳的叫卖声听上去既熟悉又陌生。他走着,竭力睁大迷茫的双眼,辨认回家的路。在一个路口,一个穿牛仔套装的背影挡住了他的路。他停住脚步,等那个年轻人走开。但那个背影凝然不动,而且似乎对别人来说它并不存在似的,许多人穿过了那个背影。他感到奇怪,这时背影转过身来,他立即吃了一惊:那斜乜的眼神,那乱蓬蓬的头发,那面颊上的粉刺,还有那叼烟的姿态,都是他熟悉不过的!你,你怎么会在这里?他嗫嚅着,两腿微微战栗。那年轻人嘴一撇,吐掉了烟蒂,定定地盯着他,这都怪你,你要是有本事帮我找份工作,我就不会跟着别人去打抢。年轻人用一根瘦指头指着远方,我也就不会在那辆刑车上。他满面羞愧,张口结舌说不出话。但是,这不能成为他的理由呵,他舔一下干裂的唇,想反驳他,可是年轻人轻蔑地笑笑,眨眼不见了。在他眼前晃来晃去的,是一些与他毫无关系的人影。

他用手背擦了擦眼睛,迷惘地望了望远处,踅转身子,沿着那条自以为无

191

人知晓的隐蔽路径，从后门回到他晦暗的屋里。闹钟走得有气无力，玻璃上泛着一片幽冷的微光，指针定在十时四十五分上。他呆立在小屋中央，双膝冰凉，身子忽然晃荡起来。他感到他站在车上，而车驶进了一片凹凸不平的荒滩。他认出了这片城郊的荒滩，若干年前，他和很多很多的人曾在这里围观被枪决的罪犯。他迷迷糊糊地下了车，踩着鹅卵石摇摇晃晃地走着。枯黄的草不时挂住他的裤脚，寒风迎面吹来，他的头发在风中发出金属丝一样的鸣响。四周一片空旷溟蒙，了无人影。据说，如今是不许人看的。他似乎对此有点儿满意，慢慢地，跪下了他的双膝。立时，他的后背上有一个痒点，他晓得一支枪口正对着那里。一颗子弹将从那里准确地穿入，击中他的心脏。他反过左手，用中指抠了背上那个痒点，然后垂下头，屏住呼吸。枪声响了，沉闷而微弱，似从非常遥远的地方传来。他真切地感到自己被猛烈地撞击了一下，像一截木头一样向前扑倒了。他挣扎着侧转身子，看见自己胸膛上有一个洞，黑色的血咕嘟咕嘟地往外冒。他急忙用手捂住，但血从指缝间迸射出来。他呻吟不止，很快就感到自己流空了，他的命像一条线一样被抽走了，他成了一个无知觉的空壳……眼前的一切也慢慢陷入了一片黑暗。

"老蔡，请开开门，我们晓得你在屋里。我们找你有事。"

他被惊醒了，很奇怪地发现自己躺在冰冷的地上。嘭、嘭、嘭，门响得有节奏，敲门的人显得很有礼貌。他双手撑地艰难地爬起来，手掌被地面冰得发疼。他注视着那扇被敲得微微颤抖的门，不知该不该打开它。敲门声坚持不懈，他觉得他顶不下去了，才拿出僵硬虬曲的手把门打开。

门口站着几个警察，有男有女。他们向他做了自我介绍，他没用心听。越过警察的肩，他看见了那辆停在巷子里的警车，它白蓝相间，车顶上那盏红色的警灯像一粒熟透的疖子。警车左右晃动着一群邻居的脸，个个熟悉，却叫不出一个名字来。他茫然地和他们对视着。

"老蔡，马上要火化了，你是不是去看他一眼？"

他一个愣怔，坚决地摇头。警察们劝他还是去一趟，某些后事还得听他的意见。他没有听清警察的话，可还是点了头。他觉得要是不答应，挺为难警察的。反正他自己，头不是头，脚不是脚的，说怎么就怎么吧。他默默地踏出门外，反身带上门。门缝合上之前，他瞥一眼桌上的闹钟，已经是十一点半了。

他被搡上了警车，坐在一群警察中间。车门铿锵的关合声骇得他心里一沉。但警车一开，就摇得他心神恍惚起来了。他把脖子深深地缩进衣领里，睁着酸

192

涩的眼睛瞟着车窗外。街头的景致变幻成朦胧的光斑掠向车后，令他头晕目眩。迷糊中，后座一些喁喁私语漏进他的脑子。"如今的年轻人啦，真是难以理解……上刑场还笑得那样从容不迫，不把命当一回事……唉！"他不晓得说的是谁，懒得去管。后来他撑着冰凉的额头，冥冥之中问自己，你是哪一个？你在哪里？你要干什么去？他头大如斗，身僵如铁，每个关节都已锈死，丝毫也动弹不得。

　　警车戛然而止，他的头差点儿撞到前座靠背上。他晓得到了什么地方，心悬了起来。一个警官很客气地请他下车，并把他往一间屋子里带。他胆怯地躲在警官的身后，不敢左右看，只盯着自己的脚尖。后来，警官停住了，并让开了身子。

　　于是，他看见那个与他朝夕相处的年轻人，那个由他辛辛苦苦喂养大的身体，静静地躺在一个铁匣子里，盖着一匹惨白的布。他全身寒彻，像一根水泥桩一样没有知觉。不知呆立了多久，在警察的提示下，他才伸手去揭那白布。不过，他揭的是靠近胸部的地方，一个念头突然冒出在他脑子里：他要看看子弹是如何洞穿胸口的。但是，他刚刚捏住白布，就被警官制止了。警官请他退后一步，然后抓起白布一端轻轻掀开，露出那张他所熟悉的脸来。

　　他死死地盯着那张失去了血色的脸，它是那么光洁，那么年轻，它唇上的胡髭还只是一些浅浅的茸毛啊……他的心裂开了似的锐疼难忍，牙齿不禁敲起梆来。他凑近两步，伸出颤抖的手，想抚一下那张脸，忽然发现，那脸上竟浮着一缕笑！他仔细端详，确实如此，嘴角微微上翘着，那笑看上去就有一种挑衅意味，那是一缕邪笑啊！他眉间一热，猛跺一脚，你就是这样报答我的吗？！他大吼，却没吼出声音，一股热腥之物蓦地涌上了他的喉头……他无比悲怆地举起哆嗦的手，想也没想就朝那张冰凉的脸掴去。啪！随着一声皮肉拍击的脆响，他一阵天旋地转，昏厥了过去……

　　苏醒过来时他已经在自己的床上，盖着厚厚的被子。怎么回了家的，他一点儿也不知道。往窗户上一看，天已经黑了。一整天粒米未进的肚子忽然刀刮般饿了起来。他掀开被子，爬起床来，趔趔趄趄走到窗边，拢开窗帘往外一瞧，巷子里人影幢幢，自行车铃声零零碎碎地响着，远处夜空中，歌舞厅的招牌红红绿绿变幻莫测。什么时候了呢？他拉亮电灯，眯起眼找桌上的钟。只见指针停在两时三十分上。他有些疑惑，拿过闹钟仔细一看，原来它停了。于是，他为它旋紧发条，再把它稳当地摆到桌上。他淘米做饭的时候，闹钟在他身后有条不紊地嗒嗒作响，他的日子，又开始往下过了。

1997 年 11 月 3 日

月　　晕

　　灵芝挑着一担粪水，在禾场边碰见村小学的林老师。林老师新来不久，灵芝已碰见过多次，因为他总是这个时候出来散步，而灵芝总是这个时候去菜园。太阳已落山，草丛里响起了细密的虫鸣。山路很窄，灵芝停在路边，将扁担打直，让林老师过去。林老师擦身而过时默默地看了灵芝一眼，灵芝就感觉虫鸣声像一场小雨，淅淅沥沥地落在她身上。

　　其实这是一个晴朗的傍晚，山巅上的天空一片湛蓝。凉爽的山风拂过灵芝的颈子和面庞。灵芝进了菜园，放下担子。用不着往山上望，她就晓得林老师往山梁上去了。鱼脊似的山梁上有块布满苔藓的巨大岩石，岩石上有棵苦槠树，一抱粗。林老师时常站在苦槠树下眺望远方，木菩萨一般。直到夜色笼罩住了四围的山岭，他才会慢慢吞吞地回村小学那幢歪斜的木屋里去。

　　灵芝歇了口气，见驼背父亲蹒跚跟进了菜园，便操起长把粪箪浇菜。青绿的辣椒秧枝头，悬挂着小星星似的白花。灵芝小心翼翼地避开秧苗，将粪水浇在它的根部。泥土疏松泛白，粪水泼下去，就嗤嗤地响，好像有张嘴在吮吸。

　　父亲在菜园另一端扯草，由于黄瓜藤的遮挡，见不到他的头，只有那个耸起的驼背浮在暮色里。父亲看上去像一匹蜗牛在蠕动，这情景让灵芝心里难受。她尽量不看父亲，但父亲那哮喘病人特有的喘息又不能不令她不时担忧地瞟他一眼。

　　粪水、泥土和青草的气息渗透在渐浓的夜色中。菜秧枝叶模糊了，灵芝就说：“爹，天黑了，你先回去吧，当心草里有蛇。”

　　父亲说：“不急，还看得见，那个林老师不还在山上打野眼吗？”灵芝往山梁上打一望。衬着宝蓝色天幕，林老师和苦槠树的剪影十分清晰。灵芝说：“爹，跟城里人比不得呢，他是在山上好耍，有这个雅兴。”

父亲说:"狗屁,他是山下楠木湾的,小时候也是一屁股泥巴,以为读了几句书,穿了身城里皮,就是城里人了吗?狗屁!"

灵芝咧嘴笑了起来。父亲所说的"城里皮",其实不过是林老师天天穿的T恤衫、牛仔裤和白球鞋。灵芝见劝不动父亲,就换了种说法:"爹,我肚子饿了呢,你先回去做饭吧。"

父亲没话说了,艰难地站起身,拍拍手,先走了。到了菜园外,隔着篱笆说:"灵芝,你也早点儿回,免得看不见路。"

灵芝脆声道:"不怕,有月亮呢。"

话音刚落,一弯明月从山巅后探出头来,山谷罩上了一层银色薄纱。虫儿们似乎受了惊,鸣叫声稀落下来。天地间一片宁静。灵芝不紧不慢地泼完最后几箪粪水,目光时不时投向山梁。灵芝手脚麻利,泼一担粪水是不必拖到月亮出来的。她有些走神,心不在焉,老是想起林老师看她的眼神。他那一眼到底是什么意思呢?

灵芝忽然明白自己是在等林老师从山梁上下来。凉凉的山风里,她的面颊微微发热。这时,苦槠树下没有了林老师的身影。他沿着山坡下来了。朦胧月色里,他的身子是模模糊糊的一团,倒是他脚上的鞋白得醒目,看上去是那双鞋子自己往山下走,景象十分怪异。灵芝连忙挑起空粪桶出了菜园。

不早不晚,刚好与林老师相遇。她又将扁担打直,让粪桶紧贴着路坎,以便林老师通过。林老师却在她面前站住了,借着月光,灵芝发现他紧皱着眉头。

"你这么年轻,怎么不出去打工?"林老师盯着她说,仿佛责备一个犯了错误的学生。灵芝就把脸绷紧了。打工不打工,与你有什么相干?村里的后生妹子除了她,确实都打工的打工,做生意的做生意去了,可她有一个既驼背又哮喘的爹要照顾呀!灵芝想把心里话都说出来,可是喉咙发紧,发不出声音。

林老师从灵芝面前过去了。灵芝闻到了一股浓郁的男用护肤品的香味。灵芝望着远去的背影,发觉自己无端受了抢白,却一点儿也不怨他。迷离夜色逐渐模糊了林老师的身影,她只看见两只雪白的球鞋在山路上交替跳跃前进,好似两只斗狠的青蛙。

灵芝又有几次碰到林老师。林老师不再问她什么,只是点头微笑,好像表示歉意,很有礼貌的样子。灵芝于是对他笑笑,笑过后就感到心里很舒畅。一到傍晚,只要天气晴好,林老师就会爬到那不高的山梁上去。望着苦槠树下驻足远眺的身影，灵芝就想，林老师是个很孤单的人呢。

这天灵芝家夜饭吃得早，收拾完碗筷一看，村小学的檐下还袅袅着一缕炊烟。灵芝心里一动，就把坛子盖打开了。父亲说："才吃了饭，又开什么坛子？"

灵芝说："我给林老师抓碗菜去。"

父亲不吱声了，坐在门槛上，窸窸窣窣地搓稻草索。灵芝拿起瓷调羹，从坛子里舀了些剁辣椒，又舀了些酸刀豆，装在一只搪瓷缸里。坛子菜的酸味弥漫开来。父亲忽然说："这个林老师，在山上待不长的。"

灵芝说："你怎么晓得？"

父亲说："他是年轻后生，耐得住吗？还有，他爹是乡政府的会计，脚路多得很。"

灵芝噘起嘴不言语。其实，凡来山上的老师都待不长，三五个月就拍屁股走人，村小学的老师走马灯似的换个不停，与他们的爹是不是乡政府的会计并没有什么关系。灵芝心里不痛快，端起搪瓷缸匆匆出了门。在门外，她听见父亲长长地叹了口气。

村小学的炊烟已经消散，淡蓝色的暮霭正从深涧幽谷里悄然升起。为赶在林老师出门散步前送到，灵芝几乎是一路小跑。接近学校那个三角形小操场时，灵芝才放慢了脚步，她想她可能显得太急切了。

灵芝轻手轻脚上了走廊。教室破旧的窗户以一种熟悉的形态呈现在她面前。灵芝曾在这里读书，从一年级读到四年级。后来到乡中学去了，刚念到初二，母亲去世，父亲又有病，不得不终止了学业。透过窗户纸，她隐约看见了自己当年使用过的课桌。那时教她的也是男老师，只是年纪比林老师大得多，也从未有饭后散步的雅兴，更不会爬到山梁上去发呆。

学校里寂静无声，灵芝不由得把脚步放得更轻。寝室的门半敞着，窗户里有昏黄的灯光。林老师在干什么呢？灵芝起了好奇心，踮起脚，从撑开的窗户里望进去。

林老师侧对着她坐在桌前，由于灯光映照，额头凸起的青春痘分外显眼。他正凝视着墙上的挂历画，画上是一个飞媚眼的女电影明星。灵芝想唤一声林老师，却见他站起身，伸手按住那张画，五个指头在女明星脸上抚摸、游移。接着，他凑近墙壁，噘起嘴唇，缓缓地压到女明星脸上去……灵芝心里突突跳，慌忙退了几步，背过身望着山谷。这时，夜色已经从四面围过来了。

灵芝有一种做贼的感觉，透不过气来。手心里是湿津津的汗。她欲往回走，可背后的声音叫住了她："哎，是你呀，找我有事？"

林老师跳出门来，站在她面前。她低头看着他脚上的白球鞋："我爹……让我给你送点儿菜来。"话一出口，她的脸就烧热了。

"太谢谢了，我正没菜吃。"林老师接过她手里的搪瓷缸，热情地道，"到我屋里坐坐吧。"

灵芝默默地摇头。

"坐都不坐，我心里过意不去呢。"林老师伸手拉她，她把手背到身后。林老师明显有些失望："那好吧，不勉强你，我送送你吧。"

不待灵芝应允，他将搪瓷缸放进房里，带上门，然后走近她身边，轻声说："走吧。"

灵芝只好挪脚往回走。村子已陷落在苍茫夜色里，三五点灯火无声地闪烁。月亮尚未出山，脚下的山路依稀可辨，像条灰白色的蛇。走到路窄处，后面的林老师就伸过手来扶她一下，弄得她心里一晃荡。她不想要他送，可她说不出口。

走了一程，林老师忽然说："我晓得你怕我。"

灵芝回头飞快地瞥他一眼："谁怕你？"

林老师就笑了，说："那你为啥不和我说话？"

"因为你是兔子尾巴长不了。"灵芝说，"顶多混几个月，就脚底抹猪油，直往山下溜，好像山上不是人待的地方。"

林老师沉吟不语。灵芝听着他慢条斯理的脚步。半晌，他才问："难道你愿意一辈子生活在山上吗？"

灵芝鼻子里一哼，懒得回答。他问得蠢，这不是愿意不愿意的问题。

夜色浓雾般纠缠在四周。自家黑魆魆的屋子隐约可见，灵芝回头示意不必再送，林老师却固执地不愿离去。他的脸在朦胧之中闪着淡淡莹光，吞吞吐吐地："其实……假如……的话，我可以在山上待得时间长一点的。"

"假如什么？"

"假如……把你的手给我。"

"让我握握它，我会少一点儿寂寞。"

他的口气显得很可怜。灵芝怔了怔，就满不在乎地把右手伸给他。这是一只天天都要捏锄头、握柴刀、劳作不停的手，手心磨出了茧，粗糙得很，根本没有什么稀罕的。可他如获至宝，紧紧地，变着花样地捏它，接着，将它举到嘴边，用牙齿轻轻地咬它。灵芝感到自己的手指被他的唾液濡湿了。他的举动有些令她吃惊。她用力弯曲肘部，想把那只给出去的手收回来。不料他的力气更大，顺势一拉，她就跌进了他的怀里。灵芝急了，抬起右脚，用力踩在他那穿白球鞋的脚背上。他"哎哟"一声呻唤，就把两只箍她的手松开了。她趁机离开了他。

灵芝迈着碎步走过自家禾场时，遍地是银色的月光。父亲在阶基上等她，幽幽地觑她一眼，说："今夜月亮真好。"

灵芝望也没对天上望，就说："好是好，可惜只有半个。"然后，就到自己房中去了。

灵芝认识那挂历上的女明星，那翻起的红唇，还有飞扬的媚眼，都让人觉得张狂。在乡中学念书时，她看过女明星在银幕上的表演，动不动就咬嘴唇，很做作的。灵芝真不愿想她，只是她忍不住。

连日下雨，就见不到林老师出来散步。劳作间隙，灵芝隔着雨幕倾听学校里传来的朗朗书声，觉得林老师的声音透着一种忧伤。一到雨天，屋里就弥散着湿漉漉的霉味，父亲的喘息也粗重起来了，这些都让灵芝皱眉。芦花鸡在阶基上刨食，若无其事地屙了泡屎，灵芝恼了，抓起扫把甩了过去。芦花鸡惊叫着逃到雨中去了。正打草鞋的父亲说："灵芝，莫拿鸡出气，也是一条命。"

灵芝生气了："它乱屙屎，你还帮它的忙！"

父亲不言语了，喘息声愈发短促。片刻之后，父亲闷声道："灵芝，你不会丢下爹不管吧？"

灵芝惊讶不已："爹，你这是什么话？"

父亲长叹一声。灵芝不喜欢父亲叹气的，因为它让她心里沉重。父亲说："我看你烦得很，怕你心野了呢。"

灵芝说："我又不是烦你，我是烦这鸡，烦这天上的雨，没完没了的，落得心里都长了霉。"

天终于放晴了，灵芝的心情为之一爽。这一天，无数小巧活泼的红蜻蜓在傍晚的霞光里飞舞，灵芝看见林老师出了学校，雪白的球鞋踏着被雨水冲洗干净的山路款款而来。他又是到山梁上去发呆吧？灵芝想。但林老师在禾场边站住了脚，并把目光投到了她脸上。她便拢拢头发，弯腰扫地。其实，那地她刚刚扫了一遍。忽然，她眼角的余光瞟见他踏进禾场，朝她走过来了。她于是直了腰，冲他道："你走错地方了吧？"

198

林老师笑道："错不了，特意来看你的。"

"山里妹子，有什么看头，又不是电影明星。"她红着脸说。

"山里妹子比电影明星朴实得多，不过，也比电影明星厉害得多呢！"林老师坐到一把靠背椅上，跷起木马腿，故意将那只被她踩踏过的脚跷得很高。灵芝瞟那只不安分的脚一眼，筛了碗凉茶递给他。

这时父亲出门来，对林老师一点头，说："灵芝，浇菜去。"

灵芝很奇怪："刚下过雨，地湿得很，浇什么菜呀？"

父亲瞪眼："叫你去你就去，辩什么嘴？不听老人言，吃亏在眼前。不浇菜，可以扯草嘛！"说罢眼睛在林老师脸上挖了一下。

灵芝明白父亲的用意，涨红了脸，执拗地道："要去你去，没看见我有客人吗？"

父亲无奈，叹口气驼着背走了，边走边回头看他们，目光忧郁而锐利。

林老师低声道："可怜天下父母心！你爹怕我把你拐走咧。"

灵芝锥他一眼："你有这个本事吗？"

林老师夸张地吐一下舌头："我有这个本事也没这个胆呀，我怕你把我两只脚都踩瘸呢！"

灵芝就笑了，他们之间似乎已十分融洽。依山里的习俗，生人上门即是客，来客必有荷包蛋招待。灵芝于是踅进自己房里去。芦花鸡下的蛋，她都存放在床下的一只旧脚盆里。刚拿起一只蛋，一串脚步声响到她身后，接着她拿蛋的手就被林老师捉住了。还说他没胆呢，居然跟到黄花妹子的闺房里来了！

灵芝羞恼地挣扎了一下："你干什么呀？"

林老师说："打什么荷包蛋，有你就行，比什么招待都好！"

他仍然抓着她的手腕不松。灵芝用另一只手去推他，也被他捉牢了。灵芝就想故伎重演，抬起右腿去踩他的脚，可他早有防备，右脚离她远远的。两人推搡了几下，灵芝手中那蛋就碎裂了。黏黏的蛋汁从指缝里滴落下来。灵芝恼怒了，一伸手，就将残留在手上的汁液涂到他嘴上："你不是要我的手吗，给你、给你！"林老师竟不躲避，随她涂抹。末了，林老师箍紧了她的腰，同时噙住了她那只腥味四溢的手。灵芝不由心里一阵酥麻，就随了他去。于是，他用那张热烘烘的嘴，沿着她的手腕、手臂一路亲上来，越过绾起的衣袖，抵达她的颈窝。这时灵芝气喘吁吁，四肢酸软站立不稳了，林老师就扶住她，让她慢慢地坐到床沿上。这么做的同时，林老师做了对画上的女明星做过的事。灵芝被他

199

的亲吻堵得喘不过气来，晕晕乎乎地想，这个人啦，真是……后来，灵芝打了个激灵，因为林老师的手插进她的裤腰带里去了。她抓住那只手，不许它有进一步的动作。林老师急促地请求道："给、给我多一点儿。"他那迷乱的神情，好似一只被赶山狗追赶的野物。

灵芝倒冷静了，轻声说："你真的想要我？"

林老师忙不迭点头："真的、真的。"

灵芝说："要是我都给你，你能在山上待一辈子吗？"

林老师怔了怔，说："这……是两码事。"

灵芝说："对我来说是一码事。"

林老师的喘息平息下来了，那只充满企图的手不再动弹，他喃喃道："你让我……好生想想。"接着，慢慢地把那只手抽了出去。

灵芝有些失望，其实，他完全不必急着撤退的。她轻轻地把他推开："那就等你想好了再说吧。"

林老师顺从地嗯一声，就告辞回学校去了。灵芝擦干净手后来到阶基上一望，只见他的背影摇摇晃晃，慢慢地隐入蓝色暮霭中。

几天后一个牛铃叮当的黄昏，灵芝又在禾场边与林老师不期而遇。他明显不是来找她的，敷衍了事地冲她点点头，就往山梁上去了。

后来就再没见林老师在苦楮树下眺望了。

林老师走了。连招呼都没跟灵芝打。灵芝隐隐地觉得，这事与她有关系，否则林老师不会走得这么快。灵芝甚至这样想：他可能是被她吓跑的。

学校不能停课，村主任来和灵芝商量，想让她代几天课。灵芝二话没说就答应了，似乎只有这样才能弥补她的过失。

灵芝来到村小学那间现在归她使用的小房里，将林老师遗弃的杂物清扫干净。扫地时，她感到有两道目光投到她脸上，躲都躲不开。侧身一看，画上的女明星意味深长地盯着她，笑得妖媚。灵芝走拢去，若无其事地摸一把女明星的脸，然后把画揭下来，揉成一团扔进撮箕里。

灵芝正式上课了。一个老师，四个年级，二十来个学生，典型的复式教学。灵芝对此并不陌生，她就是受这种教育长大的。学生大都并不叫她老师，而叫她灵芝姑姑，或者灵芝姐姐。灵芝也不见怪，都脆声答应了。

第一堂课刚刚开始，几个顽皮男伢冲着窗外喊："驼子驼，背口锅，到田里，摸田螺！"

窗外有人影晃动。灵芝出门一看，父亲正趴着窗户朝里看。灵芝轻轻跺一脚："爹，没见过呀！"

父亲憨憨一笑："嘿嘿，你上课的声音几多好听呢！"

灵芝责备道："你破坏了我的课堂纪律呢，晓得吗！"

父亲点头道："好好，我不打扰你，我隔远点儿还不行吗？"说罢，就鸭婆一样摇摇摆摆走到操场边的樟树下，一屁股坐下来，远远地对灵芝招了招手。

灵芝心里一热，回到教室里，就把声音提高了许多。她听见自己清脆明快的嗓音穿窗而出，在深邃的山谷里萦绕不已……

乡联校一直没能派出老师来替换灵芝，灵芝也就一直把课代下去。灵芝已经习惯了，她觉得这样挺好。

这天傍晚，洗过澡后，灵芝换了身新衣，缓缓走上山路。灵芝并没有散步的雅兴，可她想体验一下林老师的感受。路过菜园，父亲隔着篱笆说："灵芝，天快黑了，你干什么去？"灵芝轻描淡写地道："我随便走走。"

灵芝饶有兴趣地沿着这条儿时就十分熟悉的之字形小路向山梁上攀登。密集的虫鸣声细雨般洒落在四周，使夜色中的山野平添了一种神秘。远山的轮廓像一幅剪纸，贴在深蓝色的天幕上。一轮又大又圆的月亮升腾在山巅上空，银白的月光漫无边际地泼洒下来。透明的月光从灵芝脚背上无声地流过，清凉宜人。

登上山梁，爬到突兀的岩石上，灵芝学着林老师的样子，背倚苦楮树驻足远眺。月亮很近，似乎只要一踮脚，就可触摸到它。峡谷深不见底。夜风飒然有声。灵芝的目光沿着逶迤的山脉向远处延伸，只见山峡的尽头，铺展开一片平川……蓦然，她发觉平川的一隅，隐约闪烁着一片灯光，犹如一群萤火虫麇集在那里。灵芝真没料到，四十公里外的那座城市夜里看起来是如此之近。此时此刻，林老师或许就在那片灯火里吧？灵芝的目光仿佛被那片灯火烫着了，眼睛里热辣起来。远方的灯火模糊一片。抬头望去，那轮原本皎洁的圆月也被一团黄晕所包裹，恍如长了一层茸毛。

灵芝情不自禁默念起那句乡下谚语：月亮长了毛，大水打烂桥……

1997 年 9 月 3 日

201

乡 村 罪 案

1

秦自生到乡里赶场，卖了一担凉薯，揣了三十几块钱，喜滋滋地回家。走到村口，见副乡长鲁四清迈着八字步迎面走来，边走边打手机。秦自生赶紧闪进路旁树丛里。这几天为催上交款，鲁四清一直在村里窜来窜去，秦自生家还欠着三百元提留款没交，所以一直不敢和鲁四清照面。

鲁四清从身边走过去了，秦自生才吁口气，从树丛里钻出来。他朝后望去，只见鲁四清宽厚的背影晃晃悠悠，背后衬衣的衣摆都没有完全扎进裤带里去，扎是扎了一下的，只是扎得马虎——这使得秦自生印象深刻，因为鲁乡长向来很注意仪表的，这种马虎有点儿不同寻常。鲁四清走到公路边，招手叫了辆出租摩托，一溜烟回乡政府去了。秦自生这才沿着村路往自家屋场走去。不知为何，他脑子里一再闪现出鲁四清那没扎好的衣摆。

走了一阵，路旁山上松林里飞出来一个声音："自生，你回来迟了呢。"

是熟人的嗓门，他没在意："午饭都没吃，迟什么？"

那嗓门远远地说："你早几脚回来，就在屋里碰得到鲁乡长。"

他说："我正要躲开他。"

那嗓门说："他也正想躲开你。"

他问："什么意思？"

那嗓门说："你不晓得鲁乡长两头馋吗？"

秦自生头就有些大了："把话说清楚一点儿！"

"嘿嘿，没什么，拔掉萝卜留下坑嘛……"声音就此消失了。

松林密密匝匝，还缭绕着一层薄雾，不可能看见里面的人。村里的后生常开些恶毒的玩笑取乐，本不足为奇，可秦自生联想到鲁四清那没扎好的衣摆，便有点儿心烦意乱，再往家走时，脚步竟踉跄起来。

走进禾场，他看见堂客桂贞在阶基上簸豆子，面颊异乎寻常地红。他把肩头的空箩筐取下，用力扔在地上。

"你回来了？"堂客的问候明显有讨好的意味。

"是不是我不该回来？"他说。

桂贞说："你这是什么话？"

"直话。"他走上阶基，"我不在屋里的时候，你忙得很吧？"

桂贞说："反正没闲着，又是洗衣，又是扯菜园里的草。"

"没干别的？"他问。

桂贞摇头："没干别的。"

"我怎闻到一股生人气？"他抽抽鼻子。

桂贞很敏感："哪来生人气。是不是又有人嚼舌头了？"

"无风不起浪，"他捉住堂客一只手，"未必没人到屋里来过？"

桂贞犹豫了一下："……没来过。"

他猛地把堂客的手抓紧："扯谎，鲁乡长不是人？"

桂贞脸一红："可他……没到屋里来，只到禾场里站了一下就走了。"

他盯着堂客的眼睛："难道乡长来，你茶都没筛一碗？"

桂贞只好点头："筛了。"

他又说："难道筛了茶送到禾场里去，都没叫他到屋里坐一会儿？"

桂贞脸又一红："是坐了一会儿。"

"那你还说他没进屋？好啊你这臭堂客你对我撒谎扯白！"他伸手给了堂客一耳光。

桂贞捂着脸哭道："我是怕你多、多心啊。"

"你心里没鬼，怕我多什么心？"他愤怒地又给了她一耳光，然后把她拖进堂屋，关上门，命她跪在地上，用指头戳一下她的脸，"哪个不晓得鲁乡长两头都馋？你居然放他进屋！老实交代，他碰了你哪里？"

"他……就摸了一下手。"桂贞颤声道。

"不可能，摸得你的手，就摸得你的奶！"

桂贞点点头。

他两眼发直，吼道："这条畜生！你跟我坦白，他跟你搞了没有？"

"真的没有啊。"桂贞哀声道。

"不可能，奶都摸了，他能放过你？我刚见过他，他穿裤子时衣服都没扎好！"

"真的没有，不信我给你看。"

"你骗哪个？拔了萝卜留下坑，看得出来吗？我不对你恶一点儿，你是不肯说实话的。"

他怒不可遏，将堂客推倒，操起扫帚往她身上抽打。桂贞双手抱头，一边打滚一边哀号，却不肯招来。由于气愤，他的抽打不甚准确，几次扑空。他干脆脱了一只鞋抓在手里，另一只手摁住堂客的身子，向她的羞处猛力拍去。啪一声脆响，桂贞像条鱼一样一跳，发出一阵尖叫："哎哟，疼死我了！我招，我招，我是跟他搞了，我对不起你，你放过我吧……"

顿时，秦自生全身瘫软，一丝力气都没有了。

2

秦自生午饭吃不下去了，就绷着脸去了乡政府。到达乡政府大门口已是下午时分，院子里十分安静。进门就碰到食堂的梁师傅，梁师傅说："自生你脸色不好得很，是不是有病？"

他悲怆地说："我堂客被鲁乡长搞了。"

梁师傅一怔："自生你莫开玩笑。"

他说："有拿自己堂客开玩笑的吗？"

"那是，那是……我还有事，回头见啊。"梁师傅笑笑，从他身边溜走了。

他见办公室门开着，就走了进去。丁秘书躺在藤椅里看报纸，两只脚搁在桌沿上惬意地抖动。他唤一声丁秘书。丁秘书把脚收下来："你有什么事？"

"我找鲁四清算账。"他说。

"这一向都是鲁乡长找你们算账，今天你倒找他算账来了，新鲜。"丁秘书说。

"他把我堂客搞了！"他咬着牙说。

"噢？什么时候，他怎么搞的？"丁秘书两眼发光。

"我不跟你讲，我要找他本人算账。"他说。

丁秘书摇头："你找他不到的，各有各的事，刚才还瞭到他影子，眨眼不晓

204

得躲到哪去了。"

他说："那我找领导。"

丁秘书瞟窗外一眼："算你走运，来了一个领导。"

管政法的乡党委副书记黄奇才走进门来。他上前一步，抓住黄奇才的手，双膝一软就跪了下去："黄书记，您得为我做主啊！"

黄书记皱了眉："不要来这一套嘛，共产党的干部又不是封建官僚，快起来，有话好好说。"

他赶紧爬起："黄书记，鲁四清把我堂客搞了！"

黄书记连连摆手："呃，不要讲得这么难听，也不要这么肯定嘛。"

他眼巴巴地说："千真万确，我堂客都承认了！"

黄书记哦一声，摇摇头："这个鲁四清啊，干部是个好干部，工作能力强，就是这个上瘾，老戒不掉！不过话说回来，人无完人嘛。你心里不好过，可以理解，也应当帮你处理一下，只是这事属于纪检书记的工作范畴，我不便插手。你最好向田老板汇报，因为鲁乡长和我还有纪检书记，都是同一级别，不好弄的。"

丁秘书点头："黄书记言之有理，只是县里来人正找田书记谈话，没空接待你的，我看你明天再来吧。"

他脸黑了："老子堂客都让人搞了，你们还七推八推。"

黄书记说："这怎么是推呢，道理都跟你讲清楚了嘛，该怎么办就怎么办嘛！"说着就出门走掉了。

他往地上一蹲："反正你们不处理老子就不走，县里来了人，我正好向县里反映！"

丁秘书烦了："好好，你反映吧，田老板和县领导都在会议室。"

秦自生立即上到二楼会议室。可门关着，里面死寂无声。他回到办公室一看，丁秘书也不见了，才晓得上了当。他气昏了头，走到院子中央，四围一望，竟没有一个人影。他大吼一声："乡政府的人都死光了吗？"他的声音立即被院子里的树和窗户吸收了，一点儿回声都没有。于是声嘶力竭地再喊一句："鲁四清搞别人的堂客你们都不管吗？"

一个西服革履的人从门洞里闪出，喝斥道："叫什么叫，堂客被人搞了光荣得很啵？"

秦自生认出这就是被乡干部们称为老板的田书记，就不敢再出声。田书记横他一眼，大喊："丁秘书！你们办公室是吃干饭的？快把他弄走，有问题以后

205

再处理，机关秩序都乱成啥样了！"

丁秘书屁颠颠地跑来，抓住他的袖子往外带。他不由自主地出了大门。田书记说有问题以后处理，他多少得到一点儿安慰。他跑到餐馆里，要了一碟花生米一瓶苞谷烧，直喝到头大如斗才作罢。

回到家天已黑了，桂贞殷勤地帮他装饭，他板着脸道："怄都怄饱了，吃个屁！"

桂贞小心地问："你干什么去了？"

"告鲁四清去了。告他奸淫民女，胡作非为，县里都晓得了。"他有些夸张，但他确信县里的人听到了他的喊叫。

"啊？你、你闯祸了！"桂贞脸都白了。

他不解："我闯什么祸？"

"鲁、鲁乡长只是摸了我几下，根本没搞、搞到我！"桂贞结结巴巴。

"那你还承认他搞了你？"

"我要不承认，你不把我往死里打呀？"

秦自生倒抽一口气，眼睛瞪得桐籽壳大。

3

秦自生非常痛恨那个松林里的声音。若非那个声音的挑唆，他何至于丢这么大的丑，惹这么大的是非？想找那人算账，但他只闻其声不见其人，光凭声音判断不出是谁。这也是件奇怪的事。

第二天一上午他都惴惴不安，没心思做事。鲁四清不会放过他的，换了他也一样，何况人家是副乡长。后来又想，鲁四清也许会不了了之，虽然没搞到桂贞，摸还是摸了几下的，理亏的应该是他。午饭后秦自生不再心忧了，扛走锄头准备去挖菜园土。一抬头，村主任领着乡派出所长老郎还有联防队员李大毛来了。他以为是来催缴上交款的，但他瞥见鲁四清出现在后面，就晓得他们的来意了，心直往下沉。他只好腆着脸将他们迎进堂屋。

"秦自生，晓得我们为什么来吗？"

"晓得晓得，"他忙迭让堂客为客人筛茶。

鲁四清挥挥手："我们不是来喝茶扯卵淡的。秦自生，你昨天在乡政府汪汪了些什么，我不重复。我堂堂乡长，国家干部，搞人家老百姓的堂客，那还了得！

不过我们是讲法治的国家，不是谁说了算，法律面前人人平等。所以今天把郎所长他们叫来，要弄个水落石出，谁是谁非。郎所长，该怎办，就怎办吧。"

郎所长点了点头："今天来主要是了解案情。王桂贞，你先接受讯问吧。"

桂贞不知所措，眼里冒出了泪花。

村主任说："桂贞你不用怕，有啥说啥，党和政府不会冤枉好人的。"

李大毛拿出本子记录，郎所长就开始讯问。姓名、性别、年龄、民族、文化程度、政治面貌、家住何处、配偶是谁，都是一些他们都知道的事，却问得一丝不苟。秦自生觉得事情很古怪，他和堂客怎么成了受审者呢？郎所长很快问到了关键处：鲁乡长何时到你家来的，来干什么，说了些什么，做了些什么？桂贞低着脑壳，说鲁乡长是来催上交款的。她说手里没钱，鲁乡长说借钱也行；她说借钱三分的息，划不来，鲁乡长说划不来上交也得交的；她说一定要借还要和丈夫商量，她做不了主，鲁乡长就说那你们快点儿商量。后来她没话说了，鲁乡长呢喝了碗茶就走了。

"这么说来鲁乡长没对你干什么？"郎所长问。

桂贞点头："嗯。"

郎所长说："他和你之间是正常和清白的？"

桂贞又点头："嗯。"

郎所长回头交代李大毛："记清楚，一个字也不能掉。"

秦自生忽然脑壳发胀，心里头喊，不是这样的，鲁四清是对桂贞动了手脚的，他摸了她的奶！但与此同时，他咬紧了嘴巴，生怕心底的声音飞出来，把事情弄得更糟。事到如今，只有多忍耐，争取大事化小，小事化了。乡下堂客，被人摸一把奶，算不了什么的。

郎所长把记录给桂贞看了一遍，叫她签了名，又变戏法似的掏出一盒红印泥，抓起她的食指蘸了蘸，按了个手印。接下来，郎所长开始讯问秦自生，也是姓甚名谁年龄几许一大串，但主要内容是他昨日在乡政府这个国家基层机关的所作所为。他不敢有一丁点儿的隐瞒，凡问到的，都作了如实回答，没问到的，也自觉做了补充。郎所长问到动机，他说主要是误会造成的，谈不上动机。他提到了松林里那个声音的挑拨，还有堂客的屈打成招和夸大其辞，这些都是造成误会的原因。

郎所长问："你是不是还欠着三百元上交款？"

他忙说："农业税已经交了，只是提留款还欠着。"

鲁四清插言："都是上交款，欠哪项都是欠。"

郎所长又问："鲁乡长每次催上交，你是不是都有意躲开？"

他老实地承认："是的。"

郎所长再问："他老来催款，你是不是恨他？"

他说："恨谈不上，怕倒是真的。"

郎所长说："他要你们借钱上交，还不恨他？"

他只好说："是有一点儿，借钱利息太高了。"

朗所长说："所以你们就想了这么个馊主意，来打击报复鲁乡长？"

他急忙摇头："不不，我们没这个意思。"

郎所长说："这个你当然不会承认啦，但是你已经这么做了。这个先按下不说，我最后问你：你是不是还认为鲁乡长搞了你堂客？"

他说："我不这样认为了。"

郎所长把记录给他看。他根本没仔细看，匆匆晃了一眼，就签字按了手印。他只想快点儿从这件事中摆脱出来。

这时鲁四清拍拍手说："这事现在是一清二白了。说我鲁四清搞你堂客，真是天大的笑话！再怎么说我也是一科级干部，会这么下贱？再说兔子不吃窝边草嘛。退一万步说，即使真有其事，只要双方自愿，也没啥大不了，生活小节，业余爱好嘛，也用不着你去乡政府大喊大叫嘛。如今稍有身份的人，谁没一两个相好？少见多怪嘛。当然啦，醉翁之意不在酒，你们的目的是想赖着提留款和农业税不交，因而诽谤于我，坏我的名誉。前一个目的你们达不到，后一个目的你们多少达到了。不过法你也犯下了。郎所长，我还是那句话，该怎么办，就怎么办吧！"

郎所长点点头，清清嗓说："秦自生，你有抗税和诽谤他人罪嫌疑，现在我宣布，对你实行收容审查！"

秦自生呆若木鸡，不待他有所分辩，李大毛从屁股后掏出一副亮锃锃的手铐，"咔嚓"一声把他铐上了。他被押走时回头看了一眼，只见桂贞一脸惨白，抱着屋柱说不出话来。

4

秦自生被羁押在乡派出所的一间黑屋子里。

黑屋子就在过道尽头，四堵水泥墙，没有窗户，所以就黑。铁门上方有个四方形的孔，一本书那么大，漏进来一些极其微弱的光。

桂贞给他送来了一条毛毯，还缴了五十元伙食费。开饭时，李大毛会从铁门上的方孔里递一份盒饭进来。除此之外就没有人管他了。他整天披着毛毯坐在稻草铺的地铺上，望着黑黢黢的天花板和墙壁发呆。黑屋子经常关押一些偷东西的贼和打架斗殴的二流子，他曾经好奇地从那个方孔往里窥探过那些或沮丧或凶狠的面孔，却没想到自己也有被别人窥探的一天。他离那个方孔尽量远一些，龟缩在墙角一动不动。门外一有动静，他就将脸冲着墙。墙角放着一只粪桶，那是供他方便的。屋子里臊味呛人。虽已是深秋，蚊子还是活跃得很，不时叮在他裸露的肌肤上，一叮一个包，一抠就流水。他身上很快就布满了大大小小的肿块。

才过一天就熬不下去了，趁李大毛来送饭，他问："我这案子什么时候办啊？"

李大毛说："就受不了啦？早知如此，何必当初。犯什么也别犯法，犯了法，什么样的惩罚也得受！"

他只好受下去。又过了一天，他再也难以忍受了，听见过道里有鲁四清的声音，就猛拍铁门："鲁乡长，我有话讲！"

鲁四清闻声过来，把一张模糊的脸框在方孔里："秦自生，味道怎么样？"

他问："你到底要把我怎么样？"

鲁四清正色道："不是我要把你怎么样，是法律要把你怎么样。"

他叫道："要打要杀都随你们，只求快一点儿！"

鲁四清说："再快也要走法律程序，我这个受害者都不急，你急什么？"

"我山上的土都挖出来了，要栽油菜了呢，哪能不急？"他说。

鲁四清大为惊讶："你以为你还栽得成油菜？"

"那你们还想关我多久？"

鲁四清说："犯诽谤罪是要判刑的！"

他愤然："这没道理，我没有造成后果。"

鲁四清愀然作色："这后果还不严重？你那天的丑话，县领导都听到了，我的政治前途也许就这么完了！还有，如今乡里谁没听说你的诬赖？我这副乡长还有什么形象、威信可言？老子这一辈子，葬送在你手里了！"

他说："我出去一个一个解释，消除影响。"

鲁四清说："影响那么容易消除？除非判你刑，否则没人相信。"

他害怕了，鼻子一酸，哀求道："鲁乡长，我求你开恩，判刑我就完了！你大人不计小人过，放我一马吧，要我干什么都行！"

鲁四清想想说："不判刑，那就民事诉讼，你必须赔偿我的名誉损失。"

他迭声道："我赔我赔！"

鲁四清说："三百块钱上交都拿不出，你赔得起吗？有个电影名星，别人说他是同性恋，一场官司打下来，你猜赔了多少？十五万！如今，名誉比什么都值钱，你赔不起的。剥了你的皮也蒙不了几面鼓，你的情况我又不是不晓得。"

隔着铁门，他跪了下来："鲁乡长，千不该万不该，我不该诽谤您，您是国家干部，莫跟小老百姓一般见识。我坐牢了，对您也没多大好处，官司我肯定打不赢您，只好求您高抬贵手了！"

鲁四清沉吟片刻，说："牢也不想坐，钱又赔不起，你总不能让我白背这个冤枉吧？"

他赶紧说："我当然不能让您白背冤枉，我一定给您适当的补偿。"

"此话当真？"

"撒谎扯白我遭雷打！"

"你再也不说我的丑话了？"

"别说您没搞我堂客，就是搞了，我也再无二话！"他脱口赌咒道。

"这可是你自己说的啊，"鲁四清的白脸在方孔外晃了晃，又说，"嗯，你态度还不错，有悔改之心，我会向派出所反映的。不过到底如何结案，还是法律说了算，你耐心等待吧！"

鲁四清的脚步消失在过道里，希望从秦自生心里升了起来。

5

关押了三天之后，秦自生被释放了。

郎所长说："你要感谢鲁乡长的宽宏大量呢！"

他连连称是，毕恭毕敬地向郎所长鞠了一躬。

搂着毛毯走回到村口时，他恨恨地对山上那片蓊郁的松林看了几眼。他想，哪天他也要躲在林子里对过路人讲一句恶毒的话，出他一口恶气。林子里忽然有只鸟叫："哥哥，回也！哥哥，回也！"啼叫之声竟有几分像桂贞。他眼里就

210

有几分热辣，心想，哥哥我总算回来了。

　　远远地看见桂贞在家门口踮脚眺望，看来她已得到他获释的消息。他走进禾场，她却没有迎上来，回到屋里去了。他跨进堂屋，见小方桌上炖着一只鸡，还竖着一瓶红葡萄酒。这是堂客特意为他洗晦压惊呢。心头一热，泪珠子差点儿掉下来。

　　他在桌旁坐下，从堂客手里接过酒杯，发现她眼眶发青。他问："你不来一杯？"桂贞默默摇头。他喝了两口闷酒，心里不是滋味。桂贞坐在一旁，木桩一般，眼睛一直不看他。

　　他说："我出来了，你应该高兴啊。"

　　桂贞瞟他一眼，目光很冷，有泪在闪烁。

　　他诧异不已："你怎么了？"

　　桂贞嘴唇颤抖："你自己心里明白。"

　　他愈发糊涂："我明白什么？"

　　桂贞眼一红，一根指头戳向他："你、你居然把堂客给别人搞，你，你是不是人？"

　　他把筷子往桌上一拍："你放屁！我要不是这么看重你，何至于去坐这几天牢？"

　　桂贞咬牙切齿："你就是因为怕坐牢，才跟鲁四清说不让他白背冤枉，要给他补偿，还说让他搞了堂客也没二话说。你说，你讲了没有？"

　　他瞪眼道："可我不是这个意思啊！"

　　桂贞跺脚哭号："天啦，他真的讲了……"

　　他呆了，一片冰凉的东西顺着脊背流了下去。他怯怯地低声问："这么说……你真的让他……搞了？"

　　桂贞双手捂面呜咽着："……不让他搞……你，你出得来吗？"

　　他像挨了一棒，脑壳里嗡嗡作响，就有些坐不稳了。便猛地站起，一把将桌子掀翻，然后侧身扑在墙上，全身抽搐不止，像一条受伤的狗一样呜呜叫。接着，转身揪住堂客，凶狠地抽她的耳光。桂贞竟然不躲避，也不吭声，脸随着他的抽打左右甩动。他打累了，就停顿一下。待他再次挥起巴掌，桂贞擦一把嘴角的血，大声叫道："你除了打自己的堂客，就没有别的本事了？别人欺侮你，你就不晓得欺侮别人吗？！"

　　堂客的话像一根杉树刺戳进了他的心里。

6

秦自生彻夜未眠。

鸡叫二遍时，他爬了起来。桂贞问他干什么，他说："有事。"悄悄地摸黑出了家门。晨光照亮大地时，他已经在乡政府后面山坡的树丛中潜伏下来。

树丛下面是一大片菜地，分成许多块，分属于乡政府的各家各户。地里有芋头，有萝卜菜，还有开始枯萎的辣椒树，枝头上挂着些半青半红的辣椒。清脆的鸟啼声中，乡干部和家属们三三两两来到地里，有的摘菜，有的泼粪水，互相闲扯着。

他把眼睛从树叶缝隙望出去，没有发现他要找的人。他耐心地等待，冰凉的露珠子掉入脖颈里，都懒得用手抹一把。乡政府大院里响起了早餐的铃声，坡上的人们陆续离去。过了一会儿，菜地里一个人影也没有了。他很沮丧，正要离开，一个穿红夹克的女子从坡下徐徐升起。定睛一瞧，正是他要等的人。他死死盯着她，感觉她被他的目光慢慢地拉近。他嗅到了她身上散发的化妆品味道。他的四肢因为兴奋和紧张有些僵硬了。那女子开始低头摘菜时，他屏住气息走了过去。她似乎觉察到什么，但刚刚抬头看他一眼，就被他一把按倒在地，三下两下，就扯掉了她的裤子……

事情很快就结束了。他穿裤子时那女子趴在地上掩面而泣，蓬乱的头发颤动不已。他想，桂贞也曾经是这个样子。报复带来的快乐使得他疯狂起来，他不管不顾地朝着坡下的院子大喊："鲁四清，你听着，你搞得我也搞得！你堂客被我搞了，你听见没有？！"

空空荡荡的院子里立时出现了许多人影，个个伸长颈子仰望着山坡，显然，他们都听见了他的喊声。

1997 年 7 月 28 日

212

殊 途 同 归

　　陈玉秋不知道这天是 1995 年 3 月 4 日,他命里注定这一天将与我岳父相遇。陈玉秋已经有相当长一段时间不在意那些注释岁月的数字了。他心绪茫然,伛着腰,袖着手,在喧闹的小街上踽踽独行。肮脏的路面在脚下晃晃地移动,早春的风如冰冷的蛇溜过他的脖颈,他不时地瑟缩一下。由于低垂着头,眼角又有眼屎堆积,他没能及时察觉我岳父快步而来的身影。待他被我岳父迎面堵住,猛吃一惊之后,要回避已经不可能了。

　　陈玉秋的脸一触到我岳父的目光,就像被施了定身法,四肢僵硬动弹不得。惊惶地觑一眼我岳父那张被癌细胞弄得黄里透黑的瘦脸,他赶紧让目光顺着我岳父的身体溜下来,落到我岳父右手提着的一个小红塑料桶上。那桶里放着茶杯、毛巾、牙刷之类的住院用的物品,陈玉秋毫无意义地用眼睛摩挲它们。

　　他们在嘈杂拥挤的人群中默然对峙,两人之间笼罩着虚空的沉寂。但片刻之后这沉寂造成的虚空便被一阵噼噼啪啪的枪炮声所填满⋯⋯

　　枪炮声异常激烈,轻而易举地穿透了四十五年的岁月,带来熟悉的浓烈的硝烟和血腥的气息。陈玉秋感到透不过气来,时光眨眼间倒流到了那个终身难忘的时刻。头一次参加战斗的通讯员陈玉秋紧跟在我岳父的屁股后,心惊肉跳地爬上朝鲜战场的一座山头。山下,十余名美军正在拷打几个朝鲜老百姓,剥光了衣服往门板上钉。狞笑和哀号随风撒播,刺人耳膜。我岳父按捺不住,救人心切,将据守待命的指示抛到脑后,贸然率领连队发动进攻,结果中了美军诡计。枪炮声骤然震响,来自中国的志愿军战士们像草一样被美军密集的枪弹一片一片割倒。我岳父腿上中了两枪,欲指挥队伍突围时,才发现全连已没有一个能站起来跟他冲杀的人了。陈玉秋倒是毫发无损,枪一响他就吓得趴在地上没抬过头,可是他的意志垮了,两条瘫软的腿无法支撑起他的身躯。我岳父

213

只好骂一声怕死鬼，忍着伤疼，一手挥枪一手拽着陈玉秋的后衣领，边打边跑，总算突出重围，救了自己和陈玉秋一命。

战斗结束后我岳父等待着军事法庭的审判，等来的却是闪闪刺目的军功章。我岳父不敢佩戴，也不愿再见到陈玉秋，请求调到了另一支部队。陈玉秋是我岳父鄙弃的胆小鬼，同时又是他铸成大错的见证人。我岳父不愿面对他，其实是不愿面对那场残酷的战斗，不敢面对自己的罪过。有事实为证：凡涉及朝鲜战争的话题我岳父总是小心翼翼，讳莫如深，不谈自己，只说别人。然而命运有意与我岳父过不去，一九五五年他转业到县里当了航运社主任，一天开会时，突然发现县红砖厂的副厂长就是他过去的通讯员陈玉秋。我岳父愤怒地指责道："你怎么也转业到这个县来了？"一跺脚，愤然背身而去。这一背身就是整整四十年，直到我岳父去县医院住院的这个时刻，他们才面面相对。

昔日的枪炮声逐渐消隐，沉寂复旧。横隔在两个老人之间的是四十年的疏远，四十年的缄默，四十年的不相往来。这状况，莫非要持续到老死之际？陈玉秋打了一个寒噤，怯怯地抬起眼皮瞟我岳父一眼。除了头发花白，脸色黄黑外，我岳父的相貌四十年里基本没有什么改变，这令陈玉秋暗暗惊异。我岳父的喉结在滑动，喉结后面似乎拱动着说话的欲望，陈玉秋想应该他先打招呼，可是凝重的气氛固定了他的舌头。他惶惶地垂下眼睛，袖口上的油垢乌黑闪亮。他尴尬地把手背到身后，感到令人窒息的难堪。

我岳父突然发话了："你看着我！"

陈玉秋一惊，立刻恭顺地看着我岳父，全身绷紧的肌肉倏地松弛，四十年的阻隔随之消散。

我岳父说："你看我像得癌症的人吗？"

陈玉秋毅然决然地摇头。

我岳父欣然道："就是嘛！我这么好的身体，会得癌？这不扯鸡巴蛋吗？简直是对老干部的污蔑！当然啦，老干局一定要我住院，是对我的关心，我不能不领情，住就住。不过不能住太久，住太久单位负担不起呢。"

陈玉秋连连点头。

说完这些，我岳父心满意足转身就走，才走两步，又回头道："没事到医院来，咱俩唠唠嗑。"

陈玉秋把头点得如同鸡啄米，目送我岳父背影一晃一晃地没入医院的大门里。在潮湿的冷风中，他长长地吁出一口气，全身有一种四十年来从未有过的畅快。

无论是我岳父还是陈玉秋，此时都没有大限临头的感觉，然而属于他们的日子，确确实实是屈指可数的了。

数日后陈玉秋正在自家的平房前晒太阳，一阵噼噼啪啪的鞭炮声引起了他的注意。山坡上一幢别墅式的小楼在封顶，细碎的爆竹屑如同斑斑的血溅了一地。小楼的主人是现任砖厂厂长，这与前任破旧的平房以及厂里开不出工资的境况反差很大。陈玉秋并没在意这幢小楼，如今反差大的事多得平常，使他耳根一动的是那鞭炮声与四十五年前朝鲜战场的枪炮声极为相似。

陈玉秋身子下意识地往下一缩，随即想起了我岳父几天前的嘱咐，便拍拍袖子站起来，一如既往地伛着腰往医院走去。我岳父的话在他耳里恍如四十五年前发出的命令，神圣而不可抗拒。

进了医院他感觉踏入战场，痛苦的呻吟，沾血的绷带，浓厚的来苏水味弥漫着死亡的气息。他先到普通病房。一问，没有我岳父这个人。蓦然想起，我岳父是离休干部，与退休的他不同，既有一字之差，待遇绝不一样。于是陈玉秋很自然地联想到老干病房，并且顺利地找到了我岳父。

但是我岳父已不可能和他唠嗑了。

短短几天里，我岳父已被恶毒的癌细胞折磨得神志昏迷，骨瘦如柴。剧烈的疼痛撕裂着他的胸部，令他战栗不已，奄奄一息。我妻子和姨妹手足无措地守在病床前，噙着泪水，隔一段时间便去喊医生来打一针杜冷丁。但此时一切努力都是徒劳的了。触目惊心的血沫不时溢出我岳父的嘴角，整个病室笼罩着血的甜腥味。

陈玉秋喉咙发紧，小心地走近病床。我岳父嘴角的血呈现着一种他极为熟悉的腥红。他迟缓地伸出手，摸一把盖在我岳父身上抖动不已的被子，又倏地缩了回去。他舔舔嘴唇，站也不是，坐也不是，瞟见床头柜上那些我岳父此生再也不能享用的水果，想起自己竟然是空着手来的，愈发局促不安。手在衣襟上擦擦，颤声唤道："连长！"

我岳父奇迹般地停止了颤抖，竭力睁开眼睛，嘴巴翕动，右手在空中无力地划拉了一下。但我岳父既不能说，也不能看了。他的眸子蒙上了一层混浊的白翳，嘴里也只能发出几声短促的喘息。陈玉秋胆颤心惊地握了握我岳父的右手，他感觉到我岳父很轻微但很明显地回握了他一下，不禁想到，四十五年前就是这只手把他从死亡线上拽回来的，而现在，却对自己无能为力了！

215

我岳父闭上双眼，开始幅度不大却频率很高地颤抖。陈玉秋叹息一声，退到墙边，找把凳子坐下，默默地看着我妻子和姨妹做各种护理工作。我妻子没问他是谁，他也不做自我介绍，就那么默默地看着。

一连几天，陈玉秋都来医院看我岳父。我岳父的生命就在他这位旧部下的眼皮底下一点一点地消蚀掉。

这天中午，陈玉秋照例守候在病房里。由于疼痛，我岳父不断地翻滚，将排尿管弄脱落，下身被尿打湿了。我妻子和姨妹掀开被窝，准备给父亲换裤子，重新套排尿管，我岳父却将身子侧向一边，嘴里尽管在痛苦地呻吟，双手却死死地抓着裤头不让往下褪。我妻子欲掰开那双瘦骨毕现的手，居然没有成功。都想不到，一个濒临死亡、被疼痛蹂躏得衰竭不堪的人还有这么大的力量。我妻子无计可施。这时陈玉秋说："妹子，我晓得你爸的心思，你们都出去吧，我来帮他换。"

我妻子这才明白父亲不让她褪裤子的缘由，便大声说："爸，我和妹妹都出去了啊！"并且故意把脚步踏得很响，让我岳父感觉得到。

女儿们一出房，我岳父的手便松开了。陈玉秋很顺利地褪下了他的长内裤。我岳父的两条腿像两段枯木一样展现在陈玉秋面前。在皮肤与骨头之间，似乎已不存在肌肉，盆骨尖尖地耸起，仿佛一不小心就会从皮里头戳出来。但是生殖器并没有萎缩，色泽鲜明，竟与健康人无异，好像它是病人身上唯一没有受到癌毒攻击的部位。在这幅景象面前，陈玉秋因诧异而呆木了片刻，接着，他战战兢兢地伸手触了触我岳父大腿上的一个疤痕。那是一个愈合的枪眼，四十五年前，陈玉秋曾见到灼热的鲜血从这个地方泉水般涌出来，染红了我岳父的整条右腿。在被我岳父拖着冲出美军重围的整个过程中，陈玉秋一直嗅着他伤腿上蒸发出来的恐怖的血腥气，以至于在以后的岁月里，陈玉秋对这气味一直难以忘怀。这气味时常提醒他，他是个苟活者，在我岳父面前，他永远也抬不起头。可是，在即将离世之际，我岳父主动与他搭话，并要和他唠嗑，这等于是赦免了他，提升了他呵……想到这里，陈玉秋的鼻子就塞住了，眼里也发潮，一边感激着我岳父的宽宏大量，一边小心翼翼地替我岳父套上排尿管，换上干净内裤。

两天后，陈玉秋又来医院看我岳父，并且特意换了一身旧军服，但是在那张死神光顾过的病床上，他见不到过去的连长了。

这一天是一九九五年三月二十日，在极度的痛苦中煎熬了十六天之后，我

216

岳父咽下了最后一口气，走完了七十八年的生命里程。第二天夜里，在岳父的灵堂，我见到了陈玉秋。他先是红着眼在岳父灵前默哀，然后坐到我身边抽一种劣质的卷烟。抽一阵后他情绪平静下来，主动找我说话。他说如今县里从部队转业来的三个辽宁人就只剩他一个了，要唠唠嗑，都找不到人了。又说，还是我岳父福气好，高寿，儿女都有好工作，而且有副县长出席追悼会，还能在具备副县级资格才能进的墓地里找到归宿，不像他，每月才百八十块退休工资，女儿又离婚又没工作。

"我以后还不知是什么结果呢，还是满连长好哇！"陈玉秋望着我岳父的遗像由衷地说，言语之间充满了向往羡慕之情。他当然还不知道，仅仅十四天之后，他将通过一条出人意料的途径追随我岳父而去。

清明节这天陈玉秋并没有觉得日子有什么异常。地上有房，房上有天，天上有个太阳，一切都是平日的格局。早上吃了两个馒头之后，陈玉秋坐在太阳下看邻居打麻将消磨时光。陈玉秋一般只在一旁看，要他上桌是拖不动的。早有民谣说几亿人民几亿在赌，陈玉秋没这个资本。曾有一次他输了十元钱，那几乎是他半个月的早餐呢，吓得他从此洗手不干。看也可以过过瘾的。

其实这天说他听麻将更确切，因为他眯缝着眼，麻将上的符号一片模糊，是条是饼都辨不清，唯洗牌时的哗啦声清晰在耳。听的时间一长，一股悠长的韵味油然而生。然后，洗牌的声音不可避免地演变成朝鲜战场的枪炮声，充盈于陈玉秋的脑壳里。自我岳父去世后，陈玉秋就不再忌讳这枪炮声了，相反，他学会了欣赏它、回味它，几乎使之成为他每日必修的功课。枪炮声中，总有一个挥着手枪、拖着一条血腿的人在横冲直撞，与此同时，他就感到透不过气来，似乎我岳父那只手还拽着他的后衣领不松。四十五年前，他太恐惧、太惊慌了，对逃脱死神魔爪的过程懵然不察，只有现在，他才能从容地重新体味每一个细节。

日上中天的时候，陈玉秋挣脱想象，听见了现实里的噼啪声。不是洗耳恭听麻将，是放鞭炮。三三两两的人，提着挂山纸，燃一挂鞭炮，穿过田埂到坟山上去。陈玉秋便忆起清明乃祭祀亡灵的日子，心里拱动一下，就站起身来，往殡葬场的墓地打了望。陈玉秋想看清，我岳父的墓前有人祭扫没有。墓地距离并不远，但因陈玉秋站的地方地势低洼，他没有看到。

陈玉秋不甘心，就佝着腰往高处走。一走就走到了现任砖厂厂长的新楼旁。陈玉秋回头再打一望，还是没看到我岳父的墓，几棵樟树挡住了他的视线。

他索性就走进新楼里。他想站在这幢楼房的房顶，一定能望见他昔日连长的墓，还能望见县城所有的建筑，还有田野里金黄的油菜花，风景一定说不出的好。小楼有三层，正在装修，没见人忙乎，可能都回家吃午饭去了。陈玉秋沿着螺旋形楼梯爬到二楼，感到吃力，就停下脚步。无意间侧身一看，刚装饰的客厅好豪华，吊了顶，悬着枝形水晶吊灯，墙面喷塑，全部是铝合金门窗。

一种无形的吸引力，将陈玉秋拉进了客厅，使他置身于一个危险的境地。他暂时抛开了上楼的目的，半是好奇，半是妒忌地打量着。同是砖厂厂长，他落得如此困窘，而这位现任，哪来这么多钱？不平和气愤蓦然而至。客厅一侧搁着一张没来得及抬入卧室的席梦思床垫，他走过去，抬腿在上面踩了个半月形的白脚印。

"楼上是哪个？"

楼下突然蹿出一声狞厉的喝斥，陈玉秋心头一震，张口结舌。他此时嘴里如果应一声，事情也许完全是另一个样子。但他没有，他忽然有一种做贼心虚的感觉，这感觉让他不敢声张。一阵杂沓的脚步沿着楼梯响上来，一个男人说："怪，明明看见一个影子上楼来，怎不见了？"

一个女人说："你看花眼了吧？"

男人说："我的眼睛怎会花？要花，也是你把我搞花的，嘿嘿。要真有人，他又不做声，肯定不怀好意！"

脚步在逼近，陈玉秋心里阵阵发紧。从那声音，他已辨出来人的身份，便愈发不敢作声了。在这样一个错误的境地、错误的时间里，他做了一个错误的选择，躲进了卫生间。

鬼使神差，只能这样认为，否则他完全没有理由这样。他紧贴在门后，并且有意将门敞开一点儿，让外面的人一眼望进来，以为没人。他头皮发麻，四肢僵硬，肛门一阵阵往里缩，与四十五年前相同的恐惧感利爪一般抓住了他的心。他微微地颤抖着，不敢喘气，一股冷意顺着脊背流了下来。两个人的脚步很清楚地进了客厅。那个男人一个房间一个房间地查看，一伸手，将卫生间的门带上了。

"说了没人嘛。"女声娇得变了调。

"没人就好，没人我们好来事，嘿嘿。"

这些话语子弹一样射进了陈玉秋的身体，颤抖的幅度陡然增大。客厅里衣服的窸窣声和席梦思的吱呀声展示着来事的内容，并且清晰地勾勒出了砖厂厂长和自己女儿的形体动作。他的心猛地抽紧，大张着嘴巴，却喘不过气来。

这样，陈玉秋完完全全陷到四十五年前的可怕境地里去了，他在心底恐惧地喊：连长，快救我出去啊！他惊惧地四顾，寻找我岳父的身影。可他只见到一副挑土用的勾索，他想也不想，就将勾索从扁担上取下来，系到墙角的水管上，再挽了一个圈。当他将脖子套进圈套里时，他感觉我岳父及时赶到，一手拽住了他的后衣领，将他往安全地带拖去。他不再像四十五年前那样被动，他勇敢地振作起来了，紧随在我岳父身后，冲破了枪林弹雨，向着前面一个没有枪声、没有血腥、曙光初露的和平之地迅跑。恐惧就像一件多余的衣服从他身上剥落下去……

后来，突出恐惧重围的陈玉秋安静了。水管上的索子系得不高，所以挂在那里的他看上去像站在那里，而且，站得从未有过的直。

1996 年 2 月 18 日

219

抚

当她还是少女的时候，在秋天的暮色里，对一个少男说起她的新发现：巷子中那扇长年紧闭的院门里，有个男人啊啊啊啊咿咿咿咿地练唱歌，他的嗓音低沉浑厚，很有磁性。他是新搬来的吧？但是那院门上仍挂着那把锈蚀的大锁，他是怎样进去的呢？

少男惊讶地道，他一直就在里头唱呀，都唱了好多年了，难道你一直没发现？你的耳朵干什么去了？

少女的她诧异不已，摸摸自己的耳朵，接着就心事重重起来。少男碰碰她的肩，哎，犯得着为他花费心思吗？她默不作声。少男于是告诉她，那个她应当见过但她自认为从未见过的男人是个怪诞人物（因为恰当地使用了怪诞这个词，少男的语调兴奋起来），他放着好好的院门不用，却从后门进出；他每日早晨都练嗓，但从没听他唱过一支歌；他不与任何人来往，也不和任何人说话，要不是听见他练声，会以为他是哑巴。少男对他进行细致的肖像描写，告诉她他穿着一身笔挺的中山装，走路目不旁视，瘦瘦的身材，脸很白净，看上去四十来岁，头却无可救药地秃了，光滑发亮寸草不生的额顶有一些红斑，像画的一幅地图。

在少男勾勒出的形象面前，她直愣愣地出不了声。少男眉飞色舞，哎，不是有部外国剧叫《秃头歌女》吗？他呀，就是一个秃头歌男！

不能这样叫人家！她猝然叫道，吓了少男一跳。她的声音在寂静的巷子里显得很突兀。少男有些扫兴，却又讨好地挽起她的手臂，慢慢地踱向他们所熟悉的沉默。她的裙裾窸窸窣窣的声音多年后听来都很清晰。她被少男引向一株古老的樟树。她背倚树干仰望星空，这时少男便开始了他的倾诉。

她心不在焉。她听得太多，以致于她记不清那些倾诉有些什么内容。她只知道，在倾诉的后面，蛰伏着一双饥渴的手。她想起那把挂在院门上的大铁锁，想起有一次从那儿路过，她咳嗽了一声，那锁上的锈粉簌簌往下掉。倾诉悄然停止，她一动不动，茫然地感受熟悉的抚摸。后来她有点儿喘不过气来了，但她依稀地想，总有一天会碰见他的，那个据说很怪诞的男人。

一张白瘦的脸，从氤氲的暮霭里浮过来，从侧面看，如同一弯残月。这是第二天的黄昏，少女知道遇见了那个男人。少女同时知道，只要不和少男在一起，她是能发现许多新鲜事物的。

少女的心莫名地绷紧，陌生的脚步逐一踏落在她心头。这确是一个似曾相识的形象。她有意地站在巷子中央，但他很轻易地从她身旁走过去了。他似乎没注意到她的存在。

她嗅到清新的肥皂昧，这味道令她迷惘，她不由自主地跟随过去。她发觉他身上干净而熨帖，但秃了的头顶却不像少男形容的那样令人注目，相反，它显得孤独，而且黯淡无光。

她踮着脚，随他沿着长满青苔的墙垠进一道狭窄的弄子。石墙渗出阴凉的腥气，与他身上的肥皂味羼合在一起，沁人心脾。墙里忽然嵌出一道小门，她想这可能是他家的后门了。他果然停住脚，从腰间掏出一串钥匙，从中挑出一片，正要开锁，忽然脸一侧，盯住了她。

他的目光使得她有些慌乱，但她马上镇定下来。她匆忙地说，我晓得你是老师，教音乐的，我常听你练嗓子，你的嗓音很好听，对不对？

他不置可否。她觉出他的眼神在问，你要干什么？她舔舔嘴唇，我想……她噎住了，她发现自己并没想什么。

他瞥瞥她，回头开门。她听见门艰难地吱呀一声。他的身子一闪，被门吞了进去。在那门即将关严的刹那，她将右脚伸进门缝。

她的脚被门夹住了。因为疼痛，她愤怒地尖叫：我要跟你学唱歌！

她尖脆的声音划破了厚重的寂寥，她被自己惊得一抖。门隙里那张脸却白而平静，光秃的头顶在她面前低了下去。她感到夹住的脚被一只手握住，并被轻轻地送到了门外。

她还想说什么，门已关上了。

对一扇历尽沧桑油漆剥落躲在一堵石墙里的小门，还能说什么呢？她惘然若失，拨弄着裙扣，垂着头往回走。

抬起头来时，她发现来到了他的院门前。她的脸忽地一热：跟他学唱歌，这确实是一个令人心动的设想。她走上石阶，在铺着尘土的青石上踩出几个清晰的脚印。她将院门稍稍用力一推，现出一条指头宽的缝。她将一只眼睛塞进门缝里。

她惊讶地看到，院子里干干净净，像刚打扫过，只是杳无人迹。屋檐下，晾着一件花衬衣。那无疑是一件女式衬衣。它在风中微微拂动，如蝴蝶的翅膀。

她觉得胸前梗着个硬东西，不好受，低头一看，是那把锁。她的胸脯上沾了好些铁锈。

通过少男的嘴，那个男人的情况源源不断地朝她涌来。他果然是个音乐教师，供职于这座小城另一端的一所中学。他是个单身汉，在变成秃顶之前，有过一些风流韵事。少男津津乐道地复述着那些风流韵事，可是她听过之后就都忘了。萦绕于她耳际的，是他那单调忧郁的练声的声音。有时，她能从枕头里捉到这种声音。

她不知不觉中有了一种需要，那就是在巷子里独自散步。她喜欢那种难以言喻的孤独味儿。少男却无视她的需要。她有些讨厌少男那种显而易见的奶声奶气了，也难得再为那双手而激动。她把自己的脚步深刻地印在小巷的深处，若前后无人，她就会唱一支无字的歌。少女的歌在巷子里流浪，孤凄而美丽。她就这样被自己感动着，除了唱歌，无有话说。

于是就有一天那个男人停步在她的歌声旁，投以她想象中的注视。他说，歌不能这样唱。

她抓住这难得的机会问道，那该怎样唱呢？

他又吝啬他的语言了。他撇开她往家走。他的秃顶泛出瓷一样的光泽，如同某种暗示。她若即若离地追随他，进了那道小小的后门。门内是她从未经历的境界，这是毋庸置疑的，所以她的心跳着兴奋的节律。她穿过阴暗的小天井，走进他的堂屋。他看也不看她一眼，默许了她的闯入。她忍不住打量四周，淡淡的夜色已布下宁静朦胧的氛围，使得檐下晾着的花衬衣鲜明而神秘。她情不自禁地走拢去，却发觉那衬衣早已褪色，细碎的花纹很是模糊，夹衣服的夹子亦锈迹斑斑，年代久远的样子。她觉得衬衣的主人正在附近，以莫测的目光暗中窥视她，心中不由悚然。

你很像一个人。

他在她身后，很温和地说。她迅速地车转身，见他注视着她，手里端着一杯茶。他的手指是那样苍白而修长。她接过茶，象征性地抿了一口，等待着他说出她像谁来。她想只要不干扰他的心思，他会说出来的。

但是他把话题岔开了。他脸上出现了职业性的神态。他说，你的音色很好，但发声的方法不对，要以气带声。

她微微点头，但并不全懂他的话，她欣赏的是他那带有共鸣的磁性的男中音。唱歌此时已并不是什么重要的事，他教她唱，她当然就唱了。她的歌声在陌生的院子里发出奇妙的震颤，仿佛触动了什么，又仿佛被什么所触动。她有点儿陶醉了，可是他并不满意，微微摇头。他说，我告诉你，肚子要越唱越鼓，不能越唱越瘪，唱的时候你可以摸着肚子。

她很温顺地，抚着自己的肚子，感到气流如一只不安分的兔子在里面冲撞。可是她竟然判断不出自己肚子的形态，她仰头望着他，无奈地问，是不是这样？

他的眼神闪烁起来，他回答不了她。某种没有名称的东西来到了这个冷僻的院子，矗立在他们中间，既隔开了他们又粘连了他们。她那少女平平的腹部表面，流动着某种渴望。她看到了他脸上的迟疑与顾虑，怜悯之心油然而生。她毅然地伸手，穿过凉爽的空气，抓住了他的手，然后将它往身边拉。她气喘吁吁，如同与一个强大的敌人殊死搏斗。她的果断使她取得了胜利，她顺利地将那只手带到了自己灼热的腹部。

她抑制着莫名的愉悦，大声唱了起来。隔着裙子，她能感到那只手在颤抖。她惊异的是，那手看上去瘦骨嶙峋，给她的感觉却那么柔软。她轻轻按住它，不想让它很快就逃走。她唱着，竭力鼓起肚子，唱了几句后，才问他，是这样吗？

他匆忙地点点头，把手抽回去，插进裤口袋里。他背对她坐下来，望着院子里渐浓的暮色。她听见他发出一声轻微的叹息。他的秃顶显得若有所思。凉爽的晚风从他们之间穿过，那件衬衣闪动在幽冥之中。

她离开他后，在小巷里碰见少男。少男气愤而忧伤地瞪她，说了一串激烈的语言。她很茫然，她的情绪似乎还留在那座封闭的小院里，少男的话她一句也没听懂。

岁月模糊了许多事情，有些画面已经辨认不清，关于他，她已没有更多的记忆。她只晓得，她是从他那儿开始成熟，或者说开始苍老起来的。距他远时，她对他看得很清，可与他接近的那段时间，却似乎不甚了了。

对他的感受，集中在触觉上。在迷茫的渴念中，接受、感应、体验着那只手；虽然从不敢越雷池一步，只停留在那个固定的地方，但它的表现力是那么丰富和微妙。它用独特的语言和少女的身体交谈，它的微曲的关节和散发的热力，无不具有深沉的内涵。

虽然她的肌肤生发出强烈的渴求，但它始终没有突破那薄薄的裙布。这是它的魅力持久的原因所在。它能使她遗忘少男的手。在和它参与了不少黄昏之后，她几乎认定，男人与男人的区别，是在于他们有不同的手了。

她沉迷于那段短暂的日子，对一些异常的目光懵然无知，也没有理睬少男发出的警告。她毫无防备地走向与那只手共有的最后一个黄昏。

它轻轻地，抚着她的腹。她引吭高歌，她感到它在她的歌声里起伏滑行。它的抚触是那么细腻、轻柔，如同无声的私语。院门发出细微的声响，但被她的歌声和心情所掩盖。它把她的歌声抚得愈来愈响亮了。

然而在她换气的当口，门樞短促的尖叫划破了暮色，她的歌戛然而止，年轻的激情便永远停留在这一刻。那只手抖动了一下，但仍留在她腹部，它所熟识的地方。显然，它茫然无措。

她惶悚地，循那声音望去。厚重的院门张开一道两指宽的缝，缝里嵌着一只圆而黑的眼睛。那是一只非常熟悉的眼睛，她经常从镜子里见到它。少女想起若干个日子之前，她推动院门向里窥视的情景。

她惊讶不已，与此同时，她感到自己一丝不挂地站在自己的目光里。她看透了自己的隐秘和难堪。她猛地跳开去，开始逃离这个傍晚。她浑身发软，感到自己从那个后门溜了出去。她晓得再也不会到这儿来了，所以挣扎着回头望了一眼：那个秃顶在她视界里一闪，就不见了，就像黑夜里的一盏灯，突然熄灭了一样。

现在她已不是少女，被已不是少男的他挽着，在少有人踪的巷子里徜徉。那院子仍然紧锁着，但里面已被荒草吞没。屋檐下，也没有褪色的女式花衬衣。过去的黄昏，已经显得遥远而虚幻。

长大了的少男在她耳边喋喋不休，在做着某种不懈的努力。她不在意这些。她晓得在这喋喋不休的后面蛰伏着一只疲倦了的手，她对此不屑一顾。秋风卷着落叶顺着巷子吹来，她的腹部首先感到一阵凉意。那是她全身最敏感的部位，所有的往事，都附着在她微微凸起的肚皮上。

在她沉默的时候，他开始抚爱她。

她毅然叫道，别碰我的肚子！

他吓得脸都白了。你怎么啦？

不许摸我的肚子！她重申道，眼里一热，视线就模糊了。模糊之中，有个圆而亮的东西在游动。

1994 年 9 月 16 日

224

爱 之 病

那棵梧桐的样子显得挺孤单。梧桐跟他一样，都站在这个大院的一隅。院子里有人在打羽毛球，还有两个男人在树下聊天，但他仍觉得梧桐树挺孤单的。

夜色从屋顶上淌下来，在院子里积成一个淡蓝色的湖泊。梧桐的枝杈高高地扬起，仿佛一个溺水者举着的手臂。

梧桐树梢摆动着，风过来了，空中飘下窸窣的声音。他觉得自己飘浮起来，身子失去了依托。院子里朦胧的人影鬼魂一般变幻着形状。他恍恍惚惚，那只白色的羽毛球在他眼里变成一只飞来飞去的小鸟。

小鸟在幽蓝的夜色里划下一道道雪白的弧线。忽然小鸟坠落在地，再也没见它飞起来。他仿佛听见了一声枪响。院子里的人影四散开去，倏忽不见。

他十分茫然。梧桐树在自言自语，但他听不懂它在说些什么。他觉得从面颊上掠过去的风有点儿温柔。

院子里充满了前所未有的宁静。有一缕温馨的气息从这宁静里曳过来。他稍稍偏过头，目光顺着那气息射去。

一个穿白色连衣裙的人体，嵌在一个黑色的门洞里。那人体曲线分明，色泽鲜亮，于是把四周的景物衬得模糊不清了。

在他的无声的惊诧中，那人体慢慢地放大，向他柔曼地飘过来。洁白的裙裾在夜色中拂动。他被愈来愈浓的馨香笼罩，动弹不得。

那美丽人体近眼前了！他分明感觉到了那人体里辐射出来的热力。他奇怪的是，它没有发出任何轻微的声响。他听见自己急促的喘息，想退，却挪不动脚。

这时他镇定了一下，于是捉住了那脸上的微笑。他觉得那笑就像是一朵花，烂漫地开在冬夜里，梦境中，既熟悉又陌生。

在那盈盈的笑蕊中，两只眸子渴望地闪烁着。两条柔长的臂划破夜色，向他张扬起来。

他的心立即悬起，夜的深处传来庄严的轰鸣。他知道新的人生体验就要降临了……

然而一只手斜刺里伸过来，抓住了他的手腕，猛地一拽。于是他惊醒了，随着那股力量飘然而去。他飘在空中，两腿扬起，脚腕上套着两道目光。那两道目光愈绷愈紧，愈拉愈长，最后终于铮然断裂。

床头的壁灯无声无息地亮着，如同一炷香火。微明的灯光里，妻的脸由于过于熟悉而显得有点儿陌生。

他觉得躺在一条船的甲板上，船在摇晃，所以他有点儿晕的感觉。

你站在院子里干什么呢？

他木然地扫描着妻的脸，什么也说不出，手腕隐隐地作疼。风在拍打窗户，于是他把目光投向窗外的夜。暗蓝的天幕上散落着稀疏的星，每颗星都长着一身尖利的金黄的刺。他的背部有些痒，便艰难地抬起手去抓。

你是有意站在那里吧？

什么？他一怔，手就停在她背上。他发现妻的眸子比星星更亮，更刺眼，远不如在遥远的相思中柔和美丽。窗外究竟是冬天还是秋天呢。

跟你说过了，见了她躲远点儿。

可是那馨香多么怡人，一缕一缕，从遥远的过去飘来，沁入他的肺腑。他的记忆无比芬芳。从一千种香气里，他能嗅出她的那一种，那是从她的细腻的肌肤里蒸发出来的，与妻洒在身上的截然不同。

他放下酸疼的手，把一声压抑的叹息从胸中无声地吐出来。

你怎么了？

他的意识有点儿模糊……忽然枕下有流水声，他探出手摸了摸，是流水，清爽的，柔软的流水。他绾起裤腿，跳进水中。是岁月的溪流吧？抑或是梦之河？他朦朦胧胧地想着，溯流而上。

浪花飞溅，喷吐着芬芳，有红色的花瓣顺流而来，如同吉祥的召唤。他踏着水波，进入一片森林。森林撑着一顶瓦蓝的天，庇护着片片野草，点点闲花。他觉得很久之前来过这里，景物熟悉得如同一张保存多年的彩照。

他身轻如云，无拘无束地走进林子。他看见一个白色的形体躺在草地上。他知道是谁，她酣睡的模样让他心尖发颤……她蓦然苏醒了，双臂一扬，搂住

226

他的脖子。他眼中立时爆出五彩缤纷的图案。他噙住了寻过来的灼热的红唇，使劲抱住那丰满的身体，直往怀里勒，一秒也不放松，直到他觉得天旋地转头晕目眩。

城市的喧嚣声把他抬了起来，他始终有一种摆脱不了的飘浮感。

恍惚中他觉得成了一条鱼，在一个混浊的池塘里无目的地浮游。

在人群稠密的地方他会感到窒息，特别令人不快的是那种突如其来的人体之间的撞击。那时他渴望有属于自己的空间。

那些窜来窜去的出租车真像一群发情的野狗。

野狗为什么不跑到野外去？

野外。这个词有种说不清的美感。他自然而然地憧憬起来，同时，一个预感降落在心头。预感悄悄说：去吧，野外是邂逅的最佳场所，她在那儿等你呢。

她在那儿等你呢。

这几个字像一群小鸟，在他胸中飞翔，给他指路。

于是他让许多的楼房、许多的树木、许多的汽车和行人从身子两侧掠过去。他觉得是去赴一个许多年的约会，这个约会将是他漫长的一生中一个辉煌的瞬间。

没有这种瞬间的点缀人生还有什么意思。

他甩开了马路，沿着一条细如牛绳的小道悠然向前。他听见风在耳边嘶嘶响，撕成了一条一条。阳光下的绿草如波浪起伏，波浪的表面，是岁月在流淌。

空旷的野外，蝉声悠扬。

她在哪儿呢？

我在这里，我在等你呢。

浓郁馨香袭来，他立时迷醉了，鲜亮洁白的人体亭亭玉立在绿草中，阳光顺着她柔长的发丝和裙褶，汩汩地淌下来，她浑身焕发出青春的光彩，呈现着一种超现实的美。她身后的绿野霎时间黯然失色。

你为什么来找我？

面对着美，他无言可答。实际上是他太贪婪，抓住时间的每一秒，深深地感受她。他觉得全身的毛孔都已张开，都在吮吸她身体的气息。

我思念你，虽然我在岁月里漂泊，不再收帆在你的港湾，但我仍在思念你。他的心喃喃自语，薄薄的泪水打湿了天空，只有她的形象仍清晰如故。她的笑容又轻轻地绽开了。

你难道忘记了那一巴掌吗？

没忘，那是我的幸运。他脑子里敞开一条记忆的通道，多年前那个日子走了出来。

那是个飞翔着红蜻蜓的日子，他的手指以树叶呢喃的节奏敲开了她的门。她的美丽的脸从一本法国小说里抬了起来。他突然听见了一片海浪的咆哮声，于是全身颤抖不止，遂以体育比赛讲解员的说话频率，表达他的毫无条理的爱。他看见她被自己的话弄得愕然色变有如石雕，于是绝望地叫出了"我爱你"三个字，同时抱住了她的肩，气喘喘凑过嘴去，作拼死的一吻。

结果他没吻到，颊上挨了一巴掌。她愤怒得全身哆嗦，他的脸却一阵发麻。那一巴掌打得很响，那响声震撼着天宇，穿透重重岁月，回荡在他耳边。

可我一直把它当作一种爱抚来回味。他说，觉得心里热血在涌。

是吗？她歉意地一笑，我向你道歉，那时我确实没把你放在眼里。你不是我理想中的爱人。

可是我爱你。他感到头晕，身子又飘起来。他问：你为什么还不结婚？

因为理想。

可是，又为什么……去亲男人？

我爱他们。

你全爱？他愕然瞪大双眼。

是的，全爱，包括你。她向前走了两步，她全身闪着迷人的光彩。可他不由自主地退了一步，他清晰地感到了她身体的灼热，他看见，她那过去庄严圣洁的脸显得热情澎湃，文雅秀气的唇也变得饱满而性感了。

我求求你，别这样，别毁了自己！

他听见自己发出怪异的哀求声，身子缩成一堆。

她的目光在他脸上逡巡一遍，嘴角浮出一丝鄙夷的笑，转过了身子。这时，他明显地觉出包围他的馨香由浓变淡。

她在离去，她那曲线优美的形体悄无声息地小下去、小下去，小成一个白点，融化在野草之中。

他感觉着莫大的悲哀和无边的沉寂。接着，他又觉得迷迷糊糊的，被阳光蒸发了。他的意识水汽一样升向苍穹。

小巷暗而长，有浓重的与世隔绝的意味。他拖着一个模糊的影子，边走边审视着厚实的墙。

他觉得墙是用他的日子砌成的，因为那些砖头四四方方全都一个模样。看着墙他的心不觉就沉了，长出一层厚厚的青苔。

青苔上有只蜗牛在爬，留下一条黏乎乎的痕迹。他有点儿恶心。

人的岁月是谁玷污的呢？

他想起秋风萧瑟的时候，落叶像乌鸦一样在空中飞舞。不过，燃烧的枫叶是十分壮观的，尽管树下的叶子如同斑斑的血。

可是白色形体在小巷深处一闪，阴森的墙就照亮了。他惊奇地奔向前去。

她是无处不在的吗？

在拐弯处他放轻了脚步，仿佛不忍心搅散一个梦境。芬芳的气息扑鼻而来，他就有了幸福微晕。

他像探索快乐的真谛似的，小心翼翼地把视线投过去。视界里突然有了强烈的画面感，某种不知何来的排拒力，制止了他的前进。

横在他面前的是不可逾越的距离。

他懵然地看着那个白色的女人体抱住了一个男人。那男人慌张四顾，接着也抱住了女人。

他们就像一对热恋的情人。

她！

她在寻找男人的脸！她在那男人脸上叭地亲了一下，好响。

距离消失了。他觉得颊上一热，心里却是一麻，他喘着粗气，想起一头架在轭下负重前进的牛。他感觉自己唇边流出了白色的唾沫，肺叶以最大的限度扩张着。

那是个多么丑陋的男人！

他认识，那张丑脸在他的瞳仁里重复过多次，那是一张对不起全人类的脸。

可那张脸与她的脸叠印在一起。

他愤怒了，但四肢僵硬，不能动作。眼前的事情似乎发生在一块屏幕上，而他只是一个不可能介入的观众。这是多么荒谬的感觉，但这感觉束缚了他。

一个可耻的观众！

那张丑脸分开了。她的如花的笑容竟然对着那男人绽放不已。那男人抓住她的手，就如采了一枝花那么轻易地把她拉进了一扇破烂的门。

他知道那里面是一个废弃的仓库，那种地方会发生什么是不言而喻的。那座倾斜的屋子就像一个丑恶的寓言，一篇色情小说，横摆在那里，他再也不忍卒读了！

他踉踉跄跄地奔过去。他冲进门，没见到人。地上到处是砖头、垃圾、狗粪。他的头不停地膨胀着，仿佛指头一戳就会爆炸。他又冲进另一扇门，于是，他看见那个男人和她了。

他怒不可遏，攥起拳头在门框上猛力捶。

喂！

那男人恐怖地仰起那张对不起人类的脸。她却躺在那儿，一览无余地笑。

他没有走过去，脑子里响起激烈的枪炮声，接着是武打片里的打斗声。他感觉头部中了一弹，腰上被踹了一脚，胸口上插进了一把匕首。他觉得此时生命的含义就是痛苦，他剧烈地哆嗦着，视线逐渐模糊……

等他再次看清这个世界时，丑男人已经消失了。可她还在，裸着她美轮美奂的玉体，望着他笑。

他蓦地转身，疯狂地奔跑，边跑边拭着眼睛，把几滴人类称为泪的液体甩在小巷的墙上。

他把手搁在妻身上，心如死水。

记住，今天你什么也没看到，妻说。

他没吱声，但想起了那墙，以及墙头上那狭长的一条天空。天空是不能分割的。

只要你不说，局长的儿子就没事，以后会有我们的好处的，妻又说。

似乎还没到最冷的时候，梧桐树怎么把叶子落光了呢？他觑着窗外，梧桐树的枝杈颇像人的经脉。那么它们感觉到什么吗？

反正，是她勾引他，双方情愿。

梧桐树梢在颤抖。它们感觉到了。他觉得寒风从腋下穿过去，嗖嗖的。屋顶喀喀作响，他想，那是夜的脚步声。

你发什么呆呀？她明天就要关到精神病院去，不会骚扰你了，我也放心了。

他身体轻微地抖一下。

不准你想她了。妻子搬弄他的身体。

他忽然想到，这个季节，野外怎么有生机勃勃的绿草呢？阳光也不该这么热烈呀。但不管怎样，这是个值得回味的瞬间。他永远记得，阳光是怎样从那个白色人体的发丝和裙褶间流下来。只是，他再也不会站在院子里，看那些在幽蓝的暮色中飞来飞去的白色小鸟了。

你怎么了，是不是病了？

妻怨怨地问。

他不知道。

他感觉自己就是窗外那棵孤立无援的梧桐树，茫然待在漫无际涯的夜色里，没有话说。

1992 年 11 月 6 日

挖 孔 鸟

现在他坐在我面前。

我进门时他惶惑地起身，一本正经地与我握手。我感到他手心排列着几个硬茧。

晨光抹在他青灰的脸上。他鼻翼旁有一紫色斑点，可能是死者的血。

我问："你为什么要杀人呢？"

他答非所问："你听见挖孔鸟叫吗？"

这一带把猫头鹰叫作挖孔鸟，挖孔一词专指掘墓，挖孔鸟亦被视作不祥之兆。我凝神谛听，四周异常寂静，并没那种诡秘之声。

"你听，它好长好长一声地叫！"他盯定空中某一个点，神态相当逼真。

我摇摇头。

"你没听见？"他诧异地瞪着我，"看，它到这里面去了，它在里头叫！"

他指着自己的脑袋。

我默然。

"它叫了好几天了哩！"他拍了脑袋一掌，恼恨不已地说，"我要捉到它，将它的脑袋拧下来！"

他做了个拧的动作。

我立时感到脖子有种扭疼感，忙说："给我讲讲好吗？"

"有什么好讲的。"他两手相握，锁起眉心。

"我很想知道。"我说，"请你讲讲吧，讲讲。"

他瞥我一眼，似乎很茫然。

"我不该去挖金刚石的。"他翕开干裂的唇，开始断断续续地述说。他说话时，壮鼓鼓的肌肉在那件墨绿色 T 恤衫里蠕动不已。

他说，四个月前离开家时，挖孔鸟就在屋后的树梢上一声长一声短地叫。他犹豫了片刻，终于没理会那不祥的预告，挣脱了妻子小玉的怀抱，前往他乡。

"一切都是为了小玉。"他说。

他与小玉不同村，却在乡中学里同学。都没考上大学，小玉曾为此认真地哭过一场，他却很轻松，上大学得有一大笔钱，即使录取，也不一定读得成。他家太穷，他是靠砍柴烧炭卖，才读完了高中的。

单身汉的日子悠长又悠长，在悠长的日子里，他常去邻村玩耍，找小玉借小说看。那天他鼓起胆子请小玉去镇里看电影，没看到一半，他就又鼓起胆子模仿了电影里的动作，大胆地握住了她的手。两只手咬在一起就不愿分开了。半年后，小玉就一身崭新进了他的屋，做了他的妻。

他记得那天喜鹊确实叫得很欢。

小玉没要他的彩礼，入洞房时嫩藕似的小手上扣着一只十元钱的电子表。父母逝去时，只留给他一幢到处是裂缝的老屋，他没有更多的钱妆扮妻子。他为此感到歉疚。小玉说，只要你对我好，我就心满意足了。

"女人要骗男人，那真是易于反掌哪，如今我才晓得她根本不满足！"他扭动一下身体，太阳穴上青筋暴突，状如蚯蚓。

在那个阴晦的傍晚，他来到了百里之外的宝鹅村，投奔当村主任的舅舅。宝鹅村是块宝地，出产金刚石，他想入伙，赚钱回家过宽裕的日子。舅舅感到为难，说只有本地人才有资格入伙，他不好坏了规矩。他一下心冷了，草草吃过饭倒头便睡，心想已经没有什么希望，不料深更半夜的时候出了件事。

"什么事？"我盯着他问。

"我被舅舅叫了起来，只见表哥跪在床前。"他揉揉鼻子说，"我吓了一大跳，表哥不停地说，表弟救救我，只有你能救我。我莫名其妙。"

我凝望着他，等待下文。他却缄默了，伸出紫红的舌头舔舔唇，半晌，才说："舅舅说，有个女子诬赖表哥强奸她，其实他并没有干，如果有人证明他晚上在家，他就没事了。舅舅说派出所就信这个。"

"要你做伪证？"我讶然。

"舅舅还说不要紧的，他大小是个村主任，乡政府里全是熟人。还有村里的事，也都是他说了算，入伙挖金刚石的事，可以想办法的。"

我说："于是你就做了证，入了伙？"

他突然嘴巴大张："你听你听，挖孔鸟又叫了！"

233

"我听见了。"我追着问,"后来呢?"

"什么后来?后来我就在那里挖金刚石。"他把指关节捏得喀喀响。

他说他入的那一伙有五个人,舅舅为首,两个人下洞挖,一个人在洞口摇辘轳,另外两人把矿沙运到溪里去淘洗。他没有摇金盆淘洗的技术,就在洞里挖。他乐意干最累人的活,因他总觉得揩了本地人的油,干累活心里要它稳一些。因为怕塌方,洞开得很小,刚好一个人能坐着挖掘。洞壁上凿出个小坑,里头燃着一支蜡烛。他借着微弱的烛光,举着鹤嘴锄艰难地挖着,有时候他觉得自己是一只老鼠,累极了,就背靠洞壁喘口气。这时,他就能从黑蒙蒙的洞窟里看出小玉姣好的面容来……

"你不晓得,我跟小玉在一起时,是很快活的。"他眯起眼睛,仿佛沉入回忆之中,"那时,我跟她关起门来搂在一起,饭都不想吃。"

我怕打断他的话,沉默着。

"小玉很会持家,里里外外一把手,不管做事还是闲着,身上总是干净整齐。我收工回家,她总要帮我拍掉身上的灰,筛上一碗茶;她喜欢笑,一笑我就像要溶化了似的。夜里一上床,她就像只小兔子直往我怀里拱……可是,她为什么要跟别的男人困觉呢?"

他锥子似的目光盯得我很不自在,我侧了侧身子。他摸摸索索在口袋里翻了一阵,掏出几张皱巴巴的信纸,仔细地清了清,抽出一张递给我:"你看,这是小玉给我的第一封信。"

我凑到窗户口,看见上面的字很娟秀:

> 良哥,你好像走了一年了,其实才八天。我在家里一切都好,只是常常半夜里醒来,望着这张空出一大半的床,心里好凄凉。我很想念你,良哥。我喜欢吃枇杷的,屋后头的枇杷全黄了,我一粒也舍不得摘,我想全都留给你。只是再过几天,怕要落果了。良哥,你千万要注意安全,要保重。亲你。你的妻子小玉。

我说:"小玉很爱你呀!"

"狗屁!"他愤愤地往地上吐口痰。

他说收到信时是动了回家的心思的。那时干了一晌没有采到金刚石,不过采金刚石有点儿像赌博,得失全在片刻间,若突然采到颗大家伙,照规矩,他不在就没他的份儿,前头挖洞的工夫就白干了。再说,入伙不易,况且好在每天能淘点儿金沙,分得十几二十块,还是比在家干蹲着强。于是他掐死了回家的念头。

夜里他给小玉回了信，写了整整一页纸，说他如何想她，又如何不能回家。

"半个月后我又收到她的来信。"他又将一页信纸递过来。

这页纸上的字有点儿凌乱，我仔细辨认着：

> 良哥，你的来信我看了好几遍，要不是屋里喂着猪脱不开身，我早看你来了。良哥，我太想你了！结婚不到一个月，你就走了，被窝都没给我焐热哩。有时，我觉得还在娘家当姑娘。良哥，你抽两天时间，回家看看我，好吗？

他说当时看信，仿佛听见了小玉的哀求声。他鼻子发热，眼睛潮湿，觉得不能拒绝小玉。他甚至已收拾好东西，走到了门外。但看着村里那些新楼房，那些鱼骨天线，特别是看到表哥那辆亮锃锃的本田摩托，他犹豫了。这些东西，都是采金刚石换来的。他心里默念道，小玉，我们都忍着点儿吧，我们的日子还很长很长，而发财的机会，可能就这一次。我们会发财的，只要我坚持在这里干。那时，我们的欢乐会更多，我们生活会更幸福……他攥紧妻子的信，眺望西边的山影，似乎看见小玉在大山里对他点了点头。他终于控制住了回家的冲动，只是倒到床上时，他隐约听见了一声挖孔鸟的啼叫，这使他有些不安。

不久，他们终于挖到了矿脉。富有经验的舅舅每天都下洞盯着矿脉看、嗅，似乎他能嗅出金刚石的气味。那一天，金刚石猝然出现在金盆里。这是一种半透明的菱状物体，只有米粒大小，闪射着缕缕银光。舅舅说，这一颗能卖千来块，也就是说，每人能分得近两百元。

他们延长了劳动时间，清早上山，直到看不清脸了才收工。收工时腰酸背疼，半死不活，走着走着就想困觉。但他心里极兴奋，因为几乎每天能淘得几颗金刚石，每天收入都不少于一百元；而且，有可能淘到大金刚石！就在这个时候，他又收到了小玉的第三封信。

我伸出手，问："信呢？"

"我没保存，扔了，"他说，"因为这封信我收到前就被表哥拆看了，信纸上沾了好多墨黑的手指印。"

我噢了一声，盯着他。

"她要我快回去，说她受不了啦。还说她一个人在家里好害怕，她不要我挣什么钱，她只要我……都是他妈的假话！我不在家，她才自由自在好快活呢！当时我没想到这些，只觉得她有些不懂事，我都忍得住呢，你还忍不住？我就告诉她，如今每天收入百多块，时间就是金钱，我暂时不能回去。夜里害怕，就请个妹子作伴。我还吩咐她不要来信了，因为有人拆信看……我却没料到，她邀个野男人作伴！"

他布满血丝的眼珠转了转，呼吸蓦然急促起来。

我问："小玉后来还来过信吗？"

"来过，"他说，抽抽鼻子，"可什么也没写，是一张白纸。我不知道她什么意思，真是莫名其妙。我远离家乡干这埋了没死的营生，还不是为她？我就感到，她跟别的乡里堂客不一样。我没理她，我们正走运，天天采到金刚石，其他的事都顾不上了。我挣的钱一天比一天多，有了四千多元，这是我这一辈子第一次有这么大一笔钱。我每天拼命地挖，简直挖疯了，也不怕累，那种累倒像是一种享受。夜里我往床上一倒就呼呼大睡，什么也不想……"

他有些懊恼地叹了口气。

我问："后来呢？"

"后来矿脉断了，洞废了，我们也就散伙了。我腰包里有了一大笔钱，也不好意思再向舅舅要求入伙。"

他说那天舅舅在家摆了一桌酒，进行了最后一次分红。舅舅要他第二天回家，说小玉一个人在家，也够难为她了。舅舅的话如同拔掉了他心头的一个塞子，长久压抑着的思恋之情不可遏止地涌流出来。他立即收拾好衣物，揣紧那几千元钱，匆匆搭上了回家乡的班车。那班车破旧不堪，走得极慢，还浑身吱喀吱喀响，哼哼唧唧像一条多病的老牛。他怀疑汽车站为了延迟他见到妻子的时间故意安排了这辆破车。他趴着车窗，眼巴巴地眺望着起伏的远山，恨不能插翅飞去。班车抵达山脚的小镇，天已刹黑，星星在高不可及的峰巅眨眼。到家还有十几里崎岖山路要走，本可以在小旅店过夜，但他等不及了。他的心腾到了半空，见不到妻子放不下来。他趁着皎洁的月光向山上迅速爬去。山里的夜气凉森森的，他的身体却辐射着灼灼热气。小路在脚下跳荡，他快步如飞，完全不知晓什么样的结局在等待他，当他看见自家木屋时，听见一声挖孔鸟的啼号……

"那声音很奇怪，很像是人发出的，好像说，'你来迟了也——'"他说。

"真的？"我问。

"不骗你。那只挖孔鸟好像没有睡，专门在那里等我，跟我说这句话。当然当时我并不觉得，可现在全想起来了。"他很认真地说。

我忍不住道："总不能认为是挖孔鸟叫你去杀死你表哥的吧？"

236

"什么？"他愀然作色，从板凳上跳了起来，"杀死我表哥？"

我惊诧不已："难道你不晓得杀死的是你表哥？"

他表情凝固，像根木头戳在那里呆立不动，嘴巴却张得不能再大，几乎能放进一个拳头。他眼球动了动，嘴角微微翘起，从鼻子里哼出两声类似冷笑的声音，眼神却明显地沮丧得没有了光泽。

我小心地问："你，是不是对你的行为有些后悔？"

"后悔？"他冲着我一瞪眼，双手握拳举过头顶，吼道，"他就是皇帝佬儿我也要杀了他！"

我吓得连退了两步。他却突然如遭受了重击，两手颓然落下，身体一晃，重重地坐下。接着，他捂着脸，双肩抽搐，从胸腔深处迸出几声喑哑的呜咽。我忽然觉得，他哭的样子，就象一只啼号的挖孔鸟。

我悄然退向门边。

民警小王侧身进来。我碰碰他，低声问："他是杀人犯，为什么不上手铐？"

"他要跑，就不会来投案了，"小王瞥瞥我，"是不是杀人犯，有时是个角度问题，换个角度看，他是为民除害。"

我问："此话怎讲？"

"他表哥是个十足的流氓，方圆百里都有他的劣迹，几次要抓他，他都溜脱了。他妈的有钱能使鬼推磨呗！这次总算做了刀下鬼！"

我心情沉重，对他呶呶嘴："可他把自己葬送了。"

小王叹口气："是呀，他本是个老实人，太可惜了。可是碰上这种事，有什么办法呢？哎，我问你，要是你半夜回家，看见野汉子睡在你老婆床上，你怎么办？"

"杀了他！"我脱口道，随即被自己的话惊得一愣，一股凉意顺着脊梁袭上身来。

小王会意地一笑，轻轻将我带至门外，再将那扇厚重的门关上。

现在，他被关在屋里，而他的那只挖孔鸟在我的身体深处啼号不已。

1990 年 6 月 17 日

乌　麂

1

娄贵挑着一担红薯下山来，气喘如牛，但心里头总想着那只乌麂，便就忘了肩头的沉重。哼哧哼哧上了自家阶基，放下担子一看，村主任和副乡长跷着二郎腿坐在堂屋里抽烟。

村主任说，娄贵你回来了。

娄贵说，我回来了。拿手板擦擦脖子里的汗，问，我堂客倒茶没有？

村主任说，不用不用，我们正等你呢，坐下吧，乡长要和你说个事。

娄贵就坐下，听乡长说事。娄贵一看他们坐的架势就晓得什么事，也就不往心里去，很谦恭地，望着副乡长胡子巴茬的脸。副乡长其实还年轻，只是显老，娄贵知道是心里装得太多的缘故，而他娄贵，就从不想那么多。他任凭副乡长的声音在耳边蜂子一样乱飞，心里只想着那只乌麂。

早就听说，有只乌麂带着一群小麂子在这一带山林里活动，却没料到，在今天撞见它，而且，在自家的红薯地里。自然，这是一种缘分。他看见它时，它静静地站在地边，瞪着眼睛凝视着他。它大约有半人高，四条长腿支撑着壮实的身躯，身上披覆着乌黑发亮的毛，头上，还显露出两只浅浅的角，酱红色，如同两只刚出土的竹笋。它身后，还有七八只麂子，个头都比它小得多，皮毛也都是黄色的，它们拥挤在一堆，显得很胆小的样子。他那时可能是惊呆了，站在那里半晌没动。乌麂看了他一会，像是对他说了一会话，然后就掉过身子，从从容容地，带着麂子们往林子里去。他还是站着，模模糊糊想，最小的几只，肯定是它的后代，那几只半大不小的母麂子，怕就是它的堂客了。这时他才清

238

醒过来，拔腿追过去。但乌麂已倏忽不见，林子深处仅有一些轻细的沙沙声。

娄贵在心底轻轻叹息一声。村主任就拍了拍他的肩，娄贵，乡长讲的都听清了？

娄贵连连点头，听清了听清了。

村主任说，那就照乡长讲的做吧。

娄贵说，那自然。

副乡长就笑了，好像松了一口气，起身与娄贵握手告别。

娄贵说，这就走？不吃了晚饭再走吗？

村主任说，你有什么菜呀？

娄贵说，家常菜，要不我去割点肉来。

村主任说，算了，吃你的肉，莫作孽了，那几个钱留着给伢儿扯布缝衣服吧。养那么多伢，日子怎么过？你呀，夜里消停点儿吧。

娄贵就笑笑，不再留客，送副乡长和村主任出了门，看着他们消失在迷蒙夜色中。

客人一走，堂客就带着两个女儿从灶房里出来了。堂客抚着微微隆起的肚子，问，娄贵，你明天真送我去医院吗？

娄贵说，去医院干什么？

堂客说，你刚才不是答应乡长，送我去吗？

去个屁，娄贵说，我明天要去打麂子。娄贵说着，就把挂在墙上的那支锈迹斑驳的老铳取了下来。

2

第二天一早，娄贵穿着草鞋，扛着铳就上了山。他先到自家红薯地里，一看，几个露在土外的红薯被咬掉了一半，还四处掉些碎末，就晓得麂子们已来过了。娄贵使劲抽抽鼻子，便从那薄薄的雾气中闻到了麂子的膻骚味。娄贵就骂了一句，妈的比我起得还早呵。

娄贵在地里站了一会。雾在悄悄地散去，枯萎的薯叶在晨风中颤抖。娄贵欠下身来寻找麂子的踪迹。很容易地发现了零乱的圆形麂蹄印。娄贵根据蹄印的深浅大小，判断出就是乌麂率领的那一群。

娄贵跟着蹄印，钻进了林子。露珠滴进脖子里，清凉清凉，树枝不时抓着他的头发乱扯，他都不在意。他晓得麂子们总是一条路窜来窜去，从不乱走的。找到这条路就很容易找到麂子，只是，不能惊动它们。娄贵走得极小心，尽量不发出任何声响。他屏声敛气，脚比猫轻，他走着走着，觉出自己就是一只麂子，小心翼翼地穿行在树林之中。

走了一阵，太阳升起来了，道道光柱射进林间。娄贵莫名地联想起悬晾在竹篙上的尿布。娄贵走出一身汗来了，汗臭味和麂子的膻味糅合在一起，愈发浓郁。娄贵已翻了两道山梁，娄贵想那乌麂就在前面不远了，它们也该停下来歇歇了。

果然，娄贵绕过一座悬崖，就发现麂子们在一片林中空地上。娄贵赶忙躲在一蓬茅草后，只露出两只眼睛。

几只小鹿子趴在地上晒太阳。那只大乌麂站立着，竖着尖耳朵望着远处，短短的尾巴偶尔摇几下。乌黑的皮毛在阳光下闪烁着金属光泽。

娄贵盯着乌麂，悄悄地取下铳，灌上黑硝，安上炮纸。他这么做时心紧得像块死铁，生怕弄出声音。他缓慢地，举起铳，瞄准乌麂，把食指扣在扳机上。距乌麂只有十几步远，他只需指头一扣动，百把块钱就到手了。

这时却有只小母麂踱到乌麂身边，用头在它肚子上蹭。乌麂便扭过头来，伸出舌头，一下一下地在母麂颈子上舔。娄贵就分心了。他朦胧地忆起他和堂客初次见面时的某些动作。娄贵觉得有些怪，麂子的动作怎么有些像人呢？扣扳机的指头就松弛下来了。乌麂舔得有板有眼，娄贵有点儿口干舌燥，眼睛却盯死乌麂不肯离开。忽然，娄贵眼发直，心也吊了起来，他明白地觑见，乌麂肥壮的肚腹下，红红地伸出来一小截麂鞭。娄贵的铳就颤抖了，娄贵想，狗日的老舔老舔，能没动静吗。又想，要打也不能在这个时候打它，等它那风流物缩进去再说吧。娄贵便把举起的铳放下来。

可能娄贵弄出了声音，乌麂蓦地举起头，紧张地四面张望。娄贵晓得不可再迟疑，倏地举铳，瞄准乌麂扣动扳机。

可是铳没响。扳机的击叩声惊得乌麂脖子一缩。娄贵气得把铳往地上一丢，轰一声响，铳口喷出一团火光，那粒本应击中乌麂的铁码子射进一棵松树树干里。松树立刻抖下一些松毛。乌麂一声惊叫，撒腿就跑，从娄贵面前，像一道黑色闪电似的划过去。后面紧跟着那群黄麂。麂子们逃命掀起的风直扑到娄贵脸上。娄贵受了惊骇，一屁股跌坐在地。

林子很快归于一片宁静。娄贵踉跄爬起，很沮丧，用手拍拍屁股，心里寻

240

思还要不要这杆鸟铳，手板忽觉湿腻，举起一看，血。接着大腿根有一种锐疼。勾下脑壳一瞧，不由抽口冷气：拇指粗的尖树桩在腿上刺了个洞，差一点儿，就戳破他的卵包！

娄贵心里霎时积了怨恨。狗日的乌麂，倒来暗算我，铳打不到你，明日我来装套子，看你还能跟那些母鹿子快活几天。

娄贵忍了疼，拖着那杆铳，一拐一拐下山去。太阳已有点儿西斜，娄贵听见肚里咕咕叫，又似乎有把刮刀在里头刮，就想起堂客在往桌上端饭，脚于是跌跌撞撞地快起来。

到了屋后山坡上，一眼瞥见，屋前禾场里，站着两架自行车，锃亮刺眼。娄贵心里就一堵，脚不晓得动。娄贵干脆在桐子树下坐稳，望着一缕蓝色烟雾从檐下懒懒地升起来。

娄贵等了好久，终于将那两个人从屋里等出来，推着自行车走了。娄贵赶紧跑回屋里，抓起碗筷，大口大口，往肚里装饭。

堂客说，娄贵，副乡长和村主任等你好久。

娄贵边吃边说，我长得有眼睛。

堂客说，你今天不送我去，他们生气了。堂客见他不言语，又说，我看，他们讲得有道理，我们养不起那么多伢儿。你到底送不送我去呵？

娄贵眼一鼓，把碗一放，右手伸到裆内往伤口上一摸，再举在堂客鼻尖下，你没看见这是什么吗？血！你不怕血是吧？你不怕我还怕呢！我还有大事情要做，我要装套子套乌麂，你从来没见过的乌麂！我没有闲工夫，晓得啵，我的蠢堂客！

3

在山上装下套子的第三天上午，娄贵正在菜园子里浇菜，忽听见山上有野兽的哀号。娄贵起初懵懂着，后来一怔，这不是麂子的号叫吗，自己等的不就是这声音吗？娄贵把粪箪子一扔，操起柴刀就往山上跑。

麂子的嘶叫声越来越清晰，娄贵也跑得越来越快，他不能让别人赶在他之前捉住那麂子，那样，别人会分去一半。这是规矩。娄贵蹿得像条赶山狗，嗖嗖嗖，穿过一丛又一丛树，刺挂破了衣服也不管不顾。

很快，娄贵到了套子跟前。那根被他砍去梢尖扳弯的油茶树干，已经弹直，高高地吊着那只乌麂，套绳刚好套住它一条后腿。乌麂挣扎着，扭动着，脑袋悬在下边，眼睛发红，口吐白沫，哭号得像个人似的。娄贵上前一步，那乌麂忽然就不出声了，喉咙里嘶嘶响，涎水不停地流下来。乌麂侧侧头，用一只眼睛看着娄贵。娄贵没来由地打个冷噤，觉得自己被乌麂的眼神刺了一下。

娄贵站住，握着柴刀的手出了一层冷汗。娄贵心里说，乌麂乌麂，你怪不得我，是你自己往我套子上踩的。乌麂仍不出声，人一样地看他。娄贵心里便有些发毛，觉得事情有些怪。周遭死静，乌麂喉咙里的嘶嘶声在小下去，娄贵似被固定在这肃静里，动弹不得。

乌麂的目光在暗淡下去，娄贵晓得，它支持不住了。乌麂突然扭动身子，勉强抬起脑袋冲娄贵一声尖厉的嘶号。娄贵吓了一跳，觉得被乌麂的尖号刺透了身体，心惊惊地回头再看时，乌麂的脑袋颓然垂下，闭上了眼睛。

娄贵松了口气，晓得乌麂只剩下一口气了。他只须等着它，让它自己把这口气咽下去。若是在往常，他完全可以过去扼住它的喉管。但今天他不想这么做。娄贵莫名地叹口气，坐下来，背对着乌麂。

娄贵坐了很久，身后没有了丁点儿声息，才回过头来。乌麂已僵直在半空中。

娄贵割断绳索，乌麂沉甸甸地掉到地上。娄贵抓住两条麂腿，往肩上一扛，死沉。娄贵走了几步，听到身后有沙沙声响，于是转身回首。

在距他十几步的地方，站着一群黄麂，举着十几个小脑袋，哀哀地、怯怯地望着他。

娄贵赶忙心紧腿快地往山下走，走了一程心里就快乐起来。乌麂一身肥膘，压得娄贵很舒服，舒服得透不过气来。娄贵想，不是有句话叫财大气粗吗，果真不假。

娄贵乐颠颠把乌麂扔在堂屋里时，禾场里突突响，来了一辆小拖拉机。拖斗里坐着副乡长和村主任、村妇女主任，还搁着一把竹躺椅。娄贵的快乐立时就打了折扣，但他仍开朗地大声说，堂客呵，你看像什么话呀，让乡长开起拖拉机来接，快出来快出来，跟乡长走跟乡长走！

4

娄贵很细心地，剥了一张完整的麂皮。娄贵从挂历上发现套住乌麂的这一天正好立冬，冬皮是很不错的，于是娄贵决定留下自己用。又留下一腿麂肉，给堂客滋补身体，其余的都挑到镇上卖了，五元钱一斤，得了一百多块钱。

娄贵还小心地割下了麂鞭，用盐腌了七天，然后挂在灶房梁上，用烟熏。娄贵去灶房做事，有意无意地，总要瞟它几眼。

这天太阳快落山时，副乡长和妇女主任说说笑笑地上了阶基。妇女主任手里提着网兜，兜里有红糖和奶粉，说是来慰问月婆子的。娄贵就接过网兜，吩咐堂客煮饭，切麂子肉，自己在堂屋里陪客。

副乡长的胡子剃光了，于是很年轻。副乡长亲切地拍娄贵的臂膀，娄贵呀，你几次不照面，我还以为你要顽抗到底呢，嘿嘿。

娄贵说，我敢吗，国策嘛，当然要实行的，那几天，我是忙着打麂子去了。再说，我也得替你乡长着想呵，您完不成计划生育任务，年终奖怕也拿不成吧？

副乡长说，那当然，奖金倒事小，怕的影响一大片；我分管的村超了指标，我以后说话还响吗？所以，娄贵我还得感谢你呢。

娄贵说，不敢当，您三番五次上门，我们心里也过意不去呢。

妇女主任笑道，你们要真过意不去，夜里就莫一门心思，找点儿别的事做，要再来一次，身体受不了呢。

娄贵说，还有什么事做呢，你以为是在城里、在镇上，有电影看，有电视看，还打桌球；我们就这一点儿好耍的事呢！

副乡长和妇女主任对看一眼，都笑将起来。副乡长揩着眼角泪花，指着娄贵道，娄贵说得对，有道理有道理，我们应当考虑到这一点。

妇女主任笑过后，从提包里掏出一包东西塞入娄贵怀中，说，那你们采取措施吧。

娄贵看看那包东西，怎么样措施呀？

副乡长笑道，请妇女主任示范示范吧。

妇女主任播了副乡长一拳，好呀，当乡长的也不正经！又对娄贵说，你看说明吧，很简单，理论联系实际嘛，麂子都会套这个你不会套？

娄贵就起身进屋，把那包东西放进书桌抽屉里。出门来，见副乡长和妇女主任还在笑，很开心的样子，娄贵心里就有些不舒服。副乡长杯子里的茶水该添了，但娄贵不想去提水瓶，他忽然有了一个念头。

娄贵去了灶房，把挂在梁上的麂鞭取下来，切了半截，洗干净，放在砧板上，很薄很薄的，切出许多紫红色的圆形小片。很熟悉的麂子的膻味在四周环绕。妇女主任踅进灶房来帮忙，往灶膛里塞柴，朝砧板上一看，就笑了。

吃饭时，娄贵给每人倒了一杯米酒，特意将那碟放了不少红辣椒末，油炸得很香的麂鞭放在副乡长面前。娄贵一边敬酒，一边很殷勤地把麂鞭往副乡长碗里夹。

副乡长说，这是什么东西？

娄贵说，好东西好东西，您尝尝，味道怎么样？

副乡长有滋有味地嚼，嗯，不错不错。

妇女主任吃吃地笑，也不多说什么。

副乡长走时身体有些晃，从额头到脖子都红了。娄贵说，乡长您能走吧？副乡长说，能走能走，这点儿米酒，小意思小意思。娄贵送了一程仍不放心，对妇女主任说，乡长就交给你了。妇女主任说，行，我负责了。

妇女主任扶着副乡长走了。

娄贵在暮色中站了很久，嘴里麂肉的余味犹存。

5

若干日子之后的一个夜晚，娄贵正要上床，堂客在被窝里说，娄贵，晓得啵，副乡长犯错误了呢。

娄贵说，什么错误？

堂客说，作风错误呗，听说，是在被窝里捉出来的呢。

娄贵怔了怔，忽然就嘿嘿笑起来。堂客说你笑什么呀？娄贵不作声，只是笑，取下墙上挂着的干麂皮，往身上一披，纵身上床，就向堂客扑过去。堂客说，你癫了么？娄贵说，你才癫呢。又跳下床去，两手撑地，嗖地蹿到这边，又嗖地蹿到那边。娄贵听见耳边风声飒飒，便学了一声麂子叫，立时，觉出自己就是那只乌麂，带着一群麂子，在山上黑色闪电般划过来，又划过去。

1991 年 5 月 11 日

红　衫

　　那日晌午，牯子坐在村口樟树下歇息，背靠着青苔斑驳的树干，眯缝着眼睛，任浓荫水般泼了一身。蝉声一声长，一声短，像是一根抽动着的绵长的线，把他的心思一缕一缕地抽走了，脑壳里落个空空荡荡。

　　他就有些不知身在何处了，神志恍惚，目光虚迷，山野模糊成斑斓的绿色悬在他的眼帘上。忽然，在那朦胧的绿中，有一点儿红色的东西在飘闪。他睁了睁眼，景物便清晰起来。那红色的东西是一件衬衣，晾在村小学操场边的竹篙上，在微风里轻轻摆动。

　　牯子顿时觉得山野有了种生气，日子也有了一种别样的滋味。

　　那衬衣如一片红枫叶在翻飞，牯子似乎听见了它发出的声音。牯子想，风再大一点儿就好。牯子爬走来站到树根上，双手合在嘴巴前，唤了一声：噢嗬——！风果然就唤大了，红衬衫高高地扬了起来，变成一束摇曳的火苗。牯子又想，它就要被吹落了。它果真就随了牯子的想法，在竹篙上滑动了一下，飘落下来。

　　红衬衣像一片轻柔的云，悠悠地落在河岸的青草丛中，只差几步远就掉到河水里了。但不会的，牯子心里说，我不让它下河，它落到草上才好让我去捡。牯子沿着河边的小路向上游走去。

　　牯子走到操场下边。红衬衫平铺在青草之上，其色彩之鲜艳令牯子惊诧不已。他对它注视了片刻，才小心翼翼地把它捡起来。它躺在他粗糙的手掌里，滑爽、柔软，散发出一缕温馨之气。一片羽毛在轻轻撩拨着他的心，他惶惶地捏了捏衣襟，迅速地往四周瞟了一圈，见无人，便把脸埋在红衬衫里，深深地吸了一口气。

　　他立刻觉得那温馨之气充满了他的身体。

他捧着红衬衫走出草丛，站到操场中央，喊，辛老师！

学校里开了一扇门，走出一位年轻的女教师，朝他直摆手，说，别喊，学生在午睡。

他就不再喊，看着她走过来。此时她穿一件米黄色衬衣，胸部顶得很高，他的目光迅疾地从她胸脯上掠过。若穿这件红衬衫，她要漂亮得多，他想。

她到了跟前，他感觉到了她身上温热的气息。他伸出手来说，辛老师，你晒的衣吹落了。

她接过衬衣，嫣然一笑，噢，谢谢你。

他说，晒衣服最好用夹子夹一下。

她说，是呀，我有时候懒，就没夹。

他说，要落到河里，就漂走了。

她点头，就是……你进不进屋坐一下？

他想想说，不了，你够忙的，一个人教四个年级，还要自己做饭。你吃得消吗？

她说，习惯了。

他说，其实这么艰苦的地方，应当派个男老师来的，你跟你领导关系没搞好吧？

她惊讶地，你怎么知道？

他说，在你之前，来这儿教书的老师，有几个都是因为这个原因呢。

她轻轻叹口气，良久，说，反正，我不来，别人也要来的。

他说，你是个好老师，学生伢都喜欢你。

她笑笑，没吱声。

他想他该走了，但脚有点儿不听话。她这时看了看手表。于是他下决心，转身离去。走了两步，他回头说，辛老师，过两天我给你送捆柴来！

她说了句什么，他没听清，他匆匆地离开了学校。一路上他都在回味那红衬衫散发的气息。

两天后的傍晚，牯子扛了一捆柴往学校去。夕阳在山巅上闪烁，村子上空缭绕着几缕炊烟，路边虫子细鸣。到操场旁时他见辛老师正在河边洗衣服，就停住，悄悄地看她。红衬衫穿在她柳枝儿似的身上，随着她洗衣的动作，轻轻摩挲着她的背。他看见许多晶莹的水花从她的指尖滴落，发出很有意味的声响。他忘记了肩头的重量，在他的凝视中，四周景物被暮色模糊了，唯穿红衬衫的她，反而愈发鲜明起来。

当她端着脸盆站起身来，他才觉出肩已麻木。他赶在她看见他之前叫了一声，辛老师，我给你送柴来了。

她仰起一张红扑扑的脸，哎呀，这怎么行，我还有柴烧，不好麻烦你……

这有什么，几根柴禾，应该的。他说着就毅然转身，大步走进操场。他感觉她紧跟在后，他听见红衬衫在她身上窸窣作响，她的呼吸急促不安。他将柴丢在厨房里，回头看了看她。在红衬衫的衬托下，她的脸是那样娇艳。

她递过一条湿毛巾，快擦擦汗。

他接过毛巾，擦去额头的汗洙。毛巾透出一股香气，他不敢多擦，赶忙把毛巾还给她。

她说，这儿还有哪。说着，就在他裸露的胳膊上轻轻擦起来。或许有些紧张，他胳膊上的肌肉隆突起来，一瓣一瓣的，发硬。她忽然伸出小手在他的臂上抚了一下，啧啧，你的身体好棒，挺健美哩！

他心里一跳，扭头去看，见她脸颊绯红，眸子发亮，只是眼神一下从他身上滑下去了。她低头在水桶里濯毛巾，嘴里说，到屋里坐坐吧。

他说，好。喉头有点儿发僵。

整个学校就三间房，一间大的是教室，两间小的，一是厨房，一是卧室。他走进她的卧室，在书桌前坐下，立即被温馨的气息包围。屋里屋外都很静，他能听见自己的心跳。她为他倒了一杯凉茶，他赶紧握紧那只玻璃杯，心里才稍许踏实一些。她坐在他旁边，他用眼角余光觑着她红红的身影，不知说什么好。他知道应该说点儿什么。两个人默默相对，就显得有什么不对头。他期望她问点儿什么，可她也不出声，把一只沾有红墨水的纤纤小手搁在桌面上，望着窗外出神。窗户半开，可看见朦胧的山谷和粼粼的河水。夜色渐浓，她的面容不甚清晰了，但他仍能看见她明亮的眸子，她的温香的气息，一缕一缕地向他吹送。

虫声细密如雨，几粒萤火虫在窗前亮过来亮过去。他的手无意识地摸着那张旧书桌的木纹，忽然觉得心里很堵，有一种灼热的东西在蔓延。他的手痉挛着，沿着桌面慢慢爬动，猛地，就抓住了她的手。他大声说，这太、太不公平了，把你一个独身女子派到这山旯旮里来，太不公平，太不公平。他感觉她身体抽搐了一下，但并没把手抽回去。于是他双手捉住她那只温软的小手，把它握在手心。他嘴里喃喃叫着，太不公平，太不公平。他一叫一边把那只小手贴在脸上，继而将它展开，捂在自己嘴上，在呼吸它的气息的同时，用两片唇去磨擦它，仿佛这样做能抵消她遭受的不公平。这时，她用另一只手扶住自己的头，身子摇摇欲坠。于是他赶紧站起身来，走拢去，把她抱在怀里。她的身子一动不动，但他能觉出它像火一样在燃烧，而他的手则反过来被她攥着，贴在她的脸上。他心里一颤，盈盈泪水溢出了眼眶……

第二天，牯子记不清他是怎样离开她的了。一整天他都在想她。在田里薅草时，几次将禾苗当稗子拔掉。收工时，他特意绕道，从学校门前经过。他有好多话想对她说。她正好从门里出来，看见他，脸一红，嘴张了张，似要说什么，可又闭上了。他随即也把嘴张开，却发觉自己也说不出话来，傻呆呆地直视着她。他们就这样木然相对，过了一会儿，她扭头走了，留给他一个红色的背影。

这以后，牯子几次欲去学校，都走了几步又打消了念头。不知为何，距学校近一点儿，都使他感到胆怯。他躺在床上回忆红衬衫以及种种情景，总是恍然若梦。

在牯子快要平静下来的时候，山里下了几场猛雨，洪水卷着草叶树枝从上游倾泻而下，河水陡涨了好几尺。村民们全聚在河边，手持鹰嘴篙，打捞上游漂来的木料和杂物。东西落水便属无主，谁捡了归谁，山里的老规矩。

牯子扛着篙子来到河边。被阳光映照着的洪水金黄刺眼。他偶尔地朝上游瞭一眼，就眼一亮，心一跳，那件红衬衫，以很熟悉的姿态晾在操场边的竹篙上。带水腥味的风在吹拂，那红衫子就飘飘扬扬，忽大忽小。他想，风还大一点儿就好。他双手合在嘴巴前，唤一声：噢嗬——！风果然就唤大了，红衫子高高地扬了起来，变成一束摇曳的火苗。牯子又想，它就要被吹落了。它果然就随了牯子的想法，在竹篙子上滑动了一下，飘落下来。

红衬衣像一片轻柔的云，悠悠地落进河水里。牯子心里说，落进河里就好，我好去河水里捡。牯子睁大眼睛，看着那一点红色在洪水里漂浮。他丢下手中的篙，向河里走去。红衬衫忽隐忽现，漂向水中央，离岸很远了。他两手划着水向河心扑去。

他水性很好，很快就游到了河心，抓住了那件红衫子。但是洪水激荡，凶猛地将他往下游推，要想在短距离内游回岸边，是不可能的了。他紧攥着红衫子，顺着洪水往下漂。漂了一程，他瞅准岸边一块礁石，全身发力扑过去，却没招架好，头磕到礁石上，失去了知觉。

他苏醒过来，已是在五里外的河滩上。红衫子还在手里，怀中还有根木头。

他挣扎着站起，头不很疼，左脚却崴了，疼痛难忍。他捡根树枝当拐杖，一瘸一拐，总算在天黑之前挪到了表兄家。表兄弄了些三七之类的草药敷在他的脚上，吩咐他歇息几天，等脚好了再回去。

他就在表兄家歇着。他将红衫子洗干净，晾在阶基上。他在竹躺椅上歇息时，就望着红衫子，免不了浮想联翩。表兄问，这红衫子哪来的？他笑笑说，捡的。红衫子晾干了，他很仔细地抚平皱褶折叠起来，并一再放在鼻尖下闻。他感到很惬意。

这日表兄赶场回来，进门就大叫，表弟，你们村的人都讲那个女老师，天天有空就站在河边发痴哩，没想到你还真有本事，跟吃皇粮的风流上了！

他再也歇不住了，把红衫子夹在腋下，跟表兄道了别，匆匆往山里走。脚还有点儿疼，但根本成不了障碍。红衫子如团火，烧灼他的身体，把他的心烧成了一锅开水。太阳擦着西边的山尖时，他瘸着腿到了村里。远远地，看见她站在学校操场边，痴望着已经退落的河水。他心里紧，脸上烫，头重脚轻地迅速向她靠拢。他看清了她微锁的愁眉，嗅到了她温馨的气息。在她什么也没察觉的时候，倏地蹿到她跟前，抓过她的手接住红衫子。他瞪着她冲动无比地大声叫道，我是牯子呵我没死我把你的红衫子捡回来了你看见了吗我喜欢你晓得吗我是真喜欢你我是农民可是我会疼你的我会把你捧在手里揣在心里你嫁给我作堂客吧嫁给我吧嫁给我吧嫁给我吧！

他话音一落，莫大的静就笼罩四周。他看见她在静里瞪大了眼睛，绯红的面庞渐渐发白。她惊叫一声，跑开去。红衫子跌落在地。他忙弯腰拾起它。这当口，她身子一闪就进了屋，并关上了门。

他拍着门，辛老师，你开门呀。

屋里无声无息，门变成了一堵墙。他在门前伫立了很久，才默默地离开。在走出操场时，他随手把红衫子搭在竹篙上。

走了几步，他觉得眼睛热辣，便回头凝望。竹篙上的红衫子微微拂动着。他心里说，风呵，你给我大点儿吹！风果然就大了，飒飒有声。他心里又说，把那红衫子吹下来吹下来！那红衫子果真被吹了下来，像一只受伤的鸟，无力地扑落在地上。

1991 年 4 月 16 日

飞　狐

后来他们到了武陵源的山路上。

他抓着她一只手，牵着往山上爬。风景很美，奇峰兀立，古松虬曲，红叶
斑斓。他却把注意力集中在她身上。她的小手热乎乎的，被捏在他手心，不时
地扭动，似乎想挣脱出去，所以他的心总有些紧。路不宽，他尽量仄着身体，
让她占有较宽的路面。他还得不时提醒她注意脚下的石头，悬在头顶的树枝，
自然无暇细赏风景了。

山路时而跃上崖头，时而没入林间，听得见前后人声喧哗，却难看见人影。
他嗅着她年轻的躯体散发的芳香之气，有一种宁静的满足感。疏离的树影漫过
他们的身体，使他觉得他俩身上长满了花纹。

走完一段陡坡，他掏出手帕为她擦汗，问："累了吗？"

她望着远处说："累了。"

他说："那休息一会吧。"

她说："不休息。"

他关切地："那你怎么办？"

她说："你背我。"

他前后看看，有些为难，但还是弯腰弓背："你上来。"

她在他背上推一掌："别装模作样了。"

他说："谁装呀，赴汤蹈火都在所不惜，何况背一背你？你还不晓得我对你
的……"

她说："好了好了，不要随便就搬动那个字眼，又不是中学生，走吧。"

"好，走。"

他重新牵住她的手，刚走了两步，腾地跳开，与她保持一段距离。

她说："怎么啦？"

他说："前头有两个人，好像是我们单位的。"

她瞥一眼前头，两个人影在树隙间晃动。她撇撇嘴："神经病，你单位的人怎会到这里来？隔着千里地呢。"

他又走近她："就怕冤家路窄。"

她说："瞧你怕成那个样子。"

他说："我怕了吗？我才不怕呢，若不是怕对你影响不好，我要向全世界公开。"

她鼻子里哼一声，不再言语。

他就过来搂着她的腰，眼睛睃着前头，直走到路实在是狭窄得不能并肩而行了，才松开她。

他们爬上一道山脊。两只老鹰在空中无声地盘旋。往山下看，山谷显得幽深莫测，一些岩峰东倒西歪地挺立其间。她停住擦汗，脸红扑扑的。他压抑着吻她的冲动，帮她摘掉粘在裤子上的草籽。

忽然旁边的灌木丛哗哗一阵乱响，一只野兽倏地窜将过来。他惊得两腿一软，但还是义不容辞地护住了她。定睛一瞧，却不是什么野兽，只是一张兽皮，晃晃悠悠地提在一个面色黧黑的山民手里。

他有些恼怒，喝道："你干什么？"

山民举举兽皮："你看看这个。"

他说："我不要看。"

山民把兽皮伸到他面前："这是飞狐皮，你看这毛色多好，你摸摸，多软和。"

皮毛呈褐红色，毛茸茸的，他摸了一把，手感不错，只是膻骚味太强烈了，他不由得抽了抽鼻子。皮子背面用竹片撑着，看样子才剥下不久，还看得见缕缕血丝。

山民说："这东西在城里是稀罕物呢，要不要？"

他说："我要它干啥？"

山民说："带回去给你老婆做条围脖啊，"山民指指他身边的她，"这么漂亮的老婆，戴上这么漂亮的围脖，那才叫美哪。当丈夫的不要小气嘛，我便宜卖给你。"

他犹豫不决，回头看她，她正向山顶张望，仿佛心不在焉。他想想，说："好，我买，要多少钱？"

山民说："四十。"

他摇摇头："贵了，顶多二十。"

山民说："三十五。"

他一狠心："三十，你不卖就算了。"

山民叹口气，似乎心有不甘，一边递过皮子一边说城里人太精明，收起他递过的三十元钱，道声发财，就又钻到树丛中去了。

他举起飞狐皮欣赏了一会，说："嗨，如今深山老林里的人也有商品意识了，真是。"

她瞥他一眼："你还很会讨价还价的。"

他说："还不是为了你？"

她说："为我？我可没资格消受。你哪次出差，不给她买东西？"

他说："你呀，应该体谅我，我给她买东西，只是为了……这飞狐皮，我可是真心实意为你买的呀。"

她说："刚才，那人不是叫你给老婆买，你才买的吗？"

他说："那只是他的说法呀，我心里想的是给你买嘛。"

她背过身去："谁知道你心里有什么毛毛虫。"

他皱起眉头："唉，你呀你，咱们好不容易有个机会出来玩玩，应该高高兴兴才是，为张飞狐皮闹脾气，多划不来！把良辰美景都糟塌了呢。你别生气了好不好？你再生气，我只好把这飞狐皮丢掉算了。"

她扭过身子："你丢呀。"

"好，我丢，"他走出几步，那儿正是一堵悬崖的边缘，他把手横伸出去，"我真丢了！"

她瞪着他："哼，你根本就舍不得丢。"

他说："你看我舍不舍得丢。"他的手扬扬，就要将飞狐皮往崖下扔，她拉住了他的手，他于是退了两步，"怎么，不丢啦？"

她说："不丢了，免得你心疼。其实问题的实质不在一张飞狐皮。"

他脸有些白，但笑了："它确实是我给你买的，它是我表达情感的一种方式，要把它丢掉，差不多等于把我的情感丢掉呢，我希望你能接受它。"他向她举起飞狐皮。

她急忙后退："我才不拿它呢，膻气熏天的！"

他说："当然我给你提着。我希望有一天，你戴着漂亮的飞狐皮围脖，亭亭

252

玉立在我面前。"

她说："看情况吧。"

他说："这才是我的好小姐呢！"说着便又牵起她的手，往山上爬。突然，她踩着一块滚动的石头，哎哟一声瘫了一下去。他急忙放下飞狐皮去扶她，她却站不起来。

他连声问："怎么了怎么了？"

她坐在地上，双手捉住崴了的脚脖子，抬起疼歪了的脸叫道："都怪你，都怪你！"

他慌忙蹲下身子，将她的脚搁在膝盖上，从牛仔包里掏出红花油，抹了一些在扭伤处，然后使劲揉。她叫唤一阵，不出声了。但脚脖子还是红肿起来。她哀愁地觑着他。

他唉了一声，说："别愁，我们在这里歇会儿，看有抬滑杆的路过吗，我叫副滑杆把你抬下去。"

她说："我的脚会好吗？"

他说："会好的，只是一般的扭伤。"

他们等了很久，许多游人从面前经过，就是没见抬滑杆的。而太阳快要下山了。

无奈，只好他来背她了。他问到一条下山的近路，便责无旁贷地把她背起来，踉踉跄跄下山去。好在，她身子苗条，大约还不到五十公斤重。他想他能对付得了。

他把飞狐皮挂在脖子上，吊在胸前，浓烈的膻骚味直冲鼻孔。幸好她的头伏在他右肩，她口鼻里呼出的温馨之气亦不断地扑向他的面颊。

走了一阵，他的双腿发起抖来，并急促地喘息。路很坎坷，又陡，台阶高低不一，她在背上变得很沉。汗珠小虫一样在他额头爬行。

她说："背不动就歇一会儿吧。"

他本想歇一会儿，听她这么一说，又咬牙往前走，说："我背得动。我还没老到那种地步。"

她说："真对不起，我连累你了。"

他说："怪我自己。"

她说："怎能怪你呢？"

他说："只能怪我。"

她不言语了，他觉得她在想心事。他摇摇晃晃走到小路拐弯处。路边是一道深不见底的石缝。她忽然说："你要怨我累赘，把我扔下去好了。"

他停住脚步，气愤地："你怎么说这种话？"

她说："你别担心，我掉到下面保证不叫，神不知鬼不觉的，你会没有任何麻烦。"

他放下她，白着脸叫道："你再说我真把你扔下去了！"说着朝石缝心颤颤地窥一眼，刹那间他似乎真有了把她扔下去的欲望。

这时她反而缄默不语，伸过手来抓住他的两只手指。他深深地叹口气，弯下腰，捧起她的脚，在扭伤的地方吻了一下。

歇一阵，他又背起她继续往山下走。在他又快站立不稳想要歇息的时候，发现路旁悬崖下有幢木屋，堂屋是个铺子门面，门前一张案板上摆满了各种草药，一面白布幌子从檐下挑出来，上面写着"武陵诊所"几个红字。他喜出望外，背着她走进门去。

一个蓄分头的中年汉子立即过来，帮他扶着她在椅子上坐下。中年汉子穿一身老式便服，衣襟上一排密密的布纽扣，看上去像武打片里的侠客。他有些疑惑地问："你是医生？"

"嗯。"中年汉子指指墙上挂着的行医执照，问，"是不是崴了脚？"

他说："是的。"

医生拿过条小方凳，把她的脚搁在上面，轻轻捏捏，又抓住脚掌摇了摇。她哎哟一声。他立即叫道："你轻点儿！"

医生笑笑说："不打紧，我给弄弄，很快就会好的。"

他说："就能走路吗？"

医生说："我治治看吧。"

他这才松口气，取下飞狐皮挂在墙上。

医生往她脚上喷了些药酒，手掌在脚上噼噼拍打，她竟然没叫疼。接着，医生把那条腿抱在怀里，在脚脖子上使劲搓揉起来。她发出一些轻微的哼哼声。医生瞥一眼飞狐皮，边揉边问："多少钱买的？"

他说："三十，不贵吧？"

医生说："不贵，三十元钱在城里能买什么？卖皮子的，还担着一分风险呢，这飞狐是国家保护的动物，工商局要查到了，要处罚呢。"

他说："是吗？"

医生说："你要晚来几天买就更好，立冬后，就是冬皮了。"

她有些好奇，问："飞狐是不是可以飞？"

医生说："当然，不然还叫飞狐？不过它只在夜里出来活动，从这棵树飞到那棵树，采野果子吃。它飞的时候身体扁扁的，样子就像穿蝙蝠衫的城里女子抬起双手一样。白天，它就蹲在悬崖上睡觉，守着一株珍贵的药草，比如灵芝、血三七什么的。"

他问："它为什么要守一株药草呢？"

医生说："这就不晓得了。可能好比人有时也要守着恋着个什么事体，好有个念想吧？要是有不内行的人到崖上去采药，它会把采药人拴在树桩上的绳子咬断，弄不好就让你丢掉一条命。"

他说："嗬，它还真厉害。这么说你不到悬崖上去采药啰？"

医生说："哪能不去？好药都长在悬崖上哪。我有办法，在拴绳子的地方画个咒符，喷些法水，它就不会去咬了。一物降一物呢。"

他摇头："迷信。"

医生笑道："这是祖上传下来的，你不信，我得信。只可惜，如今偷猎的太多，恐怕以后我也用不着画符了。"

说话间，医生已把她的脚放在地上。她立起，踮着脚尖走了两步，说："好多了，可还是有些疼，只怕走不下山去。"

医生说："俗话说，伤筋动骨一百天呢，你现在需要休息。下山还有十来里，天色又不早了，你们只怕走不到。如果不嫌弃，就到我这里歇一夜，明日再走。我还有一张空床。"

他朝门外看看，山谷里阴暗了许多，夕阳在远处山巅上闪烁。医生的建议有点儿突然，却也在情在理，他犹疑地问："屋里……就你一个人吗？"

医生笑道："还有我老婆，在柴屋里收拾呢。放心，不会宰你们的，上门就是客，食宿费看着给就是。我们这里常收留受伤的、迷路的游客呢。不信你看。"

医生往墙上指指，那里贴着一些感谢信，还有一面写有"救死扶伤"的锦旗。

他忙点头："信，信。"又回头看她。

她说："只好这样了。"

他说："那就这样吧。"

他掏出十元钱作为医药费给医生，医生收下了，就带他们进了一间木板房。房内的摆设与一般小旅馆无异，看来是一间专门的客房。床上的被子很干净，窗户撑开着，可看见外面的树梢和幽谷。医生一出房门，他就揽着她在床上坐下，在她脸上吻了一下。接着他把那张飞狐虎提进来。她说，臭死了，别挂在房里。他便将它挂在窗外。他拿了脸盆，去灶房打水，碰见了医生老婆，那是位健壮的山里女子，见了他，像见了熟人似的笑笑，告诉他热水在火塘上的吊锅里。打来水，他先给她洗了脸，然后给自己洗。洗完，便和她并肩坐着，头靠着头，静静地望着窗外。这时，他才发现自己已经很累很累了。

天快黑时，医生叫他们去吃饭。他们第一次吃到了熏麂肉，味道很不错，只是有些辣。他和她赞不绝口。他还说，回去后一定写篇文章在报上登一登，提高一下这间山间诊所的知名度。他说，这里是山美，水美，人更美呢。

吃完饭，医生又给她扎了几针。烫完脚回房时，淡白的月光从窗口涌了进来。他便携她伏在窗口，欣赏这山间的深秋月色。深蓝的夜空下，幽深的山谷神秘莫测。近处的树梢微微摇曳，叶片上月光点点。林子深处隐约传来哗哗声响，他仿佛看见红色的飞狐在飞翔。

他搂搂她的肩膀："景色怎么样？"

她喃喃道："美极了……美得让人想死在这里。"

他说："不枉此行吧？"

她点点头："嗯。"

他说："还怨我不？"

她摇头："不。"

他于是按捺不住，将她横抱了起来，向床走去。她驯服地一动不动。他把她放在床上，手忙脚乱地给她和自己脱衣宽带。当他抱着她躺下时，才发现这张床十分古老，榫已松动，吱呀作响。他有点儿顾忌，静了片刻，但她的喘息在召唤，他便不顾一切地行动起来。

蓦然房门被敲响了，医生在门外喊："客人，请你出来，我有话说。"

他一怔，悻悻地爬起，走出门去。

医生端着油灯，眼直直地瞪着他，说："我们就住在隔壁，板壁多缝，什么都听得见。"

他嘴巴嚅动一下："什、什么意思？"

医生说："你们不能在我房间干那事。"

他尴尬至极，又羞又恼，说："你们就不干那事吗？"

医生说："我们干，可我们是明媒正娶，不是打野食。我让你们借宿，但不

256

能干那事。干那事会犯地煞的，你们快活完，屁股一拍走了，背时的是我们。我们山里人迷信，也没城里人开通，请你体谅我们。同意，你们就安安静静睡；不同意，现在就请你们走，我送你们。"

他哑口无言，冰凉的夜气袭上身来，他打了个冷噤。他只好点了点头，表示同意。

他回到房里，见她正注视他，夜色里眼眸幽幽闪闪。他弄不清她是否听见了他和医生的对话。他躺了一阵，也不见她动弹，他去抚摸她，她亦没有反应。他也就纹丝不动了。

他顿觉秋意萧瑟，他和她都僵直在秋夜深处。清冷的夜色沿着双脚爬来，漫过他们的身躯，模糊了他的意识。

他醒来时鸟在窗外啼鸣，她站在窗口梳头发。他边穿衣服边问："睡好了吗？"

她头也没回："看来你睡得好。"

他说："马马虎虎。"

她看看他，似乎想说什么，终于没说。

他很利索地收拾行李。他将那张飞狐皮卷起来，用塑料袋包好，塞进挎包里。他又打来水，和她共同洗漱。忙完，就背起大包小包，搀她出门。她推开他的手："不用。"

他问："脚好了？"

她说："好了。"

他又问："真好了？"

她说："真好了。"说着跷起那只受伤的腿，摇了摇脚掌，脸上没有半点儿疼痛的表情。

他说："太好了，太好了。"还是搀了她的左肘，来到堂屋。医生老婆见了说，医生上山采药去了，留下话，要他们吃了早饭再走。他忙说了不麻烦了，要赶早班车去，这就走了，等医生回来，就说我们非常感谢他。

他付了食宿费，就和她往山下走。空气湿润清新，四周都是脆亮的鸟啼，这使得他也有了些生气。他吹着口哨，挽着她走了一段，她说："松开吧，这样两个人都走得累。我不想再连累你。"

他只好松开，说："你行吗？"

她说："没问题。"

说是没问题，但她走得很慢，他不得不走几步就停一下。他始终很担心，不时窥她的脸，可是山里有雾，雾掩饰了她的神情。

雾快散尽的时候，他们终于来到那条山脚的简易公路上，搭上一辆中巴。两个小时后，他们来到了这个因武陵源风景区而闻名的山城火车站。他把行李堆在候车室长椅上，让她守着，他去买票。站了半小时队，买了一张硬座回来，是给她的。他们将使用不同的交通工具在不同的时间回到那座共同的城市，这是出来前就商定好了的。

开车前的时间已经不多，他赶紧整理大包小袋，把各自的东西放进各自的包里。他干得很仔细，他晓得些微的混淆都可能给他们带来麻烦。他把飞狐皮塞进她的包里。塞的时候她正看着他，他脊背上忽然有些冷，他觉得她会立即走过来，把飞狐皮拿出来扔在地上。

但她没有这样做，她从容地背上挎包，把手放进他的掌心，让他握了握，就转身进了站。她的手一如既往，还是那么温热、柔软，令他回味不已。

他在第三天回到他居住的城市。他的办公桌上有台橙色电话机，她经常在那里面跟他说话，约定有关事宜。可他回来好几天了，也不见她打电话来。这天他耐不住了，便冒了风险把电话打到她人多眼杂耳也杂的办公室去。接电话的正好是她。

他说："这么久了你怎么不打电话来？"

她说："我没想起。"

他立时就怔住了。

她说："喂，你还听着吗？"

他说："听着呢。"

她说："还记得你送我的飞狐皮吗？"

他说："当然，多好的一张飞狐皮。"

她说："昨天，我发觉屋子里一阵阵恶臭，到处找，也不知道臭味是哪里来的。后来我打开塑料袋一看，妈呀，无数的白蛆在飞狐皮上爬！我赶紧把它丢到公共厕所里去了……直到现在，我身上还有一股臭味。"

他立即就闻到了那股恶心的臭味，浑身发痒，仿佛全身爬满了蛆虫。他捏紧了话筒，发觉对她再也无话可说。

搁下话筒他便知道一切已成过去。

1991 年 9 月 4 日

258

生命的颜色

天地间一片苍黄。

浑黄的阳光透过云层，照着这一片覆盖着淤泥的平原，蒸发出闷人的泥腥气。密密的棉秆戳在淤泥里，脱光了叶子，宛如荒漠里的枯草。

七天之前，这里还是一派风吹棉苗绿浪翻滚直连天际的景象。可是一场意想不到的洪水肆虐了六天六夜，掠走了所有的绿色，只留下了这满目荒凉。

村主任领着记者在这片荒凉里趔趔趄趄地走，两人的神情也很悲苦。他们环顾着劫后的田野，久久无言，似乎都感觉到在大自然面前，人是那么渺小。

不远处有棵小腿粗的榆树，枝头竟也没有一星半点儿绿色。村主任和记者都很奇怪，因为洪水不可能淹死一棵树。

他们便向榆树走去。

到了榆树跟前，他们发现距地面一人多高的树杈里搁着一团黑色的东西，定睛一瞧：是一个人，或者说，一个人的躯体，他蜷曲着，一只手耷拉下来，像一根枯树枝。他四周的树枝都没有了皮，有明显的啃啃过的痕迹，细枝上的叶子也看得出是被人采去的。他的黑黄枯瘦的脸横摆在树枝上，双目紧闭没有一丝生气，嘴却龇咧着，牙根和嘴角上沾着一些绿褐色的渣滓。显然，那是一些咀嚼过的榆树皮。

村主任和记者不觉悚然。

记者问："你认识吗？"

村主任摇摇头，走近一点儿，偏一下脑袋，仔细窥看那张脸，失声道："哎呀，是吴老倌！"

记者问："哪里的？"

村主任颤声说："是我们村的孤老头儿，六天前守堤时被洪水卷走的……"

村主任踮起脚，伸手摸一下树上那只耷拉下来的手。

记者问："活着吗？"

村主任拿不准，没有吱声，想了想，抱着树干爬上树去。

村主任到了树杈里，一只脚紧踩着树枝，一条腿紧绕着树干，费力地将吴老倌的身体抱起来，慢慢往树下放。村主任冲记者叫一声："喂，帮忙接一下！"

记者迟疑了一下，心一横，抱住了那两条垂下来的硬腿。村主任在树上手一松，记者便支撑不住，连同那具没有知觉的躯体扑通一声倒在地上。记者惊得噢一声叫，赶紧爬走来，慌惶无措地抓挠身上的泥巴。

村主任跳下树来，俯下身子，轻轻摇摇那躯体的肩膀，叫唤了一阵，毫无反应。搭搭脉，脉搏好像已经没有了；再探探鼻息，也若有若无。只是那身体，似乎还未完全僵硬。

村主任说："先背回去再说。"

村主任蹲下身子，背起吴老倌，一步一步往远处村子里走。记者忙跟在一侧，一只手扶着村主任的胳膊。

村主任喘息着，摇摇晃晃，脚从泥里拔出来时叭唧作响。记者惶恐的心慢慢安定下来，他回头望望苍黄的天地，以及那棵兀立其间的榆树，心中有种莫名的感觉。

"喂！"村主任背上突然发出一声干涩的喝叱，使得村主任和记者猝然呆住。记者惊愕地发现，原本低垂在村主任肩侧的那张瘦脸已举了起来，眼睛半睁，微弱却锐利的目光直刺向他。记者打个冷噤，只见那张沾着榆树皮渣的嘴又张开了："快把你的鬼脚松开！"

记者赶紧往旁边一跳，一株棉花苗如同一朵绿色火焰从他脚底下弹跳出来。记者惊奇至极，那确是一株活着的棉花苗，它抖掉了身上的泥沙，斜斜地站立着，向着苍黄的天地挥舞着绿色的小旗……

1991 年 6 月 9 日

饭熟了没有

卯子在山坡上锄红薯。

他扬起锄头时，夕阳在雪亮的锄刃上闪耀，十分刺眼。

汗水如同一条条毛虫，在他赤铜一般的肩膀上蠕动。一颗硕大的汗珠挂在睫毛上，于是整个山坡都变得模糊不清了。他使劲眨眨眼，汗珠坠落到地上。他听见了它的破裂声。

绿色的红薯叶在溅起的沙粒的打击下颤抖。

卯子看见自己的影子很长很长，它横过山坡，一直延伸到右侧的山崖上，延伸到一种又浓又厚的寂静里去了。

卯子似乎有些不自在，于是哼山歌：

> 远看妹儿白又细，
>
> 好比萝卜削了皮，
>
> 心想讨个萝卜啃，
>
> 人多眼杂不便利……

卯子哼得鼻子有点儿发痒，但山坡上有了生气，不单是那没完没了地重复着的锄尖锲入泥土的嚓嚓声了。

他一遍又一遍地唱那又白又细的妹儿，遐想着啃萝卜的滋味，直到锄完最后一垅红薯。

他把锄头扛上肩时，山坡下面浮起一个斗笠。

斗笠下面还有一张脸。

脸是笑着的。

卯子，锄薯呵？

锄薯锄薯。

261

你家红薯长得不错呵!

嗯,马马虎虎。

不过要是田里稻子不好,红薯再好顶个屁用。

就是。

你施过壮苞肥了吧?

如今到哪里弄化肥呀?

说的也是……不过,嘿嘿……

斗笠下的脸讪笑着。

么子?

嘿,你卯子比我们还是有办法些呀!

我有屁办法。

卯子嘟哝着。

你锄完了?

锄完了。

这就回屋里去?

回屋里去。

卯子扛着锄头往坡下走。

呃!

斗笠下的脸叫道。

么子?

刚才你堂客搭信,说饭还没熟,叫你莫急着回屋呢!

卯子站住,觉出被夕阳映照着的半边身子在发烧,有只山蚂蚁沿着脚背爬上了脚杆,痒痒的。他应了一声:噢……

我的信搭到了噢!

搭到了。

卯子我走哒。

你走吧毛拐。

斗笠下叫毛拐的脸一味地笑着,慢慢移开了。

山坡上复又是浓厚的寂静。

卯子觉得自己在寂静里飘浮起来了。他便使劲往下踩,把两只脚踩进坡里头去。

过了一会儿，他才往坡下走。

他走到坡腰一棵桐子树下，停住。

他放下锄头，垫着屁股坐下来。桐子树的浓荫把他覆盖住。

他坐下来，瞟着自家的瓦房。

青色的瓦顶上有蓝色的炊烟缭绕，遥遥地，送来一缕香味。

卯子瞟着自家的瓦房。

饭还没熟。

卯子喉咙发紧。

饭可能还没熟。

卯子瞟着自家的瓦房。

眼睛鼓鼓胀胀，又酸又涩。

卯子的视线就不那么清晰了。

他于是拿手背揉了揉眼睛。

自家门洞里出来一个人。

仿佛是他揉出来的。

那人只有蚱蜢那么大，穿白衬衣，提个黑提包，大摇大摆走的架势像个乡长。

卯子垂下眼睛，看着胯下的一棵狗尾巴草。

他伸出手把草折断，捏碎，弄得手心尽是绿兮兮的草汁。

他隐约听见轰然一声巨响，他想，是夕阳跌进西边的大山里去了。

这就是说，天要黑了。

于是他拍拍屁股站起来。

慢慢地走，等走到家，饭就熟了。

卯子边走边想。

卯子想：饭肯定熟了。

卯子跨进门槛。

堂客从凳子上立起迎他。

回来了？

回来了。

红薯锄完了？

锄完了。

卯子把锄头竖在门后。

堂客替他拍身上的尘土和草屑。

卯子说,我回来得不早吧?

堂客说,不早不早,刚好。

卯子说,饭熟了?

堂客说,饭熟了。

饭果然熟了,摆在桌上,白花花,香喷喷的。菜是辣椒炒豆豉,还有一碗干菜汤,一小碟腊肉。都是卯子喜爱吃的。

卯子洗过手,就开始吃饭。

他大口大口地吞咽。

吃那么心急做么子?

嗯,不急。卯子放慢咀嚼速度。

味道如何?

不错,好吃得很。

添饭时,卯子才发现堂客没吃,在一边看他。

你怎么不吃?

你先吃你累了。

你在家也不松活。卯子说。

堂客不作声,过一会儿,也端起碗筷。

两口子认认真真吃饭,屋子里填满了均匀平稳的咀嚼声。

吃完饭,卯子就躺在竹椅上歇息。堂客收拾好碗筷,就先去房里洗澡。

卯子微闭双眼,听着房里哗啦的水声。

听着听着,那水声变得尖厉刺耳。他仿佛看见一大堆碎玻璃从堂客丰腴的裸身上倾泼下来……

堂客洗澡洗了很久很久,整个屋子都飘溢着香皂的芳香。

卯子从芳香里闻到了一股异味,不可言传的异味。

所以他也没说什么。

卯子洗澡是用桶打水往身上淋的。

你多打点儿香皂。堂客说。

晓得。卯子应道。

狠一些擦。堂客又说。

有些垢子是擦不掉的。卯子说。

堂客就不说了。

卯子洗完澡，进了卧室。

堂客已躺在双人床上。

卯子把竖在墙角的竹床放倒。

堂客侧了侧身子。

你不到这儿来？

今天不了。卯子说，今天太热，睡竹床舒服。

那你就睡竹床吧。

那我就睡竹床了。

卯子把自己放在竹床上。

竹床吱扭吱扭，声音很锋利，一声声都割进人心里去。

竹床响了很久。

卯子，你要睡不舒服就到大床上来吧！

不用。

要不，我跟你打斛。

不，不斛。

那就不斛。

你睡吧！

好，你也睡。

我就睡。

卯子闭上眼，用心地睡。

睡了一会儿，身子酸疼，便翻了个身。他尽量减小竹床的呻吟，但收效甚微。

他倾听大床上的动静，似乎堂客发出了一声轻微的叹息，又似乎她已完全睡着。

卯子感到寂静越来越浓，令人窒息……

卯子。

堂客忽然在漆黑的静寂里唤他。

他不吱声。

卯子。

嗯。他应了。

我们搞到化肥了。

嗯。

我这里有两张化肥票。

嗯。

你明天去供销社把它买回来。

嗯。

堂客不言语了，过了好一阵，又说，如今化肥金贵哩，光这两张票，就可以卖二十块钱。

睡觉吧。卯子说。

好，你也睡。

我睡。

卯子一会儿就打起了鼾，好像他真睡了。

卯子挑了一百斤尿素从供销社出来。

头上的草帽压得很低，低到他只能看见自己的双腿和眼前三四米远的地方。

箩筐里，雪白晶莹的尿素颗粒令人喜爱。

肩上的扁担却吱呀吱呀响得烦人。

卯子觉得天气是从未有过地闷。

卯子吭哧吭哧过了农机厂。

卯子吭哧吭哧过了乡政府。

卯子吭哧吭哧吭哧吭哧来到集市旁时，对面来了一群人。

哥！妹妹辰子跑过来。

卯子，买到尿素了？！毛拐抓住他一根箩索。

买到了。他只好放下担子。

毛拐抓了一把尿素凑在眼前：啧啧，这尿素多爱煞人！

哥，你怎么搞到尿素指标的？辰子又惊喜又羡慕。

卯子蠕动嘴唇，却不说话。

哥，你说呀！你有什么办法？辰子焦急地跺着脚。

你哥当然有办法啰！毛拐眨眼睛。

卯子觉得头有些大，里头嗡嗡作响。

哥，你说呀，一分家你就不管我们了？！辰子不满地噘起嘴。

怎么不管？

266

那你说，怎么搞到化肥的呀？

卯子觉得脸上有两只虫子在爬，怪难受，他想肯定是毛拐的目光。他说不出话，胃里有股酸水在一涌一涌。

哎，别难为你哥哥了！毛拐抓住辰子的手拉到一边。如今八仙过海，各显神通，俗话说，蛇有蛇道，龟有龟路嘛！

毛拐又对着卯子一笑。

卯子相信所有在场人都看见了这个笑。

他感觉一个巨大的东西狠狠撞了他一下，脑子里一片模糊，两只手激动地战栗着不自觉地把扁担从箩索上取了下来。

辰子，我们想我们的办法去。

毛拐亲热地搂着辰子的腰往供销社走。

卯子瞪着毛拐的背。

毛拐走几步，忽然回头道：卯子，快回屋去吧，饭已经熟了。

卯子木然，毛拐的话在山谷上空盘旋，渐渐远去，溶入山野之中……

卯子突然迸出一声怪叫，冲过去举起那条硬铮铮的橡木扁担死劲往下一劈。

他的双手一震，感受到某种东西破裂了。

卯子听见一阵刺耳的男人和女人的惊叫，于是好奇地俯瞰地上那个躺倒不动的人，以及那个人头上淌出的一些红白相间的浓稠液体。

卯子现在坐在警车里。

他手上戴着亮锃锃的手铐。

卯子！乡长从窗口伸进头来。

卯子，你怎么能干这种事？

卯子不作声。

上次乡里办普法学习班，要你来你不来，这一下，犯了法还不知怎么犯的吧？

卯子不作声。

唉，你呀你呀！

乡长摇着头，把脖子缩出去了。

卯子还是一声不吭，毫无表情地看着车外的人们。

堂客伏在车门上哭啼，脸色苍白，声音嘶哑，什么也说不出来。

警车开动时，卯子忽然对着堂客高喊：喂，饭熟了没有啊？

1990 年 5 月 3 日

不 如 归 去

迷惘的他坐着，在蜃楼宾馆四楼的单人房间里。墙布的甜甜的塑料味，茶几的油漆味，和从卫生间门缝里透出的马桶味，再加上焦糊的暖气味，模糊了他的视觉。眼前是一片赭色、棕红色、果绿色和白色相杂的色斑。不觉之中脑袋就沉重了起来。恍惚间有个莫名其妙的想法浮在心里：这世界为什么存在？不过这是瞬息之间的事，之后他连是否有过什么想法都茫然不知了。乡间夏夜幽蓝的穹顶，深邃、神秘，放纵着少年的想象。璀璨星群镶嵌在固定的位置上，亘古不变，从老祖父的故事里流传下来，覆盖了多少代人的头顶。但最美丽的是流星划过的时刻，疑问号和惊叹号同时从心中升起。小男孩赤裸着，小鸟在大腿间快活地摇晃，流星照亮的夜空眨眼便暗淡了。天上一颗星，地上一个人。死亡使夏夜灿烂而生动。还有活着的流星，装在火柴盒里的萤火虫。泥土和青草的气息滋养的童年亦做了流星，悠然远去，永不再来。他的手在扶手上蠕动，手背上青筋凸起，使他窥见林子里盘缠的木通藤。手的颜色跟沙发扶手差不多，是棕黄，表皮上似有一层透明的薄膜。使用多年的锄把就是这种模样。那是岁月慷慨上的釉。人为什么要苍老？他骇了一跳，想出这样愚蠢而幼稚的问题，表明他有点儿反常。他是从来不考虑这类问题，自从他成人之后，一切都按常轨运行，准确、正常得如同一架高精度的石英钟。比他更正常的人少有。从宿舍到办公室是一百五十六步（最后一步只有半步，为了计算方便仍算一步），从宿舍到食堂是五十九步，从宿舍到厕所是三十六步。厕所是五十年代盖的，墙上长满绿苔，牢固、稳重。蜗牛在苔上爬，留下一道道黏乎乎的痕迹。他从不对女厕所那边瞟，他有意识地把头扭向另一边。厕所上写的"男""女"二字已被风雨侵蚀，模糊不清，但对一个正派人来说，它永远是清晰的，神圣不可侵犯。在厕所里，有他固定的蹲位。里面一排，最里面的一个。若暂被人占据，他宁愿稍等片刻。他从不暴饮暴食，亦讲究卫生，排泄便有规律，在每天六时半至七时之间。他从来没有急不可耐，措手不及。壁虎久久地贴在墙上，一动不动，等候蚊虫飞近……突然，壁虎闪电般出击，长舌头一卷，吞了一只苍蝇。他喉头痉挛，习惯性地、莫名其妙地生出两种感觉：一种是自己吞了一只苍蝇，另一种是自己是一只苍蝇被壁虎吞了。迷惘地他坐着，想干点儿什么，又什么也不想干。墙布上的花纹很精致，无数朵菊花整整齐齐地排列着，菊花的花瓣打着旋，一朵套一朵，每一朵都一模一样毫无二致。他的朦胧身影投在墙上，似乎这屋里有两个人，这使他不自在。我在这里干什么？他真正觉出自己有毛病了。一个老向自己提问的人是半个精神病，他永远得不到答案。但主要是他的问题毫无必要提出，他常常是有了答案才提出问题，等到问题提出，答案却不翼而飞。他觉出自己已变得莫名其妙起来！脚不安地挪动，暗淡的、钉了铁掌子的皮鞋摩擦着暗绿色的地毯，窸窣作响。赤脚踏着田塍时的油腻和微痒的舒适，是遥远似乎并没有过。溽暑季节回那里，黑色油路会扯掉你的鞋跟；而你终于摆脱公路走上屋前的小道，黄的白的黑的沙粒会沾满你的鞋底，你的步履就迟疑，沉重，彷徨。弯弯的小道蛇一样扭曲在那里，道旁缀着矢车菊、钓鱼草，还有野草莓。他爬向禾场时就抬起了身子，一只废弃的石碓斜躺在草丛中，碓眼里贮着一汪水，繁衍着绿藻和蚊蚋……舂米的声音回荡在故事里。现实里，只有一条大黄狗在叫，龇着尖利的牙不许你靠近。狗吠声既亲切又凶恶，狗眼圆睁，棕色眸子里映着一片杂色田野和一个瘦长的男人。狗眼里的男人惶惑着，用那个旧得不能再旧的旅行袋挡着可能的攻击。猩红的狗舌头上流着热烘烘的涎，你背上却是冷津津的汗……焦急而渴望地期待，你望着禾场边上那突入蓝天的屋檐和茅穗。冷不丁，一个女人的剪影贴在苍穹里，你就闻到熟悉的汗臭。肥大的乳房在粗布背心后摇颤，花短裤拍着粗壮的大腿，手臂扬起了，两丛青草似的腋毛便赫然在目。你心里稍稍一紧，脸上就有了惯常的笑。你回来了？妻一如既往地问。我回来了。他例行公事地答。妻接过袋子，趸进屋里。他跟在其后，毫不例外地嗅到她身体里散出的强烈气息。那是一种信号。然而他是无能为力的。古老的木床是古老的战场。漆黑之中，厚厚的铺草沙沙直响。妻在摆开她肥壮的躯体……这是为什么？只有没有用处的、无可奈何的男人才会有这类不该有的想法。妻咬他，摩擦他瘦伶伶的身子，把他搬到她身上去……妻浑身汗淋淋，乳房滚烫、光滑，气喘吁吁地把口臭喷进他的鼻腔，他恐惧、委琐、羞惭、困顿……你怎么成太监了？妻气急败坏，对他那里拍了一掌。他过去并不这样。那过去也已遥远了。他腿间冰凉，龟缩在一边，觑见妻身体的曲线疯狂地扭动。既然你这样，那就怪不得我了！妻怨恨地宣布，两只眼一动不动。他明白全部的含意，他甚至猜测，那条大黄狗，也是其中的某个环节。然而他不能怪她！天黑了，某个陌生男人代替他行使男人的职权……老床剧烈地、长久地战抖，妻像过去一样紧闭着眼睛，在快感的袭击下呻吟不止……此时他寂寞地躺在城里，睡无梦的觉。妻再也不催他回去。他平均两年才回家探视一次……妻炒的花生很香，妻的身上却有了他不习惯的异味。迷惘的他坐着，那异味从三百公里之外直奔他而来，使他恶心不已。他轻轻地，自丹田吐出一口长气，然后泡了一杯茶。缕缕茶香缭绕着，那异味就被掩盖了。他呷口茶，竭力去回忆会议餐桌上那最后一道菜，那是一盘炒鱿鱼。橙黄色的鱿鱼没炒透，咬不烂，他就省了这道工序，让鱿鱼滑进胃里。多少年前，曾有一条活黄鳝进过他的胃。水田里，有圆圆的洞，有时洞里就有鳝鱼头悄悄伸出来。抓鳝鱼时人们很放肆，开些和生殖器有关的玩笑。他的语言里有几十年没有那种字眼了。有一回，妻子冲动之中要求他讲那种话，他惊骇了，手足无措地瞪着妻，将夹在妻双腿间的脚抽出去。人是这样子的吗？或者说，乡下人是这样子的吗？他为妻羞愧。除了这一次，他这辈子从未替别人羞愧过。他总是自惭形秽。在大庭广众之中，众目睽睽之下，他从不照镜子，发式也是几十年一贯制。一套蓝中山装已穿了好多年。他有些困倦了，床上的用品令他惶然。两床被子两个枕头，似乎是某种暗示。这不像话，这不是单人房间吗？王芝苹的床上也有两套用品，一红一绿，很刺眼。王芝苹是未婚女子，怎么能这样？作为一科之长，他为此好心地、委婉地、转弯抹角地提醒她。她咯咯咯地笑，高耸的胸乳颤抖着，向他逼过来。他受了极大压迫，几乎窒息。他脸红了：难道是我不怀好意吗？不，他早就不行了。他不行已经多年了。他慵倦地从沙发里站起来，坐到床上，除了睡觉还能干什么呢？在过去那间黑屋子里，他睡着时常磨牙，吓得老鼠都不敢来。如今他连牙也不磨了，亦不像在学校时夜里要起床拉尿，引起同学的不满。他倒到床上了，沉于莫大静寂之中。静寂又深又远，漫无边际。电话铃惊心动魄响起来，静寂的碎片纷纷坠落！他立即有一种冰水泼头的感觉，全身起了一层鸡皮疙瘩。这不是一般的感觉，它总是预示着有某种事情发生，或揭示着已经发生某种事情。初春时节，风中已有暖意，从不怕冷的男孩赤脚走在田埂上，看刺莓花如繁星缀在枝头。男孩当时还不晓得长大会当人事科长，捧了一碗酸藠头快快乐乐地走。阴险的石头踢了脚趾头，他摔了一跤，按老师

270

吩咐送给老师的菜便骨碌碌滚了一地。幸好碗未破，他将酸薤头拾起，把一缕缕香气洒在风中。女老师发现了酸薤头里的草屑和沙粒，就说是他故意撒的，罚他站在黑板下。你这么不尊敬老师！不，你尊敬的，在老师房中，你还帮她洗过澡呢。她要你浇水，你就浇水。来，帮我搓搓背。她的背好白，好软，有一层极细的茸毛。还有这儿，她眯起眼，捧起一只乳房。他好奇地搓着，老师，你的比我娘的好看。真的吗？老师眯缝了眼，迷迷地说，用力搓，用力。搂住他就亲了半天。可女老师为了一碗酸薤头变了一个人。他想解释，却又怯于开口，当他终于鼓起勇气时，女老师细眉一竖，扬起一把黄橙橙的竹尺。伸出手来！那声音严厉而不可抗拒，他顺从地伸出手去。他听见竹尺在空中发出一声呼啸，竹尺尚未落进手心，却有一种冰冷的东西嗖地从头至脚罩住了他。他如同凝固在冰块里一样动弹不得，竹尺抽在手上毫无知觉，只感到透心彻骨地冷……这第一次不是因气候原因产生的冷感的深远意义，直到多年以后，才由一位萍水相逢的精神病医生揭示出来。九岁的他自然对此懵然不知。以后这种异常的冷感就经常来光顾他了。他任电话铃响着，直到身上的冰凉之感渐渐消退，才抓起话筒贴在耳朵上。

喂，哪位？

先生，您那儿有彩电吗？

有呵。

我来看节目好吗？

这……不太方便吧。

哎，别那么小气嘛，有什么不方便的？

好，你来吧。

事件发生之后他才想，他为什么要接这个电话？他永远也闹不清。他是在一片冰凉里回答那个女子的。女子的声音娇柔多情，使他充满了戒备，却又让他敞开了封闭的门。最简单的事物里往往充满了最复杂的含义。命运是个无处不在的东西。他有不可名状的不安，微微地颤抖着，寒气在血管里奔流。从九岁以后他一直畏寒，这是他在这南方的城市工作了二十年还不曾想到挪窝的原因之一。秋雾弥漫时，大清早放牛上山，他的裤腿被露水打湿，贴在皮肤上，透心地凉，他忍受着……这儿一年才下那么一两场雪，到冬天，他就用棉大衣把自己裹得严严实实，办公室里的炭火总是烧得很旺。哎呀科长，你的鞋烧着了！王芝苹惊叫着。他若无其事地笑笑，把火拍熄，不慌不忙。自认为笑得还

271

不错，所以很坦然。王芝莘说他一年到头只有两种表情，即笑与不笑，笑起来是一个模式，不笑亦是一个模式，这很不错，这说明他对同志们笑得一视同仁，不分等级。一般说来，他是见人就笑的，若没笑，事后会很懊悔，冷的感觉就会来找他。只有回到老家面对妻子，他没有笑，可以不笑。他还笑得出来吗？你是被谁阉了的？妻子的话好恶毒。好在只要下了床，她对他还是和蔼的。她的身体是越来越肥硕了，正如他越来越瘦削一样。他差不多不敢上澡堂了，去了就背着身子躲在一边。众多的结实的胸脯，有棱有角的腱子肉，壮实的大腿，水花从发红的裸体上淌下来，冲洗着雄赳赳气昂昂的阳具。科长，怎么成排骨了？他为了笑而笑着，无言以对。看你那东西，萎缩得没有了，科长，武器不用会生锈呢！他躬着腰，捂着羞处，从内心深处发出道道震颤波……稀疏的枯黄的草丛掩盖不了难堪，两条瘦腿微微哆嗦。莲蓬头里的水变得冰凉刺骨，冷感向下蔓延，先吞噬他的头，再布满四肢……大热天，有时也犹如置身冰库。冷的程度是不一样的，有时那冰凉仅停留在皮肤表面，有时却会透进骨髓里面去……从宿舍到办公室是一百五十六步（最后一步只有半步，为了计算方便仍算一步），从宿舍到食堂是五十九步，从宿舍到厕所是三十六步。从办公室到局长室很近，去的次数不少，他却不知有多少步。那是一段灰色的、遥远的距离，脚一踏上去就有千种思绪，要紧张排演进门后的规范的言语行为。门的轻微的响声是扣人心弦的。摇头的华生牌电扇恍如一位威严的教师爷。额上细汗沁出。楚科长，找我有事？局长一瞥，一道冷流从背上嗖地掠过去。我……瘦骨嶙峋的肢体僵直了。说吧，直说吧。局长色彩鲜艳的脸变幻多端。是这样……我爱人，困难……分居多年……语无伦次。更要命的是满面冷汗，满面冷汗！局长丰腴的手震撼人心地拍在肩上。你的情况领导上是心里有数的，你的要求也是合理的。不过我们应该以更高的标准要求自己。你是科长，又是先进工作者，而且是主管人事的，更应该以身作则；多想工作，少想自己，是不是？是呵是呵，你的心凉透了……如今夫妻分居两地的还很多，你的事……那就先放一放吧，他抢着说。局长再一次亲切拍打，我晓得你这个同志是不错的，过两年再说吧，啊？好，好，其实我也觉得不妥，可一时私心占了上风……他忙不迭做检讨。人是善于打消自己的愿望的。他顾不上分居不分居，只企望从冰凉的感觉里解脱出来。迷惘的他坐着，不知为何要应允那陌生女子的要求。他只是觉得难以拒绝别人，虽然他已下意识地觉出这个平常的要求异乎平常。人能够认识自己吗？窗外是一片迷茫的夜色，飞舞的雪花像心绪一样纷乱。敲门声震得耳膜隐隐作疼。他起身开门，竟然没有犹豫。年轻女子裹着一身寒风扑进门来。他不由得打个冷战。女子对他笑笑，立即反手关上门，脱下鲜红的滑雪衫，摘下雪白的绒线帽，大大方方地在沙发上坐下。这情景有点儿熟悉，或许在某个梦境里见过。难道命运有这样善良，给人以暗示吗？他为她倒开水，悄悄瞟她。女子披散一头黑发，打了眼影，涂了唇膏，冷艳得令人不敢正视。浓烈的香水味从她身体里喷出来。你怎么不洗洗澡？他有些胆怯地问妻。妻说怎么的？你身上一股狐臊味。我天生一股狐臊，你要嫌，莫回来，反正我跟的是个没种的男人。女人的香水味冰冷如霜，沾在皮肤上，通过毛孔钻进身体里去了，他通身发凉，五指弯曲如鹰爪，颤颤地扭开电视机……他有了预感。人是相信预感的，却并不准备反抗它。人不可能完全支配自己。屏幕上，女运动员着比基尼泳装，在进行健美表演。袒露的腰肢，隆起的肌肉，大腿间那块小得惊人的布微微凸起。他心惊肉跳，那女子忽然就搂住了他。

干、干什么？

还装什么正经呀？！只要这个数。

不、不……

不？你想要我？不怕我叫起来？

我……我不行呀！

女子瞪他一眼，目光如利剑，他全身的血液冻结了。他像个木偶般任人摆弄。女子摆弄他的程序跟妻一模一样。人的丑恶是如此相似！被窝成了一个冰窟窿，一座坟，他是其中一具僵尸……满眼冰山雪岭，山湾里的毛竹驮着厚厚的雪深深地弯下腰，他哈着冻裂的手，奋力挥锄，从土里掘出一只只金黄的冬笋。锄头碰到竹子，一堆积雪劈头砸下来，盖了一身，脖子里也寒满了。他冷得全身战栗不止……不过那冷他耐得住。环境造就人的性格。在暖气很足的房间里，他被冰冷的感觉窒息。你的这种畏寒，与其说是生理性的，不如说是心理性的。精神病医生目光灼灼，灵巧的嘴唇有节奏地翻动，一副洞察一切的神态。是命运让他俩到一家旅社一间屋子里来的。人生是多么深奥。什么时候开始有这种症状的？医生问。他一震，皮肤上似有条蛇爬过去。这种反应是一种症状吗？不，仅仅是一种反应。他的思绪飞过山山水水，穿透茫茫岁月，疲倦地落脚在山村里……是的，那是九岁的时候。人生只有一个九岁。那么，是什么契机诱发了最初的异常感觉。医生这种人是多么神秘莫测，令人慌乱。还要什么契机吗？当然，世上万物都有它发生的契机，特别是你的这种症状，它不

273

会是无缘无故的。找到契机很重要，除病要除根嘛！医生说着脱下一只臭袜子。他发觉那袜子和自己的袜子一个味道。臭味相投。他于是安静下来，专心致志地回想着，从混沌的脑子里找出一碗酸薹头。九岁的酸薹头呵，沾着鲜红的辣椒末黄橙橙地滚了一地；九岁的春天，风是酸丝丝的。这就是了，医生两眼发亮，沉吟一会儿说，从那以后你就有了这种条件反射？"条件反射"这个词使他不舒服，不过他还是点了点头。是的。经常？怎么说呢，一个月里总有那么几次。那么，你现在的反应与最初的反应是否一样？不不，现在根本没人拿竹尺打我。在暗无天日的老床上，妻恨恨地说，我不是看你瘦得只有几条筋，我揍你这没用的家伙。妻没有打过他，只是骂骂而已。你没感到有把无形的竹尺吗？医生洞若观火，说，你跟局长关系怎样？哦，跟局长关系再好没有了，他每月都定期向局长汇报思想情况工作情况，局长每年都提名他当先进工作者。局长说，楚科长是党的好干部，听话，老实，可靠，使用起来比使用自己的右手还放心。楚科长，你担任一下分房小组组长。楚科长，叫人帮我送一下煤气罐。楚科长，我侄儿的调动问题要抓紧。局长对楚科长的信任是百分之一百二十。可是，你跟他在一起时你那种异常感觉出现得最多！医生自信地摇头晃脑。他惊讶不已，十个指尖霎时冰凉。你病得不轻，你这病，是你的愿望和意志打内战的结果，它们不肯一致对外。医生说你那种异常感觉不过是你对外部世界畏惧的变态反应。你这样活着太苦了。可怜你这么多老实的白头发，医生摸你的头。给你开个方，要树立自信心，当那种情况来临，你对自己说：他是人，我也是人，我为什么要怕他？和医生的邂逅真是一次不同寻常的交往。两条人生轨迹交叉便碰出了火花。原来人都是应当进行自我治疗的！他沉着地走向局长室，果然没有以往的谨小慎微，毫无冷感袭来的预兆。局长的脸庄重得如同真理。楚科长，有件事请你办一下。筱素英同志参加革命的时间，原来填的是一九五〇年七月，前几天几个老同志回忆了一下，说错了，是一九四九年七月，写了证明材料，你把她的档案改一下吧！他愣住，心中的暖流开始干涸。凭证明就能改吗？况且，这种证明的真实性相当可疑。是否违反原则？原则算什么，历史不也常被涂改吗？这么一改，筱素英便可享受离休待遇了。不能改。但局长目光意味深长。筱素英是局长夫人！一股冷气蹿来，扑到他脸上……你是人，我也是人，我为什么要怕你？况且道理在我这一边，我不怕……然而舌头已冻僵，冰冷的气体沿着口腔爬过食道，爬向胃，爬向肠，爬向肚脐……你是人，我也是人，我为什么……可是，人和人不一样！冷气继续下蹿，填满小腹，湮没阴部，灌进两条僵直的腿中。他冰冷如铁！医生的方法全然无用，反而强化了那种感觉。他不敢违抗。他从来就没有违抗过。在他动违抗之念前，那种冰凉的感觉就将他打败了。筱素英的档案在1号柜第三格，从左往右第7本。他冷颤颤地，未进档案室，就已在想象中把那个1950改成了1949。医生你太天真太简单化太本本主义了，念几句咒就能打退那种感觉的侵犯？非但不能，愈念叨愈强烈。有时手臂没来由地凸起一片鸡皮疙瘩，丝丝冷气在里面突突奔流。他真是防不胜防！女子把他擒住了，他在被窝里惊恐地扭动、挣扎。他不光恐惧，还感到屈辱和自卑。一个男人落到这般地步！他躲避着女人烫人的身子，心中爆发出憎恨和鄙视。他精神紧张，身体里的冰凉感觉悄然消失。他的胸触着了两只鼓胀的香乳。你怎么可以和一个陌生女人赤身裸露在一起？他惶恐地，无比道德地撑起身子，雪白的女裸体在眼里可怕地蠕动，一团火从他胸中腾了起来。

你、你这女流氓！

哟，别逗了，你就放肆来吧，还不行不行，都已经那样了……

一只柔长的玉臂拉了他一下，他就扑倒在温软的波浪里。他发现自己竟然行了！很久很久之前，他是很行的，只是在后来，妻才说，你是被谁阉了的？是的，他本来是行的。他受了莫大的委屈，似乎是对这委屈的不满和对这女子的阴谋的反抗，他不顾一切地、前所未有地发泄起来……老床吱嘎吱嘎，响得有节奏，宁静之后是幸福的叹息。你真行，像条蛮牛。新媳妇的脸迷醉在朦胧月色里。他们在一起的日子太少，一年只有十几天探亲假……怀里的女人由陌生而熟悉了，他毫不羞涩地动作着，直到最后一刻。紧张的神经松弛下来……迷惘的他坐着，脑子里空空荡荡一无所有。那女子坐在身边不走，他才若有所悟，从钱包里掏出几十元钱。女子不接，鼻子里一哼。他又掏，把全部钞票掏出来，还有几个银闪闪的镍币。女子数数，冷笑一声走了……一声冷笑可以改变一个人的命运。来自农村的痴情的中学生，把从家里带来的炒板栗悄悄塞进一位女同学抽屉里，然后战战兢兢等待着什么发生。夕阳西下的时刻，板栗变成了罪证摆在讲台上。女同学漂亮的脸和小巧的鼻子，发出了毛骨悚然的冷笑。异性是可怕的，尤其是漂亮的异性……迷惘的他坐着，全身懒懒地不想动。被子乱七八糟地堆着，那是我弄的吗？他奇异地想，身子很软很轻。门忽然敞开，走进来两位警察。他蓦然惊醒，瞠目结舌，四肢冰凉，头发梢如同冰针，躯体上结了一层冰壳，将他死死罩住。

刚才有位妇女打电话，告你强奸了她！

没、没有！

有没有我们调查清楚就知道的。

不，是她强奸了我！

哦？这种说法倒很新颖。不过还是请你跟我们走一趟吧。

他站起来，才知四肢已苏醒。房间里一切都朦朦胧胧不太真实。人是多么容易陷入莫名其妙的境地呵。迷惘的他走出门……从宿舍到办公室是一百五十六步（最后一步只有半步，为了计算方便仍算一步），从宿舍到食堂是五十九步，从宿舍到厕所是三十六步……他已经走了二十年，白杨树的叶子青了又黄，一次次铺满了路面。小楚，你起得好早，早睡早起身体好哟！呃，老楚，这么早就起床了，昨晚我见你窗户里十二点灯还没熄哪，赶材料吧？真不愧是先进工作者……他看着院子里的树长大，看着拴在树干上晒衣的铁丝深深地勒进树身里去。南边那根铁丝上，女人的衣物红红绿绿招展，使他不敢多看。楚科长，请你帮我拧拧被单。王芝苹站在星期日的太阳下，粗壮的白胳膊从无袖裙里伸出来，腋下那一小撮约隐约现。这好像……不太好吧？他认真地犹豫着，脸皮上有缕冷风拂过。这有什么不好的。他惶然了，紧张四顾：我是男的，你是女的啊！咯咯咯，王芝苹笑成一株向日葵，硬把那湿漉漉的被单塞进他手里。楚科长，你呀你，真是太老实了！咯咯咯……真是这么可笑吗？当他从太阳下逃走，心情不再紧张时这样冥想。或许，有时候老实却是可笑的……你要老老实实地回答我们的提问，警察说。迷惘的他坐着，幅度很大地点头。楚大其同志，你是不是结的革命婚？局革委会主任把剥开的喜糖一粒粒扔进很大的嘴中，精神十分严肃。他正正胸前佩戴的领袖像，连连点头。是的是的，我们没拜堂，也没请酒，行的是革命礼，我送她一套《毛泽东选集》。闹洞房没有？闹了，闹了，没搞四旧，我背了五十一条语录，她唱了四首革命歌曲……新娘容光焕发，滚圆的屁股有节奏地扭动。新郎笨拙地蹦跳着，新娘被人推了一把，一下倒在他身上……人们欢呼起来，数只手趁火打劫于混乱之中捏新娘的身体……那夜里呢？夜里……他耳里风声呼啸。说吧，说详细一点儿，我看你是不是事事处处突出政治，要说老实话。主任眼里寒光逼人。我没有……突出政治，他老老实实地坦白。我犯了……生活作风错误……可是，头一天，我没有……哦？为什么？主任饶有兴趣，可他手心发凉。我……没找到地方。哈哈哈……！主任爆发惊天动地的大笑……事情真如你说的那样吗？警察帽子上的国徽闪着神圣

276

威严的光芒。他是老实人，从不说假话。他没料到会坐到这间没有窗户的屋子里来，外面的雪停了吗？老家那幢瓦房的屋顶怕是压着厚厚的雪了，檐上怕是吊着长长的冰凌了。禾场里当印满黄狗的梅花形脚印……会有陌生男人的脚印吗？难说。妻的手指洗菜时，定是像鲜红的胡萝卜了。蓝色烟炊从瓦隙里袅袅升起，融进冬日的天空；那石碓，自然是盛满了雪，静静地躺在那里如同一个句号……你回去吧，警察说，念你是初犯，不拘留，但要罚款，明天我们通知你单位。好的，他说，很驯服地点头。他很惊奇的是，他一点儿不尴尬，这可史无前例。他竟然很老道的样子。难道这才是真正的他吗？迷惘的他回到宾馆去，穿过长长的雪夜……你还晓得回来？你还要我这个堂客？妻在家乡晦暗的黄昏冲他吼叫。怎么不要，这不又回来了吗？他陪着他那始终如一的笑。你是人事科长，不把我调到城里去，你安的什么心？是不是在外面讨了二房？妻的唾沫打得他脸皮发麻。你乱讲什么呢，我绝对没有那种事，我没办法呀！他脑门发凉。我晓得没有，我写信找你们局领导调查过了，要不，剁掉我脑壳也不信！妻一个劲用围裙揩手。你调查了？他呆住，一大片雾气包围了他，冷气钻进了尾椎骨……他归宿于老床，床下老鼠熟悉地叫。妻用胸蹭他。你要没办法调我去，就回来当农民吧。我不稀罕你那么子科长。科长不如一条狗，狗还能看家。你答应我好吗？他扭动着，极为难，那怎么能呢？哼，妻冷笑一声，转过身背对着他。那你就怪不得我了！他瑟瑟发抖，妻的背是一堵冰墙……妻再来抱他，他亦暖不过来。他没有半点儿冲动，他根本不行。背着妻两道怨恨的目光，他踏着雪走下了禾场，连黄狗也不送他。迷惘的他回到了单位……院子里的雪很厚，杨树下，有人堆了个大雪人。雪人戴着纸盒帽，瞪着两只乒乓球眼睛，翘着一个胡萝卜鼻子，笑得一成不变。他在雪人旁站住，许多人过来，一声不响地看雪人，看他。他亦看着他们，寒意沿着脚趾爬上来。有什么好看的呢？他比你们看到的多得多……百无聊赖的闲暇，打开档案柜，窸窸窣窣，从档案袋里抽出那一叠发黄的材料。陈旧的纸味闻着很舒服，旧纸上记录的故事常看常新。记过。警告。降级。检讨。×月×日我与××勾搭成奸……用了避孕套……你们的劣迹都由他保管着，他只要用用那片钥匙就昭然若揭。这世上没有完全干净的人。他冷漠地走过去，甩掉一大把视线。他记不清到宿舍有多少步了，但他准确地回到了那间孤独的屋里。弥弥漫漫的是他自己散发出的气息，岁月如梭过了二十年才觉得这气息不好闻。桌上蒙了灰尘，但有必要擦干净吗？被子有棱有角规规矩矩叠着，如同他这个人……办公桌光可鉴人，笔筒、墨水、别针，都有固定的位置，从来有条不紊。可这一切到底为了什么？他倒在床上，茫然地望着那覆盖了他的青春的天花板，觉得人生真是不可思议。门开了，恍然中他以为又是那位女郎，凝神一看却是局长。他缓缓地坐起来，望着那张比妻的脸熟悉得多的面孔，久久无言。迷惘的他就那么坐着。

你究竟是怎么回事？

我不晓得。

这事我不想多说了。即使出了这事，我也不否认你是个靠得住的好同志，我愿意你永远当我的人事科长。可是你自己不争气。领导上研究了，把你调到另外一个系统去，当个副科长……

不，我不去。

为什么？

你是人，我也是人，我为什么要怕你？为什么要依从你？

那你要怎么办？

我要回老家去！

好，好，你去，我不拦你！楚大其同志，你想一想，党培养你这么多年，你对得起谁哟！

局长摔门而去。天花板上掉下几点灰尘，那灰尘是二十年积累下来的啊。他竟然对着那扇红漆斑驳尚在颤栗的门冷笑了一声。他忽然发现，他也能够违抗局长的旨意了，并且，那砭人肌骨的冰凉之感也没有来袭击他。自我发现多么令人惊喜！莫非，在这屋里一住多年就是为了等待这一时刻？他悄悄地兴奋着，打开窗户。冷冽的空气灌进屋来，白杨瘦长的影子在雪地上摇摆不定。而在白杨的梢头，那宁静、幽蓝、群星闪烁的是儿时的夜空。明天，在那顶夜空下，在那张老床上，他将郑重地向妻宣布：他干什么都行。

1989 年 2 月 23 日

278

八　哥

　　风抓住院子里的梨树猛摇，树杈里的鸟窝倾斜了，一只羽毛未丰的八哥跌落在地。在暴雨的浇泼下，八哥瑟瑟颤抖。

　　风雨停息的时候，院子主人抓住八哥，把它放在灶膛边。八哥僵冷的身子渐渐转暖，羽毛干爽蓬松。八哥以感激的眼神注视主人，遗忘了梨树上的窝。

　　八哥住进一个精致鸟笼里，透过鸟笼栅栏可以看到天上的浮云，还可以享受早晨的清风。八哥看着黑亮的羽毛慢慢覆盖了它的全身，兴奋地啼叫不已。咕嘟嘟咕嘟嘟，圆润清脆，叫的时候尾巴往上一翘，头顶上一小撮毛骤然竖起展开，如同一把小扇子。八哥非常神气。

　　主人喂食时亲切地和八哥说话，八哥瞪圆眼睛听着，听一会儿，便模仿着啼叫主人话里的一两个单词。主人便认真地教八哥说起话来。每当八哥说准某个字眼，主人便欣然一笑作为奖赏。八哥聪明伶俐。八哥看见自己的影子在主人赞许的瞳仁里闪现。八哥一遍遍地复习自己的功课。八哥不再聆听树叶的窃窃私语，不再理会草丛中虫儿的唏嘘吟哦，它忙于鉴赏回味自己的声音。

　　八哥终于能在主人离家时清丽婉转地说声主人再见了。在主人温暖慈祥的目光里，八哥翘起尾巴，用尖尖的喙安详自得地梳理自己的羽毛。

　　八哥受到蓝天的诱惑，啄开了笼门，黑色树叶般飘出了院子。八哥自如地操纵自己，把飞翔的天性发挥得淋漓尽致。空气水一样从它的翅尖流过去。它追逐行人，用熟练的语言向他们问候。八哥在布满惊奇目光的天空里兴奋地飞舞，直到日落西山，才从最后一抹霞光上滑下来，回到笼子里。

主人教了八哥一句话，这句话很流畅很顺口。八哥顺着主人手指的方向，飞到一个院子的墙头，在墙头磨磨喙尖，就把那句话咕嘟咕嘟说出去。八哥的声音清晰悦耳。一个老头儿从屋里出来。盯着八哥听入了神。八哥愈发起劲。啼啭得完美无缺。老人忽然举起一根黑铮铮的东西对准它。那东西顶端有个圆圆的小黑洞。洞口突然火光一闪，砰的一声暴响，惊得八哥往空中一跳，无数铁沙嗖嗖迸射，其中一粒擦破了八哥的左翅。八哥仓惶逃向高空，几片黑羽悠悠飘落。

主人用盐水给八哥洗伤口，八哥疼得浑身哆嗦。八哥想飞走，主人的手不放松。主人边洗边嘿嘿直笑，八哥不知道他笑什么。主人既然笑，定有可笑之事。主人的笑声愈来愈大，几乎消除了八哥的疼痛。主人笑后，赏给八哥几条蚯蚓，八哥美餐了一顿。

八哥伤好了，在溪边柳树下，八哥吃了一个人扔给的一条小鱼，接着很谦恭、很认真地向那人学了一句话。八哥从未吃过这么美味的食品，也从未这么准确优美地学过这么一句话，八哥说这句话跟唱歌一样。柳枝在风中柔曼地摇曳，八哥觉得那就是它说的话在空中流动的样子。

八哥在梨树上向主人响亮地说了这句新学的话，头上的扇形羽毛炫耀地一张一收。主人惊讶至极地瞪着它。八哥得意非常，反复地又啼又说。主人忽然招手，八哥翩然落到主人肩上。主人抓住它喝道：你再说！八哥忍着被紧捏的痛苦又说一遍。主人吼道：你还说！八哥又说，只说了一半，身子里咔嚓一声。八哥抽搐不已，眼睛发直。主人把它举在眼前，说了一句八哥从未听过的话。主人操起一把剪刀撬开八哥的嘴。剪刀咔嚓一声，八哥看见自己粉红细长的舌尖掉在地上。主人扬手奋力一掷，将八哥驱逐到迷茫的夜空里。

八哥回到梨树上的旧窝里，即使是雷鸣电闪暴雨倾盆，八哥也没离开那个窝。八哥嘴里再发不出任何声音，但只要主人一出现，它就从窝里跳出来，站在枝头对着主人尾巴一翘一翘，冠羽一张一张，不知想说什么。主人开头还有些惊异，时间一长，就熟视无睹。

冬天梨树光秃秃的，八哥的窝特别显眼。主人不再理睬树上的八哥。一天八哥又对主人翁开嘴巴想说什么，突然一头栽了下来。主人吃了一惊，忙到树下去寻，发现八哥挂在一张巨大的蛛网上。主人取下八哥，只见它羽毛稀疏肢体干枯，只剩下一个空壳。主人把八哥拿回屋，做成一个标本。

梨树在春天开过花后又绽开了满树的绿叶。树杈里的鸟窝去向不明，院子里异常宁静。但另有一些八哥在村子里飞来飞去，唱着语焉不详的歌，所以人们并不寂寞。

1989 年 10 月 24 日

残　夜

那时候他和夜融合在一起。

他背靠着黑黢黢的古城墙，仰着头，凝望着暗蓝色的夜空。他觉得天空是一个深邃的湖泊，稀疏的星星，在湖底闪烁。

古城墙的垛口清晰地嵌在天上。淡淡的星光从头顶泼下来，涂了他一身。四周是一片死样的沉寂，只是偶尔从黑暗里传来一两声微弱的虫鸣。夜色就在他身边流动，他茫然沉浸在宁静的夜中，一无所思，一时间，仿佛自己跟着夜色流走了。

风凉凉地从脸颊掠过去，青草的气息沁人心脾。他听到了大地的呼吸，向前望去，朦胧夜色中，有几棵树在无声地舞蹈。护城河如同一条静卧着的巨蟒，身上闪着奇妙的荧光。

他舒展着四肢，心想，只有在这种纯净的夜里，才能消除人生的疲惫呵！

夜渐渐地深了。他看见几对恋人的身影隐隐地飘走了。他仍一动不动，一只手抚着那古老的墙。真想一辈子都待在这阔大无边深不见底的静夜里！

午夜已过，虫们也进入了梦乡，夜静得愈发深沉，远处的灯光都已寂灭，头顶的星空却无声地灿烂起来……

他从胸的深处，发出一声极轻微的叹息，迈开了脚步。他得离开这静夜了。

他慢慢地走着，明显地觉出夜在吻他裸露着的肌肤。弯弯曲曲的小径依稀地游向他的脚底。

这时，他觑见前面那块光滑的岩石上，有个白色的东西。是什么呢？他凝视着，那岩石上原本是什么也没有的。

那白色凝固着，幽幽地闪光，似是一尊雕象，夜似乎因此而生动了。

他轻轻地走近，于是看清了，是一个年轻女子端坐在岩石上。她侧对着他，白色连衣裙恍如一挂瀑布从她身上无声地泻下来，覆盖在那块青色巨石上。她四周的夜色变得暗淡了。

他惊讶她那种安宁的气质，与这个静夜是如此契合。他默默地欣赏着，当夜风吹来，他竟然看得见她头发的飘拂，还有，她身体的曲线，也在墨色的夜里优美地波动。

他情不自禁地又走近了几步。他似乎嗅到了她身体里弥散出来的温馨气息。

她忽然徐徐地侧转头，注视他。她的眸子幽幽的，安宁而略带忧伤。那张美丽的脸几乎与她裙裾一样白。

在这样的夜里，他几乎觉得眼前是一个梦，或者是一个幻觉。他凝视着女子的脸，忽然有一种莫名的慌乱和恐惧，急忙把眼光收了回来，似乎再多看一眼，就成了一种亵渎似的。

他垂下头，绕过那块巨石向前走去。脚步迟疑，呼吸显得不安。他觉得那女子的目光投在他背上，但他不敢回头证实。

渐渐地，离女子远了。但他愈发不安起来。古城墙下一片晦暗，黑糊糊地蹲着一些树丛。夜的深沉和宁静里似乎还藏着另外的东西。他终于停下步子，转过身来。

那一团白色变得很小了，却仍闪着幽光。隔远看，才知道有许多星光投射在上面。

他想了想，趟着夜色走回去。

为了不引起她的误会，他在距她十来步的地方停住。又为了不惊吓了她，他不重不轻地咳嗽了一声。

他听见自己的咳嗽声响出去很远，滑进夜的深处。

白色的身影似乎颤抖了一下，旁边的夜色漾动着，姑娘的脸转了过来。

"姑娘！"他唤道。

姑娘不吱声，只是幽幽地看着他。

他忽然有一些紧张，看了看四周。包围着他的是朦胧的无边无际的静。他定了定神，又道：

"姑娘，太晚了，你一个人在这儿，不安全呢！"

姑娘好像没听见他的话，目光穿过夜色落在他脸上。

他往前走了几步："姑娘，回去吧！"

283

他的声音响了许久，碰在身后的古城墙上，又反射过来。姑娘仍缄默不语，只是盯着他。他一阵恍惚，觉得世界凝固了，时间停止了。只有姑娘的目光在运行，在透视他的全身。

一只萤火虫很悠闲地从他面前滑过去，树影不再摇摆，笼罩大地的只是静，似乎能听见星星眨眼的声音。

在这无边的静里飞过来一个声音：

"你过来。"

他稍稍一怔，只见坐在岩石上的姑娘在向他招手。浓稠的夜色似乎于她的手并无什么阻碍。他不由自主地走拢去。

他能听见她平稳的呼吸了，并且，看清了她的面容；那是一张看一眼就让人不能忘记的脸。

姑娘平静地看着他，把一只手抬起，伸到背后去。到了后来，他才明白在干什么。他听见了轻轻的一声"哧……"。他懵然无知地站立着，犹如在梦里。

连衣裙变作一片柔软无力的云，从她肩头缓缓地滑下来，滑下来，围簇在她的腰部……

她的上身完全赤裸在他的目光里了。

他惊呆了，心跳蓦地停止，世界在一瞬间消失，在他的视界里，在他的意识中，已没有什么夜色，没有什么时间，甚至也没有了他自己，只有一个女子绝美的上身在庄严地呈现着。玲珑的脖子，光滑的肩膀，胸脯上，两只丰腴而坚挺的乳房微微地颤动着，迷离星光下，闪着圣洁迷人的光彩，它雪白，润滑，如同玉石做成……

姑娘紧盯着他，两只手抬到胸前托住两只乳房，颤声问："你说，它美不美？"

他喉头发紧，嘴唇蠕动了半天，才答道：

"美，美极了！"

"真的？"姑娘直视着他。

"真的！"他斩钉截铁地回答，只觉脑子里一片嗡嗡作响。

"谢谢你！"

姑娘胸脯大起大伏，眼里忽然泛起一星亮光，她转过身去，很快将连衣裙穿好，从岩石上跃了下来。

姑娘落到地上，却没有一点儿声音，他只感到有一股温馨的风扑到脸上。他的意识模糊不清，处于一种似梦非梦的状态中。他呆呆地看着那个辐射着青春气息的白色人体从面前掠过去，沿着墙根飘向远方，眼见得越飘越远，越飘越小，最后完全融入夜色之中……

这时，这个难以置信的静夜才渐渐围拢，重新把他抛进无边无际的沉寂中，让他与夜色化为一体。

第二天夜里他又来到了古城墙下，又来到了那块岩石旁。

是的，他想找回那个逝去的夜，找到那个姑娘。他没有任何不洁的想法，他只想再见到那个姑娘。那个夜晚，对他来说是无比圣洁的。

一样的沉寂，一样的安宁，一样的星空，一样的夜风……不一样的，是没有那个白色的精灵似的人影。

第三天，他又来了，还是没有。第四天、第五天、第六天，也还是没有。也许，那姑娘不是这座城市的人吧？他想。可他仍坚持每天晚上去那儿，只要不下雨。

不知多少个静夜在他的徘徊中逝去了，他的心却总在希望着。姑娘虽然没有出现，但那个夜晚的境界却还在。他可以在宁静的夜色里回味，想象，慰藉自己的孤独和落寞。

在一个有月亮的夜里，他又来到了古城墙下。月光很亮，使古城墙投下一大片阴影。他在阴影里走着，忽然感到一股寒意。就在这时，他看到那块岩石上坐了一个人。

那人背对着他，一头乌黑的长发，穿一件长长的蓝条住院服。但他一眼认定，就是那个姑娘。只有她，有这种优雅的姿态和安宁的气质。

他快步走过去，感觉自己在夜色中飞行。

他走到那人正面——正是那姑娘！那张他永世难忘的脸惊诧地望着他。

"你，你好！"他因激动而结巴了。

姑娘的神色安稳了一些，但默不作声，并且，把眼睛看着别处。

"你不认识我了吗？"他急切地说。

"是的，我不认识你。"姑娘冷冷地回答。

"可是我认识你！"

"你也不认识我！"姑娘大声说。

"我认识！我一辈子都认识！那天晚上，你不是……你不是还谢谢我吗？"他凝视着她。把目光投进她的眸中，想勾起她的记忆；在他眼里，那个夜晚离得这么近，看得见，摸得着。

"你看错人了，那不是我！"姑娘狠狠地瞪他。

"不，是你！下一辈子我都认识！"情急之中，他不禁拉住了姑娘的手。

"你……"姑娘甩掉他的手，突然脱掉那件住院服，裸着上身喊道，"你看看！我说了那不是我不是我不是我！"

他愣住了，怯怯地瞟瞟她。她的胸脯跟男人的一样平坦，还裹着一层纱布。夜色涌了过来，他的眼神模糊了，天地间是一片不可思议的静……

"我……恨你！"

姑娘从齿缝里迸出一句话，一转身，捂着脸奔向远处。眨眼之间，她就被古墙的阴影吞没了。

他木木地走着，不时地打着寒噤。月光虽然很亮，眼里的一切却都模糊不清。他把手放进风里，明显地感到阵阵凉意。

他浑身上下都流动着一种疲惫感，于是走近古城墙，把身子靠在上面休息。夜的宁静一如既往地包围了他……忽然，从墙里传来嘈杂的铿锵的声响，他听出来了，那是锋利的刀刃的碰击声！他感到毛骨悚然，一条冰凉的蛇从他脊椎骨里爬了过去。他惶恐地离开了古城墙，穿过月光，逃离了这个不该进入的夜晚。

他再也没有去过那儿，他知道，对他来说，从此之后所有的夜晚都是一个，都是那个初秋时节的残夜。

1989 年 11 月 25 日

趔　丧

嘹亮一声鸡啼之后，三眼铳蓦然爆响，把村庄上空的黎明炸个粉碎。千子鞭不甘示弱，噼里啪啦将火药味进入众多的鼻孔。紧接着两支悲怆的唢呐鬼一样哭了起来。

"起哟——！"

苍老的喉咙里挤出一声喊，八个丧伕一齐伸肩挺腰，那副漆黑的棺材便离开寿凳，稳稳悬在了空中，随后缓缓浮出灵堂。

号泣声骤起，男喉女嗓混成一片。

孝子走在棺材前边，头缠一匹白布，手捧死者遗像，步履机械迟缓。肥实的躯体沉重如石，脸上无泪，但松弛的眼皮一直下垂着，因悲哀而抬不起来。柔姿纱白衬衣紧贴他的皮肉索索发抖。

出丧队伍走上村道。唢呐越哭越惨，声声割进心里去。殿后的管乐队突然噱出一段哀乐，乐声洪亮，高飞低回，与唢呐声纠缠在一起，似欲与之一比高低。唢呐呜咽一阵，猛地憋紧喉咙作裂耳之声，惊得高枝上早醒的乌鸦落荒而逃。铜管们在晨光里一闪，便急起直追地奏起了《在希望的田野上》。

哀伤的气氛冲淡了。遗属们的泣声小下去，乐曲显然为他们减轻了心理负担。

丧伕们迈着稳健的步子，像一群活动的雕像。丧杠压进他们的肩膀，告诉他们死亡的分量。捆缚棺材的粗大棕索与丧杠摩擦，吱吱如老鼠叫。黄色纸钱漫天撒出去，翩翩似飞往冥界的蝴蝶……爆竹响得争先恐后，管乐却悄然消失了。铜喉铁嗓也需要歇息一会。于是唢呐抓住有利时机，哭得昏天黑地。三眼铳则循规蹈矩，走五十步吼叫一次，用硝烟把这个不平常的时辰涂蓝。

黑色棺材默默地浮游在呛人的晨风中。

正伢子，你爷爷过了？唉，他老人家这辈子受了不少苦哇！不过人都要走这

287

一条道的，你也不要太悲伤了。人生七十古来稀呀。这是我送的祭幛，收下吧！

方局长，这、这我可不敢当呀！

呃，什么局长不局长的，回到村里我就不是局长了，叫我叔吧。

方局……叔，我谢谢您了。

不用不用，正伢子，爷爷的后事你打算怎么办呀？

我设了灵堂，守三天三夜，再送他上山。

你是说土葬？

当然土葬。

正伢子，我们商量商量好不好？你不是不晓得，我们村是县里殡葬改革的试点村，省里都挂了号的。你这么一来，还试个屁点？你让我这民政局局长的脸往哪里搁？

我不管，我总不能为了你局长的脸面把我爷爷烧成灰，死了还没个囫囵身子。

哎呀，彻底的唯物主义者是无所畏惧的嘛，人死了就什么都没有了，烧了你还可省一笔钱。全国的人都土葬，以后埋都没地方埋哪！周总理那么伟大的人物都火化了嘛，骨灰都撒入江河湖海里去了嘛！好吧？听话！火葬场的车已经来了，费用民政局出，你做做准备吧。

不，要烧你把我也烧了！

这由不得你。

天光大亮。

唢呐哭红了天空。红霞如苍穹咯出的血块。霞光从棺材上反射出来，成了一种恐怖的暗紫色。

悲泣声已告暂停，要待棺材放入墓坑时再迸发。管乐声亦疲惫了，时断时续。三眼铳也沉默下来了。

只有唢呐哭得尽职尽责。

村路时宽时窄，丧伕们的脚步就零乱起来。棺材不安地摇晃着。空气热烘烘地从他们头上、腋下滞缓地流过去。汗从黑红的脸上，从鼓胀的胸脯上冒出来。棺木上的土漆味蒸发出来，熏得鼻子发痒。

树路变瘦。孝子有些惶惑地回过头，觑觑棺材。路太狭窄，两旁是绿茵茵的稻田。

丧伕们撇开树路，哗啦啦蹚进稻田里。人顿时矮了一截，稀泥淹没了小腿。禾苗扫着了棺材底部。

"过哟——！"

苍老的嗓门爆出来。丧伕们奋力向前，十六只脚交替从泥里拔出来，又踩进去。呱唧呱唧即响得清脆。泥水四溅。铜管们辉煌地吼将起来。

棺材如一匹黑色怪兽，趔趔趄趄从稻田当中爬过去，留下一长溜践踏过的痕迹，乱七八糟的脚印里，横陈着水稻的绿色残骸。

根牯子好运气，在他田里过了丧！

就是！那年陈宝田里过了丧，一不长虫，二不缺肥，得了一年好谷，一百斤谷碾七十八斤米哪！

血红的太阳爬上青空，旋转着变成炽白的火球。火光喷泻下来。丧伕们的身子嗞嗞冒油。

棺材摇摇晃晃爬出稻田，攀上一条土坡，到了公路上。公路那一边便是山坡，山坡之上便是墓地。幡幛已在墓坑四周红红绿绿地招摇。

唢呐的嗓门哭沙哑了。

丧伕的肩已开始疼痛。

小号圆号和长号金黄地沉默着。

棺材游移到公路中央，突然不动了。乌黑的泥水顺着丧伕的小腿往下淌，在多沙的路面上洇开不规则的湿痕。

孝子回头掀起厚眼皮，困惑地瞪着丧伕。他眼里流露出烦恼和谴责的神情，示意丧伕快随他上山：然而那十六条腿长了根。于是他惶恐了，改用一种温和甚至带点儿请求意味的眼神，去召唤那些执拗地黑红着的脸。

那些脸在阳光里喷着灼人热气，却毫无表情。

一辆卡车从东头飞驰而来，戛然而止。车头气哼哼地喘粗气，喇叭气急败坏地连响三遍。

棺材木然不动，作无声对峙。

走，请你当丧伕去呢！

不去。

不去不行，推辞不得的，这是规矩。

我就不去。我日他娘，我爷爷死了，他硬逼着火化；他爹死了，还特地从城里运回来土葬。狗日的不是人。

他不是人我们是人呀，走吧走吧，看在死人面上。再说，也能吃掉他两顿好饭，喝掉他几瓶好酒！

不去，我吞不下这口气。

去吧，有气我们帮你出！

怎么出？

我们趔他的丧！

趔丧？还怕他家办白喜事不热闹？

我们狠点儿趔呀，让他给我们磕头，把脑壳磕破！

"趔哟……！"

随了一声号喊，丧伕们僵木的脸膛骤然生动。他们挺胸昂首一齐呼应："趔哟……！"身上的肌肉全鼓凸起来。后面四人蹬腿直腰，猛烈地朝前冲顶；前面四人唰地转过身来，拼命往后抵。八个人变成了八头发情的牯牛！

两股力互相抵撞，丧杠兴奋地吟唱，棺材慌乱地摇荡不止。送葬的人们忽喇喇围过来，一个个脸露喜色，跟着呐喊："趔哟……！"三眼铳连续爆响，唢呐和管乐同时号将起来，加入了这场力的角逐！

阳光在丧伕们眼眸里哔剥燃烧，他们袒胸露怀，热汗淋漓尽致地下淌。生命的热力从毛孔里嗖嗖迸射出来！他们大叫着，冲撞着，让人生的郁结释放殆尽！他们笑逐颜开，他们龇牙咧嘴，他们品尝汗的咸涩，和死者一同游戏，他们玩得多么畅快！"趔哟……！"他们狂放不羁，拚一身之力在悲剧的舞台演一出热闹的喜剧。

哀伤之气彻底消失。遗属们脸上泄露出竭力掩饰着的兴奋之色。不安的只有那位孝子，他没奈何地看着这一切。

被堵的汽车恼怒地号叫着，但敌不过高亢的唢呐和激昂的小号。丧伕们皮肉发烧，骨头嘎嘎响，把全部力气注入硬铮铮的丧杠里去。前头的丧伕突然占了上风，棺材忽地后退了，送葬的人们也随之后退；于是后面的丧伕奋起抵抗，棺材又向前冲去，围观者亦向前一拥。"趔哟……！"嗓门嘶哑仍吼叫不止。两股力不相上下，忽而扑过来，忽而涌过去；许多的心在这肉的搏斗中，在这与

290

死神的玩笑中得到了满足。

太阳晒得丧伕的心都膨胀起来！

唯有这尽情地发泄能蔑视死神的威胁，能张扬自由的生命！

汽车越堵越多，都在焦急地干号。

棺材对这些怪物的叫嚣不予理睬，它尽情尽兴地跳着黑色的舞蹈。

爸，你快磕头吧！

胡说，我堂堂局长，怎么能磕头？

哎呀，如今他们不认你是局长，只认你是孝子！你不磕头，他们会没完没了地趔！

他们有力气就趔吧。

爸，会出事的，汽车越堵越多，县里要晓得了……

那我也不能在大庭广众之下磕头，像什么话？

顾不得那么多了！

那你去替我磕。你是长孙。

唢呐不哭了了，唢呐在笑，在喊叫，冲着丧伕的耳朵。唢呐喊得丧伕全身热血奔涌，叫得他们肩上的肌肉隆起，他们颈上的青筋蠕动。

"趔哟——！"吼声裂石。棺材冲动地悠晃，忽然一下子摆过头来。圈观者急忙闪开去。有人被踩了脚，哇哇鬼叫。

棺材变成了磨盘，在原地转圈，且越转越快。阳光和空气被搅成个大旋涡，纸钱在旋涡里狂舞，管乐声在旋涡里翻腾。

两头的钢铁怪物一点一点逼过来，圈子越来越小。但棺材没有停下来的意思，它舞得正在兴头上。它睥睨这世上的一切，它不顾一切地转着！

一个戴黑纱的青年冲着棺材跪下了，他的额头在铺着沙砾的路面磕了一下。青年从嘈杂中清晰地听见自己的头发出一声钝响。

但棺材仍在转圈。

青年没有起身，又磕了一下。

但棺材仍在转圈！

青年就磕了第三下，非常地虔诚。

但棺材仍在转圈。

太过分了!

爸,您别这样说话,人缘好人家才趔丧的。您就磕一个吧,是给爷爷磕,又不是别人。

你知道什么!——喂,别趔了,妨碍了交通你们负责不起!要趔你们换个地方!

棺材摇摆的幅度慢慢变小,终于稳定下来。

唢呐噤声,丧气地垂下头,口里流出清亮涎水。棺材散发出焦糊味。

丧伕们的脸板结了,脚下踏着一团火。太阳压在头顶,烤得皮肤冒出金属气息。阳光滑进眼里,溶成液体,一颗一颗滚出来。丧伕们喘息着,吐着白沫,他们看到纸钱飞到树上,树没有叶子,全长着纸钱。棺材轻得没有重量,他们的肩麻木了。他们口焦舌干,瞪着局长。孝子不能开口,一开口就成了局长。但这时局长不说话了,于是又成了孝子。孝布在他脑壳上惨白惨白地放光。

孝子捧稳了遗像,转身走向山坡。棺材紧随其后缓缓向坡上蠕动。棺材高昂其头,黑黢黢地令人注目。汽车里的司机于焦灼的等待中,觉得那棺材自己在往山上爬。那棺材长着许多条黄色的腿。

公路畅通了,汽车们高兴得一溜烟而去。风把扬起的黄尘送上山坡,落在棺盖上,落在丧伕热汗淋漓的肩上。

唢呐又哭了起来,干巴巴地没有感情。便绵长得无穷无尽,能叫人像死人那样睡着。

局长,行行好吧!

跟你说过,救济款早发放完了。

局长,我给你磕头!

你把脑壳磕成八瓣也没用。

局长你办事不公啊!我家房子全让洪水冲垮了,只救济一百元;你叔只冲走一个猪栏,你补了他五百块!

你想围攻国家干部?!

棺材爬进一块红薯地。红薯藤蔓厚厚地铺绿了一面坡。

292

坡顶，新掘的墓坑散发清腥的黄土味，充满期待地洞开着。

因为薯藤的牵扯，丧伕们的脚步没了章法，棺材稳稳倾斜着，行进得有些艰难。快到坡顶，某个喉咙庄严地咳了一声。丧伕们立时为之一振，把腰狠狠挺起，并舔湿了干裂的唇。

"趔哟……！"

吼叫声突然从地心迸出，在天地之间轰隆回响。钢肩坚挺，铁腿乱踩，棺材在山坡上徐徐旋转起来！薯叶踢得哗哗响，丧杠磨擦得激动地尖叫。

唢呐一甩倦怠之意，朝天拼命叫嚣。

孝子回首张望，嘴巴张了张，什么也没说。他奇怪地发现，丧伕们一边艰难地趔趄着，一边盯着他的膝盖。

狗日的祭幛都收了百把幅，还这么抠，让我们吃这号死肥肉！

毛巾都舍不得给一条，去年鲁成龙死了，每个丧伕发一双解放鞋呐！真是越有越抠，越抠越有。

孝子漠然一张脸，膝盖纹丝不动，丝毫没有弯曲的意思。日光从遗像的镜面反射到丧伕们五官扭曲的脸上。他不须制止丧伕的行为，他们并不是钢筋铁骨，会停下来的。他泰然自若地观赏他们。

棺材旋转的速度却加快了，丧伕的脚愤怒地踏下去。薯藤折断，垅埂坍塌。薯藤的伤口涌出白色的血。

丧伕们头晕目眩，气喘吁吁。丧伕们跌跌撞撞快走不动了。但他们不能不走，不能不趔。不能。"趔哟……！"苍老的声音一次次冲破阳光的阻拦，直上天空深处。

瞧他站得笔溜直，爹死了还摆臭架子，今朝一定要他磕头！

你们该歇下来了吧？

丧伕们咬紧牙关拥簇着推搡着转动着。汗雨滂沱。山坡在脚下旋转，孝子在眼中旋转。金色的小号圈号长号刺得他们眼睛金星直冒！嗓子喷着白烟，三眼铳爆发着怒火，丧杠与骨头碰撞得砰砰响！"趔哟……！"他们与不明真相的唢呐一样声嘶力竭！

棺材死沉死沉，转得缓慢了。

孝子放下遗像，燃了一支烟吸着。青烟从他那双筒猎枪枪口似的鼻孔里袅袅而出。他好悠闲，好自在，一切均在他的意料之中。他高贵的膝盖永远不会跪下来。

这狗日的存心气我们！

你们趔够了吧？

你不磕头我们就趔下去！

我看你们有多大劲。

肌肉暴怒得膨胀，筋骨恨得嘎嘎响，丧伕们疯狂地奔跑起来。黑棺材猛烈地摇晃，粗棕索痛苦地呻吟。孝子镇静自如，手中烟不慌不忙地短下去。

棺材是疯狂地转着。

唢呐是激烈地叫着。

管乐是亢奋地吼着。

但孝子仍无动于衷地站着。

于是事故就发生了。一束薯藤绊倒了一个丧伕，和这个丧伕结对的丧伕失去平衡，也随着倒下。接着所有的丧伕都失去依托跌倒在地。八条喉咙发出八声短促的惊叫。

棺材掉在地上，摇晃了一下，立即横着向坡下滚去，发出一连串嘭嘭嘭的空洞之声。滚了几滚绳索松了，丧杠散落开去。棺材在坡上滚成一个黑色的长条状，快到坡底时它打直了，解体了。棺盖甩到一边。有个黑色物体从棺材里滚了出来。

棺材一分为二躺在坡上，像两艘搁浅的船。

那一刹那，唢呐和管乐还有三眼铳都卡住了喉咙。所有的人都成了不真实的泥塑。

过了很久，一声真正的惨叫让这死寂的世界复活。

爹！爹呀！你好惨好可怜呀爹！儿对不起你呀爹！你死了也不得安宁呀爹！全怪儿不孝呀爹！你打我吧爹，你打死我吧爹！爹呀！

火葬场的殡葬车火速赶来。殡葬工人小心翼翼地将死者抬上车，发现死者

294

安详得像从未有过什么惊扰。但坡上斜摆着的黑棺材叫他们毛骨悚然。

遗属们悲恸不已地上了车。车开动时一阵号啕大哭使得车身战栗不止。那哭声比唢呐凄惨一千倍。车驰出老远，孝子还用那悲愤交加的眼仇恨地盯着那个山坡。

一排人跪在出坡上，那黑森森的棺材前。

天老爷，我们作了恶。造了孽，你派雷公来劈了我们吧！劈了我们吧！

八条裸身汉子跪得一如钢浇铁铸。蚂蚁顺着他们毫无知觉的双腿往上爬。他们头大如斗，心重似铁，他们听见太阳之火烧得背上的油汗嗤嗤作响。他们的耳际，有无数支唢呐在失声痛哭。

青空无云，一轮浑圆烈日沿着他们拱曲的脊背轰隆轰隆碾过去……

1988 年 5 月 20 日

山 上 的 屋

那个冬夜冷得残酷。

月光清冷而凄迷，悄无声息地从夜空泼下来；山上稀疏的树林，山下蜿蜒的河水，铺了一层霜似的，泛着荧荧白光。大山如一巨兽，静静地伏卧在天穹下。山脚岩壁上的隧道导坑里，电灯照得一片昏黄，乍一看，洞口恰如山的一只不眠的眼。

两排人耸耸地站在隧道口不远的铁轨旁，准备进班。前面一排是工人，后面一排是民工。有盏路灯在风中晃动，使得他们脸上有片不稳定的、变幻的阴影。

他站在后面一排，因个头太矮，整齐的队列在他这儿突然凹下去。然而正是这个凹证明他的存在。

队长在队前排工："……跟昨天基本一样，打炮的仍打炮，上碴的还是上碴……唔，林志业，你今天跟武臣搭挡，推斗车。"

他瞟队长一眼，双手深深地插在袖筒里。他推了半个月斗车，几乎每天换一个搭档。

"我不干！他只当得半个人，跟他搭档会累死！"前排里一个年轻工人脖子一挺。

他盯着那人的背，恨恨地咬着唇。

"我去。"

有人闷闷地说。是个中年人，太阳穴上有块圆疤，像嵌着面镜子，平时人们都唤他疤师傅。

"好吧，进班！"队长一挥手。

人们稀稀拉拉，跟着两条闪亮的铁轨朝导坑里走。厚底水靴在道碴上踏得嚓嚓响。导坑里浮动着几十顶圆圆的安全帽。

他慢慢走着，不觉被一只大手揽住了右肩。他没扭头，晓得是那个疤师傅。

"臣伢子，还有点儿胆子嘛，十四五岁就出来修铁路！"疤师傅又厚又重的嗓音在洞里发出嗡嗡的共鸣声。

他没吱声，肺腑里充满了导坑里特有的浓郁的硝烟味、坑木的霉味和岩石的生腥味。

"听说，你是没办法，要不，你会来这？"疤师傅吁口气，手在他肩上拍拍。

洞里暖烘烘的。炮手们都甩了棉衣，操起八磅大锤。空压机坏了，打不成风钻，只能人工打炮。掘进面响起叮叮当当的锤声。

他跟着疤师傅，将一辆空斗车推到岩碴前。上碴的人乒乒乓乓装起车来。

"臣伢子，还没挨过女人吧？"疤师傅凑到他耳边说，然后狡黠地盯着他。

他慌张地摇头，脸上有些烧。

"我跟你一样是光棍。我是大光棍，你是小光棍。不过，嘿嘿，没有家的，只好打野食呀！跟我相好的女人，有这个数——"疤师傅得意地伸出左手，又开五个指头。

斗车装满了。疤师傅双手抓住斗车的铁杠，他则弓身用肩膀顶着。"哎嗨——！"一声喊，疤师傅颈上和手背上的筋一齐暴了起来。他拼命往前一顶——他要让别人晓得自己力气并不小——肩砼得生疼。

斗车吱喀几声，沉沉地向前滚动。推斗车，起步最吃力，若推了几下动不了，那帮上碴的会拿铁扒子捅你的屁股，戏弄够才会帮你一手。起步后推起来就轻松多了。

四个铁轮在轨道上磨擦着，轰隆隆响。

"使劲！"疤师傅叫道。斗车加速了，猛推了十几步，"上！"疤师傅又吼一声。他俩轻捷地跳到车上站稳。

斗车向洞外疾驶，风在耳边嘶嘶响，像撕成了一条条的。

"嘿，莫看我四十有余，胡子巴碴了，还蛮讨女人喜欢哩！每次回家探亲，媒婆就踩烂了门槛……嗨，我们那地方的妹子，又黑又矮，像木墩，我看得上吗？再说，我们铁路工人，走南闯北，四海为家，讨个老婆放在家里，不放心哩！她若熬不住，跟别人好了，你不是帮别人讨的吗？我们队上，就有几个人的老婆跟别人跑了。有老婆的怄我，说疤师傅没卵用，老婆都讨不到。我讨不到吗？是我不讨，这是我的高明之处！"疤师傅津津乐道地唠叨着，边说边注视着前面的轨道，左手牢牢抓着那根用铁丝捆在车上当刹车用的杂木棒，"修成昆，修湘黔，都有我的相好，比老婆安逸得多！"

他默默地听着，身子被斗车颠得摇摇晃晃。

一出洞口，冷飕飕的风迎面扑来。他打了个冷噤，脖子直往衣领里缩。铁轨闪着寒光，拐了个弯，把斗车引向河边。轨道尽头，绑着两根挡斗车的大枕木。

疤师傅按下刹车，斗车速度慢下来，缓缓溜到枕木前，停下了。

他拔出铁插销。铁斗一翻，整车岩碴一下倾倒在河坡上，几块大石头率先蹦跳着，滚入平静滞缓的河水里。扑通几声响，几朵雪白的水花绽开在黑暗的夜色中。

掀正铁斗，他们推起斗车往回走。推空车要费劲些，因为进洞有点儿坡度。

他使劲推着，大口喘气，只想快点儿进洞，外面冷。疤师傅却不慌不忙，碰碰他的肘："哎，别那么卖命！你正长个子，累坏了，一辈子的事！还要讨老婆的，蛮干不如巧干。"

他于是松了些劲，将破棉衣裹紧。但寒风还是从衣襟下钻进去，水一样流遍了全身。隔着帆布手套，十指仍能感觉到斗车的铁架冰一般刺人。

"臣伢子，你看见山上那屋吗？"疤师傅兴致勃勃，指着北边山岭上的一个山坳。衬着深邃幽蓝的天幕，坳口现出一座小屋的模糊轮廓。

"嗯。"他点点头。白天看见过，那屋躲在一丛什么树后面，只露出灰黑的半边屋顶。夜里一看，那树也成了屋子一部分。

"嘿，我这人，走桃花运哩！"疤师傅头上的疤闪着寒光，嘴里呵出团团热气，"那屋里，有我的相好。那天休息，我到山上耍，口渴了，就到那屋里讨碗茶喝。一进门，嘿，就看见一个长辫子、红脸巴的黄花闺女……那女子的肉皮，豆腐一样嫩，看得人心里痒痒的。她给我倒了碗茶，站在一边悄悄看我，笑眯眯的。看那样子，我就晓得她对我有意思，回来后，我几夜没睡好！"

"那后来呢？"

他忍不住问。

"后来我们就好起来了！"

"怎么好起来的？"他有点儿好奇，又有点儿向往，忘了寒冷，眺望着山上小屋的黑影，觉得那小屋神秘而美丽。

"这种事，还不容易！你看我一眼，我看你一眼，就好起来了！"疤师傅眼睛在月光里一眨一闪，边推边说，"第二回去，就不光喝茶，还吃了她的荷包蛋！

那女子，硬是贤惠得不得了……"

斗车进了洞，他才晓得身子麻木了。将斗车推至掘进面，疤师傅才停止他的叙说。

他们推着第二车岩碴出了洞。疤师傅继续叨叨不休地说他的奇遇："那天我又去了，刚好她一个人在家。她倒在我怀里，让我亲她、摸她……"车疾驶着，到拐弯处也没减速，砰地一响，斗车跳轨了。

他向前一冲，肋骨在车杠上重重地一磕，疼得咧开了嘴，一个趔趄摔下来。

"只顾讲话，大意了！"疤师傅跳下车扶起他，歉意地摇摇头，"唉，真是，女子是福又是祸……"

他揉揉疼痛的胸骨，发愁地望着斗车。怎么将它开回轨道上去呢？疤师傅不急不忙地往车下看看，说："只脱了两个前轮，有办法。"他找来一截杉木，往车底下一伸，又在杉木下垫了根枕木。

两人抱住杉木往下合力一扳，斗车被撬了起来，两个前轮锵地挪回到轨道上。

这一折腾，出了身汗，也不觉得冷了。

"臣伢子，想不想女人？"

他惶惶地摇摇头。

"不讲实话！"疤师傅不满地白他一眼，推动了斗车，"我像你这样的年纪，一年想三百六十回咧。你不晓得，男人没有女人，还真不像个男人，等你长到十七八，就明白了。这一向，我就想，我也该讨个老婆了，在外也有个牵挂呀！相好再好，也比不得老婆，人一走，情分就断了。我想讨那屋里的妹子作老婆，可又想，我常年四季打隧道，说不定哪天塌方埋了出不来——我埋过三回了，阎王佬儿漏掉了我——不害别人守寡吗？"

他们站到车上，斗车轰隆隆地溜行。黑黢黢的远山徐徐地移动。山上林子里，隐隐地传来夜游鸟尖厉的惊叫。

斗车在挡木前停下。两人跳下车。疤师傅双手轻轻拍着斗车的横档，望着山坳上那小屋的剪影，意犹未尽："嘿，女人若对你好，那真是好得不得了呢。上次我去，手指上弄进根刺，她就用针给我挑，挑出来了，又将手指放进她口里吸呀，吸呀，响应得我心里麻麻的、痒痒的……"

疤师傅的眼睛和那块疤痕，都在迷离的月光下闪闪烁烁。

他被感动了，也举目望着山上的屋，想着屋里那个美好的女子。山坳上空暗蓝的苍穹里，有颗星星又大又亮。

"看，就是这个指头，"疤师傅扬起右手，食指从手套的破洞里伸出来，炫耀地一勾一伸，"嘿，说真的，我不管那么多了，我要这个妹子，要她做我的老婆！"手在铁档上一拍，又痴迷地凝视着那山，那屋……

　　他也望着，怀了一颗颤颤的心。一片灰白的云渐渐地遮盖了月亮，山上的屋影愈发模糊不清。可他眼前明明白白地幻出一个姣好的女人的模样。那屋里，此时正响着那女人迷人的鼾声吧？

　　凛冽的夜风啸叫着从河上刮来，吹散了他的遐想。他一阵战栗，看看疤师傅，问："倒碴吧？"

　　"倒吧，"疤师傅点点头，仍望着那山，那山上的屋，声音如梦呓。

　　他拔出插销。铁斗翻倒了。岩石互相撞击着哗哗啦啦滚下河去。河水颤出道道水波。

　　疤师傅忽然有些不自在，举起右手，凑到鼻子底下瞅，困惑地蹙起眉头：食指怎么不见了呢。蓦地，他惊恐地扭歪了脸，唰地蹲到地上，左手到处乱摸，一声号叫："我的手指头！"

　　他的心猛一哆嗦：疤师傅刚才翻斗车时忘了把手从铁档上抽回，食指被斗棱切去了！他一低头，见到那根食指躺在轮子边的道碴里，白白的，一抽一抽地动！他吓得说不出话……

　　疤师傅抓到了那根断指，那根被一个女人珍爱地吸过的手指头，紧紧地捂在胸前，一转身，沿着一条之字形小道，发狂地朝布满工棚的山坡奔去。那里有医疗室。

　　远远地，从月色朦胧的山道上传来凄惨、痛苦的呻吟声。

　　他呆立在斗车旁，瑟瑟发抖……

　　第二天进班时，他又换了个搭档。

　　上完一个班，那位工人师傅没对他讲一句话，只是不时拿眼睛横他，翻斗车时将两手背在背后，站在一边。

　　他呢，不时惶惶地窥视那山上的屋。

　　疤师傅到医院住院治疗去了。据说断指能接上，又据说接不上，不得破伤风就是好事。

　　这天休息，他向那个山坳爬去。疤师傅伤手虽不能怪他，但他是有责任把这不幸的消息传达给那个女子的。

　　山路崎岖，并有过膝的枯草牵扯，但他还是很快就爬上了山坳，找到了那小屋。

那其实不能算屋，只是一间盖杉木皮的土墙棚子。里头除了一堆火土灰，什么也没有。

墙上有条石灰水写的标语：团结起来，争取更大的胜利。

他呆了，呆了好半天。

后来，他就空空荡荡地下了山。

再后来，是十六年之后了，他写了篇名叫《山上的屋》的小说，刊登在一本名叫《鸭绿江》的文学刊物上。

1988 年 5 月 6 日

麻

那个长了一脸麻子的城里人进村时，雨生和秀娥正在村口秀娥家的麻田里割麻。

茂密的苎麻像一片小树林矗立在面前。麻叶背面是白的，小风一吹，翻起一片片银箔。阳光火辣辣地抹在雨生黑红的光膀子上，汗珠小虫一样从脸上爬下来，痒痒地难耐。

他们不停地挥舞着镰刀。镰刀口里细密锐利的牙齿啃断了一根根麻秆。麻们呻吟着倒下了，伤口里泌着绿色的乳汁，散发出缕缕无可奈何的苦香味儿。

一只蚱蜢从麻丛里蹦出来，弹到雨生脸上。他若无其事地摸摸脸。秀娥身上散发着一股炒麦似的气息。那是太阳烤出来的，很好闻。秀娥在他左手边，他不时悄悄地瞟她。她的花格的确良衬衫早湿透了，贴在脊背上，里头乳罩带子清晰地显露出来。她弯腰割麻时，胸前衣襟里有两只小兔子在跳。

"雨生，歇歇吧！"秀娥伸直腰，右手握成拳在背上捶了几下。

"不累。"他翘起下唇猛吹一口气，悬在鼻尖上的一颗汗珠循抛物线坠落到地里。

"歇会吧，"秀娥走拢来，"收点儿麻又卖不掉，做起工夫来都没劲。"

"就是！你家还好，只种了一亩多。我屋里如今堆了六百多斤干麻没人要！"雨生住了手，随秀娥走到一堆麻上，坐下来。

麻秆在重压下呻吟了几声。

秀娥递过一条手帕，雨生拿手帕擦擦脸上的汗，手帕立即染上黄黄的汗渍。

他们默默地坐着，等自己的呼吸平稳下来。

尚未割倒的苎麻一堵墙似的站在身后。叶子摩擦得簌簌作响。风忽然大了一些，呼呼地擦着他们的草帽掠过去，似乎一伸手就可以抓住它的尾巴。

麻尖一齐乱摇起来。

秀娥的衣领扑闪了一下。雨生瞟见了一小块未被晒红的白皙胸脯，喉咙一紧，不由自主地抓住了秀娥的一只手，紧紧握着。

秀娥没有动，也不作声。他们在一起时，语言往往是多余的。他们已经习惯用手说话。

两只汗乎乎的、沾着麻的汁液的手纠结在一起，传导着只有他们自己才能体会到的情感。

他们的呼吸重新急促起来。

指关节喀喀地响着。像往常一样，雨生的手不会满足于握住那只小手。他看了看田野和蜿蜒的村路，阒无人影。于是他松开她的手，沿着她的一只胳膊一路抚摸上去。抚着，捏着，到肩膀，到颈子，到锁骨，最后落到最渴望去的地方。

秀娥的胸脯汹涌起伏，衣襟上的扣子不知不觉地开了。雨生的手就插进去，按住那一片柔软的波涛。

秀娥无力地偎靠在雨生身上。两人微闭双眼，都在那片醉人的波涛里沉沉浮浮，发出节奏相同的美妙喘息。喘息声深深透进麻丛里去，和翻飞的麻叶的呢喃声交织在一起，说明着生命之可爱。

一阵风奔过来，同时揭去他们头上的草帽。

"哎呀！"秀娥一声惊叫，跳起来去追草帽。草帽像个轮子滚动着，钻进麻丛里。她冲过去，一把抓起草帽往头上一扣。仿佛这样一来，头上那顶透明的蓝天就看不见她的羞怯了。

雨生戴上了草帽，却瞪着她胸口发呆。她低头一看，原来那两个家伙全跑到衣襟外面来了。她急忙掩怀，窘极的样子，抓起一根麻抽在雨生脑壳上："不要脸！"

"嘻嘻嘻……"雨生抱住脑壳傻笑。

"你还笑！你还笑！"她追打着。

雨生笑个不止，在麻田里跑着，忽然一个趔趄跌倒。秀娥来不及收脚，绊在他身上，也倒了。

两个人都开心地笑了起来，坐在地上，互相搔痒痒。他们在地里打滚，沾了一身土粒和草屑……

太阳把最后一抹光辉投过来时，这块田里的麻全倒下了。霞光淡淡地涂在它们身上。晚风拂着那些毛茸茸的打不起精神的麻叶。雨生伸直腰，摸把脸，将一串汗珠甩在地里，轻声道："秀娥，天黑后我在旧窑里等你……"

秀娥白他一眼，却又点了点头。

他们欢欢喜喜回村里去。他们一点儿不知道那个一脸麻子的城里人早已进了村。

麻的气味笼罩着村庄，酽酽的令人憋闷。各家的阶基上都堆着晒干了的新麻。剥去了皮的麻秆白惨惨的如同古战场上的骸骨，扔得到处都是。

夜色缓缓爬过盖住村子，俄顷，即被一阵锣声撕破。一个苍老的嗓音裹着麻味回荡开来："开村民大会啰！有重大事情商量，事关各家切身利益，不得缺席！"

声音传到雨生耳朵里，雨生就有点儿丧气，去不成那勾心动魂的旧窑了。他拿了根小板凳，怅怅然踱到秀娥家旁，见秀娥也搬着靠背椅出了门，就不声不响地尾随在后边。

村民们陆陆续续往村主任家禾场里会集。雨生在秀娥身后两步远的地方坐下。禾场边有人在烧麻秆驱蚊子，麻味就夹着一股焦煳味愈发浓厚地堆积在空气中。不过雨生还是能从中辨出秀娥身子的味道来。

阶基上摆了张桌子，村主任正襟危坐。旁边坐了陌生人，脸上麻麻点点坑坑洼洼。禾场里的人就窃窃私语。有人轻声道："天上有云呀，怎么满天星斗？"又有人说："哪是'满天星斗'？那是'群众观点'！"笑声就如水波漾开来。

村主任从桌后站起，电灯光斜照着他的鼻子，那鼻子就像比平时长出一大截。村主任俯视着整个禾场，清清喉咙："都来了吧？都来了就开会了！唔，今朝这个会相当重要！我们长话短说吧！大家都清白，去年我们种麻，赚了一笔钱；今年就把麻田面积扩大了几倍，麻是大丰收了，可今年不仅麻价大减，而且根本卖不出去。据说有的地方只卖到一块多钱一斤，肥料钱还不够呢！我初步统计了一下，全村大概有十二吨多干麻卖不出去，堆在屋里让老鼠做窝。我们有好些户，是没插秧，全种了麻的，今年的口粮都有困难哪！情况很严重，用甄老板的话说——"村主任指指旁边的陌生人，"是我们没有进行市场预测，决策失误，村委会对此是负有责任的。如今唯一的出路，是千方百计把麻推销出去。可惜的是，我们没有一个是有脚路的。不过，今朝甄老板来了，他是做麻生意的，他能全部收购我们村的干麻，价格也优惠，只是有一个条件。"

村主任顿住不说了，鼻子的阴影在脸上忽长忽短。

"村主任快说吧！他有什么条件？"有人催促。

"他说"，村主任直视着村民们，"要讨我们村最漂亮的妹子做堂客。"

304

禾场里立即一片沉寂，只见红红的烟头时明时暗。沉默过后是嗡嗡的议论声。只是在这时，雨生才注意地看了那陌生人。陌生人的脸立即引起他的厌恶，一种屈辱感油然而生。在他眼里，秀娥就是全村最漂亮的妹子。他正考虑要不要站起来反对，有人出来替他说话了："这不是欺负人吗？"

"老乡，话不能这样说呀！"甄老板笑眯眯地站起来了，"首先，这事是要两相情愿的，我绝不敢把自己的意志强加于人呵！大家同意就好，不同意就拉倒，买卖不成仁义在嘛。坦率地说吧，我这人在城里找老婆，是要难一点儿，因为脸上有这么多的'群众观点'，嘿嘿。"

禾场里响起笑声，气氛便轻松了许多。

"不过也不是完全找不到，条件差一点儿就是了。老乡们，麻子也是人，也要讨堂客，你们说是不是？其实我这人，除了脸上麻，其余一切都好。哪个跟了我，我把她当菩萨供起来！我解决她的户口，让她跟我去城里过好日子！今后，我们是亲戚了，麻就当然由我包收了。我想出这个主意，也是顺应潮流，如今都讲究个按市场规律办事嘛，大家说是不是啊？"

没有人出来回答他。但有人在点头称是，村民们热闹地议论起来。雨生心里有股说不出的味道。他看着秀娥的颈子。秀娥忽然回过头来看看他，又扭过头去了。她的眼神怪怪的。

雨生忽然按捺不住，站起来说："我们难道为了推销几斤麻，就把村里的漂亮妹子搭出去吗？"

马上，一后生反驳他："嘿，你那是老观念了，什么搭不搭，市场规律嘛！雨生，最漂亮的姑娘又不是你的，你着什么急呀！"

雨生愤然，就说不出话，在一片哄笑声中重重地坐下去。

"大家别争吵了。这事村委会已经研究，决定交付大家表决。少数服从多数。当然甄老板看中了谁，我们还要做她的思想工作，要她自愿。村里要送她两千元嫁妆，钱从各家销麻的钱里扣，按比例摊。好，闲话少说，举手表决吧！同意的举手——"村主任扫视着禾场。

一些人很干脆地举起了手，那是一些家里没有妹子的人。接着又有人犹豫着举起手，这是家里有妹子，但自认不够漂亮的。

雨生左右的人都举了手，只有他迟疑着。当然，能把那几百斤麻卖掉，是件大好事。他看着秀娥的背影。秀娥忽然也举起了手。也许她认为自己不是最漂亮的妹子，或者，顾忌到不举手人家会以为她自认是最漂亮的妹子吧？雨生见她举了手，自己竟然也懵懵懂懂举起手来。

"好，通过！"村主任宣布道。

麻脸的甄老板嘴边显出压抑着的笑意。

夜风荡漾，人影兴奋地乱晃。雨生不觉惶惑起来。秀娥在和一个妹子交头接耳，不知说些什么。她好看的背影模糊了。雨生睁大眼，一股烟扑过来，他被那浓烈的麻味呛住，两颗泪从眼中滚出。他急忙拿粗糙的手背擦擦脸。

村主任宣布散会，许多的背影向他转过来。雨生看见了秀娥的脸，她在和一个妹子说笑。秀娥莫名其妙地笑得那么尽兴。他熟悉的小兔子又在她衣襟后跳动了。他真不懂，她为什么要笑。

"秀娥，你来一下。"村主任在唤。

秀娥不笑了，或者说她的笑凝固在脸上了。

雨生的心立时被一团麻缠住。预感从那团麻里升起，布满全身。他看见秀娥惊慌地望了他一眼，就转身去了，很听话地去了。人流从她两侧向雨生倾泻而来，挟着生辛的苎麻的气息。雨生站立不稳，随之移动脚步。他觉得麻味在脚下翻腾，把他抬了起来，他走路轻飘飘的了。

雨生轻飘飘地回到家中。家中到处充满该死的麻味，令人窒息的麻味。六百多斤干麻丝捆得整整齐齐码在堂屋里。这些麻是他一根根地种大，又一根根地从麻秆上刮下来的。他走过去，把头伏在麻捆上，全身瘫软，死了一般。

一担担麻向临时搭起的货棚里汇集。麻经过甄老板面前的磅秤，又在他身后小山一样堆起。整个村子麻味弥漫。整个村子都在谈论麻和一个与麻有关的妹子。送麻的人喜不自胜，颠颠颤颤，走成一根根风中摇曳的麻秆。

雨生挨到太阳下山才把麻送去。他一眼也不看那张麻脸，不管它笑得多么和蔼。他把麻扔下就走。无处不在的麻气息叫人恶心。他真忍受不了这麻的世界，真忍受不了。

可他只有忍受。他沉默地眺望那一片一片刚收过麻的田地，颓败的麻叶星星点点，远远送来腐烂的气味。他不明白，为什么要种这么多麻？

他嚼着米饭，口里溢着一股麻香。他看见夕阳出被熏下了西山，而青蛙在麻田里烦躁地叫了起来。夜色匆匆模糊了麻田时，雨生匆匆出了屋门。

在秀娥家禾场里，他被丢弃的麻秆绊了一下。秀娥妈在灶房里问：谁呀？灶里头麻秆烧得哔剥作响。他不吱声，悄悄走到秀娥的房门口。

从窗口看见秀娥在灯下发呆，雨生的鼻子就酸了一下。推开虚掩的门，他走到秀娥眼皮下。

秀娥惊讶地张张嘴，没说话，就把眼帘垂下去。秀娥的睫毛好长，齐刷刷像一排苎麻长在一个池塘边。

雨生有一肚子话，一想到麻半句也说不出来。他和她原本是习惯用手说话的，于是他轻轻捉住了她的手。

秀娥却不自在了，挣脱了。他又抓住，因为他有很多话说。

秀娥不再拒绝，手在他掌心不安地动了动。

雨生的手捏了捏。

秀娥一动不动。

她为什么不回答？

她难道就不懂他的意思了？雨生又捏了捏。她还是不动。雨生加大力气又捏。她动了，手用力一抽。当然没能抽回去。但她这是什么意思呢？这回是他不懂了。他想起那块麻田，他们坐在麻堆上，知道对方任何细小动作里包含的意思。他们在麻田打滚，那时候麻的气息多么清新诱人……

雨生毫不放松地抓着那只手，那手上还沾着麻的汁液。也许是这个缘故，她听不懂他的手语。可恶的麻！雨生竭力嗅着她身体的气息，他觉得那令人迷醉的气息正逐渐淡下去，就要被愈来愈浓的麻味代替。

"你真的——？"雨生颤声问。

秀娥不易察觉地点点头，恰如一株麻在轻风的询问下点点头一样。

"你真的要给那麻子当堂客？"

秀娥沉默不语。雨生心乱如麻，他弄不懂秀娥的沉默。

"你妈同意？"

"她说……愿意我过好日子。"

"那么你呢？"

"我……"秀娥咬着唇。

"难道你自己愿意？"雨生摇着秀娥的手。

秀娥的手摆了摆，作为回答。可雨生弄不懂她回答的什么。他被一口呛人的麻味噎住了。

门吱呀一声响。两手相接的链条倏地断开。村主任无声地移过来。村主任额头很多皱褶，细而深，像是用麻线勒出来的。

村主任看看他，又瞅瞅她，无言，卷起一支烟，嘶嘶地抽。烟里有股麻味。

"你们俩相好，我晓得。"村主任瞟瞟秀娥，"你娘也晓得。可是我们乡下人，不是有相好就能过好日子的。这是没办法的事。你们要想开点儿。"

雨生像被麻绳捆住，喘不过气来。秀娥的头发松松散散地垂下来，遮住了半张脸。

二人无言。村主任亦不作声了，静静地抽完一支烟，把烟蒂一摔："我去跟秀娥娘打个招呼，今夜你们就当一夜夫妻吧！不能让那家伙沾那么多便宜！"

村主任转身而去，随手带上门。

雨生浑身一震，一看秀娥，正把眼睛慌乱地搬开。雨生心里腾起一团火，火烧沸了全身的血液。他猛地抓过秀娥的手。他总是先抓她的手。他喜欢她是从她的手开始的。他发觉她在战栗，胸前波涛汹涌。难道这充满生命之美妙的波涛不再属于他了？他紧紧地，搂住那波涛。蓝天下，无边的麻田，麻苗荡起银绿色的波浪，他在波浪间起起伏伏……麻被收割了，他什么也没有了……不，他有！他将灼热的脸贴在那温热的波涛上，狂热地蹭着……他迷醉于那身体的异香……那一大片麻都是我种的，都是我自己的！他被苎麻的波浪淹没了……又浮出来了。他的手抚在柔软的波涛上。哦，麻香四溢的田野……他疯狂了，放肆地舔着那波谷，吮着那波峰……他听见整个田野在绝望地呻吟！他在打滚，他晕眩了，许多麻压在身上，他不堪重负，他挣扎，他拼命站起，他看见一轮红日向着麻田滚滚而来……

"秀娥，不，我不要这样偷别人的东西吃！我要你明媒正娶地当我的堂客！秀娥，听明白了么？你到城里后，等他把麻款付清就跑回来！我等着你！"雨生低低地号叫着，"你听明白了吗？！"

"嗯、嗯……"秀娥梦呓般低语着，无力地瘫在他怀里。

雨生再一次沉入那片柔软起伏的波涛，再一次抚爱和吮吸，然后毅然抬起身子，揭起她的衣襟，万分珍爱地掩在那片波涛上。他走出门去，迎着麻田里吹过来的风向家里跑。他满嘴是清苦的麻味。

秀娥走了，坐着那辆装麻的大卡车走了。她低着头，一言不发。甄老板坐在她身边，把一张麻脸从车窗里伸出来，极灿烂地笑，与整个村子告别。

雨生什么也没看见，卡车上小山一般的麻堵住了他的视线。那座麻山摇晃着，渐渐小下去，小下去，小成一个黑点儿，一只爬进田野里的小甲虫……这时他才想起看看秀娥，但已经看不见了。

他紧张而焦灼地等待秀娥跑回来。她当然会跑回来的。他对那条穿过田野的黑色公路寄予殷切希望。他得了两千多元麻款，清点时，他觉得每张票子上都有秀娥的影子。他用这钱买了一台电视机，他觉得荧屏上活动的每一个人都是秀娥。秀娥并不遥远，她渗透在每一缕麻香里。

秀娥你快回来我等着你等着你你不是答应跑回来的吗你快回来快回来吧……

太阳在他的等待中一次次掠过麻田上空。

秀娥没有回来。

二茬麻在他的等待中绿茵茵地长起来了。

秀娥却没有回来。

雨生绷紧的心就渐渐松弛下来，偶尔忆起和秀娥的麻田里打滚的事，觉得遥远而朦胧。那片柔软的波涛则凝固在心底，似乎永远也不再汹涌起伏。他茫然地劳作在麻田里，看苎麻拔节，听麻叶喁喁么语。他自己却像一株没浇肥水的麻，活得没精打彩。

因为不再愁干麻没处卖，村里的麻田又扩大了。转眼到了第二年，满眼的麻无边无际地长起来。村里人天天泡在麻田里，说笑的话题也离不开麻和一个与麻有关的妹子。不晓得秀娥过得怎么样，我们发家致富可得搭帮她呢！我看她的功劳不比王昭君和文成公主小。什么功劳不功劳的，她自己愿意到城里过好日子嘛！愿意？鬼才愿意呢，亲着那张麻脸，心里舒服？嗨，有什么不舒服的，关了灯都一样……雨生从不参与这些议论。他经常懵懵懂懂的，不明白这一垅一垅的麻为何蓬蓬勃勃地长起来。他莫名其妙地恨这些绿色植物，他的麻田却又被他侍候得莫名其妙地好。

有天夜里他做了个梦，梦见秀娥凄凄惨惨地喊他。他看见秀娥跌跌撞撞地从麻丛中奔过来。一个麻脸巨人在后边追她，高叫着：打死你这乡下婆娘！打死你这乡下婆娘！他赶紧跑过去，把秀娥搂在怀里。秀娥脸上青一块紫一块，眼泪簌簌往下流。雨生哥，你救救我！你救救我！他抚慰她：别怕，秀娥，有我哩！他将秀娥揽到身后。麻脸巨人大喝一声：好呀，你这乡里野汉子！扬起一把雪亮匕首迎面刺来！他就地一滚，把秀娥掩在身下……

梦醒时天已亮，晨风中浮着麻叶清新的气味。他以为这梦是某种预兆。他早早地吃了饭，来到靠近公路的自家麻田里。

309

他无心劳动，漫不经心地拔掉几根杂草，就坐在田埂上。麻已长到半人高，快要收割了。阳光在麻叶的茸毛上闪烁着。麻的气息清醇至极，直透进他心底。越过麻叶的尖梢，他看见一辆公共汽车戛然而止，车上下来一个打扮时髦的城里女子。蝙蝠衫，健美裤，一双脚裹得细细的。女子向麻田走来。这样一个女子走在麻田里真是滑稽。她嗅得惯这扑鼻的麻味吗？

雨生有点好奇地瞪着她。她渐渐走过来，怀里抱样什么东西。她四处张望，后来她看到雨生了，脚步就快起来。

她到了雨生面前。雨生张大嘴，惊诧万分地站起来，耳里充满麻叶的喧响。半天，才喃喃地："你……是秀娥？"

"嗯！雨生，你不认识我了？"秀娥红润的脸快乐地笑着。

"哦，是认不出来了。"雨生呼吸困难，被麻味儿窒息了。

"今年麻长得不错呀！"

"嗯……"

"老甄说，过个把月又要开始收麻了。"

"嗯。"

"他会给村里好价钱的，若亏了乡亲们，我可饶不了他！"

"嗯。"

"哎，这是我的儿子，才两个多月哪！"秀娥把怀中婴儿向雨生一递，眼里闪烁着做母亲的自豪。

他没有去接，愣怔着，后来怯怯地伸出那根粗糙的食指，拨了拨婴儿胖乎乎的腮。婴儿的脸白嫩光滑得令人难以置信。

"哦，我回了，夜里来我家耍啊！"秀娥转身，摇摇摆摆地进了村。他看见，路边的麻叶不时扫着了这个城里女人的腿。

雨生重新坐下，身子向后仰。麻被压倒了几株。没倒的麻森林一样包围着他。麻们笔直地长向蓝天，郁郁葱葱，茂茂盛盛；麻叶在风中纷扬起无数面白绿两色的旗帜；麻味儿洪水一样漫过来，彻底淹没了他。

不知过了多久，雨生撑起身子，长长地吐出一口气。一片阔大的麻叶安慰地拍了拍他的脸颊，似乎在说：不管怎样，你的麻长得不错吧？

雨生站起来，拍拍屁股，望了望麻田，脸上总算开朗了一些。他的麻确实长得不错。

1988 年 4 月 11 日

有节疤的梭

那树只是想长出根枝儿来，它没想到以后会落下个节疤。

你说什么？

真的，它没想到。

你这是怎么了？

她不吱声了。不再喃喃自语。懒懒地，躺在沙发里。刚洗过澡，真疲乏。她总是这么疲乏。总是。蚊子叮在脸上都懒得去赶。丈夫兢兢业业晾衣服，在阳台上。她的无神的双眼，送去两缕歉意。她实在不想动了。老想起，那支有节疤的梭。她不明白自己。她联想到制梭的树。梭是楸木的。家乡多岩的山上，楸树苗条而孤独。乡亲常伐来削扁担、做锄把。楸树硬实又坚韧。那支梭，她认识。她管辖二十八台织布机。它在十三号布机上。它圆滑细长、橙黄闪亮。它腰上有个紫黑色节疤。那梭，如今已不在布机上。前些天开会，她在车间活动室看见它。它同许多废梭一起制造成一条排椅。并且，它的节疤脱落了，身上有了一个黑黑的小洞。她坐在它的旁边。她把小指头塞进洞眼里去。心隐隐悸动，有种说不清的感觉。那个洞似穿在自己身上。她浑身不自在……

你不舒服吗？

不。

脸色不太好。

老了嘛。

她用力笑笑，看着丈夫。晦冥夜色从丈夫身后垂下，接着从门口漫进来。丈夫在夜色里显得高大无比。丈夫啪地开了灯。灯光叫她眯了眼。丈夫过来，将她眼前的发丝撩开。那只拿扳手的手摩挲她的脸。脸皮上沙沙响。不知是他的手粗糙，还是她的脸粗糙。她捉住那只手，捏了捏，松开。那支梭，也是这种颜色，丈夫的手臂的颜色。那梭与众不同。那梭有一个节疤。她不明白，那节疤好好的并不碍事，怎么就脱落了。一支梭上有个小洞，只会令人惊异，纵令它是一支废梭。她瞧见，那洞眼边缘很不规则，硌手。不过，梭身上的木纹，仍优美地起伏着。唉，梭呀。她吁口气，站起身。沙发里的弹簧嘣的一声响。她拉上窗帘，然后开始脱衣服。先脱衬衣，再脱裙子。她从容不迫。她默默地，站在丈夫的目光里。日光浴，月光浴，不如情人的目光浴。她听人这么说过。她通身被丈夫的目光抚摸。她听见丈夫的呼吸，一如既往地急促起来，像车间的轴流风机。她低头瞟瞟已经松弛的乳房。她躺到床上去……

不，你刚做过妇科检查。

不要紧。

大夫怎么说？

没大毛病，明天再去看一次就行了。

你那儿……没问题？

真的没问题。

不！

要！我要！我要你！

她大声叫着。其实她的身体并不要。小腹发胀，被那些奇形怪状的器械弄的。可是她的心要。她要，她要给他。她完全被要给他的欲望支配着。她热切地向丈夫伸出双手。她紧紧地抱住这个发烫的、沉重的身躯。这身躯弥散着机油的芳香。她被这芳香陶醉了。她抚摸他强壮的臂膀。那次停机，她第一次发现那支有节疤的梭，便忍不住去抚摸。节疤很光滑，与没有节疤的地方并无两样。细腻的触感深印进脑子里，难以忘怀。雷鸣般轰响的机声掩盖不了那触感。她关注的，除了布匹上的疵点，就是那支梭上的节疤了。是有点没来由，说不清楚。或许，这支梭有可能是用家乡的楸树做成的吧？这支梭呵。她的手在丈夫胳膊上移动……

她扯过枕巾，无限爱怜地，揩他胸前的汗。汗酸味嗅着很惬意。是的，只有家乡多岩的山上才有楸树。工厂后面的小山岭，是只长松树和故事的。刚进厂的乡里妹，芳龄二八，晚饭后常带一小扎棉纱，到松林里坐着学打结。打结是纺织女工的基本功。小鸟在树上啼得清丽，松树站在风中索索响，把枯黄的松毛抖在她肩头。蘑菇从脚边偷偷拱出。会写诗的青年，无声地在身边坐下，把诗一首一首读过来。那些诗，赞美她脸的红润；歌颂她牙的洁白；说她的身子面包一样喷香。第六首诗没读完，来了个身壮如牛的钳工。钳工和诗人在林间打滚，脸被刺挂破。她在一旁拍手，笑成一朵向日葵。诗人一走，钳工毫不客气，把她抱在怀里，很响亮地亲。若干日子亲掉了，他战战兢兢地掀起了她的裙子。那时，她化成一摊水。林中的禁果好甜蜜，好甜蜜。他们成了两个贪吃的孩子。松林深处是伊甸园。他们真是孩子。后来他们自己结了一枚禁果。不能让它成熟。他们贼一样，跑到乡下卫生院，把它摘了。结婚后她还是那么贪吃。十几年了，他还是个大孩子。她欣赏丈夫宽厚的，梭子一样颜色的胸膛。胸肌鼓鼓的，胸脯中央一线汗毛呈人字形延伸下去，延伸下去。缕缕热气，从毛孔里辐射出来。他的两条腿，多像两支巨大的梭，一个疤也没有……

你好有力啊！

匀一点儿给你就好了。

困了吗？

有点儿。

睡吧。

你不睡我也不睡。

她轻轻地，轻轻地将丈夫沉重的眼皮抹下来。他历来是嗜睡的。她不像他。她没有瞌睡。倒了十几年班，把瞌睡倒没了。白班、小夜班、大夜班，接下来又是白班、小夜班、大夜班。无限循环。她没有瞌睡，又任何时候都似没睡醒。肿着眼皮。黄着脸颊。姐妹们开玩笑：怎么又黄了？答，防冷涂的蜡。生物钟紊乱。写诗的青年说。诗人和钳工打过架又和好如初。那梭比她还忙，还紧张，从来没有休息的时候。幸亏它没有生物钟。她在织布机中间，无休无止地，穿过春夏秋冬。就如那梭穿过经线，经线，经线，无休无止。十分钟巡回一个来回。一个班走六十里。当然，梭比她走得更远。梭的脚步快。那次，她刚巡回到十三号机前，两腿间迸出一股热流。习惯性流产。她不能动，呆在忧伤和困窘里。眼睁睁看着梭们快速飞行，将她远抛在后。眼睁睁看着布机断线、"死"掉。她的希望也一个接一个死掉了。她不能，不能为丈夫生一个孩子。这是她的心病。虽然丈夫不怪罪她。丈夫说怪我们自己。丈夫说，把我当你的孩子吧！她说，我早把你当孩子了。你一直是我的孩子。你不晓得我是多么宠你。可她是当不成真正的母亲了。永远不可能了。真是遗憾。她默默地静卧着，冥思着。忽然，被丈夫的鼾声所打动，伸出温热的舌头，舔舔他那粗壮的膀子。酸甜中夹着咸涩。丈夫的味道。她品尝着。她悄然欠身，拉熄电灯，挨着丈夫躺下，笔直有如一支梭……

你、你怎么不告诉我呀？！

告诉你又有什么用？

得了这种病，你还要我……你呀你呀！

我情愿，我要这样。

你还要不要命？！

我只要你……要不我死了也会后悔的。

都怪我……我不是人，我不是人啊！

她咬着嘴唇，惊讶地看着丈夫扑通一声跪在床边，失声痛哭。丈夫手里死命捏着她的病历本。她费劲地坐起，侧身，把丈夫的头抱在胸前。惨白的曙光透入室内，映得丈夫乱抖的黑发荧荧闪光。老天真是不长眼，让她的男人，哭成这副样。整个屋子都在颤抖，她丰腴的胸，被热泪打湿。泪珠儿顺着乳沟滚下去，跌碎在地板上。她将手指叉进丈夫蓬乱的发丝，轻轻地挠。她想，家乡那些硬骨铮铮的楸树，被砍倒时是不会哭泣的。顶多有几声呻吟。它们不哭是因为知道要去做成梭。它们的生命分裂成许多个，到遥远的工厂过新鲜生活。只有，只有被废弃，被抛进灶膛，才会发出最后的悲吟。她第一次听到男人的痛哭。这惨烈的哭声驱走了她的忧伤。她在这美好的瞬间重新认识了丈夫。他实在还是个孩子。她去抹那男儿泪。越抹越多。滚烫的泪烧灼着她的手心。

别怕。

我不怕。

做过手术就会好的。

也许……我进去就再也出不来了。

你说什么呀！要那样我叫大夫顺手给我一刀。

你真是个傻孩子。

下半辈子我来伺候你。

尽说傻话。你跟我进去，拉着我的手。

她真的不怕，有丈夫拉着她的手。什么也不怕。她安静地躺在手术台上，注视着斑斑驳驳的天花板。她感觉一根尖尖的长针刺入肉里。她的下半身开始麻木。白色人影在四周晃动。热量从丈夫的手上一阵一阵涌过来，充实她的心。来苏尔味好浓。肚皮被锋利的刀划开了，哧哧哧响得清晰。并不疼。一点儿也不疼。隐隐地，有歌声从遥远的山里盘旋而来。再熟悉不过的歌声。却叫不出名。她知道是那支梭唱的。不是金梭，不是银梭，那是一支木梭。还有一个节疤眼。梭飞来了！在头顶浮动。她伸手抓住。歌声倏然消失。轻轻的一声叹息，从那个节疤眼里飞出来。她往那洞眼里望。黑黑的。她捏了一团黏泥似的东西，捻成一颗颗小丸子，往那节疤眼里填。填呀填呀。似碰上无底洞，总也填不满。她并不灰心。这样好的一支梭，不能有洞眼。她往里填着，一刻不停。嗅不到血腥气，也听不见手术器械的碰击声。那些与她何干？一心一意干她的。那洞眼是笃定能填满的，她想。她有一双巧手，每分钟能打五十来个结。厂里技术比武得过第三名。腹中怎么这样空，空得人发慌。梭也是空的呢，那个洞眼。她拼命攥紧那梭。梭颤栗了……

我不会死了吧？

绝对不会！我们还要活一百年呢！

哦，真好……那支梭，要没有节疤就好了。

你说什么？

没什么，你快过来，快，快亲亲我！

1987 年 11 月 25 日

315

谎　　祸

　　刘祥很背时。

　　别人都淘到金刚石了，发了财，就起新屋，讨乖堂客。刘祥没淘到，这些便没有。都是在这块地面讨吃，都是拿了性命在土里拱，金刚石给一个不给一个，土地佬儿太不公平。

　　刘祥眼红得很，又愤愤不平，继而心灰意懒。

　　他把金盆扔在柴屋里，不再起早贪黑，双手插在裤袋里，在村里逛。裤袋里有粒不知怎么弄进去的小石子，有棱有角，恰像一粒金刚石。手一捏捻，免不了有美丽遐想，脑壳里有金刚石闪射银光。

　　那天他正捏捻着石子，有个妹子从身边掠过，竟不睬他。

　　刘祥气愤了，漂亮的香娟妹子不睬他，太令人气愤了。刘祥愤然喝道：香娟，猫跳猫跳往哪里去？

　　我去耍呢！香娟回首嫣然一笑，眉毛一挑，把他的心挑亮堂了。她还是睬他的。气愤便变作了欣慰。逗她一逗如何？

　　香娟，你来！刘祥喊，笑得意味深长。

　　做么子？香娟脑壳偏得可爱。

　　你过来就晓得哒！

　　香娟过来了，明亮的大眼直视他。

　　你摸摸。他手在裤袋里捅捅，抽出来。

　　香娟脸红了，嘴翘起。

　　你摸嘛！

　　刘祥果断地抓住香娟的软手，按在裤袋上。他的大腿立即感到了那手的温热。袋子里的石子硌住了香娟的手心。

是么子？香娟手动动。

你猜。他斜眼瞟她。

香娟嘴唇慢慢地张开，愣住：是……金刚石？

你说是吗？他反问。

哎呀！香娟抽回手捂住胸口，惊叫，你发大财了，这么大的金刚石！

呃，莫乱讲，莫乱讲！他制止她。

我晓得，我帮你保密！香娟激动而又妩媚地一瞟，瞟得他心里一麻。

夜里到我屋里来耍好吗？刘祥说，眼里藏了巨大的期盼。

来耍来耍！香娟脸上非常地喜悦。

于是夜里香娟就到刘祥屋里来耍了。

起初在阶基上耍，说白话，指星星。耍着耍着就耍到房里，耍到床上去了。耍完后香娟说要作他的堂客。

刘祥喜得心变成一只遇见老鼠的猫，差点儿从喉咙里扑出来。

真的？

真的！

你看上我么子呢？

我看上你这个人！

不是看见我有金刚石吧？

不是不是！

我其实没有金刚石……

没有没有，刘祥没有金刚石，没有大金刚石，香娟没有见过！

我没钱办很多的彩礼……

我不要很多的彩礼，我只要你！

刘祥心花怒放，和香娟手牵手到乡政府扯了结婚证。香娟果然没要很多的彩礼，就要了一台蝴蝶牌缝纫机、一块手表、十来套衣服和五百块私房钱。五百块钱是刘祥从舅舅家借来的。这在村里是属于较低的规格了。

新婚之夜刘祥搂着堂客说，我要是有很多钱，给你买好多好多东西，只怪我太穷。

香娟说，你不穷，我们不穷，以后你会给我买好多好多东西的。

你不后悔？

后悔么子呀！

不怕别人讲我们办得太小器？

不，过日子还是勤俭点儿好，细水长流呢！

刘祥好感动，为堂客的通情达理。

刘祥感动得把堂客搂得嗷嗷叫。

婚后日子甜蜜，刘祥总舍不得离开堂客，钻进黑咕隆咚的洞里挖矿沙时，总担心香娟在屋里会出点儿什么事。他离不了她。在屋里他时常静静地看她，那是一种极美的享受。待看得不能静静的了，便立时行动把感情推向高潮。

香娟还给刘祥带来了好运气。他真的间或淘到一些粟米大的小金刚石，卖了一划算，每天能得个五六块钱。刘祥很满足了，相当一个国家干部的工资呢。

刘祥把那粒"大金刚石"的事忘了。

可别人没忘。也不知他们怎么晓得的。乡政府来了一个副乡长，见面就表扬：刘祥同志不错！富裕了不忘艰苦奋斗，不像我们有些人，修新屋买电视机还要带彩的！

刘祥说：我是因为没富起来呢。

副乡长说，你莫谦虚，我们这点儿情况还是掌握了的！谁不晓得你得过一粒大金刚石？好几克拉，值几万块！嗯，乡里……

乡长乡长！我没得过呢！

你不要怕露富嘛！如今致富光荣，政府支持呢！你看老拐当了致富模范，县长给戴红花，几多光彩！向他学习嘛！嗯，乡里的情况你晓得的，中学有幢房子再不修就要垮了，可没有钱……教育嘛是要靠大家来办的！这样吧，也不用你多出，赞助个两三千的就行了！

刘祥急极，嘴就哆嗦说不出话。

香娟把男人往旁边一拨，立到副乡长面前：乡长，可不能欺负老实人哪！刘祥金刚石么子样子都不晓得，哪个造的谣嘛！

造谣？你不是见他有金刚石才……

哪个剁脑壳的讲的呀？刘祥诈我的！么子金刚石，一粒岩籽儿！我上当上得好苦哪！

香娟眼睛一翻一翻，噼里啪啦弄得乡长怔怔地无话可答，一走了事。

刘祥紧缩的心松张开来，刚要感谢堂客的相助，香娟却拿肘捅他的肋：那东西要放好呵！

么子东西？

么子东西，还跟我装样子啊！

你说的么子嘛！

金刚石！

哎呀不是早讲了吗，我没有金刚石！那确实是一粒岩籽儿，我骗你的！

你是想骗我！

香娟板起了脸，不理他。刘祥急得鼻子冒烟，细细解释了一通。越解释香娟眉头越打结。后来脸色总算开朗了一点儿，可又说：不告诉我就不告诉我，只要那东西莫弄丢了。

刘祥白费了口舌，急得揪头发。当天夜里堂客没让他挨边。他嗅着香娟的身子发出的气息，唉声叹气地翻个不停。

刘祥预见到这事没有完。

果然，半月后，岳父家喂的二十几头猪发了瘟，全都死掉了。岳父向女婿借一千元买猪崽还贷款。看着岳父张开的厚嘴唇，刘祥的肛门阵阵发紧。一千元！这数字把他骇蒙了。

香娟一拍他的肩膀：你怎么了？

我……

你舍不得是哦？人家养到二十几的女儿都给你哒，借你几个钱还舍不得！

不是舍不得，屋里的钱不是你管的吗？我们拿不出这么多呀！

那金刚石呢？还不卖掉，放在屋里生崽呀？

早讲了我没有金刚石！那粒金刚石是假的！

假的？哄鬼！没良心的家伙！跟你睡了这么久，还不跟我讲实话！

真的假的！

瞒我作么子？留给野堂客是不是？！

那真的是一粒岩籽儿！

狗都不信！我摸过的，有棱有角，只有金刚石才那样硬！还不跟我讲实话，做你的堂客有么子意思？你不把金刚石拿出来，我跟你打离婚！

刘祥的脑壳立时为某种喧响塞满，眩晕欲裂，惊慌的眸子在泪水里急遽转动。一跺脚，哀号道：我真的没瞒你呀！

香娟别过头，不再言语，神情比他更哀伤，哽咽了几下，冲进里屋，一件一件地收拾自己的衣物。

刘祥扑过去，抓住堂客的衣袖：香娟，你这是干什么？！

319

香娟用力一甩，挣脱开去。

刘祥就倒在地上了。

香娟，真的是假的呀！

你要瞒我瞒到死！

不，香娟，你若不相信我，我真的只有死了！

算了吧，你有那么大的金刚石，舍得死？

那我，我死给你看！

刘祥身子一仄，把脑壳对准板壁撞过去。板壁嗵地一声响，抖落一些灰尘。刘祥脑壳一木，跌坐在地。

香娟尖叫一声，欲过来，又止住脚。因为刘祥瞪着她，她也就瞪着他。

这样的对峙不知有多久。他的眼睛不停地说我没瞒你我没瞒你我没瞒你……

她的眼睛连续地回答我不相信我不相信我不相信……

后来香娟就提着大包袱从他身边走出去了。

刘祥傻了一样。

刘祥一连几天把自己关在屋里。

他等着香娟回来。但他晓得他不去接她是不会回来的。他的脑壳受了太大的撞击，一动就疼。想香娟也会疼。

刘祥这天终于再也忍受不住，冲出门去，对着头一个碰见的人嘶吼：假的！

那人被他暴烈而沙哑的声音吓得抱头鼠窜。

刘祥喊着"假的"两个字向岳父家走，摇摇晃晃地像醉了酒。

在拐弯的地方他倒在了路坎下，不再动弹。他倒下去后好长一段时间，他的令人悚然的声音还在田野上空飘荡。

1987 年 5 月 20 日

赶　山　狗

正午，无风。蝉儿躲在树叶后，长一声短一声地嘶叫，把四围的山岭溪谷以及那条夹在山峡中的公路，唱入一片昏昏沉沉中。

山上松林密密匝匝，蓊郁苍黑，默然不语，似在沉寂中与炎热作无声的对峙，仿佛睡去，仿佛凝固……

忽然，从黑苍苍的林子里，悄然闪出一个白点来，接着那白点又带出一个黄点。

白点和黄点在山径上缓缓移动、飘浮，忽隐忽现，越来越大，到了山脚公路上，才看清那白点是人，黄点是狗。

狗被人牵着，颈子上拴着根铅丝链子。

人牵着狗，向公路边一个米粉摊走去。

米粉摊掩映在一片树荫里。几只待洗的碗散在桌上，蝇蚊嗡嗡。摊主是个年轻人，恹恹地坐在竹椅上，右手兴味无穷地搓着脚丫。一片油光在他额上闪烁。听见脚步，一昂头，瞥见拢来的人与狗，眼一亮，忙跐上塑料拖鞋，站起身来。

"嗬，才打转呀？"

牵狗人点点头。他年纪与摊主相仿，抹抹汗说："家伙，牵出我一身饱汗！硬是不肯往生地方走。这个山巴佬！"

铅丝链子狠劲一拖，狗颈上顿时现出一道沟来。

狗怔怔地在摊侧的苦楝树下立定。

"嘿，好壮，怕有二十来斤吧？"摊主窥狗，眼神勾勾的。

"二十来斤？那是你的秤。至少三十斤！"牵狗人在小桌前坐下，扯起白衬衫衣襟扇风，那些在碗边上嬉闹的苍蝇都打着旋飞了起来。他刚一皱眉，摊主

321

已端了碗凉茶放在他面前。

狗站着，转动脑袋，顾盼四周，旋即蜷作一团，静卧于地，懒懒地微闭眼睛；猩红的舌头吐出老长，一边喘气，一边从上面滴下一些闪亮晶晶的涎丝。

"来碗粉吗？"摊主笑眯眯地。

"又想赚我腰包里的票子？"

"你这是哪里话？咱们谁跟谁？我是那种锅里不争碗里争的角色吗？"摊主白他一眼，顿了一下，问，"哎，你舅公怎么舍得把他的宝贝狗让你牵走呀？"

"他不赶山啦。他们那儿不是划自然保护区了吗？打野物要罚款哩。这家伙，凶，放上山，不叼只兔子，就衔只野鸡回来。那年，若不是它拼命咬住花老虎的一条腿，我舅公早变成一堆老虎屎了！"

"啧啧，它还真有两手！这么说，它也'待业'了？"

"待个屁，等死。"

"哦？你打算……"摊主眼里放光。

"这家伙，也够遭孽的……"牵狗人不理他，喝口茶，兀自说着，"自从被链子绚住后，天天蒙蒙亮时又叫又跳，要上山，弄得全村都不安宁，地上，被它四只爪子刨出好大一个坑！后来嘛，日子一长，它也不犟了，成天困懒觉。舅公每天给它一小块肉吃。不给，心里过意不去，它过去哪天不开荤？给吧，哪里给得起？只好叫我牵来……家伙，一身好肉！"

狗将嘴巴搁在前爪上，舌头触着地面。一只苍蝇在它眼皮上爬动，它也不眨眨眼。

"我说，你怎么处理它？镇里不许养狗哩，怕狗疯了咬人。"摊主甚表关切。

"这个嘛……它迟早是碗菜，"他瞟瞟狗，说，"卖。"

"那就卖给我吧！"摊主欣喜地，"作三十斤，八毛钱一斤，怎么样？"

"尽想便宜事，"他拿手指朝狗戳戳，"你看看它是何等角色？它咬过好多野物？哼，二十四块，想偏了你脑壳。"

"嘿嘿，我不是买猎狗，是买菜狗！"

"……哼！"牵狗人心有不甘，却又说不出什么，只是拿眼珠乜那狗。

狗懒懒地养神。

摊主搬出钱匣子，兴奋出点起票子来。

公路一端响起嗡嗡的声音。

蜷伏的狗忽地睁开了眼皮，两只耳朵愣愣地支立起来。

一辆红色摩托车从远处驶过来，拖着一路翻滚的黄尘。

　　狗蓦地撑起两只前腿，接着又立起两只后腿，脑袋往地上一埋，向公路当中奋力一跃。

　　链子把它拽了回来。

　　"家伙，搞什么名堂？"牵狗人呵斥道。

　　摩托车愈来愈近。

　　狗瞪着前方，眼红红的，又腾跳了几下，暴怒地狂吠着。

　　摩托车快到跟前了。铅丝链子忽然从牵狗人手中滑脱。狗倏地伏下身子，四条腿猛地一撑，全身伸展成一支箭，朝摩托车劲射而去。

　　砰一声响，狗撞在摩托车后轮上，弹开一丈多远，惨叫一声倒在路旁的水沟里。摩托车绕了一个弧线，突突地远去。狗在沟里打个滚，爬了起来，狂吠一声，倚着沟坎站定，恶狠狠地盯着摩托车，直到消失……

　　牵狗人和摊主好久才醒过神来，这事太突然、太出乎人意料了。

　　"家伙！它以为摩托车是野物！"牵狗人喊着，和摊主兴奋地跑到狗跟前。

　　牵狗人捡起拖在沟里的半截链子，轻轻一拉："走！"

　　狗却訇然倒下了。

　　他们吓一跳，这才看见狗的耳根边有个大窟窿，一些红的白的黏液正从里头往外流；狗睁大着眼，两只棕色的、圆圆的眸子，直直地瞪着那边山上的一片莽莽的丛林……

　　蝉长一声短一声嘶鸣着，将沉寂拉得老长，老长。

1986 年 5 月 20 日

附：

少鸿小说存目

长篇小说：

《男人的欲望》，湖南文艺出版社，1989 年 4 月版

《梦土》，湖南文艺出版社，1998 年 3 月版

《少年故乡》，湖南少年儿童出版社，1998 年 10 月版

《情难独钟》，北岳文艺出版社，2002 年 10 月版

《骚扰大众》，文艺出版社，2003 年 9 月版

《溺水的鱼》，湖南文艺出版社，2004 年 1 月版

《郁达夫在情爱之途》，大众文艺出版社，2005 年 5 月版

《花枝乱颤》，作家出版社，2006 年 10 月版

《抱月行》，花山文艺出版社，2008 年 9 月版

《大地芬芳》，人民文学出版社，2010 年 12 月版（《梦土》修改版）

《郁达夫情史》，上海书店出版社，2016 年 7 月版（《郁达夫在情爱之途》
再版本）

《百年不孤》，湖南文艺出版社，2016 年 12 月版

小说集：

《花冢》，湖南文艺出版社，1998 年 5 月版

《歌王之殁》，湖南文艺出版社，1999 年 9 月版

《文艺湘军》，百家文库小说方阵·少鸿卷，湖南文艺出版社，2000 年 8 月版

《生命的颜色》，敦煌文艺出版社，2013 年 6 月版

《天火》，上海书店出版社，2016 年 7 月版

《叶上一滴露》（英文版），美国学术出版社，2018 年 12 月版

《墙上的脸》，中国文史出版社，2021 年 1 月版

中篇小说：

《太阳·月亮·星星》，《江南》，1985 年第 3 期

《南风轻轻吹》，《芙蓉》1985 年第 3 期

《梦生子》，《钟山》1986 年第 4 期

《走向男子汉》，《人间》1986 年第 5 期

《好再来》，《湖南文学》1987 年第 4 期

《那年夏天的小船》，《十月》1987 年第 4 期

《困境》，《人间》1988 年第 3 期

《鸳鸯宝石》，《当代作家》1988 年第 5 期

《血钻石》，《大世界》1988 年第 6 期

《鬼魂来信》，《血泊中的情爱》，民间文艺出版社，1988 年版

《祸鸟》，《中外文学》1989 年第 3 期

《少年故乡》，《明天》1989 年秋季卷

《黑松林》，《收获》1990 年第 2 期

《眼花缭乱》，《当代作家》1990 年第 3 期

《爱情规则》，《芙蓉》1990 年第 5 期

《白鹢河排佬》，《芙蓉》1991 年第 3 期

《八百年前是朋友》，《漓江》1991 年春季卷

《毛板船》，《湖南文学》1991 年第 5 期

《鸳鸯棚》，《雪峰》1991 年第 4 期

《不再十七岁》，《中外文学》1991 年第 3 期

《皇木》，《花城》1992 年第 3 期

《花冢》，《鸭绿江》1993 年第 4 期

《龙船》，《百花洲》1993 年第 3 期

《迷途》，《芙蓉》1993 年第 4 期

《传说三公》，《萌芽》1993 年第 10 期

《血祭共和》，《常德晚报》1994 年 2 月连载

《触摸忧伤》，《芙蓉》1994 年第 2 期

《溯流》，《天涯》1995 年第 1 期

《秋日私语》,《三月三》1994年第12期

《诡秘季节》,《漓江》1994年秋冬卷

《如今你要想得开》,《珠海》1995年第1期

《逃出紫禁城》,《芙蓉》1995年第3期

《冲喜》,《百花洲》1995年第5期

《服丧的树》,《湖南文学》1995年第11期

《法西斯菌》,《当代》1996年第2期

《九三年的早稻》,《湖南文学》1996年第5期

《革命的岳父》,《芳草》1996年第7期

《新寡》,《湖南文学》1998年第3期

《红薯的故乡》,《湖南文学》1999年第4期

《童贞》,《东海》1999年第12期

《叶叶知秋》,《芳草》2001年第6期

《我要到你梦里去》,《青年文学》2001年第9期

《联防队员李小波》,《芳草》2002年第3期

《下乡手记》,《十月》2002年第4期

《我的死与他人无关》,《芙蓉》2006年第5期

《绝响》,《中国作家》2007年第6期

《葬父》,《湖南文学》2013年第1期

《叶上一滴露》,《山花》2013年第6期

《天火》,《当代》2013年第5期

《本次列车开往桃花源》,《江南》2014年第6期

《石头剪刀布》,《当代》2015年第5期

《最后的交谊舞》,《湖南文学》2016年第6期

《无帆之河》,《当代》2016年第5期

《陀螺》,《湖南文学》2017年第12期

《饮月楼》,湘江文艺》2018年第6期

《三滴水雕花床》,《北京文学》2019年第11期

《鬼柳湾》,《湖南文学》2020年第8期

《鹤望兰》,《芙蓉》2021年第1期

短篇小说：

《405 轶事》,《桃花源》1981 年第 5 期

《解脱》,《长安》1981 年第 11 期

《青山湾上幸福光》,《青年作家》1982 年第 3 期

《春雾》,《花地》1982 年第 8 期

《亲家·冤家》,《湘江文学》1983 年第 5 期

《指月亮》,《三月》1983 年第 4 期

《小夜莺在歌唱》,《花地》1983 年第 8 期

《一个诗人的诞生》,《桃花源》1984 年第 1 期

《雷公崖》》,桃花源》1984 年第 3 期

《乡里妹子》,漓江》1984 年第 9 期

《诗人来信》,《百花园》1984 年第 8 期

《那一个迷人的笑》,《三月》1984 年第 5 期

《墙洞》,《现代作家》1984 年第 11 期

《儿子》,《三月》1985 年第 1 期

《残缺》,《花溪》1985 年第 3 期

《高雅的派力司猎装》,《南方文学》1985 年第 3 期

《演员之家》,《新创作》1985 年第 2 期

《王字三部曲》,《小小说》1985 年第 3 期

《落霞》,《新天地》1985 年 5、6 期合刊

《嗯》,《湖南日报》1985 年 10 月 16 日

《野渡》,《桃花源》1985 年第 5 期

《金刚石梦幻曲》,《飞天》1985 年第 12 期

《并非浪漫的故事》,《桃花源》1986 年第 1 期

《冲突》,《花地》1986 年第 2 期

《那水壶的绿》,《青海湖》1986 年第 2 期

《紫杜鹃》,《天涯》1986 年第 2 期

《赶山狗》,《人民文学》1986 年第 12 期

《红鸟》,《当代作家》1987 年第 1 期

《瘸子老庚》,《桃花源》1987 年第 3 期

《新庙》,《青年文学》1987 第 6 期

《谎祸》,《当代》1987 年第 6 期

《姝》,《短篇小说》1987 年第 12 期

《女客》,《湖南文学》1988 年第 1 期

《雷》,《小说天地》1988 年第 1 期

《春夜有鸟啼》,《希望》1988 年第 1 期

《永远的琴音》,《岁月》1988 年第 3 期

《老人》,《北极光》1988 年第 2 期

《雪痕》,《南方文学》1988 年第 3 期

《常见的梦》,《桃花源》1988 年第 3 期

《有节疤的梭》,《上海文学》1988 年第 5 期

《同名共姓》,《上海文学》1988 年第 5 期

《梦非梦》,《青春》1988 年第 7 期

《卦非卦》,《青春》1988 年第 7 期

《麻》,《湖南文学》1988 年第 10 期

《山上的屋》,《鸭绿江》1988 年第 12 期

《趔丧》,《人民文学》1988 年第 12 期

《鱼孩》,《中外文学》1989 年第 1 期

《蓝眸》,《中外文学》1989 年第 1 期

《古树与小妞》,《希望》1989 年第 1 期

《猫妒》,《希望》1989 年第 1 期

《爱情摇摆舞》,《湖南文学》1989 年第 3 期

《打喜》,《星火》1989 年第 2 期

《困扰》,《中原》1989 年第 4 期

《不如归去》,《飞天》1989 年第 8 期

《紫围巾》,《延河》1990 年第 2 期

《残夜》,《湖南文学》1990 年第 3 期

《八哥》,《萌芽》1990 年第 5 期

《流星》,《桃花源》1990 年第 6 期

《照相》,《湖南文学》1990 年第 12 期

《饭熟了没有》,《青春》1991 年第 2 期

《天籁》,《湖南文学》1991 年 5、6 合期

《生命的颜色》,《洛阳日报》1991 年 9 月 4 日

《进入角色》,《芳草》1991 年第 11 期

《没有故事的夜晚》,《芳草》1991 年第 11 期

《咀嚼童年青草的那匹白马》,《天涯》1991 年第 10 期

《飞狐》,《芳草》1992 年第 4 期

《雨途》,《朔方》1992 年第 6 期

《红衫》,《朔方》1992 年第 6 期

《乌麂》,《芙蓉》1992 年第 3 期

《美足》,《萌芽》1992 年第 9 期

《魔屋》,《萌芽》1992 年第 9 期

《传说》,《湖南文学》1992 年第 10 期

《石马》,《湖南文学》1992 年第 10 期

《夜色》,《河北文学》1992 年第 11 期

《挖孔鸟》,《珠海》1993 年第 1 期

《你是我胸口永远的疼》,《湖南文学》1993 年第 5 期

《何不潇洒走一回》,《湖南文学》1993 年第 5 期

《爱之病》,《朔方》1993 年第 5 期

《瀑》,《洛阳日报》1993 年 5 月 17 日

《路》,《洛阳日报》1993 年 10 月 8 日

《红灯》,《洛阳日报》1993 年 10 月 8 日

《枫香之地》,《北方文学》1993 年第 11 期

《杉林幽径》,《芳草》1994 年第 3 期

《老季杀人》,《鸭绿江》1994 年第 4 期

《诗人之死》,《鸭绿江》1994 年第 4 期

《扑灭绯闻》,《鸭绿江》1994 年第 4 期

《老命》,《长城》1994 年第 4 期

《裸奔》,《芳草》1994 年第 8 期

《人羽》,《芳草》1994 年第 8 期

《与谁共舞》,《漓江》1994 年春夏卷

《歌王之殁》,《青年文学》1995 年第 1 期

《抚》,《鸭绿江》1995 年第 4 期

《破歌》,《珠海》1995 年第 3 期

《打工妹之恋》,《桃花源》1995 年第 2 期

《恶手》,《新创作》1995 年第 6 期

《替身》,《新创作》1995 年第 6 期

《最后的浪漫》,《漓江》1996 年第 1 期

《殊途同归》,《理论与创作》1996 年第 3 期

《别人的故事》,《鸭绿江》1997 年第 2 期

《共同的夜晚》,《深圳商报》1997 年 4 月 20 日

《我们与大师》,《洞庭湖》1997 年第 3 期

《乡村罪案》,《青年文学》1998 年第 1 期

《月晕》,《鸭绿江》1998 年第 1 期

《忌日》,《芳草》1998 年第 2 期

《出走的后生》,《桃花源》1998 年第 2 期

《门外》,《新创作》1998 年第 3 期

《途中》,《新创作》1998 年第 3 期

《老等》,《湖南文学》1998 年第 8 期

《路遇》,《与你同行》1998 年第 11 期

《树上》,《芳草》1999 年第 2 期

《歌星》,《芳草》1999 年第 2 期

《驰入黑暗》,《与你同行》1999 年第 2 期

《谁变成了一只鸟》,《青年文学》1999 年第 6 期

《母亲》,《鸭绿江》1999 年第 9 期

《空谷足音》,《芳草》2000 年第 2 期

《幸福一种》,《时代文学》2000 年第 2 期

《盆景》,《山东文学》2000 年第 5 期

《迟归》,《芳草》2000 年 12 期

《我姐》,理论与创作 2000 年增刊

《凝眸》,《芳草》2001 年第 2 期

《海浪》,《芳草》2001 年第 2 期

《劫后》,《鸭绿江》2001 年第 6 期

《死给你看》,《芙蓉》2001 年第 4 期

《男生李魁》,《小溪流》2001 年 7、8 合期

《猴戏》,《青年文学》2001 年第 9 期

《香格里拉一夜》,《鸭绿江》2003 年第 8 期

《苗刀》,《芳草》2003 年第 9 期

《牌桌下的秘密》,《芳草》2003 年第 9 期

《崩溃》,《鸭绿江》2003 年第 10 期

《湘女 32》,《芳草》2004 年第 7 期

《欲望飞翔》,《清明》2005 年第 2 期

《擦皮鞋的王秀珍》,《都市小说》2006 年第 8 期

《两个人的平安夜》,《清明》2006 年第 6 期

《回家》,《安徽文学》2007 年第 8 期

《穿错鞋》,《百花园》2009 年第 2 期

《裂缝》,《文学界》2009 年第 7 期

《雷子与表妹那事》,《创作与评论》2012 年第 5 期

《当王羊遇上梅姐》,《作品》2012 年第 10 期

《墙上的脸》,《东京文学》2012 年第 5 期

《打皮箩》,《创作与评论》2013 年第 6 期

《鬼柳》,《湖南文学》2013 年第 9 期

《荷叶山庄》,《湖南文学》2015 年第 1 期

《寒露》,《山花》2015 年第 2 期

《伊》,《西安晚报》2016 年 12 月 31 日

《大雪》,《中国作家》2017 年第 2 期

《卧龙潭》,《湖南文学》2018 年第 9 期

《寂照庵》,《湖南文学》2018 年第 9 期

《床上有人》,《神州·时代艺术》2018 年第 9 期

《灵异事件》,《神州·时代艺术》2018 年第 9 期

《温暖的小身子》,《湖南文学》2019 年第 11 期

《醒酒汤》,《湖南文学》2020 年第 12 期

《远亲》,《湖南文学》2020 年第 12 期